Frank E. Peretti

Flucht von der Insel Aquarius
Die Falle auf dem Meeresgrund

Die Cooper-Abenteuer-Serie
Sammelband 2

FRANK E. PERETTI

> *Flucht* von der Insel *Aquarius*

> *Die Falle* auf dem Meeresgrund

SAMMELBAND 2

Titel der Originalausgaben:
Escape From The Island Of Aquarius (© 1986 by Frank E. Peretti)
Trapped At The Bottom Of The Sea (© 1988 by Frank E. Peretti)

Published by Crossway Books,
a division of Good News Publishers,
Wheaton, Illinois 60187, USA

© 1991 der deutschen Ausgaben
by Projektion J Verlag, Wiesbaden

© 2001 des Sammelbandes
by Gerth Medien GmbH, Asslar
1. Auflage des Sammelbandes 2001

ISBN 3-89490-364-3

Übersetzungen: Gabriele Horn, Stefan M. Schwarz
Umschlaggestaltung: Michael Wenserit
Satz: Redaktionsbüro Victor Dewsbery, Berlin
Druck und Verarbeitung: Ebner Ulm

Nachdruck, auch auszugsweise, nur mit Genehmigung des Verlages.

Frank E. Peretti

Flucht von der Insel Aquarius

Die Wellen der Südsee bewegten sich an diesem glühendheißen Tag träge hin und her. Man hatte das Gefühl, der Ozean wollte einen in den Schlaf wiegen. Der Kapitän des tuckernden Fischtrawlers spielte gelangweilt mit dem Schiffsoffizier Dame, während ein Matrose das Steuer übernommen hatte. Es gab nicht viel, worüber man reden konnte, also waren alle ziemlich still. Sie hatten ihren Fang eingeholt und befanden sich auf dem Rückweg zum Hafen – und das war im Moment das einzig Wichtige.

Plötzlich rief der Matrose am Steuer: »He, Captain! Da ist was Backbord voraus!«

»Ich hab's gesehen«, erwiderte der Kapitän trocken. »Ich hab' alles gesehen.«

Der Erste Offizier stand auf. Er wollte wissen, was es da Außergewöhnliches gab, und die anderen Matrosen auf dem Schiff auch.

»Aber das da hast du noch nicht gesehen«, rief der Matrose.

»Ich wette doch«, murrte der Kapitän, während er sich vom Spielbrett erhob, »und jetzt werde ich es mir zum zweiten Mal ansehen, und dir wird es nicht gut bekommen, daß du das Spiel unterbrochen hast, wart nur ab! Ich habe . . .«

Die Worte blieben ihm im Hals stecken. Da draußen war tatsächlich etwas.

»Eine viertel Meile voraus«, sagte er schließlich. »Ruder backbord. Wir stoppen.«

Der alte, rostige Trawler drehte sich schleppend nach links und steuerte langsam auf das, was sie gesichtet hatten, zu. Es schien ein Gewirr aus Brettern und Treibholz zu sein. Durchs Fernglas konnte der Kapitän es deutlich erkennen: Dort, mitten auf See, trieb von Wellen umspült ein winziges, zerschlagenes Floß, das aus Brettern, Baumstämmen, Lumpen und allem möglichen

Plunder zusammengebaut war. Auf dem Floß, an einen windschiefen, verwitterten Mast festgebunden, befand sich ein Mann. Er bewegte sich nicht.

»Langsam jetzt«, sagte der Kapitän. Die Maschinen stoppten. An der Seite des Schiffes wurde eine Leiter herabgelassen, und zwei Matrosen kletterten nach unten. Mit einer Hand an der Leiter festgeklammert, baumelten sie über den blaugrün schäumenden Wellen. Dann, als das kleine Floß nahe genug war, sprang einer von ihnen hinüber und packte das Tau, das der andere ihm zuwarf. Schnell wurde das Floß an dem Trawler festgemacht.

»Schlechte Nachrichten, Captain«, rief der Matrose mit einem Anflug von Ekel in seiner Stimme. »Er ist tot!«

»Wir sehen ihn uns an«, befahl der Kapitän über die Reling.

Sie hievten die Leiche an Bord. Sie war kalt und steif, die Kleider waren zerfetzt.

»Sieht aus wie ein Eingeborener von einer der Inseln hier in der Gegend«, sagte der Erste Offizier.

»Mmmh«, sagte der Kapitän in Gedanken und betrachtete das seltsame Medaillon um den Hals des Mannes. »Und ich weiß auch, von welcher.«

Sie schauten alle auf das schwere Kupfermedaillon, auf dem das Symbol eines Sternzeichens abgebildet war.

»Wassermann oder auch Aquarius genannt«, sagte der Kapitän.

»Gibt es diesen Ort wirklich?« fragte ein Matrose.

»Ob du's glaubst oder nicht«, antwortete der Kapitän.

Plötzlich bückte sich der Offizier und betrachtete aufmerksam die Füße des Mannes. Der Ausdruck auf seinem Gesicht veränderte sich. Die anderen Matrosen taten es ihm nach.

»Die Haare sind angesengt«, sagte einer.

»Ja, der ist bestimmt von der Insel Aquarius«, stimmte der Schiffsoffizier zu.

»Also, dann ist uns hier was in den Schoß gefallen,

über das es nur Gerüchte, Legenden und unglaubliche Geschichten gibt«, sagte der Kapitän, »ich wette, es war nicht das Meer, das ihn umgebracht hat.«

»Was dann?« fragte ein Matrose.

»Ob ihr's glauben wollt oder nicht«, sagte der Kapitän mit leiser Stimme, seinen Blick auf den Toten gerichtet, »es könnte ein Fluch gewesen sein ... oder ein Geist ... irgend etwas Finsteres und ganz und gar Bösartiges. Das könnt ihr in seinem Gesicht sehen.« Dann befahl er: »Schaut in den Taschen nach. Und überprüft das Floß. Wir müssen rauskriegen, wer er ist.«

In der Hemdtasche steckte ein Zettel. »Ziemlich ausgewaschen«, sagte ein Matrose.

»Steht irgendein Name drauf?« fragte der Kapitän.

Der Matrose drehte das zerknitterte Stück Papier hin und her. »Sieht aus wie von irgendeiner Mission ... ›Internationale Missionsgesellschaft‹. Halt! Hier ist ein Name ... Adam ... Mac ... MacKenzie?«

Der Kapitän schaute nach. »Ja, tatsächlich. Und ›Sacramento‹, glaube ich.« Er warf wieder einen Blick auf den Toten. »Das ist nicht MacKenzie, da bin ich sicher. Aber wir nehmen ihn mit nach Samoa und lassen die zuständigen Beamten mit diesen Missionsleuten oder diesem Mr. MacKenzie sprechen. Und dann haben wir mit dieser Geschichte nichts mehr zu tun.«

Dr. Jake Cooper saß hinten in dem kleinen Boot, das über das blaue Wasser tuckerte. Seine scharfen Augen wanderten abwechselnd über den Horizont und dann wieder über die Karte vor ihm. Er nahm seinen breitkrempigen Hut ab, wischte den Schweiß von seiner Stirn und schaute auf die Uhr. »Schon fünfundvierzig Minuten«, sagte er. Sein vierzehnjähriger Sohn Jay hielt das Steuer fest und ruhig, während er auf den Schiffskompaß schaute.

»Also Dad«, sagte er und überprüfte nochmals die Richtung, »ich sehe immer noch keine Insel da draußen.«

Jays dreizehnjährige Schwester, Lila, saß auf einem Polster an der Seite, ihr Kopf hing über die Reling, die blonden Haare fielen über ihre glasigen Augen. »Land ... Land ...«, bettelte sie.

»Es muß da sein!« rief er und griff nach seinem Fernglas.

»Warum?« fragte Lila. »Wir sind jetzt schon auf zwanzig verschiedenen Inseln gewesen, und keiner, mit dem wir gesprochen haben, hat je von einer Insel namens Aquarius gehört.«

»Nicht unter dem Namen, das stimmt«, antwortete Dr. Cooper und spähte durch sein Fernglas über das Wasser. »Aber alle Eingeborenen und Stämme hier in der Gegend scheinen die Gerüchte über eine Insel, die verboten, verflucht oder böse ist, zu kennen. Die Tatsache, daß sie sich weigern, darüber zu sprechen, ist ein Beweis, daß sie existiert.«

»Naja«, sagte Jay, »ich hoffe nur, daß der Häuptling auf der letzten Insel recht hatte. Bis jetzt sehe ich absolut nichts.«

»Wir haben noch Zeit. Er sagte, es wäre etwa eine Stunde nördlich, aber ... er könnte sich vielleicht getäuscht haben mit seiner Schätzung.« Dr. Cooper wandte sich seiner Tochter zu. »Mach dir keine Sorgen, Lila. Ob es Aquarius ist oder nicht, wir werden dort übernachten, so daß du festen Boden unter die Füße bekommst.«

»Alles nur wegen dieses blöden Zettels«, murrte sie weinerlich.

»Nun, die Internationale Missionsgesellschaft schien zu glauben, daß dieser kleine Zettel eine wichtige Spur zu MacKenzie sei. Er verschwand in dieser Gegend, und man glaubte mehr als zwei Jahre lang, daß er tot sei. Aber dann taucht dieser Zettel in der Tasche eines Toten auf, und die Handschrift ist ohne Zweifel MacKenzies.«

»Was bedeutet, daß er vielleicht doch noch lebt«, sagte Jay.

»Aber warum hat die Gesellschaft uns angeheuert, um ihn zu finden?« fragte Lila erstaunt.

Dr. Cooper konnte ein Zwinkern in seinen Augen nicht verhindern. »Tja, ich glaube, daß unter diesen Umständen kein anderer den Job annehmen wollte.«

»Unter diesen Umständen . . .«, dachte Lila laut.

»Eine Geisterinsel, vor der jeder Angst hat, und ein Toter, bei dem man die Todesursache nicht feststellen kann!«

»Ja, das ist mir auch ein Rätsel«, sagte Dr. Cooper. »Der Tod des Mannes ist alles andere als normal. Ich habe mit den Behörden in Samoa gesprochen, aber alles, was sie mir sagen konnten, waren Vermutungen über Gifte und Gerüchte über Aquarius und das Medaillon um seinen Hals. Alles andere müssen wir wohl selbst herausfinden.«

»Ich dachte, wir wären Archäologen«, sagte Lila.

»Wir sind aber auch sehr gut im Herumschnüffeln«, sagte Jay schelmisch.

Lila mußte ihm recht geben.

»MacKenzies Zettel – beziehungsweise das, was davon übrig war – schien ein Hilferuf zu sein«, bemerkte ihr Vater und suchte in seiner Tasche nach der Fotokopie des Zettels. »Aber sooft ich ihn auch lese, ich kann nicht mehr daraus entziffern.«

»Laß mich nochmal sehen«, bat Lila.

Dr. Cooper reichte ihr die Kopie, und sie studierte sie eine Zeitlang, bevor sie ihren Kopf schüttelte. »Ich verstehe, was du meinst«, sagte sie. »Alles, was ich lesen kann, ist: ›Kommt schnell, die Insel ist . . .‹ mmh . . . ›die Insel ist . . .‹«

»Da, die Insel liegt direkt geradeaus!« rief Jay.

Dr. Cooper ergriff das Fernglas. Er grinste. »Ja«, sagte er. »Ich kann die Felsen im Osten erkennen, genauso, wie der Häuptling es beschrieben hat.«

Jetzt fühlte sich Lila nicht mehr ganz so krank. Sie stand neben Jay und wartete, daß sie mit dem Fernglas an die Reihe kam. Als sie hindurchspähte, sagte sie: »Mann! Das sieht aus wie der einsamste Platz auf der Erde. Ich glaube nicht, daß ich dort gerne Missionar wäre.«

»Missionare sind eine besondere Rasse Mensch«, sagte Dr. Cooper. »Wenn Gott sie ruft, gehen sie, egal wohin. Jemand muß das Evangelium doch an die einsamsten Orte der Erde bringen.«

»Gott segne sie«, sagte Jay.

»Naja, . . . wenn Gott mir das sagen würde, dann würde ich, glaube ich, auch gehen«, sagte Lila.

»Ja, genau das hat Adam MacKenzie getan«, antwortete Dr. Cooper. »Nun laßt uns hoffen, daß wir ihn lebendig und wohlauf finden.«

Das kleine Boot brauchte weitere fünfundvierzig Minuten, um sich der Insel zu nähern, und die Coopers schauten gespannt zu, wie die schwache dunkelgrüne Linie am Horizont immer näher kam und zu einer großen Insel mit reicher Vegetation, wogenden Palmen und gewaltigen, zackigen Felsen heranwuchs.

»Hmm . . .«, überlegte Dr. Cooper. »Aus Vulkangestein, nicht wie die Koralleninseln hier in der Gegend. Gib auf die Riffe acht. Sie tauchen immer sehr plötzlich auf.«

»Schau dir die mal an«, sagte Jay und zeigte auf einige scharf gezackte Felsen, die wie spitze Zähne aus dem Wasser ragten.

»Gibt es auch Gerüchte, daß diese Insel Boote frißt?« fragte Lila.

»Nein, nur Menschen«, sagte ihr Vater. »Man sagt, daß keiner jemals von hier wieder zurückkommt.«

Jay steuerte das Boot vorsichtig auf die Insel zu. Lila hockte sich auf den Bug, um nach den scharfen Felsen

Ausschau zu halten, die sich unter der Wasseroberfläche verbargen. Langsam bewegten sie sich im roten Licht der Dämmerung vorwärts und suchten einen sicheren Weg, um an den weißen Sandstrand zu gelangen.

Als das Wasser seicht wurde, konnten sie den Meeresboden sehen – steinig, zackig und gefährlich, aber wunderschön mit seinen zahllosen Muscheln, rosaroten Korallen und riesigen Schwärmen kleiner, bunter Fische, die blitzschnell davonschossen, als das Boot über sie hinwegfuhr.

Jay steuerte eine Weile am Ufer entlang, bis sie schließlich zu einer kleinen Bucht kamen, die sehr einladend aussah. Das Boot fuhr hinein, als die Sonne gerade unter den fernen, spiegelglatten Horizont tauchte. Lila ließ den Anker ins Wasser, Jay stellte den kleinen Motor ab, und alles war ruhig. Die drei saßen lange Zeit in der hereinbrechenden Dunkelheit, schauten und lauschten.

»Scheint alles in Ordnung zu sein«, sagte Lila leise.

Sie spürte sanft Dr. Coopers Hand auf ihrer Schulter. »Vielleicht aber auch nicht«, flüsterte er und zeigte auf irgend etwas. »Sieh mal, die Palmen dort und das ganze Gehölz da drüben.«

Die drei schauten hin. Auf der einen Seite der Bucht, deren Umrisse sich gegen den roten Himmel abhoben, schien eine große Gruppe von Palmen direkt aus dem Meer herauszuwachsen. Es sah aus, als ob sie in der Flut stünden, dabei war im Moment gar keine Flut.

»Das verstehe ich nicht«, sagte Jay.

»Mmh, wir merken es uns einfach«, sagte Dr. Cooper.

»Wartet!« zischte Lila. »Hört!«

Knistern, Rascheln, Knacken. Dort im Gebüsch am Ufer bewegte sich etwas. Dr. Cooper griff nach dem Scheinwerfer oben auf dem Boot und schaltete ihn an. Ein heller Strahl schoß über das seichte Wasser der Bucht und erleuchtete die Bäume und das dichte, grüne Gebüsch. Rascheln. Knistern. Das Geräusch bewegte sich nur langsam. Es ging vorwärts, hielt, ging vorwärts, hielt wieder. Dr. Cooper verfolgte es mit dem Scheinwerfer, den Lichtstrahl langsam seitwärts schwingend.

Da! Für nur einen kurzen Augenblick raschelten und zitterten einige Blätter kurz über dem Erdboden. Dann wankte ein Busch.

Der Lichtstrahl glitt langsam weiter und erhellte kreisförmig das Gebüsch, die Bäume und die Felsen.

Ein Gesicht!

Es war wie eine Gruselmaske beim Fasching: aufgerissene, wilde Augen, ein grauer, dürrer Bart und zackige Zähne, die im Lichtkegel aufblitzten. Das Ding, oder Wesen oder Mensch, sprang aus dem Gebüsch, fing an, mit seinen dünnen Armen zu wedeln und schrie: »Nein! Geht weg! Ihr da, verschwindet!«

»Ist dies Aquarius?« rief Dr. Cooper.

Aber die besorgte kleine Gestalt erblickte auf einmal etwas Alarmierendes. Sie stieß einen ängstlichen Laut aus und verschwand sofort im Gebüsch.

Dr. Cooper schwang das große Licht hin und her und rief: »Sind Sie da? Hallo!«

Keine Antwort, das Ufer war still.

»Irgend etwas hat ihn erschreckt«, sagte Jay.

»Ja, aber was?« fragte Lila.

»Ohh . . ., seht mal da!«

Alle drei sahen es. Ein Licht kam durch den Dschungel auf sie zu.

Dr. Cooper griff nach seinem 357er Revolver und schnallte ihn um. »Wir werden begrüßt«, sagte er.

Das Licht bewegte sich stetig auf sie zu, flickerte hinter Bäumen, Zweigen und Büschen. Endlich kam es auf die freie Fläche, ging am Ufer entlang und schwebte ungefähr zwei Meter über dem Boden.

»Ist . . . ist das . . .«, begann Jay zu fragen.

»Ja«, sagte Dr. Cooper und schaute in die Finsternis. »Ich glaube, es ist genau das, wonach es aussieht.«

»Wie macht er das?« fragte Lila.

Das Licht kam von einer Art Fackel, die auf dem kahlen Kopf eines hochgewachsenen Polynesiers befestigt war. Der Mann stand am Ufer und schaute mit finsterer Miene zu ihnen herüber, er ließ seine Arme hängen, sein aufrechter Körper war mit Fellen, Knochen und Bast bekleidet. Er sah aus wie eine große Kerze. Die Coopers starrten erst ihn und dann einander an.

»Ich glaube«, sagte Dr. Cooper, »hier sind wir richtig.«

Die kräftige Stimme des Polynesiers hallte über das stille Wasser.

»Ihr! Wer Ihr?«

Dr. Cooper rief: »Wir sind die Coopers aus den Vereinigten Staaten. Wir suchen einen Missionar namens Adam MacKenzie!«

Die großen Augen des Mannes weiteten sich, und sein bronzener Brustkasten stieß einen entsetzten oder vielleicht auch erfreuten Laut aus.

»Ihr!« brüllte er. »Kommt. Kommt.«

Die Coopers blickten einander an, und auf allen Gesichtern war zu lesen: »Na, ich weiß nicht so recht . . .!«

Der Mann rief ihnen einige unverständliche Worte in seiner eigenen Sprache zu, wobei seine Arme wirbelten wie Windmühlen. Er endete mit den Worten: »Kommt! Kommt viel jetzt, nichts Angst!«

»Nun«, sagte Dr. Cooper leise zu Jay und Lila, »er ist immerhin so zivilisiert, daß er etwas Englisch kann.«

»Das heißt also, wir gehen an Land«, sagte Jay.

»Wir werden unsere Grundausrüstung mitnehmen«, sagte Dr. Cooper. »Ich plane, nicht allzu lange vom Boot wegzubleiben, besonders wegen des ganzen Sprengstoffs, den wir an Bord haben.«

»Jay«, neckte Lila ihren Bruder, »warum hast du eigentlich so viel Sprengstoff mitgenommen? Dies ist keine archäologische Ausgrabungsstelle, sondern eine geheimnisvolle, kleine Insel.«

Jay zuckte mit den Schultern. »Naja, Gewohnheitssache, glaube ich.«

»Vielleicht müssen wir ein paar Kokosnüsse aufmachen«, sagte Dr. Cooper.

Das brachte alle zum Lachen. Sie suchten ihre Ausrüstung zusammen, während der große Fackelträger am Strand stand und zuschaute.

»Bleibt dicht zusammen«, sagte Dr. Cooper.

Mit Rucksäcken und Taschenlampen ausgerüstet stiegen sie ins klare, seichte Wasser und wateten zum Ufer. Der Polynesier wurde immer größer, je näher sie kamen. Er hatte etwas um seinen Hals hängen, das ihre Aufmerksamkeit fesselte: ein Kupfermedaillon mit dem Zeichen des Wassermanns.

Schweigend drehte sich der große Mann um, wandte seinen Blick zum Dschungel und lief in die Richtung los, aus der er gekommen war.

Dr. Cooper ließ Jay und Lila vorgehen, so daß er von hinten den Überblick hatte. Im Gänsemarsch trotteten sie los. Der enge Pfad schlängelte sich durch dichtes Gebüsch, unter riesigen umgestürzten Bäumen hindurch, überquerte rauschende Bäche und führte steinige Hügel hinauf. Die Luft in dem tiefen Dschungel war schwül. Dunkelheit und eine bedrohliche Stille umgaben sie, während sie dem großen Mann mit der brennenden Fackel auf dem Kopf folgten, deren Licht lange tanzende Schatten auf die Bäume warf.

Nach einer Weile kamen sie an einen steilen Hang und stapften hinauf. Unter ihren Fußsohlen konnten sie die scharfen Kanten von zerbrochenen Steinen spüren. Die Pflanzen wurden spärlicher, je höher sie kletterten, und schließlich brach das silberne Mondlicht durch die Baumkronen. Der Boden um sie herum verwandelte sich in eine Mondlandschaft, eine unfruchtbare, gebirgige Felsenlandschaft. Sie stiegen immer höher.

Nun hörten sie ein neues Geräusch. Von irgendwoher kam ein tiefes, gurgelndes Rauschen. Sie liefen einen schmalen, steinigen Gebirgskamm entlang, der auf der einen Seite steil in eine schier bodenlose schwarze Schlucht abfiel und am Grund in einem wild schäumenden Fluß oder See endete.

Ihr Führer wandte sich in Richtung der Schlucht. Das Licht der Fackel hüpfte plötzlich auf und ab wie ein wandelndes Jo-Jo.

Lilas Stimme durchbrach die Stille. »Oh, nein! Da kann ich nicht rübergehen!«

Der Mann schien sie nicht zu hören. Er ging weiter über die gefährlichste, zerbrechlichste, rutschigste Hängebrücke, die sie je in ihrem Leben gesehen hatten.

Seine großen Füße trommelten eine Melodie auf den verwitterten Brettern, sein Körper wippte auf und ab, die zerschlissenen Seile dehnten und zogen sich, wurden locker und spannten sich wieder an.

Lila wagte sich auf die Brücke, umklammerte die Seile, so fest sie konnte und fühlte sich wieder seekrank. »Herr, bitte laß mich nicht hinunterfallen!« betete sie laut.

Dr. Cooper wartete, bis der Führer und Lila die andere Seite erreicht hatten. Dann erst ließ er Jay hinübergehen. Er schaute hinunter in die Schlucht und lauschte dem Rauschen des Wassers.

»Sag mal, Jay«, sagte er, »hast du je einen Wasserfall gehört, der so ein Geräusch macht?«

Jay war froh, einen Moment innehalten zu können, bevor er die Hängebrücke in Angriff nahm. Er lehnte sich etwas nach vorne über den Abgrund und lauschte. Es war ein sehr seltsames Geräusch, nicht wie das übliche Spritzen und Platschen eines Flusses und auch nicht wie das übliche Krachen und Rauschen eines Wasserfalls. Es hörte sich an wie . . . wie . . .

»Was in aller Welt geht da unten vor?« fragte Jay schließlich.

Es war zu dunkel, um das festzustellen.

»Sie sagen, daß Adam MacKenzie ertrunken sei, obwohl er ein guter Schwimmer war . . .«, sagte Dr. Cooper nachdenklich.

Jay richtete seine Taschenlampe auf den Abgrund, aber der Lichtstrahl verlor sich in der endlosen Dunkelheit. Sogar das Mondlicht wurde durch die tiefen Schatten der Felsen ausgesperrt. Unter ihnen lag nichts als Dunkelheit – Dunkelheit und dieses geheimnisvolle, gurgelnde Brausen.

Der große Führer rief wieder nach ihnen, also schwankten Jay und Dr. Cooper eilig über die Brücke und kamen endlich auf der anderen Seite an. In geringer Entfernung von der Brücke erspähten sie Lichter vor sich und hörten die Geräusche eines Dorfes: Stimmen, das Klingen von Werkzeugen und das Meckern einiger Ziegen.

Sie bogen um eine Ecke, und der Pfad wurde zu einer Straße, die sie in das seltsame, drollige Dorf führte. Die kleinen Häuschen und Bungalows waren in einem westlichen, amerikanischen Stil gebaut mit stabilen Schieferdächern, Verandas und sogar einigen Hollywoodschaukeln. Sie hatten Glasfenster, richtige Türen mit Scharnieren, Fußmatten, Wäscheleinen und elektrisches Licht. Die Coopers sahen Menschen jeden Alters arbeiten, spielen, ausruhen und reden. Aber diese Menschen waren keine Polynesier. Es waren zivilisierte Europäer.

»Seid ihr sicher, daß wir nicht irgendwo in Ohio angekommen sind?« fragte Jay seinen Vater und seine Schwester.

Dr. Cooper war sichtlich erstaunt. »Dies ist wirklich nicht die Art von Dorf, die ich auf einer Südseeinsel erwartet hätte. Es muß so etwas wie eine Kolonie sein.«

Sie gingen an einem der kleinen Häuschen vorbei, wo eine Frau und zwei Kinder auf der Veranda saßen und die kühle Abendluft genossen. Die Frau trug das ihnen mittlerweile gut bekannte Medaillon des Wassermanns um ihren Hals. Dr. Cooper winkte und grüßte. Sie winkte zurück, sagte aber nichts.

Drei Schreiner hatten es sich an einem kleinen Gartentisch bequem gemacht und lachten laut. Als die Coopers vorbeikamen, verstummten sie sofort. Geistesabwesend starrten sie an den Fremden vorbei. Die Coopers wünschten einen guten Abend, aber wie zuvor wurde ihr Gruß nicht erwidert. Jeder der Männer hatte eines dieser kupfernen Medaillons um den Hals hängen. Alle hier schienen sie zu tragen, und jeder starrte die Coopers an. Obwohl dieser Ort wie ein hübscher amerikanischer Vorort aussah, war es offensichtlich, daß diese Leute nicht an Fremde gewöhnt waren.

Die Neuankömmlinge gingen weiter die ungepflasterte Straße entlang, vorbei an weiteren Häuschen, einer Schreinerei, einem Werkstattgebäude und einer Versammlungshalle. Schließlich kamen sie an ein großes, stattliches Haus, das auf der anderen Seite des Dorfplatzes stand.

Der große Polynesier trat auf die Veranda und läutete eine Schiffsglocke aus Messing. Frauen, Männer, Kinder, Jugendliche und alte Leute kamen über den Dorfplatz und versammelten sich. Neugierig und etwas grimmig starrten sie die Coopers an. Kurz darauf öffnete sich die Tür des Hauses, und ein Mann trat heraus. Er sprach mit dem Polynesier und wandte sich dann den drei Fremdlingen zu.

Die Coopers nutzten die Zeit, um den Mann genau zu betrachten. Er war mittleren Alters, kräftig gebaut, hatte angegraute Haare, stechende Augen und trat sehr eindrucksvoll und beherrschend auf. Ein besonders dekoratives Exemplar des Kupfer-Medaillons baumelte um seinen Hals. Er stand einfach da und betrachtete sie längere Zeit mit kalter Miene von oben bis unten, bevor er endlich etwas sagte.

»Willkommen auf der Insel Aquarius. Wer sind Sie, wo kommen Sie her und was wollen Sie?«

»Wir sind Dr. Jake Cooper und seine zwei Kinder, Jay und Lila, von der Cooper KG, einer archäologischen Forschungsfirma. Wir kommen aus den Vereinigten Staaten und sind im Auftrag der Internationalen Missionsgesellschaft hier, um einen vermißten Missionar namens Pastor Adam MacKenzie zu suchen«, antwortete Dr. Cooper.

Der Mann tauschte einen raschen Blick mit einigen der versammelten Leute aus. Ein Lächeln machte sich auf seinem Gesicht breit.

»Und warum glauben Sie, daß Sie ihn hier finden?« fragte er.

Dr. Cooper griff in seine Hemdtasche und zog ein Kupfer-Medaillon hervor. »Ich habe bemerkt, daß jeder hier ein solches Ding trägt. Dieses hier wurde an einem Toten gefunden, der mitten auf dem Ozean trieb.«

Das Lächeln verschwand aus dem Gesicht des Mannes, als Dr. Cooper über den Toten auf dem kleinen Floß erzählte.

»Können Sie ihn beschreiben?« fragte der Mann.

Dr. Cooper zeigte ihm ein Foto. Einige Leute kamen heran, um es sich anzuschauen, und murmelten dann entsetzt: »Tommy! Es ist Tommy!«

Mit finsterem Blick schaute der Mann das Foto an. Er schüttelte den Kopf. »Tommy war sein Spitzname«, sagte er mit trauriger Stimme. »Er war ein sehr lieber Mensch. Wir haben ihn alle sehr gemocht.«

»Haben Sie irgendeine Ahnung, wieso er tot auf dem Ozean umhertrieb?« fragte Dr. Cooper.

»Er war noch lebendig, als er von hier mit seinem Floß aufbrach«, sagte der Mann, »aber sein Tod überrascht mich nicht im geringsten. Es ist vielleicht schwierig für Sie zu verstehen, da Sie nie hier gelebt haben, aber ...« Der Mann erhob seine Stimme, als wollte er, daß es alle hörten. »Es gibt sehr starke Mächte hier auf der Insel, die von alten Traditionen herstammen. Ein einfacher Beobachter würde es – verzeihen Sie mir – Magie nennen. Wie dem auch sei, wir begegnen diesen Mächten von Zeit zu Zeit, und eine solche Erscheinung ist ein schrecklicher Wahnsinn, ein unausweichlicher Fluch, der manchmal auf die Leute hier kommt. Das Wort der Eingeborenen dafür ist Moro-Kunda; es bedeutet: Der Wahnsinn vor dem Tod. Es ist keine Ursache bekannt, kein Heilmittel, und der Ausgang ist immer tödlich. Dieser Fluch fiel auf Tommy. Er ist wahnsinnig geworden, und obwohl wir versuchten, ihn daran zu hindern, baute er dieses primitive Floß und floh von der Insel.« Der Mann machte eine wirkungsvolle Pause und fuhr dann fort: »Aber er konnte Moro-Kunda nicht entfliehen.«

Die Leute auf dem Platz schnappten nach Luft und fingen erneut an, vor sich hin zu murmeln. Ihre Gesichter waren mit Horror und Entsetzen erfüllt.

»Nun, wie dem auch sei . . .« Dr. Cooper nahm ein Blatt Papier aus seinem Rucksack und gab es dem Mann. »Dies ist eine Fotokopie der Notiz, die wir in Tommys Tasche gefunden haben. Sie sehen dort oben die Adresse der Internationalen Missionsgesellschaft in Sacramento, und dort weiter unten ist der Name Adam MacKenzie. Die Schrift wurde vom Salzwasser fast völlig ausgelöscht, aber MacKenzie's Handschrift ist deutlich erkennbar. Es scheint ein Hilferuf zu sein.«

Dr. Cooper hörte mitten in seiner Erklärung auf. Der Mann hatte auf einmal laut zu lachen begonnen. Als er einige Leute ansah, fingen auch sie an, laut zu lachen.

»Entschuldigung . . . Verzeihen Sie . . .«, sagte der Mann und versuchte, sich wieder zu beherrschen. »Ich weiß, daß dies für Sie eine sehr wichtige Sache zu sein scheint.«

»Nun«, sagte Dr. Cooper, »MacKenzie wurde totgeglaubt. Ertrunken. Aber jetzt könnte dieser Brief ein Beweis dafür sein, daß er noch irgendwo am Leben ist.«

»Oh, er ist auf jeden Fall noch am Leben, Dr. Cooper!«

Dr. Cooper schaute kurz zu Jay und Lila hin und fragte dann: »Dann kennen Sie diesen MacKenzie?«

»Ganz gut.«

»Wissen Sie, wo wir ihn finden können?«

»Sie haben ihn schon gefunden«, sagte der Mann mit einem Lächeln. »Ich bin Adam MacKenzie!«

Lila gluckste leise. »Na, das war ja leicht!«

Aber Dr. Cooper wußte nicht, ob er lächeln oder die Stirn runzeln sollte, ob er zweifeln, fragen oder die Worte dieses Mannes einfach hinnehmen sollte.

»Sie sind MacKenzie?« fragte er schließlich.

Der Mann trat vor und streckte seine Hand aus. »Das können Sie mir glauben, Doktor! Ich hatte keine Ahnung, daß ich so in Schwierigkeiten stecke, aber jedenfalls danke ich Ihnen, daß Sie gekommen sind, um mich zu retten!«

Er lachte wieder, schaute die Menge an, dann lachten sie alle wieder.

»Sehen Sie«, sagte MacKenzie, »diese Nachricht muß ich vor langer Zeit geschrieben haben, und irgendwie kam sie abhanden. Ich war dabei, der Mission zu schreiben, wie gut hier alles läuft.«

»Und diese Worte: Bitte kommt schnell, die Insel...?«

»Ich glaube, ich schrieb: ›Bitte kommt schnell, die Insel ist der schönste Platz auf der Erde!‹ Ich wollte, daß sie uns hier besuchen und sehen, was wir hier erreicht haben.« MacKenzie lachte wieder. »Ich habe mich immer gewundert, warum ich nie eine Antwort erhielt. Ich gab die Notiz Tommy und bat ihn, sie beim amerikanischen Postamt auf Samoa aufzugeben. Er hat es offenbar vergessen und hat sie die ganze Zeit in seiner Hemdtasche aufbewahrt!«

Dr. Cooper zwang sich zu einem Lächeln. »Nun... ich bin froh, daß es Ihnen gutgeht.«

»Und ich bin gewiß nicht tot, das versichere ich Ihnen!« sagte MacKenzie.

»Die Missionsgesellschaft wird froh sein, das zu hören. Sie fragen sich wirklich, was aus Ihnen geworden ist. Man hat über zwei Jahre lang nichts mehr von Ihnen gehört.«

»Wie Sie ja sehen können«, sagte MacKenzie, »war ich hier sehr beschäftigt!«

Die Coopers konnten natürlich sehen – wie Dr. Cooper schon beobachtet hatte –, daß das Dorf keineswegs so aussah, wie man es auf einer abgelegenen Südseeinsel erwartet hätte.

»Erstaunlich, nicht wahr?« fragte MacKenzie mit einem leisen Lachen. »Dort, wo man eine ferne, unberührte Insel mit Naturvölkern erwartet, findet man statt dessen eine wunderschöne neue Welt, eine mutige neue Bevölkerung, ein wahres Paradies auf Erden!«

Er wandte sich an den großen Polynesier. »Kerze, bring die Rucksäcke und die anderen Sachen der Coopers ins Gästehaus. Sie können heute nacht bei uns bleiben und sich morgen früh ausgeruht auf den Heimweg machen.«

Kerze packte alle drei Rucksäcke in seine starken Arme.

»Oh, Kerze . . .«, sagte MacKenzie, »ich glaube, du kannst das Ding jetzt ausmachen.«

Kerze nahm einen hohen Hut von seinem Gürtel und setzte ihn auf den Kopf, um das Licht zu löschen. Dann trug er das Gepäck der Coopers in einen kleinen Bungalow, der zum Platz hin stand.

»Er ist noch etwas primitiv«, erklärte MacKenzie. »Obwohl wir jetzt unsere eigene Elektrizität produzieren, will er seine alte traditionelle Beleuchtungsmethode nicht aufgeben. Oh, und Doktor . . .«, MacKenzies Augenbrauen hoben sich beim Anblick von Dr. Coopers Revolver. »Wenn unsere Leute bei Ihrer Ankunft etwas beunruhigt waren, könnte das an Ihrer Waffe liegen. Wir haben hier nämlich keine Waffen. Dies ist eine Insel des vollkommenen Friedens.«

Dr. Cooper lächelte und sprach nicht nur MacKenzie an, sondern auch alle, die in Hörweite waren. »Machen Sie sich keine Sorgen. Ich trage ihn nur zur eigenen Sicherheit.«

»Was hier wirklich nicht nötig ist, das versichere ich Ihnen«, sagte MacKenzie.

Dr. Cooper nickte nur und fragte dann: »Wer sind eigentlich diese Leute? Wo kommen sie her?«

MacKenzie schaute über den Platz und zeigte, während er sprach, auf verschiedene Gesichter. »Dies sind Leute aus allen sozialen Schichten, von Rechtsanwälten bis hin zu Ärzten, von Schreinern bis hin zu Professoren. Sie kamen aus Amerika, aus Großbritannien und Australien. Einige stammen auch aus Frankreich und Deutschland. Wir alle haben einen gemeinsamen Traum, Doktor.«

»Und der wäre?«

Unsere eigene neue Welt, ein Platz, wo es keine Kriminalität, keinen Krieg, kein Blutvergießen und keine Habsucht gibt. Wir haben die alte Welt hinter uns gelassen, wir sind aus dem ganzen Schmutz geflüchtet, und jetzt bauen wir uns eine neue Welt. Ich zeige sie Ihnen!«

MacKenzie machte mit ihnen eine Besichtigungstour durch das Dorf.

»Sehen Sie?« Er zeigte hierhin und dorthin. »Wir haben unser eigenes Wasserversorgungssystem, ein Kanalisationssystem und elektrischen Strom. Es hat uns jahrelange harte Arbeit gekostet, aber wir haben es geschafft.« Sie gingen weiter. »Hier ist unsere Holzwerkstatt, wo wir das, was gerade gebraucht wird, bauen, ob es nun neue Wagen sind, um Holz zu transportieren, oder Küchenschränke und Spielzeuge für die Kinder. Und dies ist unsere Gemeinschaftsküche, wo unsere qualifizierten Köche die Mahlzeiten bereiten.«

Die Tour dauerte ziemlich lange.

»Also, wie ich sehe«, fragte Dr. Cooper vorsichtig, »haben Sie hier von Grund auf Ihre eigene Gesellschaft aufgebaut?«

»Richtig! Das ist die Bedeutung unseres Medaillons, das wir alle tragen. Das Zeichen des Wassermanns ist ein internationales Symbol für eine neue Weltordnung des Friedens. Das setzen wir hier und jetzt in die Tat um.«

»Und wo ist Ihre Kirche?«

»Oh . . .«, MacKenzie zögerte einen Moment und antwortete dann: »Der Versammlungssaal. Sie sind bei Ihrem Eintreffen daran vorbeigekommen, erinnern Sie sich? Wir treffen uns dort, um geistliche Dinge zu besprechen.«

»Mmmh«, sagte Dr. Cooper nachdenklich.

Jay bemerkte einen breiten Pfad, der in den Urwald führte, und ging darauf zu, um ihn sich näher anzuschauen. »Wo führt denn dieser Weg hin?«

MacKenzie schaute seltsam erschrocken auf. »Oh, bleib da weg!«

Jay hielt abrupt inne und schaute MacKenzie verwundert an.

MacKenzie erklärte es. »Das ist . . . nun, der Weg führt in den Urwald, aber es ist . . . es ist nicht ungefährlich dort. Ich muß Sie bitten, sich nicht vom Dorf zu entfernen.«

»Warum?« fragte Jay. »Was ist da draußen?«

»Tja, nun . . .« MacKenzie zögerte mit der Antwort. »Genau wissen wir das nicht. Aber in letzter Zeit sind einige seltsame Dinge passiert, und wir sind der Meinung, daß es sicherer ist, im Dorf zu bleiben. Es gibt etwas Böses da draußen . . . etwas Gefährliches.«

»Meinen Sie so etwas wie einen Fluch oder eine Macht wie dieses Moro-Kunda?« fragte Dr. Cooper.

»Vielleicht«, sagte MacKenzie. »Wir sind hier auf einem anderen Erdteil, Dr. Cooper. Es gibt Mächte, Gewalten, alte Bräuche hier, die über unseren normalen Verstand hinausgehen.«

»Aber sicherlich weiß ein Mann Gottes wie Sie, daß es nur zwei Quellen für solche Dinge gibt: Übernatürliche Erscheinungen sind entweder von Gott oder von Satan. Da gibt es eigentlich nichts Rätselhaftes dabei.«

MacKenzie lachte leise. »Doktor, es gibt vieles, was Sie noch nicht wissen. Hüten Sie sich vor alten religiösen Vorurteilen und Unwissenheit. Sie können Ihre ärgsten Feinde sein. Jesus kam auf die Erde, um uns von unserer Unwissenheit zu befreien. Ist es nicht so?«

»Da Sie mich so fragen«, sagte Dr. Cooper, »nein, es ist nicht so.«

MacKenzie lächelte nur. Sie gingen weiter, und er

redete, aber alle drei Coopers verspürten eine wachsende Unruhe bezüglich dieses Mannes und dieses Ortes.

Und Jay hörte ständig ein leises, verstohlenes Rascheln etwas weiter hinter ihnen. MacKenzie war so auf sein Reden konzentriert, daß er nichts hörte, und Lila und Dr. Cooper schienen zu weit voraus zu sein. Aber für Jay, der etwas hinter den anderen blieb, hörte es sich an wie das Geräusch, das sie in der Bucht gehört hatten.

Was war das? Er hielt an, um zu lauschen. Da atmete jemand.

Tiefes, schweres Atmen. Dann ein Stöhnen.

Jay beeilte sich und holte die anderen wieder ein. In diesem Moment trat ein sehr vornehm aussehender Herr aus einem der Häuser und rief MacKenzie zu: »Hallo! Ich bin froh, daß ich dich noch erwische!«

MacKenzie ging schnell auf den Mann zu und platzte eilig mit den Worten heraus: »Bert, Bert! Wie geht's! Ich möchte dich einigen Besuchern vorstellen. Sie kamen, um Adam MacKenzie zu suchen, und stell dir mal ihr Erstaunen vor, als sie herausfanden, daß ich es bin!«

»Oh...«, sagte Bert und schaute die Coopers lachend an. »Oh, ja!«

»Dr. Cooper, Jay, Lila, dies ist Bert Hammond, unser Arzt auf der Insel. Er heilt Wunden, richtet Knochenbrüche und bringt die Babys zur Welt, nicht wahr, Bert?«

»Ja, das stimmt«, sagte Bert. Dann fügte er hinzu: »Sag mal, könntest du kurz mit reinkommen und die Inventarlisten überprüfen. Es fehlen immer noch einige Sachen.«

»Natürlich, natürlich«, sagte MacKenzie. Er wandte sich den Coopers zu und sagte: »Könnten Sie bitte einen Moment auf mich warten? Gehen Sie nicht weg. Ich bin gleich zurück.«

Dann gingen die beiden Männer ins Haus.

»Warum habe ich die ganze Zeit so ein komisches

Gefühl?« fragte Lila leise.

»Ich hoffe, ihr beiden habt alles genauestens beobachtet«, sagte Dr. Cooper.

»Ich beobachte gerade in diesem Augenblick etwas«, sagte Jay. »Wir werden verfolgt!«

»Ich weiß«, sagte Dr. Cooper. »Es könnte die gleiche Gestalt sein, die an der Bucht war.«

»Dann hast du es auch gehört?«

»Soweit es mir gelang, mit dem ganzen Gequatsche von MacKenzie in den Ohren.«

Plötzlich rief eine fürchterlich schaurige Stimme vom Urwald hinter ihnen her: »Halloooo, Fremdlinge! Besucher! Hierher!«

»Langweilig wird es hier jedenfalls nie ...«, sagte Dr. Cooper. »Bleibt dicht hinter mir. Jay, halt du Ausschau nach MacKenzie.«

Langsam und schweigend bewegten sie sich in Richtung Urwald, wo sie hinter einem Gebüsch ein tiefes, schnaufendes Atmen hören konnten.

»Zeigen Sie sich«, sagte Dr. Cooper. »Wir wollen mit Ihnen reden.« Zwei große Blätter wurden auseinandergebogen, und da, nicht halb so beängstigend wie an der Bucht, erschien ein bärtiges Gesicht mit wildem Blick.

»Ihr Name ist Cooper?« fragte der Mann. Seine großen Augen funkelten im Dunkel.

»Das stimmt. Und wie heißen Sie?« fragte Dr. Cooper.

Eine Hand schoß heraus. »Amos Dulaney, ehemaliger Professor für Geologie in Stanford.« Alle drei Münder der Coopers öffneten sich, aber Dulaney stieß hervor: »Bitte, keine Fragen! Hört zu. Ihr müßt diese Insel sofort verlassen. Und bitte, nehmt mich mit euch. Wir können heute nacht noch weg. Ich kann euch unten an der Bucht treffen.«

»Erzählen Sie mehr.«

»Keine Zeit! Ich erkläre es später. Ich ... aaahh!«

Die Coopers duckten sich. Dr. Cooper zog sofort seine

357er. Etwas hatte Dulaney gepackt und war schreiend und kämpfend mit ihm hinter den Büschen verschwunden.

»Laß los!« schrie er. »Laß mich los!«

Dr. Cooper lief hin, um zu helfen, aber plötzlich platzte ein riesiger Mann aus dem Urwald heraus, der aussah wie ein verärgerter Elefant. Er hielt den zappelnden, um sich schlagenden Dulaney um die Taille und schleifte ihn zu einer nahe liegenden Lichtung . . .

»Halten Sie sich hier raus«, befahl der Mann.

»Helfen Sie mir!« schrie Dulaney. »Lassen Sie es nicht zu.«

Der Krawall war im ganzen Dorf zu hören. Türen sprangen auf, und Männer kamen angerannt, viele mit Gewehren und Revolvern. Man hörte lautes Rufen, Befehle, und dann kamen noch mehr Männer.

Die Coopers standen sprachlos da und konnten nichts weiter tun als zuschauen.

3

MacKenzie kam aus Bert Hammonds Haus auf sie zugerast.

»Halt ihn fest!« befahl er.

»Aaahh! Nein! Nein!« schrie Dulaney.

»Zurück!« befahl ein Mann den Coopers.

Sie wichen nach hinten.

MacKenzie eilte zu der kämpfenden Masse von Männern und warf schnell einen Blick auf Dulaney.

Dann wich er zurück, streckte seine Hände gegen den um sich tretenden, sich windenden Mann aus, dessen Augen voll Schrecken weit aufgerissen waren.

»Moro-Kunda!« rief er.

Es war unglaublich! Als wäre Dulaney ein Stück glühende Kohle oder eine Bombe, die gleich explodierte, ließen all diese starken Männer – mindestens ein Dutzend der stärksten und bulligsten im ganzen Dorf – ihn zu Boden fallen und verstreuten sich in alle Richtungen. Als sie sich in einigermaßen sicherer Entfernung befanden, kreisten sie den kreischenden Mann ein und zielten mit ihren Gewehren auf ihn.

»Verschwinden Sie!« schrie MacKenzie die Coopers an. »Verschwinden Sie! Dieser Mann ist verflucht!«

»Los, tun wir, was er sagt«, riet Dr. Cooper. Die drei rannten in den Hof eines nahe liegenden Hauses und beobachteten, was weiter geschah.

Dulaney, der jetzt geduckt inmitten des Kreises der schwerbewaffneten Dorfbewohner stand, schrie: »Hört nicht auf ihn! Er lügt!«

»Sei still!« befahl MacKenzie.

»Diese Insel ist verdammt!« rief Dulaney. »Alle Tiere und Vögel sind geflohen, das Tiefland ist überflutet, die Erdbeben werden immer stärker . . .«

»Ich habe gesagt, du sollst ruhig sein!« rief MacKenzie. Dann richtete er sich an einige seiner Männer: »Tom, Andrew, holt die Beschützer, los, beeilt euch!«

»Hört ihr?« fuhr Dulaney fort. »Verschwindet von dieser Insel, solange ihr noch könnt! Kelno belügt euch!«

Tom und Andrew kamen mit einigen Sachen zurück, die aussahen wie rote Halstücher. Sie warfen sie ihren Kameraden zu, und jeder schlang sich so ein Halstuch um. Dann, wie durch einen Zauber, wurden alle Männer wieder mutig und gingen nach vorn, um Dulaney zu packen.

»Schafft ihn weg!« befahl MacKenzie.

Die Wachen schleiften den kämpfenden, schreienden Dulaney fort.

MacKenzie schien erschüttert. Entschuldigend wandte er sich an die Coopers.

»Wie ich schon sagte«, flüsterte er fast. »Das ist ein anderer Teil der Welt. Hier geschehen viele Dinge, die über unseren Verstand hinausgehen.«

Dr. Cooper ging direkt auf MacKenzie zu.

»Ich will, daß Sie mir das alles erklären«, sagte er bestimmt.

»Moro-Kunda . . .«

»Ich will mehr als das!« fuhr Dr. Cooper ihn an.

»Ich kann Ihnen nicht mehr sagen!« antwortete MacKenzie. »Was wollen Sie hören? Es ist keine Krankheit, keine Infektion . . . es ist . . . es ist etwas Böses, ein Wahnsinn, ein unsichtbarer, kriechender Fluch, der denjenigen befällt, der seinen Fuß an die falschen Orte setzt, der mit heiligen Gegenständen herumspielt oder die Mächte verärgert, die hier herrschen.«

»Ich dachte, Sie sind ein Botschafter des Evangeliums von Jesus Christus«, sagte Dr. Cooper mit flammendem Blick. »Heute abend klingen Sie mehr wie ein Medizinmann! Also, wenn es eine Krankheit ist, dann nennen Sie es Krankheit. Wenn es Wahnsinn ist, nennen Sie es Wahnsinn, aber erwarten Sie nicht, daß ich auf irgendwelche vagen, verschwommenen Tricks der heidnischen Magie reinfalle!«

MacKenzies Blick wurde eiskalt. »Ich glaubte auch

einmal wie Sie, aber ich habe auf dieser Insel sehr viel gelernt. Es gibt viele Dinge, die Sie nicht begreifen, Doktor . . .«

»Dann klären Sie mich auf.«

MacKenzie blickte zunehmend zornig zu Jake Cooper hinüber. »Hören Sie gut zu, Herr Doktor! Dieser Mann war einmal ein sehr bekannter und kluger Universitätsprofessor und ein angesehenes Mitglied unserer tapferen Gemeinschaft hier! Nun ist er ein wilder Wahnsinniger, mit völlig verrückten Ideen von Verdammnis, und ich versichere Ihnen, daß er morgen tot sein wird! Ich habe das schon öfter erlebt. Ich weiß, was auf uns zukommt.«

»Tot durch einen Fluch?«

»Man darf sich den Mächten, die diese Insel beherrschen, nicht widersetzen, noch darf man sie herausfordern. Tut man es doch . . ., kommt Moro-Kunda.«

Dr. Cooper zeigte mit seinem Finger genau auf MacKenzies Gesicht, und seine Stimme wurde lauter und lauter. »Haben Sie die Macht des Kreuzes vergessen? Haben Sie vergessen, daß Jesus Christus die Herrschaft über alle Tricks Satans hat? Sie müssen sich diesen Mächten nicht beugen!«

»Nichts kann die Geister zerstören, die hier herrschen«, sagte MacKenzie. »Noch nicht einmal das Evangelium von Jesus Christus!«

Dr. Cooper war sprachlos.

MacKenzie bedeutete den Coopers mit einer Geste, ihm zu folgen. »Ich werde dafür sorgen, daß Sie sich wohl fühlen. Sie können morgen früh abreisen.«

Die Gästehütte war bequem und warm, und die Betten machten einen weichen, komfortablen Eindruck.

Aber die Coopers fühlten sich ganz und gar nicht wohl.

Dr. Cooper blieb in der Nähe der Tür, den Revolver immer noch umgeschnallt. Er war hellwach.

Jay schaute aus dem Fenster in Richtung Dschungel. Lila saß am anderen Fenster und lauschte aufmerksam auch auf das geringste Geräusch.

»Irgend etwas ist hier ganz und gar faul«, flüsterte Dr. Cooper.

»Moro-Kunda!« sagte Lila angewidert. »Was für ein dummes Spiel spielt MacKenzie hier?«

»Ich konnte wirklich nicht erkennen, daß mit Dulaney etwas nicht stimmt«, meinte ihr Vater.

»Bist du sicher?« fragte Jay. »Mir erschien er ziemlich durcheinander.«

»Aber erinnerst du dich, was er von den Überflutungen im Tiefland erzählte? Das haben wir doch selbst gesehen.«

Lila erinnerte sich. »Die Palmen in der Nähe der Bucht!«

»Richtig. Und wie ist es mit dem, was Dulaney über die Tiere sagte? Wir haben bisher noch keinen Vogel gehört noch sonst irgendeine Spur von Tieren gefunden.«

»Junge«, sagte Jay, »auf allen anderen Inseln, die wir besucht haben, kann der Lärm des Dschungels einem den Schlaf rauben!«

»Und MacKenzie selbst . . .«, sagte Dr. Cooper nachdenklich. »Für einen Missionar hat er wirklich seltsame Vorstellungen.«

»Wie zum Beipiel, daß Jesus auf die Erde gekommen sei, um uns von unserer Unwissenheit zu erretten?« fragte Jay.

»Jesus kam nicht, um uns von unserer Unwissenheit zu erretten«, rief Lila aus. »Er kam, um uns von unserer Sünde zu retten!«

»Und wie ist es damit, daß er noch nicht einmal eine Kirche in diesem Dorf hat?« sagte Jay. »Alles, was sie haben, ist ein Versammlungsraum, wo sie geistliche

Dinge diskutieren! Er hat uns hier herumgeführt, aber ich habe keine einzige Bibel entdeckt.«

»Oder ein Kreuz«, fügte Dr. Cooper hinzu, »und ich habe nicht einmal gehört, daß er von Gebet oder Gottesdiensten oder Bibellesen gesprochen hat.«

»Schöner Missionar!« sagte Lila.

»Und erinnert ihr euch, daß er sagte, er hätte vor ewigen Zeiten geschrieben? Er muß das Datum auf dem Zettel übersehen haben. Er ist erst vor sechs Wochen geschrieben worden!«

»Er behauptete, sie hätten keine Waffen hier«, meinte Jay, »aber sie hatten eine riesige Menge von Gewehren, als sie Dulaney gefangennahmen!«

»Und das ganze Gerede über eine neue Welt, die sie für sich bauen wollen«, sagte Dr. Cooper, »und ein kommendes Zeitalter des Weltfriedens. Er erwähnte Aquarius, aber er hat nicht gesagt, daß Christi Wiederkehr irgend etwas damit zu tun hätte.«

»Wie hat Dulaney MacKenzie genannt?« fragte Lila.

»Kelno«, antwortete Dr. Cooper. »Was immer das bedeuten mag.«

»Und wofür waren all diese roten Halstücher? Seit wann stoppt man Viren mit roten Halstüchern?«

»Du stoppst keine Viren. Du stoppst . . . Flüche, oder böse Geister, oder Kräfte, oder wie immer MacKenzie sie nennt. Das ist Teil seines Spiels. Die Halstücher – ›Beschützer‹ nannte er sie. Wie Amulette oder Talismane oder Glücksbringer. Das ist schlicht und einfach Hexerei. Hier ist etwas ganz gewaltig faul.«

»Dad!« flüsterte Jay aufgeregt. »Schau mal.«

Dr. Cooper und Lila kamen eilig an sein Fenster.

»Schnell, mach das Licht aus!« sagte Dr. Cooper, und Lila knipste die Taschenlampe aus.

Sie standen im Finsteren und spähten in den schwarzen, stillen Dschungel hinaus.

In der Ferne sahen sie, wie sich blinkend und ab und zu aufblitzend ein kleiner Lichtpunkt zwischen den

Bäumen und Büschen bewegte. Das war das einzige, was sie sehen konnten. Zu hören war gar nichts.

»Kerze«, sagte Jay.

»Was macht er mitten in der Nacht da draußen?« fragte Lila.

»Wartet mal«, sagte Dr. Cooper. »Jay, mach das Fenster ein bißchen weiter auf.«

Jay öffnete das Fenster. Sie standen schweigend da und wagten kaum zu atmen.

Jetzt konnten sie es hören. Eine Art Gesang und Klagen, und manchmal ein jubelnder Chor. Es hörte sich unheimlich an.

»Feiern die eine Party da draußen?« fragte Jay.

»Da draußen, wo es so gefährlich sein soll, wo angeblich irgend etwas Böses auf der Lauer liegt...«, sagte Dr. Cooper nachdenklich. Er lauschte noch eine Weile, dann atmete er tief durch und sagte: »Hat jemand Lust, einen Spaziergang zu machen?«

»Was?!« sagte Lila voller Entsetzen.

»Okay!« sagte Jay.

Sie zogen ein paar dunkle Kleidungsstücke aus ihren Rucksäcken und schlüpften hinein, dann nahmen sie ihre Taschenlampen, allerdings ohne sie anzuschalten. Gemeinsam standen sie hinter der Tür und lauschten. Das kleine Dorf war so still, als wäre es verlassen. Die unheimlichen Geräusche aus dem Dschungel rissen nicht ab.

»Da, zu dem Baum da drüben«, flüsterte Dr. Cooper. Einer nach dem anderen – erst Jay, dann Lila, dann Dr. Cooper – flitzte über die schwach beleuchtete Straße in den schützenden Schatten einer großen Palme.

»Jetzt zu dem Hain dort«, wies ihr Vater sie an, und wieder huschten sie nacheinander zu dem neuen Ziel.

Nach einigen weiteren leisen, verstohlenen Sprints über die menschenleere Straße erreichten sie den verbotenen Pfad, den Jay zuvor entdeckt hatte.

»Nun«, sagte Dr. Cooper, »jetzt werden wir herausfinden, was MacKenzie uns nicht offenbaren wollte, was immer es ist.«

Sie liefen den Pfad entlang. Die Lichter des Dorfes wurden immer schwächer, während sie tiefer und tiefer in die feuchte, beengende Finsternis des Dschungels eindrangen. Irgendwo weit vor sich hörten sie immer noch die unheimlichen Klagegesänge einer Vielzahl von Stimmen. Sie knipsten ihre Taschenlampen an, richteten den Strahl nach unten und arbeiteten sich immer weiter voran.

Der Boden war mit weichem Moos und Torf bedeckt. Ihr Füße machten keinerlei Geräusch, bis auf ein gelegentliches Pitschen. Über ihnen hingen, wie schwarze, schleimige Finger, unsichtbare Lianen hinunter, klatschten an ihre Gesichter und beschmierten sie mit Wasser und einer glibberigen Masse. Der Pfad verengte sich und wurde immer düsterer. Dann kamen sie an eine Weggabelung.

»Na, großartig . . .«, sagte Jay.

»Wir müssen uns aufteilen«, sagte Dr. Cooper. »Lila, du hältst hier Wache und gibst uns ein Zeichen, wenn irgend jemand von hinten kommt. Jay, du gehst voraus und nimmst den rechten Weg; ich gehe nach links.«

Die Strahlen der Taschenlampen auf den Boden gerichtet und die Köpfe eingezogen, um den schleimigen Lianen auszuweichen, eilten Dr. Cooper und Jay die beiden Pfade entlang.

Lila knipste ihre Taschenlampe aus und blieb in der Finsternis stehen. Eine Zeitlang konnte sie noch die Schritte ihres Vaters und ihres Bruders und das verebbende Rascheln der Äste und Lianen hören. Diese Stimmen, wo immer sie auch herkamen und was sie auch waren, fuhren mit ihren Klagegesängen, ihrem Stöhnen und ihrem Singsang fort.

Pitsch, Pitsch.

In was stehe ich hier bloß? fragte sich Lila. Sie leuchtete auf ihre Füße. Ja, es war dasselbe matschige

Moos. Sie machte ein paar Schritte zur Seite, um auf festen Grund zu kommen.

Pitsch.

Was war das? Nein, hier war gar kein Moos.

Pitsch, Pitsch.

Lila bewegte ihre Füße. Sie machten kaum ein Geräusch.

Pitsch.

Sie erstarrte. Von irgendwoher konnte sie Wasser hören, das auf die großen Blätter einer Pflanze tropfte.

Pitsch, pitsch.

»Dad?« flüsterte sie. »Bist du das?«

Nichts.

Dann – krach, pitsch.

»Jay? Na los, ihr zwei, sagt etwas!«

Irgendwo bewegten sich Lianen.

Lila knipste erneut ihre Taschenlampe an und diese warf einen weißen Strahl durch den tiefhängenden Nebel. Sie blickte den einen Pfad entlang, dann den anderen.

Keine Spur von ihrem Vater oder Bruder.

Pitsch. Jetzt war es genau hinter ihr!

Schnell drehte sie sich um.

»Aaaahh!«

Ein plötzlicher Schrei durchschnitt die Nacht, betäubte Lilas Ohren und ließ ihr das Blut in den Adern gefrieren. Ihre Taschenlampe fiel purzelnd in die Büsche, und sie wurde zu Boden geworfen, verfangen in Wurzeln, Lianen, Blättern und Ranken.

Etwas hatte ihre Beine gepackt! Sie trat um sich, boxte und wehrte sich gegen die Äste und Wurzeln. Sie schrie auf, aber ihr Schrei wurde von dem weichen, moosigen Boden verschluckt.

Sie versuchte wieder zu treten, aber jetzt waren ihre Beine fest gefangen. Irgend etwas Schweres hatte sie im Griff, klammerte sich an ihren Körper und zog sie, Zentimeter um Zentimeter, Stück für Stück in den Dschungel hinein.

4

Das schwarze Etwas umstrickte Lila weiter, bis sie meinte, sie würde von ihm aufgefressen. Sie reckte ihren Kopf aus dem Gewirr von Moos und Blättern und schrie.

Eine Ewigkeit verstrich. Immer stärker fühlte sie das Krallen und Grabschen, das sie nach unten zog und sich förmlich in sie hineinfraß. Dann hörte sie, wie eine fremdartige Stimme flüsternd flehte: ». . . hilf . . . mir.«

Plötzlich war sie aus ihrer Umklammerung frei. Stille. Was nun? Lieber Jesus, muß ich jetzt sterben?

»Lila!« kam eine Stimme. Sie blickte auf und sah den Strahl einer Taschenlampe.

»Dad!« brachte sie kläglich hervor.

Noch ein Licht. Jay kam angerannt. Die Strahlen der Taschenlampen erleuchteten alles um sie herum. Das Gewicht wurde plötzlich von ihr gerissen, und sie sah gerade noch rechtzeitig, wie ihr Vater etwas zur Seite schleuderte, als wäre es eine Stoffpuppe. Sein Revolver kam zum Vorschein.

»Dad, warte!« warnte Jay und berührte ihn an der Schulter.

Dr. Cooper hielt einen Moment inne und blickte mit gezogenem Revolver auf die schweigende Figur zu seinen Füßen. Fast unmittelbar lockerte er seine Haltung, steckte seine Pistole ein und stieß einen langen Seufzer der Erleichterung aus.

»Alles okay, Jay«, sagte er.

Sofort fand sich Lila in vier Armen wieder, die sie liebevoll festhielten.

»Bist du okay, Liebes?« wollte Dr. Cooper wissen. »Hast du dich verletzt?«

»Ich weiß nicht . . .«, sagte sie, immer noch benommen vor Angst.

»Kannst du aufstehen?« fragte Jay.

Sie war zwar schwach und zitterte am ganzen Leib, aber sonst fehlte ihr nichts.

»Ich glaube, ich bin okay«, sagte sie. »Was – was war es? Was ist passiert?«

Dr. Cooper beugte sich über das Etwas, das er beiseite geschleudert hatte, und drehte es um. Sie strahlten es mit ihren Taschenlampen an.

»Mr. Dulaney!« schrie Lila auf.

Er war tot, sein Mund war in einem letzten Schrei erstarrt, und seine Augen waren vor Entsetzen weit aufgerissen.

Dr. Cooper kniete neben dem Körper nieder. Sorgfältig untersuchte er die Augen, das Gesicht und den Mund. Er rollte einen der Hemdsärmel des Toten hoch und schaute sich die Haut auf seinem Arm an.

Schließlich sagte er leise: »Das ist also Moro-Kunda.«

Voller Angst starrte Jay seinen Vater an. »Meinst du wirklich, Dad?«

»Die Symptome sind die gleichen, wie wir sie bei Tommy auf dem Floß gefunden haben: Blutgerinnung, extreme Austrocknung und Verbrennungen am Fleisch und an der Haut – Wahnsinn, Panik, abnormales Verhalten. Die Ärzte in Samoa hatten mir gesagt, worauf ich achten soll. Was immer dieses Moro-Kunda ist, es hat diese beiden Männer ermordet.«

Lila fragte: »Aber was wollte er von mir? Hat er mich nicht angegriffen?«

»Ich würde sagen, er war in Panik, Lila. Er hat sich an dich geklammert, wie ein Ertrinkender sich an seinen Retter klammern würde. Er konnte nichts für sein Verhalten.«

Plötzlich kam ein Lichtstrahl von hinten, und eine bekannte Stimme sagte: »Glauben Sie mir jetzt, Doktor?«

Es war Adam MacKenzie, in Begleitung zweier seiner Männer.

»Tja, ich muß sagen, ich bin ziemlich beeindruckt«, erwiderte Dr. Cooper.

MacKenzie leuchtete mit seinem Licht in alle Gesichter, als würde er etwas suchen.

»Sie haben Glück«, sagte er. »Der Fluch ist auf keinen von Ihnen übergesprungen . . . noch nicht.« Er lachte leise in sich hinein, und es hatte einen unheimlichen, mechanischen Klang. »Darf ich vorschlagen, daß Sie jetzt alle in Ihre Hütte zurückkehren. Und keine weiteren Erkundungstouren im Dschungel, wenn ich bitten darf. Ich sagte Ihnen, daß es hier nicht sicher ist. Meine Männer werden sich um den Leichnam von Dulaney kümmern.«

Dr. Cooper wagte zu sagen: »Wir haben uns gefragt, was diese ganzen Leute mitten in der Nacht im Dschungel treiben.«

»Doktor«, sagte MacKenzie und lachte wieder hinterhältig, »diese Insel kann seltsame Dinge mit Ihren Sinnen tun. Da ist überhaupt keiner, der sich heute nacht außerhalb des Dorfes aufhält.«

»Wir haben Stimmen gehört!« sagte Jay.

»Oh ja, sicherlich«, entgegnete MacKenzie und fügte hinzu, »aber, junger Herr Cooper, diese Dinge hört man hier oft, und ich fürchte . . ., es bedeutet nicht, daß tatsächlich jemand da ist.«

Kaum waren die Coopers wieder in ihrer Hütte und die Tür verschlossen, gingen sie zum Fenster, um zu lauschen. Jetzt war alles still. Die Stimmen waren verstummt.

Den Rest der Nacht schliefen sie in Schichten, zwei Stunden Schlaf und eine Stunde Wache. Als Dr. Cooper Wache hielt, blieb er still und ließ Jay und Lila schlafen, obwohl er sah, wie sich der entfernte, blinkende, aufblitzende Lichtpunkt auf dem Kopf von Kerze planmäßig durch den Dschungel bewegte, erst in diese, dann in jene

Richtung, wie eine Fähre, die auf weit entfernter, pechschwarzer See hin- und herfuhr . . .

Dr. Cooper wachte plötzlich auf. Sofort versicherte er sich, daß seine Kinder wohlauf waren, dann atmete er auf. Lila schlief noch, und Jay saß auf seinem Feldbett an der Tür. Er lehnte mit dem Rücken an der Wand und schaute müde drein. Das Licht der Morgendämmerung drang durch die Fenster.

Dr. Cooper hörte MacKenzie, der mit sehr energischer Stimme draußen auf dem Platz sprach.

»Was geht da vor?« fragte er.

»Der ist fuchsteufelswild«, sagte Jay. »Da fehlen wohl irgendwelche Baumaterialien, und er beschuldigt jeden, er habe sie gestohlen.«

»Oh?« sagte Dr. Cooper und ging zu seinem Sohn an die Tür hinüber. »In dieser vollkommenen Welt, frei von Verbrechen und Betrug, hat er einen Dieb?«

»Nicht mehr lange, wenn es nach ihm geht. Hör mal, wie er sie bedroht! Meine Herren!«

Beide lauschten, als MacKenzie von der Veranda seines Hauses aus herumschrie und schimpfte.

». . . und seid hundertprozentig sicher«, hörten sie MacKenzie sagen, »dieser Dieb wird gefunden! Es wird ihm wesentlich besser bekommen, jetzt vorzutreten und zu gestehen, als zu warten, bis ich ihn selbst entlarve. Und auch wenn ich es nicht herausfinden sollte – die Insel weiß es und wird ihn mir zeigen! Eines Tages, du mutiger Dieb, wirst du sehen, was es heißt, nicht nur mich und dieses Dorf zu betrügen, sondern Aquarius selbst! Dann gibt es für dich keine Rettung mehr!«

»Er spricht so, als wäre diese Insel lebendig«, sagte Jay.

Dr. Cooper schüttelte nur den Kopf. »Er ist ein richtiger Künstler, was?«

Lila erwachte und setzte sich, blinzelnd und mit zerzausten Haaren, in ihrem Feldbett auf.

»Was ist los?« fragte sie verschlafen.

»Sie erklärten, was geschehen war, und ließen sie den Drohungen MacKenzie's zuhören.

»Uns fehlen mittlerweile«, sagte MacKenzie, »mehrere Meter Holz, zwei Kisten Nägel, zehn Tuben Dichtungsmittel . . .« Die Liste wurde immer länger. »Nun . . . ihr habt den Rest des Tages Zeit, darüber nachzudenken. Wenn du der Dieb bist, komm zu mir und bitte mich um Gnade. Wenn diese Gegenstände zurückgebracht werden, bin ich sicher, daß die Mächte gnädig sein werden. Wenn du weiter stiehlst und raubst, wer könnte dann verhindern, daß du verflucht wirst? Wie wärst du vor . . . Moro-Kunda sicher?«

Sogar aus dem Inneren der Hütte hörten die Coopers, wie die Menschen auf dem Platz mit furchtsamem Gemurmel und Flüstern untereinander auf diese Drohung antworteten.

»Wie Marionetten an einem Faden!« sagte Dr. Cooper.

»Sie haben wirklich Angst vor ihm, oder?« sagte Lila.

»So hält er sie unter Kontrolle«, sagte Dr. Cooper. »Wirklich bemerkenswert! Wie es in der Bibel steht!«

»Ja«, sagte Jay, »wie im zweiten Brief, den Paulus an die Leute in Thessaloniki geschrieben hat – die Stelle über den Antichrist, der jeden mit Macht und Zeichen und falschen Wundern betrügt, nicht wahr?«

»Bemerkenswert!« Dr. Cooper mußte es noch einmal sagen. »Es ist wie ein Miniaturreich des Antichristen, eine Miniaturform einer Weltdiktatur: Ein Mann herrscht über alle, jeder trägt sein Aquarius-Medaillon, und jeder hat Angst vor seinen großen betrügerischen Mächten. Das ist fast eine direkte Kopie aus dem 13. Kapitel der Offenbarung!«

»Aber wie in aller Welt konnte ein Missionar, der das Evangelium von Jesus Christus verbreiten soll, so durcheinander kommen?« fragte sich Jay. »Ich meine, der Typ ist doch total daneben!«

Dr. Cooper hörte dem angeberischen Geschrei von MacKenzie noch einen Moment lang zu, dann schüttelte er nachdenklich seinen Kopf.

»Nein«, sagte er schließlich. »Das ergibt keinen Sinn. Dieser Mann – wenn er Adam MacKenzie ist – ist ganz sicherlich sehr verwirrt und zu bemitleiden.«

»Was sollen wir jetzt der Missionarischen Allianz erzählen?« fragte Lila.

»Wir haben nicht genug Information, um ihnen irgend etwas berichten zu können . . . noch nicht«, antwortete Dr. Cooper.

Adam MacKenzie verabschiedete die Coopers übertrieben freundlich und zuvorkommend. Es schien, als wäre er überglücklich und erleichtert, sie gehen zu sehen. Schnell bellte er Kerze einige Befehle zu, der dafür sorgte, daß die Coopers ihre Habe in kürzester Zeit auf ihre Rücken gepackt hatten und abmarschbereit waren.

Aber das war noch nicht alles. MacKenzie befahl Kerze, die Coopers zu ihrem Boot zu begleiten, damit sie sich nicht verirrten. Die Coopers waren allerdings überzeugt, daß er nur sichergehen wollte, daß sie auch tatsächlich abreisten.

Mit einem festen Handschlag verabschiedete MacKenzie sie und sagte: »Ich hoffe, Sie hatten einen anregenden Aufenthalt bei uns!«

»Oh ja, das hatten wir in der Tat«, antwortete Dr. Cooper.

»Und Sie werden der Allianz berichten, daß Adam MacKenzie wohlauf ist und mit seiner Arbeit in der Südsee viel Erfolg hat, nicht wahr?«

»Warum schreiben Sie ihnen nicht und berichten es selbst?« fragte Dr. Cooper freundlich. »Ich bin sicher, sie würden sich sehr freuen, von Ihnen zu hören. Dabei könnten Sie übrigens auch die Einladung noch einmal aussprechen, die ja verloren gegangen ist. Ich bin sicher, sie würden sich gerne persönlich ansehen, was Sie hier alles tun.«

»Ja! Das werde ich tun«, sagte MacKenzie und winkte ihnen zum Abschied.

Und ich wette, Sie werden es nicht tun, dachte Dr. Cooper, als sie das Dorf verließen und sich auf den Weg durch den Dschungel machten, gefolgt von dem großen, stillen und imponierenden Kerze.

Auf dem Weg verständigten sich die drei durch Handzeichen. Sie wußten: Das konnte noch nicht alles sein. Es würde nicht zu ihnen passen, einfach wegzugehen, und es würde auf keinen Fall die vielen Fragen beantworten, die sich auf dieser Reise in ihren Köpfen festgesetzt hatten. Sicher, erst einmal würden sie mit Kerze zu ihrem Boot hinuntergehen, und sie würden wahrscheinlich auch in See stechen – solange Kerze sie beobachten konnte.

Sobald sie am Boot anlangten, würden sie über alles sprechen können.

Kerze begann, ihnen etwas zuzurufen, aber wie üblich konnten sie nicht genau verstehen, was er ihnen sagen wollte. Sie wandten sich um und sahen zu ihm hin.

»Ihr, ihr kommen!« sagte er und wies zur Seite in den Dschungel hinein.

Dr. Cooper ging zu ihm hin. Da war ein anderer Pfad, so klein und im Dschungel verborgen, daß sie ihn nicht einmal bemerkt hatten.

»Gehen!« sagte Kerze und wies auf den Pfad.

Dr. Cooper versuchte zu erklären: »Kerze, nein, hör zu, dies ist der Weg, auf dem wir gekommen sind. Wir müssen zur Bucht zurückkehren, wo unser Boot vor Anker liegt. Verstehst du?«

Kerze verstand nur, daß er wollte, daß sie den anderen Weg gingen, und zeigte weiter voll Ernst auf den Pfad.

Jay und Lila schauten nun auch in die Richtung. Die kleine Öffnung zwischen den Büschen erweckte nicht den Eindruck, als würde man irgendwo hinkommen.

»Er muß seine Befehle mißverstanden haben«, vermutete Jay.

Dr. Cooper machte nun ganz ähnliche Gesten wie Kerze, während er erklärte: »Wir müssen da zurückgehen, wo wir hergekommen sind ... diese Richtung ... diesen Weg, verstehst du?«

Kerze war frustriert. Die Coopers folgten weiter dem Hauptweg. Kerze blieb, wo er war, in seinem Gesicht standen Zorn und Verzweiflung geschrieben. Den Coopers war das ganz recht. Sie hatten genug von den ganzen Befehlen und Eskorten auf dieser Insel.

Da konnten sie dieses Tosen und Grollen hören – dieses fremdartige Wasserrauschen. Das Geräusch stieg aus der tiefen Schlucht herauf, über die dieses wackelige, riskante und tödlich gefährliche Etwas führte, das eine Brücke darstellen sollte. Diese Brücke! Wenn sie nur daran dachten, daß sie in der Dunkelheit darübergegangen waren! Jetzt bei Tageslicht konnten sie klar sehen, wie ausgefranst und locker die Seile an den Seiten waren. Durch den jahrelangen Wechsel der Jahreszeiten, salzige Luft, Regen und Sonne waren sie verwittert und morsch. Die Bretter, die den Übergang bildeten, waren an vielen Stellen völlig vermodert, viele fehlten, und an diesen Lücken hatte der Reisende einen mehr als ausreichenden Blick auf den sicheren Tod, der unter seinen Füßen wartete.

Wo war der Grund der Schlucht? Die Coopers reckten ihre Hälse, um den Punkt zu erkennen, wo die Felswände schließlich den Fluß erreichten, oder den Wasserfall, oder was immer da unten sein mochte. Aber die Felsen fielen nach unten ab wie ein riesiger natürlicher Fahrstuhlschacht. Von Neugier gepackt, wagte Jay einige vorsichtige Schritte auf die Brücke.

Plötzlich klammerte er sich an die Seile, sein Körper erstarrte und seine Augen weiteten sich vor Entsetzen.

»D-Dad!« brüllte er mit stockender Stimme.

Dr. Cooper verließ den Pfad, bahnte sich einen Weg

durch das Unterholz und schritt auf einen hohen Felsvorsprung neben der Brücke. Er blickte geradewegs in den Abgrund, und sein Gesichtsausdruck wurde dem von Jay gleich.

Lila blieb stehen, wo sie war. Sie hatte nicht das geringste Verlangen zu sehen, was die beiden anderen sahen.

Jay meinte, er schaue geradewegs in – in –
»Es sieht aus wie die größte Toilette der Welt!« rief er.
»Das ist überhaupt nicht lustig!« schimpfte Lila.

Dr. Cooper mußte selbst lachen und zugeben, daß Jays Beschreibung sehr treffend war. Die Schlucht war an ihrer breitesten Stelle über hundert Meter breit, die Felswände fielen etwa dreißig Meter steil in einen riesigen Krater ab. Es mußte sich um einen erkalteten Vulkankrater handeln, der Hauptschacht, aus dem einst die Lava geschossen war, die die Insel formte. Nun, da er keine Lava mehr ausspuckte, war sein Schlund mit Wasser gefüllt, einschließlich dem größten, wildesten, donnerndsten Strudel, den je ein Mensch gesehen hatte. Das aufgepeitschte Wasser rauschte im Kreis herum und wurde in rasendem Tempo in einen trichterförmigen Schlot gesogen. Im Zentrum dieses Schlotes war ein schwarzes, bodenloses, wirbelndes Loch, das mit einem ständigen saugenden Grollen umherwirbelte und von den nackten Felswänden widerhallte.

Dr. Cooper eilte zur Brücke zurück und signalisierte Jay, daß er weitergehen sollte. Jay brauchte einige Sekunden, um seinen Blick von der unglaublichen Aussicht unter ihm zu lösen. Dann tastete er sich Schritt für Schritt über die Brücke.

Lila kam als nächste. Sie setzte einen Fuß auf die Brücke, aber nur äußerst zögernd.

»Dad –«, begann sie, preßte dann aber schnell ihre Lippen zusammen, griff nach den Seilen an der Seite und ging los.

Mit zögernden Schritten bewegte sie sich vom festen Boden unter ihren Füßen weg, sie schwankte hin und her wie ein betrunkener Vogel über einem Felsenriff.

Und dann waren die Riffe, die Felsen verschwunden, sie hatte keinen Grund mehr unter sich, nur noch Leere, kalte Gischt, die in dem riesigen Krater hing, und etwas, das aussah wie ein gewaltiges Maul mit weiß schäumenden Lippen und einem bodenlosen schwarzen Schlund. Lila erstarrte.

»Geh weiter, Lila«, bat Dr. Cooper sie eindringlich. «Geh einfach rüber!«

Sie zwang sich, einen weiteren Schritt zu tun.

Das Brett zerbrach! Als ihr Fuß hindurchrutschte, brach sie zusammen, klammerte sich an die modrigen Seile und hielt sich verkrampft fest. Unter ihr fielen die beiden Hälften des Brettes wie zwei Tannennadeln hinab, wurden vom Wind verweht, wurden kleiner und kleiner und fast unsichtbar über dem brodelnden, wütend aufgerissenen Maul. Der riesige Strudel verschluckte sie.

Lila konnte sich nicht rühren. Die Brücke schwankte auf und ab, als wolle sie Lila hinunterwerfen und diesem Monster zum Fraß vorwerfen. Mit starrem Blick schaute sie in die Tiefe des umherwirbelnden Wassers, und plötzlich war sie sich sicher, daß sie in einen schwindelnden, sich drehenden Tunnel hineinblickte. Sie war es jedoch, die sich drehte. Sie konnte nicht denken, sie war wie gelähmt.

Dann spürte sie die Hand ihres Vaters auf ihrem Arm. Sie ließ sich von ihm aufheben und klammerte sich wie eine Zweijährige an ihn, während er sie einen vorsichtigen Schritt nach dem anderen von der schrecklichen Brücke und zurück auf den festen Grund trug.

Dr. Cooper setzte Lila ab, sie sank zu Boden und saß völlig verschüchtert da.

»Es ist okay, Liebling«, sagte Dr. Cooper.

Nun kam Jay über die Brücke zurück. Jay, wenn du ein Wort sagst, gibt's was! Aber Jay machte weder Witze noch Vorwürfe. Er nahm sie einfach in die Arme.

Sie begann zu weinen: »Es tut mir leid . . .«

»He, keine Sorge«, sagte Jay.

»Das kommt vor«, sagte ihr Vater.

»So etwas ist mir noch nie passiert . . .«, jammerte sie. »Ich habe da draußen einfach die Beherrschung verloren.«

»Hör mal, ich mache dir doch gar keinen Vorwurf«, sagte Jay. »Mein Herz schlägt auch immer noch bis zum Hals!«

»Das war ja auch wirklich genug, daß das Brett unter deinen Füßen zerbrach!« meinte Dr. Cooper.

»Tut mir leid«, wiederholte sie und merkte, wie sie langsam die Beherrschung wiedergewann. »Aber ich glaube nicht, daß ich über dieses Ding drübergehen kann!«

Die drei tauschten Blicke aus, und plötzlich überfiel sie alle derselbe Gedanke.

»Der andere Pfad . . .«, sagte Dr. Cooper.

»Laßt es uns versuchen, bitte«, sagte Lila.

»Ich wette, Kerze wußte genau, wovon er sprach«, sagte Jay.

Der neue, noch unerforschte Weg schlängelte sich ziemlich weit einen steilen Hügel abwärts, bevor er flacher wurde und die Coopers durch ein dichtes Dschungelgebiet in Richtung des Meeres führte. Anfangs geschah nichts Ungewöhnliches, keine offensichtlichen Gefahren tauchten auf.

Dann entdeckte Lila etwas zwischen den Bäumen und verlangsamte ihren Schritt.

»Was ist das da drüben?« fragte sie sehr verhalten.

»Ein Gebäude oder so etwas . . .«, meinte Jay.

Es war tatsächlich ein Gebäude, eine kleine Hütte aus Reisig. Dahinter befand sich noch eine Hütte und dahinter noch weitere.

»Verlassen«, stellte Dr. Cooper fest.

Sie schauten sich in der ersten Hütte um. Viel konnte wohl sowieso nie in der Hütte gewesen sein, aber irgend etwas stimmte nicht mit der Leere in dieser kleinen Behausung.

»Irgend jemand ist hier gewesen«, sagte Dr. Cooper, während er sorgfältig den Boden betrachtete. »Vorsicht. Seht ihr hier? Fußabdrücke.«

»Von Schuhen«, sagte Jay.

»Moderne Sohlen und Absätze«, bemerkte Dr. Cooper. »Und seht mal da. Einige Sachen sind durch die Tür nach draußen gezerrt worden. Höchstwahrscheinlich irgendwelche Möbel.«

Draußen schaute sich Lila einen einfachen Pferch an. Der kleine Zaun war zerbrochen, und die Tiere waren verschwunden.

Die nächste Hütte fanden sie genauso leergeräumt vor. Einige wenige kaputte und nutzlose Dinge lagen hier und da herum.

»Sieht so aus«, meinte Dr. Cooper und ließ seinen Blick umherschweifen, »als ob dieser Ort geplündert worden ist. Irgend jemand war hier und hat alles mitgenommen.«

Sie gingen weiter den Pfad entlang. Lila, die Jay und Dr. Cooper ein Stück voraus war, bekam als erste den nächsten schockierenden Anblick zu sehen. Abrupt stoppte sie und blieb mit aufgerissenen Augen und ihrer Hand vor dem Mund stehen. Der Ausdruck auf ihrem Gesicht veranlaßte Dr. Cooper und Jay, zu ihr hinzurennen.

Dann standen alle drei lange Zeit sprachlos da.

»Ich frage mich, ob uns Kerze deswegen diesen Weg gezeigt hat«, sagte Jay.

»Als ob er wollte, daß wir das hier sehen«, fügte Lila hinzu.

Vor ihnen lag ein ganzes Hüttendorf mit Tierunterständen, Pferchen und einem größeren Haus. Das Dorf war unzerstört und scheinbar noch vor kurzem bewohnt gewesen. Soweit die Coopers sahen, stimmte nur eines nicht: Es stand halb unter Wasser.

»Erst diese Palmen und nun das hier«, sagte Dr. Cooper.

»Nun wissen wir sicher, daß hier etwas nicht stimmt«, fügte Lila hinzu.

»Und Dulaney wußte es auch.«

»Und Tommy auch?« fragte Jay.

»Dieses Dorf sieht aus, als hätte noch gestern jemand hier gewohnt«, sagte Dr. Cooper. »Die Flut kommt erst seit ganz kurzer Zeit so weit ins Land.«

»Wo sind dann die ganzen Leute hingegangen?« überlegte Lila laut.

Dr. Cooper schüttelte seinen Kopf. »Geflohen, nehme ich an. Ich wette, daß unser Mr. MacKenzie und seine Leute die Insel nun ganz für sich allein haben.«

Jay erinnerte sich an MacKenzie's Notiz. »›. . . kommt schnell, die Insel ist . . .‹ Was meinte er nur damit?«

»Wir kehren um«, sagte Dr. Cooper.

Bei Tag verlief die Rückkehr viel schneller. Sie hatten nur ein Ziel vor Augen: diesen seltsamen, verbotenen Pfad, den MacKenzie sie nicht hatte erforschen lassen, den Pfad, auf dem Dulaney so tragisch gestorben war.

Sobald sie in Sichtweite des Dorfes waren, duckten sie sich hinter einige Felsen. Sie konnten genau auf die Hauptstraße sehen, wo viele Menschen ihren täglichen Geschäften nachgingen. Irgendwie mußten die Coopers es schaffen, auf den Pfad zu kommen, ohne gesehen zu werden.

»Lila, du paßt auf«, flüsterte Dr. Cooper.

Sie versteckte sich im Inneren eines ausgehöhlten alten Baumes und beobachtete die Dorfstraße. Ab und zu war die Straße ganz leer, aber immer nur für einige Sekunden.

Wieder kam ein solcher Moment. Sie winkte, und Jay spurtete die Straße hinab in das Dorf, hinter einen Holzschober, und dann, mit einer scharfen Biegung zur Seite, bog er in den verbotenen Pfad ein und war damit aus dem Blickfeld einiger Schreiner, die gerade wieder auf der Straße erschienen, verschwunden. Sie waren bewaffnet und schienen ziemlich nervös.

Dann war Lila an der Reihe, zum Pfad hinüberzusprinten, und Dr. Cooper paßte auf. Sie hatte nur Sekunden Zeit, um ihr Ziel zu erreichen, und schlüpfte unbemerkt in den Dschungel.

Dr. Cooper wartete auf einen günstigen Augenblick und folgte ihnen. Schließlich waren sie wieder beisammen und eilten den Pfad entlang.

»Okay«, flüsterte Dr. Cooper, »hier ist die Gabelung, bis zu der wir gestern nacht gekommen sind. Diesmal bleiben wir zusammen...«

»Danke«, sagte Lila.

»Wir nehmen einfach den linken Weg und schauen, wo wir hinkommen.«

Sie huschten durch den Dschungel, duckten sich unter nassen, herabhängenden Lianen, wichen Baumstümpfen, gestürzten Stämmen und Morast aus, während sie immer wieder lauschten und sich wachsam umblickten.

Jay wies auf einen hohen Baum mit einem großen Vogelnest in den Zweigen – es war leer. Im Verlauf des Weges entdeckten sie noch mehr Nester und außerdem mehrere verlassene Fuchsbauten. Dulaney hatte wieder recht gehabt. Die Tiere waren geflohen.

Nach kurzer Zeit konnten sie eine Lichtung zwischen den Bäumen erkennen. Sie duckten sich, um nicht entdeckt zu werden, und schlichen gebückt über dem feuchten, moosigen Untergrund, bis sie an den Rand der Lichtung kamen. Dann schwärmten sie aus und gingen hinter einem großen Felsblock, einem Baum und einem großen Busch in Deckung.

Irgend etwas stimmte nicht mit diesem Ort, es war unheimlich. Die hohen Bäume überragten ihn, als weinten sie oder als wären sie halbtot, und ein fremdartiger, unangenehmer Geruch durchzog die Luft. Es roch modrig, so als würde etwas verwesen. Die großen Steine, die hier und da aufgestellt waren, erweckten den Anschein, daß es sich um einen einfachen Tempel oder Schrein handelte. Vielleicht waren sie auch astrologische Markierungszeichen oder Tafeln oder Sockel, oder ...

»Altäre?« überlegte Dr. Cooper.

In der Mitte der Lichtung befand sich eine breite Senke und eine Grube. Sie konnten den Boden der Grube nicht sehen, nur ihren Rand. Vielleicht war es eine Art Feuerstelle. Dr. Cooper wagte sich vorsichtig auf die Lichtung, gefolgt von seinem Sohn und seiner Tochter. Als sie sich der Mitte näherten, konnten sie sehen, daß die vermeintliche Feuerstelle an den Seiten immer tiefer abfiel, und erst als die Coopers schließlich direkt am Rand der Grube angekommen waren, konnten sie ungefähr fünf Meter unter sich ihren sandigen Grund erkennen.

Der Boden der Grube war mit vertrockneten, ausgebleichten Knochen bedeckt.

»Oh Gott!«, murmelte Dr. Cooper ein sorgenvolles Gebet. »Was jetzt?«

»Eine Opferstelle?« fragte Jay unnötigerweise.

Dr. Cooper kniete nieder, um einen näheren Blick darauf zu werfen. »So ... hier wird also irgendeine Art von heidnischen Kulten oder Hexerei praktiziert. Die Grube ist erst kürzlich benutzt worden ...«, beobachtete er, und genau diese Beobachtung ließ ihm übel werden. »Eines der Tiergerippe ist noch ziemlich frisch.«

»Dad«, sagte Jay sehr schwach. »Ich glaube, da unten sind auch einige Menschenknochen!«

Dr. Cooper untersuchte die Grube. »Auch ein Krater, glaube ich. Es könnte gut sein, daß er tief ins Erdreich der Insel reicht. Irgendein fleischfressendes Tier muß da unten leben, . . . etwas, das sich von . . . von den Opfern ernährt.«

Er stand auf und entfernte sich von der Grube. Warum sollten sie noch mehr darüber reden?

»Glaubst du, daß es das war, was wir letzte Nacht gehört haben?« fragte Jay. »Irgendeine Art Zeremonie, die hier stattfand?«

»Ich weiß nicht«, sagte Dr. Cooper, tief in Gedanken versunken. »Ich glaube wirklich nicht, daß die Stimmen, die wir letzte Nacht hörten, aus dieser Richtung kamen.« Er blickte über die Lichtung in den dahinter liegenden Dschungel hinein. »Ich glaube eher, daß sie irgendwo aus dieser Richtung gekommen sind, was heißt, daß wir vielleicht noch nicht alles gesehen haben, was es zu sehen gibt.«

»Mir reicht, was ich gesehen habe«, sagte Lila.

»Ich werde MacKenzie darauf ansprechen. Aber vorher würde ich mir gerne diesen Weg da drüben ansehen –«

Ein Zweig knackte. Rascheln kam aus dem Dschungel. Die Coopers rasten in Richtung des Pfades, auf dem sie gekommen waren.

Aber der war nun von Männern bewacht, die mit Gewehren im Anschlag auf sie warteten.

Immer mehr Wachen erschienen auch am anderen Zugang zur Lichtung. Auch sie hatten ihre Waffen schußbereit. Die Coopers saßen in der Falle.

»Dr. Cooper«, rief eine Stimme. »Sie hätten es besser wissen müssen! Die Insel hat überall Augen, und ich weiß über alles Bescheid, was sie sehen.«

Natürlich. Da stand Adam MacKenzie zwischen zwei Leibwachen. Schockiert und wütend sah er die Coopers an.

Dr. Cooper hatte langsam genug von diesen ganzen Geheimnissen und den Gewehren. Mutig schritt er vor und stellte sich dem seltsamen Inselherrscher Auge in Auge gegenüber.

»Ist das der Grund, aus dem Sie uns nicht in den Dschungel lassen wollten? Jetzt sagen Sie mir gefälligst, was das hier alles ist und was hier vor sich geht!«

Aber MacKenzie konnte nicht antworten. Sein Gesicht war leichenblaß, und seine Augen vor Entsetzen weit aufgerissen.

»Beschützer!« rief er.

Sofort zog jeder der bewaffneten Männer sein rotes Halstuch hervor und band es sich um. Ihre Gesichter waren vor Angst verzerrt. Manche der zitternden Hände konnten kaum die Gewehre halten.

»Mor – Moro-Kunda!« schrie MacKenzie mit bebender Stimme. »Keine Bewegung, ihr drei, oder ich lasse meine Männer gleich hier auf euch schießen!«

Die Coopers schauten all die verängstigten Männer an. Eine schreckliche Ahnung befiel sie.

»Dad, er versucht, uns zu überlisten«, flüsterte Jay verzweifelt.

»Ich weiß«, antwortete Dr. Cooper. Er sagte zu MacKenzie: »Hören Sie zu, MacKenzie, hören Sie gut zu. Ich weiß nicht, was dieses Moro-Kunda von Ihnen ist, aber ich versichere Ihnen, daß Sie sich jetzt mit einem Gott zu schaffen machen, der den ganzen Flüchen oder Mächten, die Sie sich ausdenken, mehr als gewachsen ist.«

»Es tut mir sehr leid, Doktor«, sagte MacKenzie. »Glauben Sie mir, ich meine es gut mit Ihnen. Aber Sie sind hier auf heiligen Boden eingedrungen, und zweifellos haben Sie sich dadurch selber den Fluch zugezogen.«

»Das wird nicht funktionieren, MacKenzie«, sagte Dr. Cooper eiskalt.

Aber MacKenzie schüttelte nur bedauernd den Kopf. »Sie haben sich mit den heimlichen Mächten dieser Insel eingelassen. Ja, Dr. Cooper, deshalb habe ich Sie davor gewarnt, in den Dschungel zu gehen. Sie hätten besser auf meine Worte gehört. Nun ist es vielleicht zu spät!«

MacKenzie nickte, zwei Wachen kamen vor, ergriffen die drei und nahmen die Rucksäcke und Dr. Coopers Revolver.

»Sie lassen mir keine Wahl«, sagte MacKenzie mit einem Funkeln in den Augen. »Um meiner Leute willen hier muß ich Sie festhalten, bis der Fluch ... sein Werk vollendet hat.«

Die Gefängnishütte war solide gebaut, mit dicken Wänden aus Baumstämmen und einer schweren Holztür (die natürlich verriegelt war). Die Fenster bestanden lediglich aus Gucklöchern, und der winzige Raum wurde von einer kahlen Glühbirne erleuchtet, die von der Decke hing. Draußen hielt ein Posten Wache.

Jay und Lila saßen auf zwei Feldbetten. Dr. Cooper ging ziellos auf und ab, dachte nach, betete und dachte wieder nach.

»Ich glaube«, sagte Jay, »ich bekomme Angst.«

»Also gibst du es endlich zu«, meinte Lila.

»Es reicht, ihr beiden!« wies Dr. Cooper sie zurecht. »Angst ist verständlich, aber wenn wir ihr nachgeben, kommen wir nie hier raus.«

»Aber ich kann immer nur an Mr. Dulaneys Gesicht denken und an seine Augen . . .«, sagte Lila, und dann flüsterte sie: »Dad, wird mit uns dasselbe geschehen?«

Dr. Cooper starrte auf das strohgedeckte Dach über ihnen und sagte: »In solchen Situationen ist der Psalm 91 hilfreich, besonders die Verse, wo es heißt, daß Gott uns aus den Stricken des Jägers befreit und von der tödlichen Pest, die in der Dunkelheit lauert.«

Jays Miene erhellte sich etwas, als er den Psalm in seinen Gedanken durchging. ». . . kein Übel wird dich befallen, keine Plage wird sich deinem Zelt nähern«, zitierte er.

»Oder unserer Gefängnishütte!« sagte Lila, schon etwas ermutigt.

Dr. Cooper lief weiter auf und ab, dachte nach und sagte dann: »Also, ich werde jetzt beten und Gott bitten, daß er mir zeigt, wie wir aus diesem Schlamassel wieder rauskommen.«

»Was ist mit dem Fluch, Dad?« fragte Jay. »Was ist mit diesem Moro-Kunda? Es hat zwei Männer getötet – das hast du selbst gesagt. MacKenzie blufft nicht.«

»Nein, mein Sohn, das tut er nicht«, gab Dr. Cooper zu. »Aber die Frage ist, ob es sich wirklich um ein dämonisches Werk handelt oder ob es irgendein schlauer Trick ist, mit dem MacKenzie die Leute einschüchtert? Denk mal nach. Ich bin sicher, daß das ganze Dorf darauf wartet, was mit uns passiert, und wenn tatsächlich etwas geschieht . . .«

»Dann werden ihm die Leute aus der Hand fressen!« sagte Lila.

»Genau. Dieser – dieser Fluch scheint mir einfach zu leicht zu benutzen, zu sehr unter seiner Kontrolle. Er bringt ihn auf den Plan, wann und für wen immer es ihm paßt.«

»Und wie verhindern wir, daß wir enden wie Tommy und Dulaney?«

»Wir sorgen vor«, sagte Dr. Cooper. »Wir machen Pläne für alle Möglichkeiten, für alles, was passieren kann.«

»Und was ist, wenn es doch dämonisch ist?« sagte Jay.

»Wir beten vorher, dann können wir es zurückweisen und wegjagen.«

»Und wenn es eine Krankheit ist?« fragte Lila.

»Wir beten um Gottes Schutz und um seine heilende Gnade.«

»Was könnte es dann sein?« überlegte Jay.

Dr. Cooper sah immer noch zum Dach hinauf, dann schaute er die Wände an.

»Ich weiß nicht«, sagte er. »Ich glaube, wir müssen einfach herausfinden, wenn es – tja – wenn es hier ankommt.«

Stunden verstrichen, und der Winkel der Sonnenstrahlen, die durch die kleinen Gucklöcher fielen, wurde immer flacher, bis die Sonne unter den Bäumen untertauchte und schließlich hinter dem Horizont im Pazifik versank.

Die Coopers bekamen nichts zu essen, denn keinem war es gestattet, in die Nähe der Hütte zu kommen. Gelegentlich konnten sie eine Unterhaltung von draußen hören, immer mit verhaltenen Stimmen.

»Wie geht es ihnen?« wurde gefragt.

»Immer noch am Leben und still«, sagte die Wache.

Dann gab es eine geflüsterte Diskussion darüber, wie lange »es« wohl dauern würde und wie diese närrischen Besucher es besser hätten wissen müssen und wie der große Führer immer so weise war und so recht hatte in diesen Dingen.

»Es ist wie ein Zwischending zwischen Todeszelle und Zoo«, sagte Jay verbittert.

»Klingt so, als ob ihr großer Führer eine ziemliche Show daraus macht«, meinte Dr. Cooper.

»Ich will nicht sterben«, jammerte Lila immer wieder vor sich hin.

Das Sonnenlicht, das durch die Sichtlöcher gefallen war, verschwand schließlich völlig. Die Nacht brach herein. Im Dorf draußen wurde es still. Die Wache wurde abgelöst. Weitere Stunden vergingen.

»Wie fühlt ihr euch?« fragte Dr. Cooper.

»Gelangweilt, sonst nichts«, sagte Lila.

»Ich bin schon fast eingeschlafen«, sagte Jay. »Ich weiß nicht, ob – he!«

»Auweia«, sagte Lila.

Dr. Cooper drückte sich gegen die Wand. Die Glühbirne, die von der Decke hing, begann hin- und herzuschwingen, so daß die Schatten um sie herum sich bewegten wie dunkle, drohende Geister. Unter ihnen bebte die Erde mit einem sehr leisen Grollen.

«Erdbeben«, sagte Dr. Cooper.

Sie hörten, wie der Wachposten vor ihrer Tür ängstlich vor sich hinmurmelte: »M . . . Moro-Kunda!«

Ein anderer fügte hinzu: »Genau, wie es uns gesagt wurde! Es fängt an!«

Die Glühbirne schwang an ihrem Draht, die Schatten in der Hütte schienen Amok zu laufen. Dann schlug die Birne gegen einen der Deckenbalken und zerbarst mit einem feurigen Blitz. Im Raum wurde es stockdunkel.

»Na großartig!« sagte Jay.

Das Poltern und Grollen dauerte noch einige Sekunden, dann legte es sich.

Die Coopers standen mucksmäuschenstill in der Dunkelheit und warteten. Nichts geschah. Sie atmeten auf.

»Dulaney war nicht verrückt«, sagte Dr. Cooper. »Er hatte recht mit den Fluten, mit den Tieren und auch mit den Erdbeben, wie wir gerade gesehen haben.«

»›... die Insel ist‹ ... in großen Schwierigkeiten!« vervollständigte Jay die Notiz von MacKenzie.

»Und jetzt?« fragte Lila.

»Lila«, sagte Dr. Cooper, »du betest zuerst. Wir werden uns abwechseln.«

Und so beteten sie. Sie saßen in der verrammelten kleinen Hütte in der Dunkelheit und warteten auf das, was über sie kommen sollte – was immer es war. Lila schüttete ihr Herz vor Gott aus; Jay betete inbrünstig und mit einem Anflug von Zorn; Dr. Cooper betete hauptsächlich für seine Kinder, daß sie beide am Leben blieben und Gott noch viele Jahre dienen könnten. Binnen kurzem waren die Coopers wieder wachsam und bereit, auf das Schlimmste vorbereitet, aber in ihrem Inneren waren sie ganz ruhig. Gott war mit ihnen, und das war alles, was sie wissen mußten.

Spät in der Nacht drang ein vertrauter, schauerlicher Klang durch die Gucklöcher in den finsteren Raum.

»Sie fangen wieder an«, sagte Dr. Cooper.

Ja. Da waren wieder die Klagegesänge, die fremdartigen monotonen Melodien und das schaurige Jubeln.

»Genauso wie letzte Nacht«, sagte Lila, und dann fügte sie mit bedrückter Stimme hinzu: »Die Nacht, in der Mr. Dulaney starb.«

»Was meinst du, Dad?« fragte Jay. »Kann es sein, daß sie versuchen, in diesem Moment den Fluch auf uns zu beschwören?«

»Das würde mich nicht wundern«, antwortete Dr. Cooper und schritt zu einem der Gucklöcher.

Ein schwaches Licht drang durch dieses Loch und erleuchtete ein kleines Viereck auf Dr. Coopers Gesicht, während er mit durchdringenden und wachsamen Augen nach draußen in den Dschungel spähte.

»Siehst du was?« fragte Jay.

»Kerze«, antwortete er.

Jay und Lila kamen dazu und schauten abwechselnd durch das Loch. In großer Entfernung bewegte sich das

Licht der kleinen Fackel wie ein funkelnder Stern stetig durch den Dschungel, ging hierhin und dorthin, hielt inne, lauerte.

»Was macht er da draußen?« Lila hätte alles gegeben, um das zu erfahren.

Plötzlich fühlte sie Dr. Coopers Hand auf ihrer Schulter. Sie erstarrte. Er lauschte. Alle drei standen schweigend da und warteten.

Schritte auf dem Gras draußen? Vielleicht war es der Wind. Machte der Wachposten dieses Geräusch? Sie meinten ein Kratzen zu hören, ein Rascheln von Fasern und ein sehr langsames, stetiges Knistern, so als würde jemand vertrocknete Blätter zerkleinern.

Dr. Coopers Augen, die immer noch von dem kleinen Lichtstrahl erhellt waren, wanderten zur Decke, aber es war zu dunkel, um irgend etwas zu sehen.

Doch als sie lauschten, wandten sie ihre Köpfe hierhin und dorthin . . ., das Geräusch kam von oben. Es war fast unhörbar! Es hätte eine Maus sein können oder eine Spinne oder ein fallendes Blatt.

Stille. War der Verursacher des Geräusches verschwunden?

Dann ein neues Geräusch. Es klang ganz hoch, bebte, summte, fast wie das Geräusch eines weit entfernten Flugzeuges. Zuerst hörten sie es im Strohdach, aber dann kam es näher, tiefer und begann im Raum umherzuschweben.

Dr. Coopers Augen verschwanden aus dem kleinen Lichtfleck.

Ssssssssssssss . . . sssssssssssssss . . .

Plötzlich hörte man das Zischen eines Streichholzes, das angezündet wurde. Dr. Cooper hielt das Streichholz nach oben. Sein Blick huschte blitzschnell durch den Raum.

Dann weiteten sie sich.

»Runter!« rief er.

Jay und Lila warfen sich zu Boden. Das Streichholz ging aus. Wieder Finsternis.

Ssssssssssss ... sssssssssssssss ... Das Geräusch sank nach unten, kam näher.

Ein weiteres Streichholz erleuchtete den Raum. Es bebte, blitzte durch die Hütte. Dr. Cooper spurtete hin und her, duckte sich, sprang zur Seite, sein Blick war wild vor Aufregung.

»Seht ihr es?« schrie er. »Seht ihr es?«

6

Jay und Lila wirbelten in alle Richtungen und versuchten zu erspähen, was ihren Vater so aus der Fassung brachte.

Was war das? Es war nur ein Schleier im schwachen Licht, ein undeutlicher Fleck, der durch die Luft kurvte. Plötzlich, wie eine winzige Rakete, schoß er auf Jay zu.

»Runter!« schrie Dr. Cooper.

Jay hatte sich bereits geduckt, als das Ding mit einem lauten Ssssssssnng an seinem Ohr vorbeisauste. Es hörte sich an wie ein aufheulender Motor. Jay und Lila sprangen auf, um zu sehen, wo es landete.

Das Streichholz ging aus.

»Dad!« brüllte Jay.

»Laßt es nicht auf euch landen!« war alles, was er sagen konnte, während er mit dem nächsten Streichholz kämpfte.

Ssssssssnng! Diesmal pfiff das Geräusch an Lila vorbei, und sie duckte sich und stolperte in der Dunkelheit über ein Feldbett.

»Schützt eure Köpfe!« brüllte Dr. Cooper.

Sie zogen ihre Jackenkrägen hoch über ihr Gesicht. Mittlerweile hatte Dr. Cooper das nächste Streichholz angezündet.

Ssssssssnng! raste der dunkle Fleck durch die Luft, diesmal genau in Dr. Coopers Richtung. Er duckte sich, und das Ding prallte gegen die Wand. Das Surren stoppte einen Moment, dann hörte man ein leises Verpuffen von Dampf.

SSSSSSS . . . Jetzt flog es weiter durch den Raum, zielte auf sie, jagte sie, wurde mit jedem Versuch angriffslustiger.

Es ssssssssnngte über Lilas Kopf, aber sie duckte sich. Jay schlug mit einer Decke danach. SSSSNNG! Es kam auf ihn zu, und er sprang zur Seite.

Dann ging wieder das Streichholz aus, und Lila schrie auf: »Es sitzt auf mir! Es sitzt auf mir!«

Jay schnappte die Decke und schlug sie in der Finsternis gegen Lilas Körper. Er konnte das SSSSSSS irgendwo auf ihrem Rücken hören.

Ein weiteres Streichholz ging an.

»Zieh die Jacke aus!« brüllte Dr. Cooper.

Lila riß sich die Jacke vom Leib und schleuderte sie auf den Boden. Das Geräusch löste sich von der Jacke und flog wieder durch den Raum.

Ssssssnng! Jay duckte sich erneut, dann schlug er mit der Decke gegen die Wand. Das Surren stockte und begann wieder.

Dr. Cooper sprang auf ein Feldbett und jagte es mit seinem Hut, er schlug, duckte sich, schlug wieder.

Die Luft füllte sich mit einem strengen Brandgeruch.

SSSS . . . sssss . . . SSSSSSSS machte das Ding.

Das Streichholz ging aus. Dr. Cooper kämpfte, stolperte in der Finsternis. Plötzlich hörte man einen lauten, metallenen Klang.

Dr. Cooper stieß einen markerschütternden Schrei aus.

»Dad!« riefen Jay und Lila in die Dunkelheit.

Das Schloß an der Tür rasselte. Der Bolzen wurde beiseite geschoben. Die Tür ging auf, und eine riesige, bullige Gestalt erschien in der Türöffnung und leuchtete mit einer Lampe durch den Raum.

Irgendwo aus der Dunkelheit schnellte ein Knie hoch und traf den Wachposten ins Gesicht, und dann BONG! Ein großer Metalltopf fiel auf den Kopf der Wache. Der große Mann sank zu Boden.

Jay und Lila waren vor Schreck sprachlos. Was war nur passiert?

Jemand schnappte die Taschenlampe aus der kraftlosen Hand des Postens.

»Keine Bewegung jetzt, ihr zwei!« kam Dr. Coopers Stimme.

»Dad, bist du okay?« rief Jay aus.

»Ja, Gott sei Dank«, sagte er, »nicht bewegen!«

Der Strahl der Taschenlampe fegte suchend durch den Raum, bis er schließlich auf der Mitte des Bodens anhielt.

»Ah, da ist es«, sagte Dr. Cooper.

Jay und Lila sahen das seltsame Etwas: ein dunkler, schwelender Kreis, der sich langsam über den Holzboden ausbreitete und der einen strengen Brandgeruch von sich gab.

In der Mitte dieses schwelenden Kreises war . . . das Ding.

»Was ist das?« fragte Lila entsetzt.

Dr. Cooper schüttelte verwundert seinen Kopf und antwortete: »Moro-Kunda«.

»Ein Insekt?« fragte Jay ungläubig.

»Eine spaltflüglige afrikanische Tigerfliege«, sagte Dr. Cooper, während er niederkniete und das riesige Insekt mit einem kleinen Zweig anstupste. »Ich habe noch nie eine gesehen – bis jetzt. Lila, deine Jacke müssen wir wegwerfen.«

Sie schauten sich Lilas Jacke an, die auf dem Boden lag. Auch sie hatte einen dunklen Brandfleck, der sich langsam ausweitete und eine kleine Rauchwolke aussandte.

»Was ist das?« fragte sie. »Säure?«

»Ja, das ist das Gift der Fliege. Schau hier.«

Mit dem kleinen Zweig hob Dr. Cooper das Insekt etwas an und wies auf den teuflischen Stachel, aus dem kochendheißes Wasser zu tropfen schien. Jeder Tropfen entsandte eine Wolke von nach Schwefel stinkendem, ätzendem Dampf. »Sehr säurehaltig und absolut tödlich. Der Stachel hinterläßt kaum eine Spur, aber das Gift dringt sofort in die Blutbahn ein und verursacht die Symptome, die wir bei Tommy und Dulaney beobachtet haben. Beide waren verätzt, von innen heraus aufgefressen.«

Erst in diesem Moment fing Jay an zu zittern. Er setzte sich auf ein Feldbett und versuchte, sich wieder in den Griff zu bekommen.

Lila mußte der Sache auf den Grund gehen: »Aber was in aller Welt ist passiert? Wir haben dich schreien gehört.«

»Klang es überzeugend?« fragte Dr. Cooper.

»Oh Mann!« sagte Jay.

»Tja . . .«, meinte Dr. Cooper mit einem Grinsen, »ich wußte, daß ich die Fliege endlich mit dieser alten Pfanne dort erwischt hatte.« Er blickte hinüber in die Ecke des Raumes, und Jay und Lila sahen einen großen Metalltopf neben dem gestürzten Wachposten liegen. »Ich glaube, das sollte unsere Toilette sein«, fügte Dr. Cooper mit einem Zwinkern in den Augen hinzu.

»Iiiiih . . .«, sagte Lila. »Ich bin froh, daß wir nichts zu trinken bekommen haben.«

»Wie dem auch sei, ich dachte, ich nutze unsere Situation und gebe dem Wachposten das, worauf er gewartet hat. Es war ein risikoreiches Spiel, aber als er mich schreien hörte, mußte er wohl denken, der Fluch hätte zugeschlagen, und er konnte es nicht abwarten zu erfahren, was passiert war. Also kam er rein.«

»Und nun hast du ihm eins über den Schädel gezogen!« triumphierte Jay.

»Und außerdem hat uns Gott geholfen, etwas zu tun, womit Adam MacKenzie nicht rechnete: Wir haben überlebt, um seinen miesen kleinen Trick zu entlarven.«

»Aha . . .«, sagte Jay.

»Du meinst, MacKenzie hat die Fliege in unserer Hütte ausgesetzt, um uns zu töten?« fragte Lila.

Dr. Cooper leuchtete mit seiner Taschenlampe an die Decke.

»Es wäre ein leichtes gewesen, die Fliege durch dieses Strohdach einzuschleusen. Das muß das Geräusch gewesen sein, das wir gehört haben. Und was die Fliege selbst betrifft, stammt sie noch nicht einmal aus der

Südsee. Irgend jemand – und wir alle können uns vorstellen, wer – hat sie nur zu diesem Zweck hier eingeführt, würde ich sagen. Sie würde einen sehr überzeugenden ›Fluch‹ abgeben.«

»Auf jeden Fall«, sagte Lila sehr beeindruckt.

»Hat jemand Lust, hier zu verschwinden?«

Sie schlossen den Wachposten mit seinen eigenen Schlüsseln in der Hütte ein.

»So, und jetzt?« fragte Jay.

»Wir müssen unsere Sachen wiederbekommen, und –« Dr. Cooper hielt mitten im Satz inne. Er schaute in Richtung Dschungel.

Jay und Lila taten es ihm nach – da war wieder der kleine Lichtpunkt.

»Und ich würde gerne herausfinden, was dieser Typ vorhat«, sagte Dr. Cooper.

Schweigend schlüpften sie in den Dschungel, krochen wieder unter den nassen, glitschigen Lianen entlang, auf demselben Weg, diesmal mit der Taschenlampe des Wachpostens in Dr. Coopers Hand.

Sie näherten sich dem Lichtpunkt. Eine Abzweigung von dem Pfad schien direkt darauf zuzuführen.

Als sie so nahe herangekommen waren, daß sie das Flackern der Flamme erkennen konnten, bewegten sie sich nur noch äußerst langsam und leise vorwärts.

Nun schien Kerze sich nicht mehr zu bewegen. Offensichtlich war er stehengeblieben.

Dr. Cooper knipste die Taschenlampe aus, und sie gingen durch die pechschwarze Nacht näher, wobei sie sich mit den Fingern auf dem moosigen Boden vorwärtstasteten, um den Pfad ausfindig zu machen.

Die Flamme der Fackel war nun sehr nah, nur etwa sechs Meter entfernt.

Dr. Cooper hob seinen Kopf gerade hoch genug, um über die Büsche in Richtung der Flamme zu spähen. Einen Moment lang schaute er . . . und atmete auf, was sich anhörte, als würde einem Ballon die Luft herausgelassen. Sein Gesicht nahm einen merkwürdigen Ausdruck an.

Jay und Lila richteten sich auf, um nachzusehen.

Die Fackel befand sich nicht auf Kerzes Kopf, wo sie normalerweise war; sie stand allein auf einem großen Stein.

Die Coopers kamen aus ihrem Versteck und gingen zu dem Stein hinüber, um alles näher zu inspizieren. Nichts schien ungewöhnlich an der Fackel oder an dem Stein – nur daß beide mitten in der Nacht hier herumstanden, war ein Rätsel.

»Ist das ... mmh, ist das irgendein Trick?« fragte sich Jay. »Ich habe das Gefühl, wir sind überlistet worden.«

»Das ergibt alles überhaupt keinen Sinn, oder?« sagte Dr. Cooper. »Aber laßt uns einen Moment nachdenken: Es ist ihm gelungen, uns glauben zu machen, er sei hier. Will er vielleicht, daß noch jemand dasselbe denkt?«

»Ja, wo ist er denn wirklich?« fragte Lila.

»Und warum ist er dort, und warum will er, daß es keiner weiß?« fragte Jay.

Dr. Cooper konnte ein Lachen nicht unterdrücken, vielleicht aus Ratlosigkeit. »Tja, bis jetzt war unsere Reise sehr beständig: Fragen, Fragen und noch mehr Fragen, aber keine Antworten.«

»Und dieses Fest da geht immer noch weiter«, sagte Jay mit einem Kopfnicken in Richtung der vielen Stimmen, die irgendwo im Dschungel klagten und sangen.

»Wir werden ihnen einen Besuch abstatten«, sagte Dr. Cooper.

Mit klopfenden Herzen folgten sie dem gewundenen Pfad durch den Dschungel, wobei sie immer wieder innehielten, um zu lauschen und sich vorsichtig umzuschauen. Die Melodien der Klagegesänge kamen näher. Die Coopers gingen weiter.

Dann hielt Dr. Cooper an und zeigte auf seine Nase. Jay und Lila atmeten durch die Nase ein. Sie konnten Brandgeruch wahrnehmen, wie der Geruch von brennendem Holz oder heißen Steinen. Schritt für Schritt gingen sie vorwärts, der Geruch wurde immer stärker.

Nun sahen sie etwas. Es schien eine Lichtung zu sein. Ein orangefarbenes, feuriges Glimmern beleuchtete die Bäume. Die Dorfbewohner mußten irgendeine Art Lagerfeuer angezündet haben.

Das »Fest« war in vollem Gange, als die Coopers sich schließlich geduckt an den Rand der Lichtung schlichen. Lila entdeckte eine günstige Stelle auf einem Baum, von der aus man gut beobachten konnte. Jay kletterte auf einen geeigneten Felsbrocken. Dr. Cooper war groß genug, so daß er sich nur hinter etwas verstecken mußte. Sie beobachteten, was auf der Lichtung vor sich ging.

Die Gegend sah aus wie ein großes Amphitheater. Im Kreis angeordnete Baumstämme dienten als Bänke. In der Mitte befand sich eine riesige Feuergrube, die rot glühte und mit Steinen bedeckt war. Auf den Bänken saßen die Dorfbewohner – Mütter, Väter, Kinder, Arbeiter – und alle sangen wie hypnotisiert eine klagende Melodie, wie in einer Teufelsanbetung. Die Teilnehmer waren in Trance, sie schwankten hin und her wie die Ähren auf einem Feld, ihre Augen waren leer und starrten vor sich hin, die Hälse waren langgestreckt, als wären sie an den Haaren aufgehängt.

Aber es war dieser glühende, schwelende, feurige Steinwall, der die Aufmerksamkeit der Coopers auf sich zog. Voller Verwunderung und Angst beobachteten sie, wie ehemalige Universitätsprofessoren, Rechtsanwälte und Geschäftsführer wie besessene Marionetten barfuß über die glühenden, heißen Steine liefen. Ihre Füße blieben trotz der unglaublich brennenden Hitze unverletzt, die Zuschauer jubelten.

Nachdem sie diesen feurigen Test bestanden hatten, knieten sie vor Adam MacKenzie nieder, der am anderen Ende des Steinhaufens stand. Er überwachte das ganze Ritual und ermutigte die neuen Mitglieder. Dabei sonnte er sich in der Bewunderung und Ehrerbietung seiner Untergebenen.

Jay hatte Bilder von solchen bizarren Ritualen in Filmen gesehen. »Feuerläufer«, rief er im Flüsterton aus.

Dr. Cooper nickte. »Jetzt fällt mir etwas ein von dem toten Tommy: Die Haare an seinen Füßen waren angesengt, und unter seinen Fußnägeln fand man Asche. Er war auch ein ›Feuerläufer‹.«

Die Coopers verhielten sich weiter still in der Dunkelheit, fasziniert von diesem schaurigen Ritual. Nun gingen einige Frauen zu dem glühenden Steinhaufen, schauten hinüber zu MacKenzie und baten um seinen Segen. Er streckte seine Hand zu ihnen aus und forderte sie auf zu kommen. In tranceähnlicher Betäubung gingen sie barfuß einen Schritt nach dem anderen durch den feuerroten Rauch, der in Schwaden um ihre Füße kroch.

Dr. Cooper war zornig und beschämt über das, was er sah.

»Ein Feuerläufer-Fest!« sagte er kopfschüttelnd.

»Menschen unter dämonischem Einfluß laufen über glühendheiße Steine, ohne daß sie sich verbrennen, und sie meinen, dadurch würden sie errettet!«

»Eine wunderbare neue Welt«, sagte Jay.

»Das ist einfach tragisch! Sie haben sich offensichtlich von Gott und Christi Wahrheit abgewendet, und nun denken sie, sie hätten eine neue kosmische Macht gefunden, dabei sind sie nur in die finstere Falle von Hexerei und Heidenkulten gefallen! Zivilisierte, westliche, vermeintlich intellektuelle Christen ... beim Feuerlaufen!« Wieder schüttelte Dr. Cooper den Kopf.

»Was stand in dem einen Bibelvers?« fragte Lila. »Irgend etwas darüber, daß sich Menschen von der Wahrheit abwenden.«

»›... und folgen verführerischen Geistern und Lehren von Dämonen‹«, antwortete Dr. Cooper. »Erster Timotheusbrief, Kapitel vier, glaube ich. Satan hat diese Menschen zu Narren gemacht!«

»Nun«, sagte Jay, »auf jeden Fall hat MacKenzie das getan! Er macht ihnen weis, daß er Gott ist!«

»Aber jetzt wissen wir, wo er und seine ganzen Nachfolger stehen.« Dr. Cooper gab Jay und Lila ein Zeichen, und sie kletterten von ihren Beobachtungsposten herunter. »Ist die Katze aus dem Haus, tanzen die Mäuse auf dem Tisch. Kommt, wir werfen einen Blick in sein Haus.«

Bis auf zwei oder drei Wachposten, die ihren Rundgang machten, war das Dorf verlassen. Alle Einwohner waren dabei, »geistliche Dinge zu besprechen«.

MacKenzie's Haus stand am Rand des Dorfes und war an drei Seiten vom Dschungel umgeben. So hatten die Coopers genügend Möglichkeiten, in Deckung zu gehen. Sie schlichen zu der Seite des Hauses, die vom Dorfplatz weg lag, und kletterten auf einen Baum, um auf die Veranda zu gelangen. Einer nach dem anderen kletterten sie über das Geländer der Veranda und verschwanden in den dunklen Schatten an der Rückseite des Hauses.

Dr. Cooper schlich sich zur Hintertür und versuchte, sie zu öffnen. Sie war unverschlossen. Offenbar war MacKenzie ein sehr vertrauensseliger Mann. Dr. Cooper stieß die Tür auf, und sie schlüpften hinein.

Das Haus war gut möbliert; MacKenzie mußte ziemlich wohlhabend sein in seinem kleinen Inselreich. Im Wohnzimmer fanden sich Souvenirs von überallher aus der Südsee, von einfachen Waffen bis hin zu heidnischen Tieramuletten, Talismanen aus Stein und wertlosen Schmuckstücken aus Knochen. Überall standen Götzenbilder herum, Figuren von Ungeheuern, Schlangen und Eidechsen. Groteske, grausame Fratzen starrten sie zähnefletschend aus bösartig funkelnden

Augen von Boden, Wänden und Decke an. Hier sah es aus wie in einem dämonischen Gruselkabinett.

Entlang der einen Wand befand sich eine Bibliothek mit Hunderten von Büchern. Jay sah sich einige Titel an und stellte fest, daß die meisten von Mystizismus, Hexerei, Zauberei, Wahrsagerei und so weiter handelten.

»Gibt es in diesem Mist auch irgendwo eine Bibel?« fragte Dr. Cooper.

»Ich sehe keine«, antwortete Jay.

»Tja, was hatten wir denn erwartet?« sagte Lila.

»Aber ist es nicht seltsam«, überlegte Dr. Cooper, »daß ein Mann, der so viele Jahre als hingegebener und vertrauenswürdiger Missionar unterwegs war, auf einmal so stark in heidnische Kulte abrutscht und sogar sein Vertrauen auf Gottes Wort aufgibt? Ich kann das kaum glauben.«

Dr. Cooper bemerkte eine weitere Tür, die aus dem Wohnzimmer führte, und öffnete sie. Der Strahl seiner Taschenlampe erleuchtete einen Raum, der aussah wie ein Büro. Weitere Bücherregale standen hier, einige Akten, Kopien und ein riesiger Schreibtisch.

»Hier könnten wir vielleicht etwas finden, deshalb...«

SSSssssss!

Dr. Cooper sprang zurück und verschloß schnell die Tür.

»Dad?« fragte Jay. »Was ist los? Was ist da?«

Dr. Cooper atmete langsam durch und versuchte sich zu beruhigen.

»Einmal pro Nacht ist mehr als genug!« sagte er.

Er öffnete die Tür erneut und ließ den Strahl der Taschenlampe durch den Raum wandern, vom Fußboden über den Aktenschrank zu den Bücherregalen und dann zu einem Schrank hin, dessen Tür einen Spalt geöffnet war.

SSSSSSSSSSSS! Sogar Jay und Lila konnten es vom Wohnzimmer aus hören, und sofort duckten sie sich, krochen, waren bereit zu laufen, zu kämpfen, zu allem!

»Nun . . .«, sagte Dr. Cooper. »Das werden wir uns ansehen.«

Vorsichtig schlüpfte er in den Raum. Offensichtlich löste sein Lichtstrahl in dem Schrank einige Unruhe aus. Jay und Lila beobachteten vom Türrahmen aus, wie Dr. Cooper auf den Schrank zuging und nach der Tür griff.

»Dad . . .«, Lila konnte es nicht unterdrücken, obwohl sie die Hand vor ihren Mund gelegt hatte.

Dr. Cooper bedeutete ihnen, sie sollten still sein, und dann begann er, äußerst langsam und vorsichtig die Tür aufzuziehen.

Er öffnete sie nur ein paar Zentimeter weit. Ja, das bekannte Geräusch kam aus dem Inneren des Schrankes. Er nahm seine Taschenlampe, um besser sehen zu können.

Jay und Lila blieben, wo sie waren, und schauten mit weit aufgerissenen Augen zu.

Dann öffnete Dr. Cooper die Tür ganz.

»Alles okay«, sagte er endlich. »Sie sind eingesperrt.«

Auf Zehenspitzen kamen Jay und Lila heran. Ihnen wurde übel bei dem Anblick. Dort im untersten Fach von Adam MacKenzies Büroschrank waren Dutzende, ein ganzer Schwarm der tödlich gefährlichen Tigerfliegen in einem Käfig aus engmaschigem Draht.

»Tolle Sammlung«, sagte Dr. Cooper.

»Moro-Kunda . . . in einem Käfig«, rief Jay aus.

Dr. Cooper machte schnell die Tür wieder zu und dämpfte damit das bösartige, surrende Geräusch. »Das bestätigt unseren Verdacht. Ich fürchte, wir haben es hier mit einem skrupellosen Mörder zu tun, einem Betrüger der übelsten Sorte.«

Dr. Cooper ging zum Schreibtisch und durchwühlte die Schubladen. »Irgendwo muß er meinen Revolver haben, ich will ihn wieder.«

Er fand zwar keine Pistole im Schreibtisch, aber dafür einen Hefter, der ihn sehr interessierte. In dem Ordner fanden sich Baupläne, einige Briefe und Fotos.

»Tja«, sagte er, während er die Unterlagen schnell durchblätterte, »was glaubt ihr! Baupläne für eine Kirche . . . Briefe von MacKenzie . . . und ein Bild von . . . ja, natürlich!«

Jay und Lila hatten gerade begonnen, einige andere Schränke durchzustöbern, als plötzlich – Schritte! Schritte auf dem Platz! Viele, eilig, hastend!

»Los, raus hier«, sagte Dr. Cooper, und sie flitzten zur Tür.

Zu spät! Überall waren Leute, und sie rannten umher, schauten hier und da, bellten einander Befehle und Antworten zu, es war offensichtlich etwas schiefgelaufen.

»Ich glaube, die sind uns auf der Spur«, sagte Jay.

»Bleibt ruhig«, sagte Dr. Cooper. »Bewegt euch nicht.«

»Was machen wir jetzt?« fragte Jay.

»Seht!« flüsterte Lila. »Da ist MacKenzie!«

Er eilte über den Platz auf sein Haus zu, in Begleitung von acht bewaffneten Männern, einschließlich des Wachpostens aus der Gefängnishütte.

Jay sprach für alle drei: »Wir sitzen in der Falle!«

»Oh, wo ist nur dein Revolver?« Lila hätte viel darum gegeben, das zu wissen.

Aber Dr. Cooper stand gar nicht mehr neben Jay. Er war in MacKenzie's Büro zurückgegangen.

»Dad!« zischte Lila. »Was machst du?«

»Kommt hierher und stellt euch hinter mich«, sagte er.

Adam MacKenzie kam die Vordertreppen hinaufgerannt wie ein General beim Angriff, seine Wachen hinterher. Aus seinem Gesichtsausdruck und seiner Gangart war erkennbar, daß er mit Ärger rechnete.

»Durchsucht jeden Raum!« befahl er. Seine Männer schwärmten aus.

Aber Dr. Cooper kam ihnen zuvor. Er trat aus MacKenzie's Büro und sagte: »Sie können sich die Mühe sparen, meine Herrschaften. Wir sind hier.«

Sofort wollten die Männer Dr. Cooper ergreifen, wurden aber abrupt durch den entsetzten Befehl von MacKenzie gestoppt. »Halt! Faßt ihn nicht an! Zurück, zurück!«

Sie wichen eilig zurück, ihr Blick war gebannt auf das Ding gerichtet, das Dr. Cooper in seinen Händen hielt.

»Immer mit der Ruhe . . .«, sagte MacKenzie mit leichenblassem Gesicht und zitternder Stimme, während er an die Wand zurückwich. »Nur . . . immer mit der Ruhe . . .«

Dr. Cooper hielt den Käfig mit dem Schwarm wütender Tigerfliegen vor sich. Der Käfig stand auf dem Kopf, der Deckelverschluß war geöffnet und konnte herunterfallen, sobald Dr. Cooper seine Hand wegnahm.

»Sagen Sie ihnen, sie sollen die Waffen fallen lassen«, sagte Dr. Cooper.

»Tut, was er sagt«, befahl MacKenzie. Drei Gewehre und fünf Revolver fielen lärmend zu Boden.

Die Tigerfliegen surrten, schwirrten und stießen

gegen den Draht des Käfigs. Sie liebten es ganz und gar nicht, gestört zu werden.

MacKenzie und Dr. Cooper fixierten sich gegenseitig mit ihren Blicken, alle anderen Augen blickten auf die Hand, die den Käfigdeckel zuhielt.

»Dr. Cooper«, sagte MacKenzie schließlich, »Sie sind in der Tat ein sehr beeindruckender Mann und äußerst schwer loszuwerden.«

Dr. Cooper warf einen Blick auf den Wachposten, der bei ihnen in der Gefängnishütte gewesen war, und fragte MacKenzie: »Ich nehme an, er hat Ihnen von unserer kleinen Begegnung erzählt?«

»Er wird bestraft. Ich hatte ihm strengstens befohlen, die Hütte auf keinen Fall zu betreten.«

»Denn sonst hätte er ja eine von ... von diesen hier gesehen.«

»Was ist das?« fragte eine Wache.

»Nehmen wir an, ich sage es ihm?« forderte Dr. Cooper MacKenzie heraus.

MacKenzie schaute seine Männer an, dann Dr. Cooper und atmete nervös durch. »Ich gebe zu, Doktor, daß Sie im Moment die Oberhand haben. Aber ich bin ein vernünftiger Mann, und ich bin sicher, Sie sind es auch. Ich bin bereit zu verhandeln. Was wollen Sie?«

»Sie haben immer noch unsere Sachen.«

»John«, sagte MacKenzie zu einem seiner Männer, »bring ihre Rucksäcke und alles, was ihnen sonst noch gehört.«

John eilte aus dem Zimmer.

Wachsam und listig schaute Dr. Cooper sich um und sagte: »Wir verschwinden hier, MacKenzie – oder wer immer Sie sind. Wir haben mehr als genug von Ihnen und dieser verrückten, besessenen Insel. Wir kehren zurück zu unserem Boot und segeln sofort los. Einverstanden?«

MacKenzie's Männern war anzusehen, daß sie sich unwohl fühlten. MacKenzie brach die nervöse Stille und antwortete: »Das ist ... das ist vernünftig, Doktor. Ich denke, das ist ... nun ... das ist das, was wir beide sowieso wollen, nicht wahr?«

Der Mann namens John erschien wieder mit den Rucksäcken der Coopers und der 357er.

»Sieh nach dem Revolver, Jay«, sagte Dr. Cooper.

Jay nahm ihn in die Hand, überprüfte, ob er geladen und schußbereit war, und half dann seinem Vater, den Revolvergürtel umzuschnallen. Schnell griffen die drei nach ihren Rucksäcken und gingen zur Vordertür hinaus, während Dr. Cooper immer noch für alle sichtbar den Käfig vor sich hielt.

Als die Coopers auf die Veranda kamen, reagierten viele Dorfbewohner aufgeregt mit lauten Rufen und erstaunten Blicken, aber MacKenzie erschien schnell in der Tür und rief: »Ruhe! Laßt sie vorbei. Sie dürfen in keinster Weise behindert werden.«

»Vielen Dank, mein Herr«, sagte Dr. Cooper. »Ich hätte es auch nicht gern, wenn eine tödliche Plage über meine Insel verbreitet würde.«

Auf dem ganzen Platz beobachteten MacKenzie's Leute – die alten, die jungen, Europäer, Amerikaner, Polynesier –, wie die drei mysteriösen Besucher Rücken an Rücken über den Platz liefen. Einige fragten flüsternd, was Dr. Cooper da wohl in seinen Händen hielt.

MacKenzie hörte es und antwortete einfach mit: »Es ist eine Bombe!«

Einige flüsterten etwas vom Fluch des Moro-Kunda, andere wunderten sich, wie diese drei Opfer, die doch verflucht waren, noch am Leben sein konnten.

Die Coopers gingen die Straße hinauf, in einiger Entfernung gefolgt von einer zunehmend neugierigen und gefährlichen Menschenmasse. Eins war klar: Die Coopers würden nie wieder eine Einladung nach Aquarius bekommen.

Sie erreichten den Pfad, der in den Dschungel hinein- und zurück zur Bucht führte.

»Und jetzt los«, sagte Dr. Cooper. Sie begannen, den gewundenen Pfad durch den dichten Dschungel entlangzurennen. Jay und Lila hielten die Strahlen ihrer Taschenlampen auf den Boden gerichtet, so daß Dr. Cooper den Weg sehen konnte. Das war in Anbetracht seiner tödlichen Fracht lebenswichtig. Die ineinander verstrickten Lianen und Ranken, die in der Finsternis über dem Weg baumelten, peitschten ihnen naß ins Gesicht.

Lila hatte die Brücke nicht vergessen. Während sie näher und näher auf sie zurannten, betete sie um Mut und Entschlossenheit, daß sie diesmal ohne Angst über dieses Ding hinüberkam. Vielleicht würde die Dunkelheit es ihr leichter machen.

Nun konnten sie das Grollen und Tosen des Wassers aus der Tiefe hören. Sie kamen aus dem Urwald heraus auf die freie Fläche am Rand der steilen Kliffs, und da war auch schon diese schreckliche Brücke!

Dr. Cooper blieb stehen und sicherte den kleinen Verschluß am Deckel des Käfigs. Er hatte ein bestimmtes Ziel für diese gemeinen Insekten im Sinn, und er wollte sicher sein, daß sie auch alle dort ankamen.

Er schaute auf Lila herab und drückte sie liebevoll. »Schaffst du es?«

»Ich . . . ich muß es einfach schaffen«, sagte sie.

Lila betete, während sie auf das erste halb verrottete Brett trat und nach den Seilen griff.

Die Luft und der Nebel, der von dem schäumenden Wasserwirbel aufstieg, kamen ihr kalt entgegen, und das Tosen und Grollen erschien im Dunkeln noch lauter als zuvor. Lila versuchte, nicht hinzuhören, und konzentrierte sich auf jeden einzelnen Schritt. Sie trat auf das nächste Brett. Es bog sich mit einem besorgniserregenden Krachen unter ihrem Gewicht. Das nächste Brett fehlte völlig; unter ihr befand sich nichts außer kalter, dunkler Leere. Mit einem schnellen Gebet schritt sie über die Lücke hinweg. Sie wußte: Das Ungeheuer da unten grollte und wirbelte und war jederzeit bereit, sie zu verschlingen. Die Brücke begann zu sinken und sich wieder zu heben, sie dehnte sich, schwang auf und ab, und Lila spürte, wie sich ihr Magen in hundert verschiedene Richtungen drehte.

Aber sie schaffte es! Oh, hilf mir, Jesus!

Dr. Cooper berührte Jay. »Nun geh du, mein Sohn. Ich muß mich um diese Fliegen kümmern.«

Jay machte einen Schritt auf die schwankende Brücke und ging langsam und vorsichtig los.

»Beeilt euch!« rief er den beiden zu, und sie gingen schneller.

Gerade erreichte Lila die andere Seite der Brücke, als sie plötzlich schrie: »Dad!«

Jay war auch fast drüben. Dr. Cooper rannte auf die Brücke.

»Was ist los?« rief er.

Jetzt brüllte Jay: »Dad, unser Boot!«

Lila sah von der anderen Seite des Abgrundes zur Bucht hinunter: »Es brennt!«

Dr. Cooper schritt vorsichtig, aber schnell von einem verwitterten Brett zum nächsten, um selbst sehen zu können, was seine Kinder sahen. Die Brücke wankte gefährlich unter seinen Füßen, und er mußte sich mit einer Hand festhalten, damit der todbringende Käfig nicht hinunterfiel. Vor ihm reckte Jay seinen Hals, um besser sehen zu können.

»Dad«, rief er, »sie verbrennen unser Boot!«

»Diese Narren!« sagte Dr. Cooper. »Der Sprengstoff an Bord wird hochgehen und den ganzen Hafen zerstören.«

Jay wurde blaß. Ja, das stimmte! Es war genug Plastiksprengstoff auf dem Boot, um aus der ganzen Bucht einen Krater zu machen.

Dr. Cooper wollte endlich den schrecklichen Käfig loswerden. Oh, wenn er nur endlich zwei Hände frei hätte, um schnell von der Brücke zu kommen! Er versuchte, sich an dem, was er von den Felsklippen zu beiden Seiten des Abgrundes sehen konnte, zu orientieren. War er schon direkt über dem Strudel?

Was . . .? Das linke Geländer zerriß und fiel wie das abgerissene Seil eines Drachens herunter! Die Brücke drehte sich wie wild, die Welt schleuderte von oben nach unten, zur Seite, wieder zurück, schwankte hin und her, ein Hut segelte flatternd in das dunkle Nichts. Jake Coopers Arme und Beine strampelten und klammerten sich an ein Durcheinander von Seilen und Brettern. Er hing mit dem Kopf nach unten. Sein Blut klopfte wie wild in seinen Schläfen. Nichts war da außer der Finsternis dieses Abgrunds, er zappelte wie eine Fliege in einem Spinnennetz.

SSSSSSSSSSSSS!

Der Käfig hatte sich in einem Stück Seil verhakt, und nun baumelte er genau neben seinem Kopf – mit verbogenem Deckel! Er konnte sehen, wie die wütenden Insekten gegen die Maschendrahtwände schwirrten, er sah ihre gierigen roten Zungen und die tropfenden Stacheln.

Jetzt schrie Lila. Aber wo war Jay? Langsam und mühsam drehte er seinen Kopf von dem Käfig weg und schaute nach vorn.

Oh nein! Jay hing an verwickelten, verknoteten Seilstücken und versuchte verzweifelt, sich mit seinen Händen bis zur Seite des Kliffs vorzuhangeln. Die Bretter fielen wie faule Zähne rechts und links von ihm herunter. Das Gewicht seines Rucksacks zog ihn nach unten.

Geräusche! Lichter! Auf der anderen Seite des Abgrundes standen mehrere von MacKenzie's Männern.

»Dad!« schrie Lila von irgendwoher.

SSSSSSSSS! zischten die wütenden schwarzen Insekten. Einige versuchten, sich durch den leicht geöffneten Deckel hindurchzuquetschen.

Es gab nichts, woran man sich festhalten konnte, keine Möglichkeit, sich zu befreien. Dr. Cooper tastete mit einer Hand um sich herum und versuchte, irgendein Seil, irgend etwas zu finden, woran er sich wieder nach oben ziehen konnte. Er konnte spüren, wie die Kraft in seinen Beinen und in seinem einen Arm nachließ, langsam rutschte er aus diesem verhedderten Spinnennetz heraus. Sein Kopf hing in Richtung dieses schrecklichen, grollenden Schlundes voll wütend schäumendem Wasser. Das Geräusch der Tigerfliegen surrte in seinen Ohren.

»Dad!« schrie Lila wieder, und dann wurde ihr Schrei zu einem erstickten Gurgeln, so als ob sie gewürgt wurde.

»Lila!« rief er. »Was ist los?«

»Laß sie los!« brüllte Jay.

»Doktor Cooper!« kam eine ekelhafte, schrecklich vertraute, höhnische Stimme. MacKenzie! Dr. Cooper drehte seinen Kopf zu dem hinter ihm liegenden Felsenkliff.

Ja, da stand dieser Verrückte mit mehreren seiner Gefolgsleute und mit einem Messer in der Hand. Er hatte das Seil zerschnitten!

»Ihre Tochter ist in guten Händen, das kann ich Ihnen versichern!« sagte MacKenzie mit einem Blick auf die andere Seite des Abgrundes.

Dr. Cooper schaute ebenfalls in die Richtung, und . . . Oh Gott, nein! Nun konnte er sie sehen. Sie wurde von einem riesigen Schlägertyp festgehalten. Sie kämpfte und strampelte, aber er hielt sie mit seinen großen Armen fest umklammert.

Dr. Cooper verspürte eine Mischung aus Mordswut und wahnsinniger Angst, als er rief: »Laß sie los!«

SSSSSSSSS! antworteten die Fliegen, die im Käfig durcheinanderflogen. Ihre Beine und Zungen erforschten den Spalt am Käfigdeckel.

»Nicht so laut, Dr. Cooper«, sagte MacKenzie. »Meine kleinen Lieblinge haben sehr sensible Ohren, wissen Sie.«

Nein! Eine war entkommen. Jetzt kroch sie mit ihren gewandten, spindeldürren, behaarten Beinen das Seil, an dem Dr. Cooper hing, nach unten.

Langsam, langsam. Mach eine Hand frei, Jake Cooper! Da.

MacKenzie sprach weiter. »Ich würde mir keine allzu große Sorgen um Ihre hübsche Tochter machen, Dr. Cooper. Ich versichere Ihnen, ich werde mich gut um sie kümmern. Sie wird mir sehr nützlich sein.«

»Whuumm! Dr. Cooper fand den Rest eines Brettes und zerschmetterte damit die Fliege. Eine Rauchschwade stieg von der Stelle auf dem Seil auf, wo die Fliege gesessen hatte. Das Säure-Gift begann, das Seil aufzulösen. Los, Jake, finde etwas, wo du dich festhalten kannst!

»Laß sie los, du Schuft!« rief Jay erneut, während er mit beiden Armen und einem Bein an den ausgefransten Seilen hing.

MacKenzie lachte nur und sagte: »Wenn ich an deiner Stelle wäre, Jay Cooper, würde ich mir eher Sorgen um mich selber machen!«

Ping! Das Seil zerriß, und Dr. Cooper fiel. Gerade noch rechtzeitig fand seine Hand ein anderes ausgefranstes Stück Seil. Er kam mit einem Ruck zum Halten, sein Körper schwang wild hin und her und seine Beine baumelten über der schwarzen, unendlichen Leere.

MacKenzie mußte über ihn lachen. »Wie ich sehe, ist Ihre wertvolle Käfigladung nun zu Ihrem Feind geworden, außerdem habe ich Ihre Tochter in meiner Gewalt. Sieht aus, als wäre ich jetzt im Vorteil, oder?« MacKenzie blickte zur anderen Seite des Abgrundes hinüber, und sein Blick erhellte sich. »Aha, ich sehe, meine Männer sind zurück.«

Der Mann, der Lila festhielt, bekam nun Gesellschaft von drei anderen, die jeweils eine große, hell leuchtende Fackel trugen.

MacKenzie erklärte: »Sie verstehen, Doktor. Sie hätten mittlerweile eigentlich tot sein sollen, und deshalb dachte ich, es sei das beste, wenn meine Männer Ihr Boot anzünden. Sie würden es nicht mehr benötigen, und . . . nun wird es für Fremde keinerlei Anzeichen dafür geben, daß Sie jemals hier waren.«

Dr. Cooper mußte es ihm sagen. »MacKenzie, hören Sie zu. An Bord des Bootes befindet sich hochexplosiver Sprengstoff! Bitte stellen Sie sicher, daß Ihre Männer alle in sicherer Entfernung sind. Es könnte jeden Moment hochgehen.«

MacKenzie sah seine Gefolgsmänner, die die Fackeln trugen, an. Alle sahen hinunter auf die Bucht und zuckten mit hämischem Grinsen ihre Achseln. Da war noch überhaupt nichts explodiert.

»Guter Herr Doktor, ich dachte, Christen würden nicht lügen!« MacKenzie verzog sein Gesicht zu einem kalten, berechnenden Lächeln und sagte: »Nun ja. Wir tun alle, was wir tun müssen, nicht wahr, Doktor? Sie werden verstehen, daß ich die Heiligkeit dieses Ortes bewahren muß, besonders vor so neugierigen Schnüfflern, wie Sie es sind. Es ist wirklich sehr schwer, Sie loszuwerden, Doktor, aber wie man so sagt, wenn man auch nicht auf Anhieb Erfolg hat . . .« MacKenzie spähte in die Tiefe und warf dann einen Blick auf die Männer auf beiden Seiten des Abgrundes.

»Meine Herren, morgen werden wir beginnen, eine neue, sicherere Brücke zu bauen. Jetzt lassen Sie uns diese hier beseitigen.«

Lila wand sich und schrie, während die Männer mit den Fackeln vortraten. »Neeeiiiiiinn!«

Jay blickte voller Angst zu seinem Vater hinüber. Dr. Cooper blickte seine Kinder an – Jay, der dahing wie ein hilfloses Tier, und Lila, in den Klauen dieses Biestes.

Auf beiden Seiten der Schlucht setzten die Männer mit den Fackeln die übriggebliebenen Seile der Brücke in Brand.

»Jesus!« schrie Lila. »Nein, bitte!«

Jay hatte keine Zeit mehr zu kämpfen. Sein Vater

hatte kaum noch Zeit zu beten. Innerhalb weniger Sekunden waren die Seile durchgebrannt und zerrissen wie ausgeleierte Gummibänder. Die Brücke – samt den verhedderten Opfern, den wilden Insekten, alles – fiel wie eine kaputte, verknotete Halskette in den Abgrund.

Jay war verschwunden. Dr. Cooper war verschwunden. Und Lila, als hätte ihr jemand einen Speer durch das Herz gebohrt, sank wie eine Schlenkerpuppe in den Armen des riesigen Wachpostens zusammen, ihre Augen schlossen sich vor Entsetzen und Elend, ihr letzter Aufschrei war nur noch ein schwaches, verebbendes Wimmern.

MacKenzie blickte in das schwarze Loch hinunter, grinste und sah dann über den Abgrund auf die zitternde Lila.

»Bereitet sie für die Grube vor«, sagte er.

8

Es war ein tosender Tornado aus Wasser, ein stürzendes, wirbelndes, donnerndes, nasses Karussell, schwarz wie die Nacht, kalt wie Eis, wild wie eine zerberstende Flutwelle. Dr. Cooper und Jay waren hilflos wie winzige Treibholzsplitter, wie treibender Seetang in der Brandung. Ihre Körper wurden von den wütenden, gnadenlosen Wellen verdreht, geschlagen und umhergeschleudert. Da war keine Luft, keine Oberfläche, keine Möglichkeit zu schwimmen.

Es gab nur den sicheren Tod.

Instinktiv hielten sie die Luft an, die sie noch übrig hatten, nachdem sie von dem Sog unter die Wasseroberfläche gezogen worden waren. Ihre Lungen brauchten unbedingt Sauerstoff. Aber alles, was sie tun konnten, war, ihre Münder und Nasen weiter verschlossen zu halten. Luft! Oh Gott, gib uns Luft!

Das Wasser trug sie irgendwohin, sie wußten nicht wohin, und in einigen Sekunden war das sowieso egal. Sie waren gefangen, einfach kleine Teilchen, die da entlanggefegt wurden. Der Druck und die Strömungen aus allen möglichen Richtungen schlugen auf ihre Körper ein wie schwere, unsichtbare Hämmer.

Jay merkte, wie sein Hirn aussetzte. Er begann zu träumen. Bald würde er Jesus sehen. Das war sein letzter Gedanke, bevor er in eine kalte Schwärze hinabsank, wie in einen Schlaf, in einen Traum.

Schmerzen! Salziges, beißendes Wasser. Aufruhr im Magen. Erbrechen? Nein, Husten ... stoßweise spuckte er immer mehr salziges Wasser aus, es klatschte auf die nassen, kalten Felsen. Überall Wasser ... irgend jemand hält mich.

Jays Augen öffneten sich und sahen lediglich einen salzigen streifigen Schimmer von Lichtern und Farben.

Seine Augen schmerzten und brannten. Seine Kehle und Luftröhre fühlten sich an, als stünden sie in Flammen. Er schnappte in einem äußerst schmerzvollen, verkrampften, rasselnden Atemzug nach Luft, und dann brach er wieder mit einem schrecklich schmerzhaften Husten fauliges, salziges Wasser hervor, das auf den nassen Felsen spritzte, auf dem er lag.

»Nur die Ruhe jetzt«, sagte die Stimme. »Atme einfach weiter. Tu das zuerst.«

Er tat einen weiteren Atemzug, es tat weh. Er war dankbar für die Luft, aber es schmerzte immer noch. Seine Lungen brannten, und er konnte nicht aufhören zu husten. Seine Augen sahen immer noch nur einen verschwommenen Schimmer.

Er hörte, wie noch jemand schrecklich mit dem Husten und Atmen kämpfte, – es war sein Vater. Die Stimme sprach weiter auf sie ein, sagte ihnen, sie sollten sich entspannen und atmen, einfach atmen. Das taten sie dann auch eine ganze Weile.

Jay konnte spüren, wie sein Kopf klarer wurde.

»Dad?« fragte er schwach mit heiserer Stimme.

«Ja . . .«, war die einzige Antwort, die er bekam, gefolgt von weiterem Keuchen und Husten.

»Ihr seid okay«, sagte die Stimme. »Ich halte euch fest. Ihr hustet es raus – das ist das Beste, was ihr tun könnt.«

Jay spürte seine Arme und merkte, daß er sie bewegen konnte. Er hob eine Hand und rieb sich das Salz und den Schleier aus den Augen. Er blickte auf.

Ihr Retter war ein freundlich aussehender Mann mit schwarzem, lockigen Haar und einer kräftigen Statur. Er saß zwischen Jay und seinem Vater und hielt die beiden mit je einer Hand fest. Vor sich hatte er eine Kerosinlampe stehen. Er war klatschnaß und sehr besorgt.

Jay schaute einen Moment lang in die freundlichen Augen und fragte dann: »Haben Sie uns . . . haben Sie uns gerettet?«

Der Mann nickte. »Ihr habt es durch den Strudel geschafft. Gott war ganz sicher mit euch.«

Jay warf einen Blick auf seinen Vater. Dr. Cooper blickte auf und lächelte ein nasses, salziges Lächeln. Er sammelte genügend Kraft, um seine kalte, bläuliche Hand auszustrecken und den Mann am Arm zu berühren.

»Pastor Adam MacKenzie?«

»Ja!« rief der Mann überrascht und voller Freude aus.

»Dr. Jake Cooper und sein Sohn Jay, im Auftrag der Internationalen Missionarischen Allianz.«

»Sie ... Sie sind gekommen, um mich zu retten!« sagte der Mann.

Dr. Cooper sah aus wie eine ertränkte Katze, und Jay bot keinen besseren Anblick. Beide wußten genau, wer sie gerade gerettet hatte, und obwohl sie kräftig keuchen mußten, lachten sie.

»Jay«, sagte Dr. Cooper – sein Atem ging schon etwas leichter –, »ich möchte dir Adam MacKenzie vorstellen, den echten!«

Jay schaute zwischen seinem Vater und dem echten Adam MacKenzie hin und her. Er hatte tausend Fragen.

Der echte MacKenzie hatte auch eine Frage: »Woher kennen Sie mich?«

»Ich habe ein Bild von Ihnen gefunden, im Schreibtisch von diesem wie-immer-er-heißt da oben.«

»Stuart Kelno?«

Dr. Cooper stand langsam auf. »Genau der ist es.«

Jay nahm Adams helfende Hand und kam stolpernd auf die Füße. »Stuart Kelno?«

»Erinnerst du dich, Jay?« sagte Dr. Cooper. »Dulaney hat ihn mal bei seinem Nachnamen genannt.«

»Aber ... warum sollte dieser Kelno versuchen vorzugeben, er sei Adam MacKenzie?«

Der freundliche Missionar war überrascht und ein wenig ärgerlich. »Was? Stuart Kelno behauptet, er sei ich?«

»Einfach, um uns abzulenken, damit wir Sie nicht finden«, sagte Dr. Cooper.

Mittlerweile konnten sowohl Dr. Cooper als auch Jay klar genug sehen, um zu erkunden, wo sie sich befanden, und sie verstummten.

Sie standen in einer riesigen Höhle; die Decke war mindestens dreißig Meter hoch, und der Raum schien sich in alle Richtungen auszudehnen wie ein riesenhaftes, dunkles Stadion aus schwarzen, krustigen Steinen.

»Wir müssen uns unterhalb der Insel befinden«, sagte Dr. Cooper.

»Ja«, sagte Adam, »das stimmt. Das ist das Zentrum des Vulkans, durch den die Insel geformt wurde. Die Lava ist jetzt weg, und so haben wir eine riesige, leere Schale, so ähnlich wie eine umgestülpte Müsli-Schale.«

Jay war neugierig. »Und . . . was tun Sie hier?«

Adam schmunzelte. »Oh, ich bin auf dem gleichen Weg hierhergekommen wie ihr. Stuart Kelnos Männer haben mich von der Brücke dort oben gestoßen, ich kam durch den Strudel, und nun bin ich hier.«

Die Coopers schauten sich nach dem rauschenden Fluß um, aus dem Adam sie gefischt hatte.

Jay fragte: »Also hierhin fließt das ganze Wasser aus dem Strudel?«

»Ja«, antwortete Adam. »Siehst du das Wasser da drüben, das unter der großen Wand hochkommt? Es fließt unter der Wand entlang, kommt in dieser Höhle zum Vorschein und fließt mit diesem unterirdischen Fluß ins Meer. Ich war gerade zufällig beim Fischen, als ich sah, wie Ihr Hut auftauchte, Jakob, und dann Ihre Köpfe.« Adam lächelte und gab Dr. Cooper seinen triefend nassen Hut. »Ich habe schon öfter Leben gerettet. Sie haben wirklich gut mitgeholfen, muß ich sagen.«

»Wir verdanken Ihnen unser Leben, Adam«, sagte Dr. Cooper.

»Und vielleicht verdanke ich Ihnen meines. Ich bin so froh, daß Sie gekommen sind! Tommy muß es also geschafft haben mit meiner Notiz!«

Dr. Cooper schüttelte traurig den Kopf. »Er war tot, als sein Floß von einem Fischkutter aufgefunden wurde. Man fand die Notiz in seiner Hemdtasche.«

Adam war sprachlos von den Neuigkeiten und sagte einige Augenblicke gar nichts. Schließlich fragte er: »Denken Sie, das war Kelno?«

»Absolut. Haben Sie von dem Fluch namens Moro-Kunda gehört?«

Adam antwortete verbittert: »Ja. Kelno und seine afrikanischen Tigerfliegen! Ich habe versucht, seinen Trick zu entlarven, aber offensichtlich benutzt er ihn immer noch mit Erfolg.«

»Er sagte uns, daß Tommy verrückt geworden sei und versucht habe, von der Insel zu fliehen, aber er konnte dem Fluch nicht entkommen. Ich nehme an, daß Kelno eine Tigerfliege in Tommys Vorräte geschmuggelt hat, um ihn zum Schweigen zu bringen.«

»Tommy war einer meiner letzten Freunde, die mir noch blieben, einer der wenigen, die wußten, daß ich hier unten noch am Leben war. Er hielt es geheim und tat alles, was er konnte, um mir zu helfen. Sein Fluchtversuch war eine verzweifelte Aktion, aber er hoffte, daß er es vielleicht schaffen würde, Hilfe zu holen. Er war mit dieser Notiz für mich unterwegs.«

Adam zwang sich, das Thema zu wechseln. »Hören Sie, wir alle müssen uns abtrocknen, und Sie sollten das Wasser aus Ihren Rucksäcken schaffen. Kommen Sie mit zu meinem Lager. Ich habe ein Feuer angemacht und habe auch trockene Kleider für sie.«

Aber dann sah Jay etwas an der anderen Seite einiger Felsen, und er rief voller Überraschung und Verwunderung aus: »Oohh! Haben Sie das gebaut?«

Jay meinte ein großes Boot, das am Ufer des Flusses auf Holz- und Steinblöcken lag. Es war aus unzähligen verschiedenen Holzstücken, Stämmen und anderen kleinen Stücken zusammengezimmert. Der große Rumpf sah aus wie eine tiefe, plumpe Badewanne. Am Bug stand ein Name geschrieben: »Adams Arche«.

»Ja, durch Gottes Gnade«, antwortete Adam, »damit plane ich meine Flucht. An diesem Projekt arbeite ich ungefähr seit einem Jahr.«

»Sie sind . . . Sie sind seit einem Jahr hier unten?« fragte Dr. Cooper verwundert.

»Oh, ich bin ziemlich sicher, daß es so lange ist. Hier gibt es weder Tag noch Nacht, deshalb kann ich das nicht so genau sagen.«

Sie stiegen mit ihren triefenden Rucksäcken über das rauhe Felsgestein und entfernten sich von dem Fluß, bis sie an ein großes Regal kamen, das an der Höhlenwand angebracht war. Hier hatte sich Adam MacKenzie – ähnlich wie ein unterirdischer Robinson Crusoe – ein wunderliches kleines Lager gebaut, mit Feuerstelle, einem Feldbett, mehreren Regalen für Lebensmittel, Utensilien, Kleidung und Werkzeug sowie einigen Kerosinlampen, die einen großen Teil der Höhle mit warmgelbem Licht durchfluteten.

Ganz in der Nähe des Lagers sprudelte frisches, klares Wasser aus einer Felsspalte oben in der Wand.

»Meine Wasserversorgung«, sagte Adam, »und meine Dusche. Gehen Sie nur, waschen Sie sich das Salzwasser ab.«

Die Dusche war zwar etwas kalt, aber sie fühlte sich prächtig an! Sie wuschen sich und ihre Kleider und hüllten sich dann in warme Decken, während ihre Kleidung beim Feuer hing und trocknete. Adam machte heißen Tee und holte Kekse aus seinem Vorratsregal, und die drei aßen gemeinsam.

Aber die Coopers hatten nur eines im Sinn.

»Kelno hat immer noch meine Tochter«, sagte Dr. Cooper. »Gibt es irgendeinen Weg zurück an die Oberfläche der Insel?«

Adam antwortete bedauernd: »Nun ja, den gibt es, aber ich fürchte, er wird für die nächsten paar Stunden nicht passierbar sein. Sehen Sie, dieser Fluß fließt unter der Insel durch einen großen Tunnel, aber die meiste Zeit ist die Tunnelöffnung unter Wasser. Sie ist nur bei Ebbe passierbar.«

Dr. Cooper preßte die Lippen zusammen und stöhnte: »Wir müssen hier raus! Lila ist in großer Gefahr!«

Adam nickte traurig und sehr besorgt. »Ich fürchte, da haben Sie recht. Stuart Kelno ist skrupellos und beherrscht die ganze Insel. Die gläubigen Christen sind alle geflohen, und nun hat er völlig freie Hand zu tun, was immer er will.«

»Die Christen sind geflohen?« fragte Jay, und dann erinnerte er sich: »Wir haben ein verlassenes Dorf gefunden . . .«

Adam nickte. »Das war unser Dorf. Dahin hatte Gott mich zuerst gesandt, und er hat die Arbeit wirklich gesegnet. Fast alle der Eingeborenen in dem Dorf haben Jesus als ihren Retter kennengelernt.«

»Was ist geschehen, Adam?« fragte Dr. Cooper.

»Zwei Dinge, nehme ich an. Erst einmal kamen Stuart Kelno und seine Nachfolger hierher und – übernahmen einfach das Ruder. Sie behaupteten, sie wären Nachfolger Jesu, und vielleicht meinten sie das zu Anfang auch ganz ernst; aber Kelno ließ sich immer mehr von den heidnischen Traditionen faszinieren und wandte sich schließlich dem Satanismus und der Hexerei zu. Seine Freunde taten es ihm nach. Sie belegten die Insel mit Beschlag und gaben ihr den Namen Aquarius. Einige unserer eigenen Leute, die das Evangelium abgelehnt hatten, schlossen sich sogar Kelnos Gruppe an und praktizierten weiter ihre heidnischen Kulte.«

»Das Feuerlaufen?«

Adam sah aus, als wäre ihm übel. Er sagte: »Ja, und manchmal opfern sie den heidnischen Göttern Menschen, genauso wie die heidnischen Völker im Alten

Testament. Es ist furchtbar! Jakob, die Menschen hier lebten in grausamer geistlicher Finsternis, bevor sie zu Gott fanden, und nun haben sich einige von ihnen wieder einfangen lassen – von diesem modernen Medizinmann! Ich bete jeden Tag für sie.«

»Was ist außerdem geschehen?« fragte Jay.

»Nun, es geht mehr darum, was noch geschehen wird. Ich hoffe immer, daß ich falsch liege, aber ich glaube, die Insel steht vor einer Katastrophe.«

»Ihre Notiz!« sagte Jay. »›Die Insel ist . . .‹ Wir konnten den Schluß des Satzes nicht lesen.«

Adam schaute sie beide an und sagte sehr ernst: »Diese Insel, liebe Brüder, ist dabei zu versinken. Letztes Jahr fing es ganz langsam an, ist seitdem aber immer schneller gegangen. Ich fürchte, sie kann von einem auf den anderen Moment völlig untergehen. Ich glaube nicht, daß wir noch viel Zeit haben.«

»Hmmmm«, sagte Dr. Cooper. »Das war es also, wovon Dulaney gesprochen hat . . .«

»Professor Dulaney?« fragte Adam. »Amos Dulaney?«

»Richtig. Er versuchte, uns davor zu warnen, er wollte uns überreden, die Insel zu verlassen und ihn mitzunehmen.«

Adam war sprachlos vor Erstaunen. »Er gehörte früher zu Kelnos Hauptberatern! Er war derjenige, mit dem ich die meisten Meinungsverschiedenheiten hatte! Er behauptete, daß mit dieser Insel alles völlig in Ordnung sei.«

»Nun, er hat offenbar seine Meinung geändert. Offensichtlich haben ihn seine Entdeckungen davon überzeugt, daß Sie recht hatten.«

»Was meinte Kelno dazu?«

»Tja . . . ich fürchte, Dulaney ist auch dem Fluch von Moro-Kunda zum Opfer gefallen.«

Adam schlug sich zornig aufs Knie. »Sehen Sie? Sehen Sie? Satan benutzt Kelno wirklich! Diese Insel ist dem

Untergang geweiht, und ich glaube sogar, daß Kelno das weiß, aber er läßt auf keinen Fall zu, daß irgend jemand die Insel verläßt. Alle diese Menschen werden sterben, Jakob! Sie werden sterben, wenn die Insel zerstört wird, und Kelno wird dafür verantwortlich sein!« Er kämpfte einen Moment um seine Beherrschung und fuhr dann fort: »Die Eingeborenen, die neuen Christen aus dem Dorf, alle sind in Kanus und auf Flößen, auf allem, was sie finden konnten, geflohen. Sie ließen ihr ganzes Hab und Gut zurück. Ich blieb auf der Insel und versuchte, die Menschen, die noch hier waren, zu warnen, versuchte mit Kelno zu reden, versuchte, einige der Leute aus unserem Dorf, die zu ihm gegangen waren, zu überreden, daß sie mit ihren Familien weggehen sollten, anstatt hierzubleiben bei diesem . . .«

»Antichristen?« schlug Dr. Cooper vor.

»Ein sehr anschaulicher Begriff, Jakob«, sagte Adam. »Aber sie sind immer noch bei ihm, immer noch verblendet. Sie denken, die Insel Aquarius sei die vollkommene Zukunft für sie alle, ein vollkommener Ort von Frieden und Sicherheit . . .«

Jay kam ein Bibelvers in den Sinn: »›. . . aber wenn sie sagen Friede und Sicherheit, wird plötzlich Zerstörung über sie kommen . . .‹«

»Genauso, wie es am Ende der Zeit geschehen wird«, klagte Adam. »Sie sind so besessen von Kelnos – Satans – Lügen, daß sie sich weigern, auf die Wahrheit zu hören. Ich habe versucht, sie zu warnen, ihnen zu helfen . . .«

»Und sie haben Sie von der Brücke heruntergestoßen?« fragte Dr. Cooper.

Adam nickte, und seine Augen füllten sich mit Tränen. »Nun kann ich nur noch versuchen, dieses Boot zu bauen. Kelno hat sein eigenes Boot, was bedeutet, daß er den ganzen Verkehr von der Insel und zur Insel unter Kontrolle hat. Es gibt keine Fluchtmöglichkeit, es sei denn, wir bauen uns selbst etwas.«

»Wo haben Sie denn die ganzen Baumaterialien her?« fragte Jay.

»Tja, es ist traurig, aber das ganze Holz wurde ursprünglich von der Missionarischen Allianz hergebracht, um eine Kirche zu bauen.«

»Ja!« sagte Dr. Cooper. »Ich habe die Baupläne und Materiallisten in Kelnos Schreibtisch gefunden. Er führt offenbar genau Buch über jeden Artikel.«

»Jeden *gestohlenen* Artikel«, betonte Adam. »Als die Dorfbewohner weggingen, plünderten Kelno und seine Leute das Dorf und nahmen mit, was sie kriegen konnten. Ich habe es mir über die letzten Monate hinweg einfach wiedergeholt, Brett für Brett, Nagel für Nagel.«

Jetzt dämmerte es Jay und Dr. Cooper.

»Aha . . .«, sagte Dr. Cooper. »Sie sind also der geheimnisvolle Dieb, der die ganzen Vorräte stiehlt!«

»Ich und ein Freund, den ich dort oben noch habe. Wir konnten nie eine Kirche bauen, aber . . . vielleicht wird dies hier genauso gut sein. Hiermit können wir auch Leben retten.«

Jay dachte über die Bedeutung des Schiffsnamens nach. »Adams Arche. Ich habe mich schon gefragt, warum es so groß ist!«

Dr. Cooper wußte bereits die Antwort, als er fragte: »Sie rechnen also mit Passagieren, nicht wahr?«

Adam zuckte nur mit den Schultern: »Ich bin eben ein Missionar.«

Die Gefängnishütte war einsam, still und verlassen. Der dunkle Brandfleck der toten Tigerfliege war immer noch auf dem Boden zu sehen. Egal. Damals hatte dieser Verrückte vielleicht versagt, aber diesmal hatte er gewonnen.

Dad und Jay waren tot.

Lieber Gott, warum? Wie konntest du das zulassen? Wo wir dir doch so vertraut und geglaubt haben, wo du uns doch schon so lange beschützt hast – warum? Warum jetzt?

Lila lag regungslos auf ihrem Feldbett, sie war zu bedrückt, um beten zu können. Ob Gott sie überhaupt hören würde? Gab es ihn überhaupt noch?

Sie wollte ihre Augen schließen und am liebsten gleich sterben, aber jedesmal, wenn sie die Augen zumachte, kamen ihr die Ereignisse an der Schlucht so lebendig in den Sinn, als würde alles noch einmal geschehen. Wieder und wieder sah sie ihren Vater und ihren Bruder hilflos, hoffnungslos in das tosende, tobende Wassergrab fallen.

Herr, wie kann ich dir je wieder vertrauen?

Durch ein Geräusch an der Tür erwachte sie aus ihrem Schock und ihrer Erstarrung. Die Tür ging auf, und Kerze kam mit einem Teller voll Essen herein.

Sie blickte gleichgültig zu ihm auf. Eigentlich fühlte sie sich bereits tot. War überhaupt noch irgend etwas von Bedeutung? Warum sollte sie noch vor irgend etwas Angst haben?

Aber seine Augen schienen so seltsam freundlich. Sie blickten so ungewöhnlich, in einer Mischung aus Trauer und Angst. Er bot ihr das Essen an, doch sie blickte nur nichtssagend zu ihm auf.

Er stellte den Teller ab, kniete sich neben ihr Bett und versuchte zu sprechen, einige Worte zu sagen.

»Du . . . du Papa . . .«, stammelte er mühsam und schaute umher, als ob ihm von irgendwoher die Worte zufliegen würden, »ich . . . Mee-Bwah!«

Lila war nicht daran interessiert, was dieser Wilde zu sagen hatte.

Kerze redete weiter in seiner eigenen Sprache auf sie ein, so wild und schnell, daß es aussichtslos war, überhaupt etwas zu verstehen. Aber sie konnte nicht umhin, die Aufrichtigkeit in seinen Augen zu erkennen. Machte er sich wirklich Sorgen um sie?

»Was ist, Kerze?« fragte sie schließlich leise. »Was willst du mir sagen?«

Dann hörten sie Schritte draußen, Kerze nahm schnell den Teller mit dem Essen auf, stellte sich neben das Feldbett und sah wieder aus wie der alte, furchterregende Wilde.

Herein kam der Tyrann, der Mörder, der Antichrist und starrte sie mit seinem hämischen, vernichtenden Blick an!

»Nun, Miss Cooper«, sagte er, während er herumstolzierte und dabei grunzend und hinterhältig durch die Nase in sich hineinlachte, »ich hoffe, Sie fühlen sich wohl.«

Sie sagte keinen Ton.

»Nun, auch gut. Ich erwarte nicht, daß du mit mir sprichst. Es muß ein großer Schock für dich sein zu entdecken, wie schwach euer Gott in Wirklichkeit ist. Weißt du, ich habe öfter versucht, deinen Vater zu warnen, aber . . . er war einfach zu unverfroren! Nun siehst du natürlich, daß das ein sehr kostspieliger Fehler war! Ich würde sagen, sein Vertrauen – und dein Vertrauen – in euren erhabenen und mächtigen Gott war völlig fehl am Platz!«

Lila blickte zu ihm auf und sprach ihren letzten bitteren Gedanken aus: »Sie sind auf keinen Fall Adam MacKenzie, oder?«

Er lachte laut und unverschämt. »Nein, nein, mein Kind, nein! Ich ließ euch nur glauben, daß ich der verstorbene Pastor MacKenzie sei, damit ihr beruhigt wart und dachtet, ihr hättet ihn gefunden. Dann hättet ihr die Insel verlassen und der Missionsgesellschaft gute Nachrichten bringen können. Ich hatte keine Ahnung, daß ihr so neugierig und hartnäckig sein würdet! Nein, mein Name ist Stuart Kelno. Lord Stuart Kelno, der letzte und größte Prophet! Dies ist meine Welt, meine Schöpfung. Hier auf Aquarius bin ich Gott!«

»Sie werden nie Gott sein«, sagte Lila. »Sie können vortäuschen, was Sie wollen, aber es gibt nur einen Gott, und eines Tages werden Sie sich vor ihm dafür verantworten müssen, daß Sie meinen Vater und meinen Bruder umgebracht haben!«

Er grinste sie nur spöttisch an. »Amüsant. Von dem, was euer Gott bisher geleistet hat, würde ich nicht denken, daß er Macht über jemanden so Mächtigen wie mich hat. Aber sage mir: Was wird dein Gott tun, um dich von mir zu befreien?« Kelno lehnte sich nah zu Lila vor, sie konnte seinen Atem riechen. »Nur zu. Schrei zu ihm! Schau, ob er mich mit einem Blitz erschlägt! Schau, ob er mich irgendwie überwältigt!«

Er thronte wie ein König auf dem gegenüberstehenden Feldbett und schaute sie an, seine bösen Augen blitzten vor Schadenfreude. »Ohne Zweifel wirst du dich fragen, was aus dir werden soll. Nun, wir haben für Sonnenaufgang eine formelle Zusammenkunft geplant. Du mußt dich feinmachen. Einige der Frauen werden gleich hier sein, um sich um dich zu kümmern.« Dann stand er auf und türmte sich stolz vor ihr auf. »Tja, ein ziemlich guter Fang, wirklich ein guter Fang!« Er warf einen Blick auf den Teller mit Essen in Kerzes Hand. »Nun, wirst du irgend etwas essen?«

Lila konnte nicht antworten. Sie konnte mit dieser Bestie einfach nicht reden.

Die Bestie haßte es, ignoriert zu werden. Schnippisch sagte er zu Kerze: »Dann nimm es wieder mit!«

Kerze zögerte. Mit schmerzerfüllten Augen sah er Lila an.

»Nimm es wieder mit!«

Kerze gehorchte, und die beiden Männer verließen die Hütte, verschlossen und verriegelten die Tür hinter sich.

»Brrr!« sagte Jay, und zog die Decke enger um sich. »Hier zieht's!«

Der Rauch, der vom Feuer aufstieg, begann, sich seitwärts zu verteilen. Das war alles etwas ungewöhnlich, denn bis jetzt hatte sich die Luft an diesem totenstillen Ort überhaupt nicht bewegt.

»Oh«, sagte Adam, »die Flut geht zurück, und der Wasserspiegel beginnt, unter den Tunneleingang zu sinken. Von draußen kommt frische Luft.«

»Frische Luft...«, sagte Dr. Cooper.

»Das heißt, wir können hier raus!« sagte Jay.

Adam schüttelte nur den Kopf. »Im Moment ist mein Kanu nicht hier, und es wäre sinnlos, zu versuchen zu schwimmen.«

»Die Luft...«, murmelte Dr. Cooper. »Die Luft... sie bewegt sich.«

»Nun«, sagte Adam, »sicher. Und das ist auch gut so. Ich würde hier drinnen ersticken, wenn nicht täglich frische Luft hereinkäme.«

»Aber es ist ein richtiger Luftzug!« rief Dr. Cooper und sprang auf. »Jay, zieh dich an!«

Jay sprang auf und schnappte seine Kleider. »Was ist los, Dad?«

»Dieser Luftzug hier drinnen! Es gäbe nie einen Luftzug, wenn die Luft nicht irgendwohin könnte. Sie zirkuliert, das heißt, sie muß irgendwo wieder austreten.«

Alle drei zogen sich schleunigst an, sie spürten weiter den Windhauch an ihren Körpern. Immer deutlicher konnten sie es spüren.

»Wir müssen ihm folgen«, sagte Dr. Cooper.

Er schaute den Rauch des Feuers an. Nun blies er zur Seite weg und stieg an den Seiten der Höhle auf. Dr. Cooper begann, ihm zu folgen. Dabei sprang er so schnell über die Felsen, daß Jay und Adam kaum mit ihm mithalten konnten.

»Haben Sie je irgendwelche Entlüftungsschächte, Tunnel, Lavaschächte oder ähnliches entdeckt?« fragte Dr. Cooper über seine Schulter nach hinten.

»Oh... ja, schon, aber ich habe ihnen nie nähere Aufmerksamkeit geschenkt«, sagte Adam.

»Wo?«

Adam wies auf einen kleinen Winkel weit oben an der Höhlenwand. Es war sehr steil, aber man konnte hochklettern.

»Wir brauchen Licht«, sagte Dr. Cooper.

Jay und Adam brachten zwei Laternen. Außerdem hatte Adam einen Pickel und eine Schaufel dabei.

»Ich muß Sie warnen, Jakob«, sagte Adam. »Dieser Tunnel, dieser Schacht, könnte bewohnt sein. Während der Zeiten, in denen die Luft stillsteht, kann ich manchmal etwas riechen, und manchmal habe ich Geräusche gehört.«

Das machte Dr. Cooper nur noch aufgeregter. Ihm war ein wunderbarer Gedanke gekommen. Er schaute Jay an, aber der erwiderte nur ratlos seinen Blick.

Dr. Cooper sagte zu Adam: »Sie meinen, da könnte irgendein Lebewesen hausen?«

»Nun, ja«, sagte Adam, »und soweit ich von den Volkssagen auf dieser Insel gehört habe, ist es sicher nicht etwas, dem wir begegnen möchten.«

»Beten die Eingeborenen es an?«

»Oh ja! Sie haben große Angst davor! Sie bringen ihm immer noch Menschenopfer dar.«

Dr. Cooper war völlig außer sich vor Aufregung. »Die Grube! Jay, erinnerst du dich an die Grube da oben? Sie sah doch so aus wie ein Vulkanschacht. Vielleicht kommen wir von unten dran!«

»Na, dann los!« sagte Jay.

»Wartet!« sagte Adam. »Wißt ihr wirklich, was ihr tut?«

»Wann finden die Opferzeremonien statt?« fragte Dr. Cooper.

»Bei Sonnenaufgang«, sagte Adam. »Nur noch einige Stunden.« Dann verstand er. »Denken Sie, ... denken Sie, Kelno wird ihnen Lila dafür zur Verfügung stellen ...?«

»Was denken Sie?«

Adam wurde blaß. »Ich glaube, wir beeilen uns besser!«

Sie kletterten immer höher. Vorsichtig wählten sie ihre Schritte auf den rauhen Vulkanfelsen, bis sie an den Punkt gelangten, den Adam angedeutet hatte.

Mittlerweile wehte ein ziemlich heftiger Wind. Sie folgten ihm und fanden auf diese Weise problemlos verschiedene kleine Öffnungen in den Felsen. Einige waren große Löcher, andere nur kleine Spalten, aber alle sogen die Luft an wie ein Vakuum. Die Männer schwärmten aus, schauten hier und da, versuchten herauszufinden, welches Loch sich am besten zum Durchklettern eignete.

»Dad, wie wäre es mit diesem hier?« rief Jay.

Sofort waren sie alle da. Das Licht ihrer Laternen schien in einen sehr großen Gang hinein, der, dem Klang des Echos nach zu urteilen, weit in das Innere der Insel zurückführen mußte.

»Ja, das könnte es sein. Versuchen wir, einige dieser Steine beiseite zu schieben.«

Die drei arbeiteten mit Pickel, Schaufel und ihren bloßen Händen und schafften es, einige der großen Steine zur Seite zu hieven. Schließlich war der Durchgang weit genug geöffnet. Sie kletterten hinein.

»Ja«, sagte Dr. Cooper, und spähte im Licht der Laternen nach vorne. »Ein alter Lavaschacht. Dieser Entlüftungstunnel könnte uns direkt zur Oberfläche führen.«

Sie gingen los, kletterten, krochen und quetschten sich durch den Gang, der sich in Kurven durch das Herz der Insel nach oben bewegte wie ein gigantischer Fuchsbau. Das Innere der Insel war ein sehr sonderbarer Ort, es schien, als würden sie durch einen riesigen schwarzen Schwamm kriechen, mit Öffnungen an allen Seiten, gefährlichen Löchern, um die sie herumgehen mußten, und niedrigen Überhängen, unter denen sie hindurchkriechen mußten. Sie bemühten sich, dem Hauptschacht zu folgen, der sich aufwärts schlängelte, aber manchmal war es schwierig zu erkennen, welches der richtige Weg war. Die Bewegung der Luft war ihr bester Führer. Immer wenn sie an eine Stelle kamen, wo die Luft stillstand, wußten sie, daß sie falsch gelaufen waren. Sie gingen zurück, bis sie wieder den Luftzug nach oben spürten.

Dr. Cooper kroch einen langen, engen Gang aufwärts, bis er weit oben auf eine flache Stelle kam. Er rief Jay und Adam zu: »He, seht euch das mal an!«

Sie kletterten den Schacht hinauf. Der Widerhall ihres angestrengten Atmens hörte sich so tief und dröhnend an, als befänden sie sich im Inneren einer riesigen Glocke. Sie erreichten die ebene Fläche, wo Dr. Cooper auf sie wartete, und sofort wies er sie auf etwas im sandigen Boden des Tunnels hin.

»Auweia«, sagte Jay.

»Vielleicht stammt das von Ihrem Lebewesen«, sagte Dr. Cooper.

Sie sahen einen seltsamen, tiefen Abdruck im Sand, als wäre hier etwas sehr Großes entlanggezerrt worden. Außerdem war deutlich ein sehr unangenehmer Geruch wahrzunehmen.

»Dad, ist dein Revolver okay?« fragte Jay.

»Vielleicht«, antwortete er. »Ich habe ihn ausgespült und getrocknet, aber ich habe kein Öl, und die Patronen sind unter Wasser naß geworden.«

»Herr«, betete Adam, »bitte beschütze uns.«

»Amen«, sagte Dr. Cooper.

Plötzlich füllten sich die Winkel, Höhlen und Gänge um sie herum mit dem Geräusch bröckelnder Steine und lautem Krachen. Sie preßten sich gegen die rauhe Felswand und spürten, wie die ganze Insel sich bewegte, erzitterte und bebte. Der Lärm war ohrenbetäubend. Sie fühlten sich, als wären sie im Inneren einer riesigen Steinmühle gefangen.

Adam begann, laut zu beten, während er in einer Felsspalte in Deckung ging. Jay versuchte zu verhindern, daß die Laterne zerbrach. Dr. Cooper schaute in alle Richtungen und versuchte zu ergründen, was hier vor sich ging. Sie konnten es richtiggehend spüren: ein seltsam fallendes Empfinden – als würden sie mit einem ruckenden Fahrstuhl abwärts fahren.

»Es wird schlimmer!« schrie Adam. »Die Außenhülle der Insel zerbricht!«

Sie hörten ein lautes Krachen wie von Explosionen, die durch die vielen Poren und Öffnungen in der Erde hinaufrasten; irgendwo weit unter ihnen brachen riesige Risse auf. Die Felsen spalteten sich.

Dann, als die anderen Geräusche etwas abebbten, drang ein neues Geräusch von ganz weit unten an ihre Ohren. Es war der Klang von rauschendem Wasser.

»Hört ihr das?« fragte Adam.

Dr. Cooper nickte. »Das Meer bricht durch die Grundfesten der Insel.«

»Es wird das Fundament, auf dem die Insel steht, oder besser das, was davon übrig ist, wegfressen.«

»Wir haben nur noch wenige Stunden!« sagte Dr. Cooper und eilte den Gang entlang aufwärts. »Los, gehen wir!«

Lila spürte das Beben auch, genauso wie alle anderen Bewohner in Kelnos Reich. Sie waren verängstigt und besorgt, aber soweit Lila es beurteilen konnte, waren sie weiterhin fest entschlossen, allem zu glauben, was Kelno ihnen erzählte.

»Es sind die geistlichen Kräfte der Insel«, sagte die hübsche polynesische Frau, die dabei war, Lilas Haare zu kämmen.

»Lord Kelno sagt, die Geister sind betrübt, weil ihr Heiligtum von Außenseitern betreten wurde.«

»Von mir und meiner Familie, wollen Sie sagen«, meinte Lila und ließ widerwillig zu, daß die Frau Blumen in ihr Haar steckte.

Eine andere Frau, ein altes Weib, das aussah wie eine Hexe aus vergangener Zeit, legte ein langes Gewand aus weißem Leinen bereit.

»Ah, aber morgen früh werden wir sie besänftigen«, sagte sie und hielt Lila das Kleid entgegen.

»Was ist das, eine Tischdecke?« fragte Lila sarkastisch.

»Das ist dein Zeremoniengewand«, sagte die hübsche Frau. »Du mußt korrekt gekleidet sein, wenn du Kudoc dargebracht wirst.«

»Wer ist Kudoc?« fragte Lila und wußte genau, daß ihr die Antwort auf ihre Frage nicht gefallen würde.

Die Augen der alten Hexe leuchteten vor Ehrfurcht, als sie antwortete: »Kudoc ist der Herr der ganzen Natur, der Schlangengott der Unterwelt! Er lebt tief unter uns, und die Insel bebt durch seinen Zorn!«

Nein, Lila mochte die Antwort ganz und gar nicht. »Schlangengott? Wo? Was habt ihr vor?«

Die alte Frau warf Lila das Gewand über den Kopf und sagte: »Schnell. Zieh das an.«

Lila zögerte einen Moment, dann zog sie es über ihre alten Wanderklamotten. Im Augenblick konnte sie nichts anderes tun, als bei diesem ganzen ekelhaften heidnischen Unsinn mitzuspielen. Lieber Gott, betete sie, bitte gib mir den richtigen Moment, die richtige Gelegenheit, die Chance freizukommen, diesen blöden Sack auszuziehen und wegzulaufen!

»Bald gehen wir zu der heiligen Grube«, sagte das alte Weib, während sie die Morgendämmerung im Osten beobachtete.

Der unangenehme Geruch wurde stärker. Dr. Cooper dachte immer häufiger an seinen Revolver, und er versuchte, seine rechte Hand frei zu lassen. Tief unten und auch um sie herum konnten sie immer noch das leise Grollen der abbröckelnden, bebenden Insel hören.

»Wie weit ist es noch?« mußte Jay überflüssigerweise fragen.

»Psst.« Dr. Cooper hielt abrupt an und hob seine Hand. Alle erstarrten.

Adam schaute über Dr. Coopers Schulter, und Jay blickte an ihm vorbei, und dann konnten alle drei sehen, was Dr. Cooper zum Anhalten veranlaßt hatte: rechts, hinter einer niedrigen Öffnung befand sich eine kleine Höhle. »Sieht aus wie ein Nest«, sagte Dr. Cooper leise.

Langsam gingen sie näher. Sie ließen das Licht der Laternen das Innere der Höhle beleuchten. Sie fanden mehr Sand, und dann ein paar Knochen. Sie nahmen einen sehr starken, üblen Gestank wahr.

Der Hauptlavaschacht führte genau an dieser Öffnung vorbei. Es gab keine Möglichkeit auszuweichen. Und dann kam von hinter der Höhlenwand etwas Weißes, Glattes, Rundes in Sicht.

Alle wußten, was es war. Ein riesiges Ei.

Sie hatten es also mit einer Art Reptil zu tun.

Noch ein Schritt. Ihre Laternen erleuchteten nun einen großen unterirdischen Raum, auf dessen Boden Knochen verstreut lagen: Es war die Höhle eines riesigen, schauerlichen Ungeheuers.

»Was immer es ist«, sagte Dr. Cooper, »es ist nicht zu Hause.«

»Aber schau nur, wie groß das Ei ist!« sagte Jay. »Es ist so groß wie eine Wassermelone.«

Adam bemerkte: »Das Muttertier muß so groß sein, daß es mit Leichtigkeit ... mmh ... einen Menschen verschlingen kann ...« Sobald er das gesagt hatte, wußte er, daß er es besser nicht hätte tun sollen. Dr. Cooper raste wie der Blitz den Tunnel hinauf. Jay und Adam rannten hinterher und versuchten, ihn einzuholen.

Die glühende Sonne stieg hinter dem fernen Horizont auf und tauchte den Ozean in blutrotes Licht. Eine fremdartige, schwere Stille lag über dem ganzen Dorf. Irgendwo aus dem Dschungel hörte man, wie eine Trommel zu schlagen begann, ein dumpfer Rhythmus, fast wie pochende Kopfschmerzen.

Lila lag auf ihren Knien, als die Wachen hereinkamen. Jesus, ich bin bereit, bei dir zu sein, betete sie, es wird sowieso für alle das beste sein; ich werde bei Dad und Jay sein, und da will ich am liebsten sein. Nur . . . bitte, laß es nicht zu sehr weh tun.

Bevor sie sich dessen bewußt wurde, waren ihre Hände auf dem Rücken gefesselt, und sie wurde zwischen den zwei großen Polynesiern herausgeführt, die mit prächtigen Federn, Muscheln und Fellen geschmückt waren. Sie gingen durch das Dorf. Die Gefolgsleute von Stuart Kelno, jung und alt, Männer und Frauen, alle erschienen und folgten ihnen in einem langen feierlichen Zug die Hauptstraße hinauf, dann rechts auf den verbotenen Pfad. Sie wurden angezogen von dem stetigen, pochenden Schlag der Trommel.

Jay und Adam stoppten abrupt. Sie wichen einige Schritte zurück und suchten nach irgend etwas, an dem sie sich festhalten konnten.

»Was ist jetzt?« fragte Dr. Cooper, der hinter ihnen herkam.

»Das Ende unseres Weges vielleicht«, sagte Adam.

Dr. Cooper zwängte sich zwischen Jay und Adam hindurch, damit er auch sehen konnte.

Unglaublich: Die Erde hatte sich gespalten, als wäre sie mit einem Messer aufgeschlitzt worden. Dr. Cooper blickte auf ein gähnend aufgerissenes Loch im Felsgestein, das sich nach allen Seiten hin ausdehnte. Diese riesige Schlucht ragte weit über ihre Köpfe hinauf und fiel zu ihren Füßen in eine bodenlose Finsternis ab.

Ungefähr zehn Meter entfernt, am gegenüberliegenden Rand des Abgrundes, führte der Lavatunnel weiter wie ein Luftloch in einer Scheibe Brot.

»Das ist erst kürzlich passiert!« beobachtete Dr. Cooper.

»Schaut nur, die glatten Felsflächen, und die Felsbrocken, die immer noch abbröckeln.«

»Vorsicht!« rief Jay aus.

Er brüllte, weil er der einzige war, der daran denken konnte. Alle drei zogen sich eilig vom Rand der aufgerissenen Felsspalte zurück.

Die Erde bebte und zitterte erneut, und der Abgrund bewegte sich. Es krachte und grollte: Die Wände verschoben sich, bebten und bewegten sich krachend ein Stück weit aufeinander zu, dann wieder auseinander, immer mehr Steine brachen los und stürzten in die Finsternis. Die Coopers und Adam MacKenzie beobachteten entsetzt und ehrfürchtig, wie die gegenüberliegende Wand der Felsspalte auf sie zu- und dann wieder weg schwankte – erst ein paar Zentimeter, dann ein paar Meter, hin und zurück.

»Was jetzt?« fragte Jay.

»Vielleicht . . . vielleicht kommt es nahe genug«, überlegte Dr. Cooper.

»Sie meinen doch nicht, daß wir da drüberspringen werden!« rief Adam aus.

»Das sage ich Ihnen gleich.«

Der feierliche Zug der Heiden erreichte schließlich die unheilvolle Lichtung mit ihren Steinaltären, den Bäumen, die trauernd ihre Äste herabhängen ließen und, natürlich, der Grube.

Stuart Kelno war bereits da. Er stand in der Nähe der Grube bei einem alten eingeborenen Medizinmann, der die Trommel schlug und unter seinen vielen Federn und der farbigen Bemalung absolut schauerlich aussah. Hämisch betrachtete er Lila.

Die beiden großen Polynesier führten sie an den Rand der Grube, die Menschenmenge versammelte sich um sie herum, und dann hörte das Trommeln ganz plötzlich auf. Die Stille ließ alle erstarren. Keiner rührte auch nur einen Finger. Lila sah sich die Leute an, die seltsam erfreut und stolz auf sie schienen. Viele lächelten, als wäre es ihr Geburtstag oder ihre Schulabschlußfeier.

Kelno sah sie von oben bis unten an und bewunderte die Blumen in ihrem Haar und das Gewand. »Sie sehen einfach atemberaubend aus, Miss Cooper!« sagte er.

Alle applaudierten.

Das einzige, was Lila tun konnte, war, in diese gähnende Grube zu schauen und zu überlegen, wie viele Knochen da unten wohl noch lagen. Herr, bitte laß mich ruhig bleiben. Laß mich nicht zusammenbrechen! Bitte zeig mir einen Ausweg!

Die gegenüberliegende Wand des aufgerissenen Abgrundes erbebte und wich nach hinten, wobei weitere Steinbrocken abbrachen und in die Tiefe stürzten. Schließlich kam sie einen Moment lang zum Stillstand.

»Oh, komm schon, komm schon«, flehte Dr. Cooper.

Mit dem nächsten Beben und einem weiteren tiefen Grollen begann die Wand wieder, sich zu bewegen, sie kam näher. Näher, näher!

Jetzt war der Abgrund nur noch sechs Meter breit.

Die Wand begann, sich wieder wegzubewegen.

»Nein!« sagte Dr. Cooper. »Bitte, Herr!«

Wieder ein heftiges Beben! Überall um sie herum schien die Erde vor Schmerzen aufzuschreien. Das Innere der Insel spaltete sich und zerbröckelte.

Die Wand schob sich wieder auf sie zu. Der Abgrund wurde enger. Fünf Meter. Drei. Zweieinhalb.

Jay gab seinem Vater die Laterne in die Hand, ging einige Schritte nach hinten und nahm all seinen Mut zusammen.

Die Wand begann sich wieder zu entfernen.

»Los!« schrie Dr. Cooper.

Jay schoß nach vorne, machte einen riesigen Sprung vom Rand des Abgrunds, segelte über den unendlichen, schwarzen Spalt unter ihm und landete auf der anderen Seite.

Der Abgrund verbreiterte sich wieder!

»Los!« schrie Dr. Cooper Adam zu.

Adam setzte seine Laterne ab, rannte mit einem ängstlich entschlossenen Brüllen los, segelte durch die Luft und landete auf der anderen Seite, wo Jay ihn packte und in Sicherheit zog.

Unter wütendem Grollen erbebte die Insel.

»Seid ruhig!« rief Stuart Kelno seinen verängstigten Nachfolgern zu.

Viele hielten sich aneinander fest, und manche lagen sogar auf dem Boden, unfähig aufzustehen, weil die Erde so stark bebte. Die trauernden Bäume bogen sich auf dem torkelnden Erdboden hin und her. Sogar die Medizinmänner hatten vor Angst weit aufgerissene Augen und schnatterten aufgeregt miteinander.

Kelno hob Ruhe und Aufmerksamkeit gebietend seine Hand und sagte: »Die Geister und Mächte der Insel Aquarius sind angegriffen worden, und das ist das Ergebnis. Das ist für uns alle eine gute Lehre, die wir beachten sollten. Da es die Geister der Insel sind, die sich beleidigt fühlen, laßt die Traditionen der Insel sie besänftigen.« Er wandte sich zu den Medizinmännern um und sagte: »Ihr könnt fortfahren, wie es eure Bräuche vorschreiben.«

Mit unheimlichen Schreien, Bellen und Singen begannen die Medizinmänner erneut, ihre Trommeln zu schlagen. Lila zuckte bei dem Spektakel zusammen. Sie wußte: Das war alles dämonisch, bis ins Tiefste die reinste Hexerei.

Herr Jesus, betete sie, ich bitte darum, daß dein für mich vergossenes Blut mich vor den Tricks Satans beschützt. Wenn ich sterben muß, dann soll es eben sein. Ich weiß, daß ich bei dir sein werde. Aber . . . wenn es dir recht ist, will ich auf keinen Fall, daß Satan hier gewinnt.

Dann hatte sie keine Zeit mehr zu beten. Plötzlich schlangen die zwei großen Wachen einige Seile um sie und fesselten Arme und Beine fest an ihren Körper. Und dann, als die Eingeborenen wie die Weißen gleichermaßen zu jubeln anfingen, wurde Lila an einem Seil in die Grube hinuntergelassen. Immer weiter nach unten, jeweils eine Armlänge Seil. Ihr Körper schürfte gegen die Felsen, drehte sich langsam, so wie das Seil sich wand, und senkte sich immer tiefer auf dieses unheimlich ekelhafte Bett von Knochen unter ihr herab. Die Rufe und Jubelschreie der Menschen oben hallten um sie herum wider wie die Schreie von wilden Fledermäusen.

Ihre Füße berührten den sandigen Boden, aber sie hatte kein Gleichgewicht und konnte ihre eng gefesselten Arme und Beine nicht zu Hilfe nehmen. Mit einem erschreckten Keuchen und dem Rauschen ihres Leinengewandes plumpste sie auf den Grund der Grube. Ihr Körper schob schnell ein paar Rippenknochen zur Seite, ihr Kopf schlug eine flache Vertiefung in den Sand. Sie sah sich einem alten, ausgeblichenen Totenschädel gegenüber, seine leeren Augenhöhlen starrten sie an, die krummen Zähne grinsten vor hämischer Freude.

Sie versuchte zu denken und zu beten, und sie versuchte verzweifelt, nicht zu weinen.

10

Dr. Cooper war drauf und dran, über den gefährlichen, sich hin- und herschiebenden Abgrund zu springen. Die Laternen hatte er bereits zu Jay und Adam hinübergeworfen, nun wartete er nur noch auf den richtigen Augenblick.

Aber die Erde wankte und verschob sich immer weiter, der Abgrund gähnte breiter und breiter zwischen ihnen. Weit über sich konnten die drei Männer einen winzigen Schimmer von Tageslicht zwischen den Felswänden erkennen. Der schreckliche Riß hatte die ganze Insel bis zur Oberfläche hin zerschnitten.

Dann hörten sie von oben ein lautes Klappern, gefolgt von Krachen und Splittern. Sie beobachteten von beiden Seiten des Abgrundes aus, wie Schmutz, Steine, Stücke von Beton, zersplittertes Holz, zerbrochenes Glas, Wandstücke und sogar die Überbleibsel einiger Stühle an ihnen vorbei herabfielen wie Abfall in einem Müllschlucker. Alles verschwand mit großem Getöse unter ihnen in den tiefen Einschnitten im Fels. Kurz darauf konnten sie ein entferntes Platschen hören – die hinunterstürzenden Trümmer und das Gerümpel waren auf das einströmende Meerwasser aufgeschlagen.

»Ich glaube, da ist gerade ein Stück Haus an uns vorbeigekommen«, sagte Dr. Cooper.

»Wie wär's, wenn du jetzt rüberspringst, Dad«, schlug Jay nervös vor.

»Tretet zurück.«

Dr. Cooper nahm seinen Hut ab und warf ihn über den Abgrund. Er zog seine Stiefel aus und schleuderte sie hinterher. Dann ging er so weit im Tunnel zurück, wie er nur konnte, und rannte so schnell wie schon lange nicht mehr los. Er machte einen Sprung auf den Abgrund zu, schoß los, segelte durch die Luft und . . . schaffte es!

Er fiel zwar vornüber und machte eine Rolle über die Felsen, aber er schaffte es.

»Mann, so etwas habe ich seit meiner Schulzeit nicht mehr gemacht«, bemerkte er.

Dr. Cooper zog seine Stiefel an und setzte seinen Hut auf, alle drei suchten ihre Siebensachen zusammen, und weg waren sie.

Die Trommeln stoppten. Das monotone Singen, Jubeln und Klagen stoppte. Lila lag immer noch hilflos auf dem Boden der Grube. Ihr Gesicht lag halb im Sand, sie konnte nicht aufsehen, aber sie konnte hören, wie die Menschen sich entfernten. Dies mußte ein sehr heiliger Moment sein, zu heilig, als daß irgend jemand bleiben und zuschauen durfte.

Also was jetzt? Ich kann mich nicht bewegen, dachte Lila, ich liege mutterseelenallein in diesem Loch, und offenbar ist irgend etwas unterwegs, um mich gleich aufzufressen.

Aber Gott war ganz sicher mit ihr. Lila war verwundert, daß sie nicht vor Angst völlig durchdrehte. Das war der absolute Schrecken, die furchtbarste Art auf der Welt zu sterben, und doch verspürte sie einen ganz tiefen, vertrauten Frieden bei der ganzen Sache.

»Du hörst wirklich meine Gebete, nicht wahr?« sagte sie laut.

Und Gott schien ihr sofort zu antworten. Außer dem Frieden begann sie noch etwas anderes zu spüren: Plötzlich wurde sie von dem Wunsch zu kämpfen erfüllt, so als würde ein heiliger Zorn in ihr aufsteigen. Sie begann, sich zu winden und zu krümmen.

»Herr«, betete sie, »ich bin bereit, wenn du es bist. Ich werde tun, was ich kann. Und, Satan, du mußt dich damit abfinden, ob es dir paßt oder nicht!«

Das Vulkangestein war rauh und scharfkantig. Sie rollte sich auf den Rücken, streckte ihre gefesselten Füße hoch und lehnte sie gegen die felsige Grubenwand. Sie begann, die Füße dagegen zu scheuern, auf und ab, das Seil schabte an den Steinen.

Von irgendwoher fühlte Lila einen Lufthauch über ihr Gesicht wehen. Aber es war alles andere als eine frische Brise. Sie trug einen ekelhaften Geruch mit sich.

Lila scheuerte weiter.

»Na, großartig!« sagte Dr. Cooper.

Der Tunnel teilte sich plötzlich in zwei Gänge.

»Sollen wir uns trennen?« fragte Jay.

»Nein, nein, das ist zu gefährlich«, antwortete sein Vater. Dann sah er auf die Uhr. »Da oben ist es jetzt Morgen.«

Adam würgte mühsam seine aufsteigende Angst hinunter. »Vielleicht ist es gleich zu spät!«

Dr. Cooper bückte sich und untersuchte sorgfältig den Boden der beiden Tunnel. Im rechten Tunnel fand er nichts. Im linken Tunnel schaute er genauer hin; dann ging er tiefer hinein.

»Okay«, sagte er, »das ist er.«

Er deutete auf eine ihnen bereits bekannte Schleifspur auf der Erde des Tunnels. Das Ungeheuer war hier entlanggekommen.

Sie liefen eilig los, duckten sich unter den niedrigen Felsüberhängen, schlängelten sich um enge Biegungen. Ihre Angst wuchs stetig, ihre Herzen schlugen schneller und schneller.

Lila verzog das Gesicht. Woher kam dieser Gestank? Er schien schlimmer zu werden. Sie machte sich weiter an den Fesseln um ihre Knöchel zu schaffen, immer wieder scheuerte sie das Seil gegen die Steine.

Schnapp! Ihre Beine waren frei. Sie trat und strampelte, bis sie das Seil losgemacht hatte. Dann konnte sie endlich ihre Beine benutzen und stand auf.

Sssssssssssss.

Es kam anscheinend von dem Felsen dort drüben. Dahinter mußte eine Öffnung sein.

Na los, Lila, mach die Fesseln ab!

Sie lehnte sich mit dem Rücken gegen die Felsen und begann, das Seil um ihre Handgelenke dagegen zu scheuern. Hoch, runter, hoch, runter, in wilder Eile zerrieb sie Faser für Faser. Zerschnitt sie überhaupt das Seil?

Jetzt war der Gestank noch stärker. Irgend etwas verursachte diesen üblen Geruch, und dieses Etwas kam immer näher.

Sssssssssss . . .

Herr, hilf mir, dieses Seil kaputtzukriegen!

Jay hastete vor Adam und Dr. Cooper durch den engen Gang. Plötzlich brachen seine Füße durch den Boden. Um ihn herum verwandelte sich der Tunnel in Gesteinsscherben und Kieselsteine, die einen tiefen senkrechten Schacht hinunterfielen und dabei klackernd an den Schachtwänden abprallten.

Eine starke Hand packte seinen Hemdsärmel, dann bekam ihn eine andere Hand am Arm besser in den Griff.

»Halt dich fest, Sohn, halt fest!« rief Dr. Cooper.

Jay trat und kämpfte nicht. Er wußte es besser. Aber er konnte das Echo eines sehr tiefen ausgetrockneten Brunnens hören, der sich unter seinen baumelnden Füßen befand. Da war es nur gut, nicht in Panik zu geraten.

Dr. Cooper zerrte an Jay, Adam zog an Dr. Cooper, und endlich hatten sie Jay wieder auf festem Boden.

Dr. Cooper hielt seine Laterne in die Höhe, um besser zu sehen.

»Wie eine Falle! Der Boden war dünn wie Papier über diesem Lavaschacht. Sieht aus, als könnten wir auf diesem Felsrand da drüben um den Schacht rumkommen.«

Zentimeterweise tasteten sie sich auf dem fußbreiten Vorsprung entlang, mit dem Rücken zur Wand, den Brunnen direkt vor ihren Füßen.

Sssssssssssss . . .

Das Ding kam näher. Lila scheuerte weiter am Seil. Es mußte einfach dünner werden!

Sie hörte ein neues Geräusch: ein langgezogenes Zischen, wie ein Atmen. Etwas glitt aus der Felsspalte. »Na los, du blödes Seil, geh endlich kaputt!«

Ein fauliger Hauch feuchtheißer Luft blies in die Grube. Lila schaute auf die Öffnung. Ihr Herz blieb fast stehen.

Aus der Dunkelheit erschienen zwei riesige, golden glitzernde Augen, sie erhoben sich immer höher aus der Öffnung.

Diese Augen waren auf sie gerichtet. Wieder ein Stoß feuchter Luft aus den Nasenlöchern dieses Ungeheuers.

Es hatte sie entdeckt.

11

»Jesus!« betete Lila, und plötzlich: Schnapp! Das Seil zerriß. Sie machte es los und hatte ihre Arme frei.

Die glühenden Augen traten aus der Öffnung heraus, und ein monströser, drachenähnlicher Kopf kroch ans Licht. Es war . . . eine Schlange! Aber wie konnte eine Schlange so groß sein? Schon allein der Kopf war so groß wie der eines Krokodils, er saß auf einem langen, lederartigen Hals, der so dick war wie ein Baumstamm. Eine schleimige Zunge zuckte durch die Luft, und heißer, rauchender Atem puffte aus den Nasenlöchern.

Immer noch starrte die Schlange Lila an, aber anscheinend hatte sie keine Eile. Sie war offensichtlich daran gewöhnt, in dieser Falle regelmäßig und auf bequeme Art eine Mahlzeit zu finden. Der dicke Körper ergoß sich förmlich in die Grube, das Tier hob seinen großen Kopf und türmte sich wie ein armloser Dinosaurier über Lila auf.

Lila bückte sich und ergriff ein langes Stück Knochen. Sie hatte keine Ahnung, was sie damit tun sollte, aber sie war auf keinen Fall bereit, sich diesem Biest kampflos auszuliefern.

Auu! Was war das? Lila duckte sich überrascht rückwärts, als ihr etwas auf den Kopf fiel. Es war ein Seil!

Die Schlange schnellte auf sie zu. Lila duckte sich und vergrub sich in den Knochen auf dem sandigen Boden. Die Zunge der Schlange schlug dumpf gegen die steinige Wand. Sie krümmte sich, mit dem Gesicht nach oben, und sah, daß sie direkt unter dem weißschuppigen, hin- und herschwankenden Hals der Schlange lag. Sie befand sich außerhalb ihres Blickfeldes, die Schlange hatte sie aus den Augen verloren. Der große Kopf wandte sich umher, die Nasenlöcher schnauften zornig, die Zunge streckte sich aus dem Maul, um ihre Witterung aufzunehmen. Die großen Augen hatten sie wieder entdeckt.

Jemand schrie von oben: »Komm! Du, komm, Mädchen!«

Die Schlange griff wieder an. Lila hatte es erwartet; sie ließ sich plötzlich fallen und hielt den Knochen vor sich nach oben. Die Schlange rammte das runde Ende des Knochens gegen die Wand und das abgebrochene Ende in ihr Maul. Ein schmerzerfülltes Zischen schoß aus dem tiefen, baumwollweißen Mund. Lila duckte sich unter den gebogenen Hals und kroch auf das baumelnde Seil zu. Die Schlange peitschte mit ihrem Kopf hin und her und versuchte, den Knochen aus ihrem ledernen Rachen zu schleudern.

Lila packte das Seil, das sie sofort nach oben zog. Der Boden der Grube entfernte sich unter ihr.

Nein! Die Schlange hatte ihre Kiefer in ihr Gewand verbissen. Sie zog sie nach unten!

Sie schrie. »Kerze!«

Der große Polynesier stand oben und zog mit aller Kraft an dem Seil.

Herr, hilf mir!

Die Schlange zuckte und verdrehte ihren Kopf und warf Lila am Ende des Seiles hin und her. Aber dann begann das Gewand zu zerreißen. Lila ließ einen Arm fallen, so daß das Gewand über ihre Schulter nach unten rutschen konnte. Die Schlange zog und zerrte, und hatte schließlich nur einen Mundvoll Leinen erwischt.

Lila schoß nach oben aus der Grube heraus geradewegs in Kerzes starke Arme. Schnell setzte er sie ab und brachte sie in Sicherheit, dann nahm er ein großes Stück rohes Fleisch und warf es der Schlange vor.

Lila sah, wie der riesige Kopf aus der Grube schoß, das Maul war weit aufgerissen, und das Fleisch verschwand in der hungrigen, würgenden Kehle, das Blut tropfte aus dem Maul.

Kerze packte Lilas Hand, und sie rannten. Sie stellte keine Fragen. Sie rannte und rannte.

»Ich glaube, ich sehe Tageslicht«, sagte Adam.

Die drei rannten darauf zu, und dann erstarrten sie.

Ein langer, sich windender Schwanz mit dicker Lederhaut lag im Tunnel wie ein riesiger Baumstamm.

Sie wichen zurück, tödlich erschrocken und sprachlos. Dr. Cooper hatte seinen Revolver bereit, aber ... was konnte der schon gegen so ein monströses Ding ausrichten?

Der Schwanz peitschte umher! Das Ding begann sich zu bewegen! Sie duckten sich in eine winzige Höhle zwischen den Felsen, es war das einzig mögliche Versteck.

Mit einem langen Schaben über Felsen und Sand rutschte der große lederne Leib der Schlange durch den Tunnel aufwärts, wickelte sich zusammen und drehte sich um. Nun bewegte sich der riesige, häßliche Dinosaurier-Kopf der Schlange an ihnen vorbei, das Blut tropfte noch von ihrem Maul herunter. Dann glitt das Monster in die Tiefen der bebenden Insel zurück.

Alle drei dachten über dieses Blut und seine Bedeutung nach, aber keiner sagte auch nur einen Ton dazu. Jetzt konnten sie Worte nicht mehr ermutigen. Sie warteten, bis der Schwanz nur noch als Punkt sichtbar war und in den Katakomben unter ihnen verschwand. Dann folgten sie weiter dem Pfad, auf dem ihnen die Schlange entgegengekommen war, in Richtung des Tageslichts, bis sie durch die Öffnung kamen.

Da war die Grube. Sie hatten sie gefunden. Keine Spur von Lila. Oder doch?

Als sie das weiße Leinengewand entdeckten, war es Adam, der über die verstreuten Knochen stieg und langsam darauf zuging. Mit nur zwei Fingern hob er es behutsam auf.

»Was ist das?« fragte Dr. Cooper.

»Es ist . . . es ist . . .«

»Was ist es?« fragte Dr. Cooper erneut.

»Es ist ein Zeremoniengewand«, zwang Adam sich schließlich zu sagen. »Es wird gebraucht für . . .«

Dr. Cooper war da und entriß ihm das Gewand.

»Es wird bei den Opferzeremonien gebraucht«, vervollständigte Adam seinen Satz.

Dr. Cooper schaute sich das Kleid genau an. Es war voller Blutflecke. Er hielt es an den Schultern fest und ließ es nach unten hängen. Es hatte Lilas Größe.

»Dad . . .«, sagte Jay und hob etwas aus dem Sand auf.

Ein kleines goldenes Kreuz an einer zarten Kette, Lilas Lieblingsstück, sie hatte sie immer um den Hals getragen.

»Das heißt nicht . . .«, begann Adam zu sagen.

»Nein!« sagte Dr. Cooper verzweifelt. »Das tut es nicht!« Seine Stimme klang gequält. »Das kann es nicht!«

Jay lehnte sich mit schwachem Körper und leichenblassem Gesicht gegen die Felswand.

Dr. Cooper faltete das kleine Gewand einmal, zweimal, noch einmal und rollte es mit seinen zitternden Händen zusammen. Er drückte es fest an seine Brust, dann stand er einfach eine lange Zeit regungslos da.

»Dad . . .«, versuchte Jay zu sagen, aber seine Kehle war so trocken und seine Stimme so schwach, daß er es kaum herausbrachte. »Wir wissen es wirklich nicht.«

Dr. Cooper stand regungslos und schweigend da.

Tief unter ihnen begann es wieder zu grollen. Die Erde bebte leicht.

Adam entsann sich. »Jakob . . . in zwei Stunden ist die Ebbe am tiefsten Stand. Das ist vielleicht die einzige Chance, die wir haben, um das Boot aus dem Tunnel zu bekommen und zu fliehen, bevor die Insel zerbricht. Jakob, hören Sie?«

Dr. Cooper schien überhaupt nichts zu hören.

Adam sprach wieder, ganz sanft: »Jakob, wir müssen versuchen, diese Leute zu warnen. Wir müssen versuchen, sie zu retten. Wir müssen es tun, Jakob.«

Jay erwachte aus seiner Erstarrung und sagte: »Ich . . . ich verstehe das ganz und gar nicht. Wer ist da noch zu retten, Adam? Diese Menschen . . . sie verdienen es nicht. Sehen Sie doch nur, was sie getan haben!«

»Gott liebt sie. Er hat uns gerettet, Jay, und wir haben es auch nicht verdient. Wir müssen auch ihnen von seiner Liebe erzählen.«

Jay zappelte nervös und blickte auf den mit Knochen bedeckten Boden.

»Das sagen Sie nur, weil Sie Missionar sind.«

Adam berührte Dr. Cooper am Arm und schaute mit mitfühlenden Augen auf Jay. »Sind wir das nicht alle?«

Plötzlich erwachte Dr. Cooper wieder zum Leben, atmete tief durch und schaute die Felswände an. »Wir müssen eine Spitzbubenleiter bauen, um hier rauszukommen. Zu dritt müßten wir es schaffen.«

Aber Adam sah etwas in Dr. Coopers Augen, was ihm Angst machte: »Jakob, ist alles in Ordnung?«

»Ich stehe unten. Adam, steigen Sie auf meine Schultern.«

Adam zögerte.

»Steigen Sie auf meine Schultern, Adam!« befahl Dr. Cooper.

Adam war besorgt, aber er gehorchte. Dann kletterte Jay auf Adams Schultern und konnte den oberen Rand der Grube erreichen. Sofort fand er ein Seil. Er wunderte sich zwar, wo es herkommen mochte, aber er hatte keine Zeit, darüber nachzudenken. In wenigen Augenblicken hatte er ein Ende an einem großen Altarstein gesichert. Dr. Cooper und Adam kletterten heraus.

Dr. Coopers Augen waren hart und kalt und entschlossen zum Dorf hin gerichtet. »Vielleicht sind sie gerade beim Frühstücken und nicht so sehr auf der Hut. Jay, es kann sein, daß wir uns aufteilen müssen.«

»Jakob«, sagte Adam mit sorgenvoller Stimme, »sind Sie sich über Ihre Motive im klaren?«

»Na los, gehen wir!« antwortete Dr. Cooper und spielte mit der Trommel und dem Abzug seines Revolvers.

Lila rannte und rannte dem massigen Polynesier hinterher, über verwundene, fast völlig überwachsene Pfade, durch dicke Vegetation und klebrig-glitschige Sümpfe. Sie war so aufgeregt und begeistert, am Leben zu sein, daß sie sich gar nicht vorstellen konnte, jemals müde zu werden.

Sie kamen zu dem düsteren Weg, den er ihnen zuvor gezeigt hatte und der zu dem halbversunkenen Dorf führte. Sie rasten den Pfad entlang, bis sie genau zu jenem Dorf kamen. Kerze ging voraus auf einen kleinen Hügel zu einer Hütte, die noch in Sicherheit über dem steigenden Wasserspiegel stand. Lila sah auf das Meer hinaus und bemerkte, daß das Dorf mittlerweile völlig in der ruhelosen, schäumenden Brandung untergegangen war.

»Was . . .!« rief sie aus. »Was ist passiert?«

Kerze zog sie in die Hütte, und die beiden brachen auf dem weichen Erdboden zusammen und rangen nach Atem.

»Warum hast du das getan?« fragte Lila. »Warum hast du mich gerettet?«

Sie wiederholte die Frage mehrmals und inszenierte dabei den Vorfall fast noch einmal, um ihm verständlich zu machen, wovon sie sprach. Kerze bemühte sich verzweifelt zu antworten, aber er konnte die Worte nicht finden. Schließlich malte er mit seinem Finger ein christliches Kreuz in den Staub.

»Mee-Bwah!« sagte er und zeigte dann auf sein Herz. Das verstand Lila sofort, und sie fragte verwundert: ». . . du . . . du kennst Jesus?«

»Mee-Bwah!« sagte er und stieß in seine Handflächen, um Nägelwunden nachzuahmen, dann preßte er seine Hände aneinander, als würde er beten. »Jesus! Mee-Bwah!«

Lila konnte es nicht glauben. Freude überströmte sie! »Kerze, du kennst Jesus wirklich?«

Er nickte und sagte: »Adam.«

»Adam? Du meinst Adam MacKenzie?«

»Adam, er Mee-Bwah.«

»Adam ist ein Christ?« Lila zeigte auf das Kreuz im Sand, um sicherzugehen, daß sie Kerzes Worte richtig verstand. Kerze nickte mit einem breiten Lächeln. »Und er hat dir von Jesus erzählt?« Lila zeigte auf ihre Handflächen, als sie Namen aussprach, und Kerze nickte wieder. »Aber wo ist Adam MacKenzie? Ist er tot?«

Kerze schüttelte den Kopf. »Nein! Nein tot! Adam . . .« Kerze gingen die Worte aus, und er fing an, ein Bild in den Staub zu kratzen. Er zeichnete eine grobe Skizze von der Schlucht mit dem Strudel, dabei machte er sogar die Geräusche des Strudels nach. Dann spielte er vor, wie Adam dort hineinfiel.

»Oh nein«, sagte Lila. »Dann . . . ist er tot, genauso wie . . .« Sie konnte nicht weiterreden. Sie kämpfte mit den Tränen.

Aber Kerze ließ sie nicht weinen. Er wedelte mit seiner Hand vor ihrem Gesicht, um ihre Aufmerksamkeit wiederzugewinnen, und brüllte: »Nein! Nein tot! Adam!« Er machte eine einfache Skizze von der Höhle unter der Insel, dann malte er ein kleines Strichmännchen hinein, zeigte auf es und sagte wieder: »Adam!«

Lila fragte gestikulierend: »Es gibt . . . eine Höhle unter der Insel?«

Kerze nickte.

»Und Adam ist da unten am Leben?«

»Du Papa, vielleicht. Großer Papa, kleiner Papa!«

»Mein Vater und mein Bruder.«

Kerze nickte.

Lila meinte, wieder einen Schock zu bekommen. Am Leben? Jay und Dad am Leben? »Wie . . . wie komme ich zu ihnen?« fragte sie.

Kerze warf seinen Kopf zurück und lachte. Er sprang auf seine Füße und bat sie mitzukommen. Sie rasten aus der Tür, weiter den Hügel hinauf zu einer anderen Hütte, einer sehr großen. Das mußte einmal ein Versammlungssaal gewesen sein. Sie schlüpften hinein.

Lila konnte ihren Augen nicht trauen. Diese primitive Hütte im Dschungel war in ein Warenlager verwandelt worden. Die Hütte war gefüllt mit Holz, Vorräten, Treibstoffkanistern, Werkzeugen und – einigen Kisten vom Boot der Coopers, die vor den Flammen gerettet worden waren!

»Kerze«, sagte Lila, während sie in Gedanken schnell eine Liste der Sachen machte, die auf dem Boot waren, »wie ist das ganze Zeug hierhergekommen?«

Kerze grinste breit und zeigte auf sich.

Lila dämmerte es: »Das ist es, was du die ganzen Nächte gemacht hast! Du hast diese ganzen Sachen aus Kelnos Dorf herausgeschafft.«

Er verstand genügend, um erneut mit seinem Kopf zu nicken und über seine eigene Schlauheit zu lachen.

Auch Lila mußte lachen: »Wir haben deine Fackel auf einem Felsen im Dschungel gefunden.«

»Aber Kerze hier!«

»Aber warum hast du die ganzen Sachen besorgt?«

»Adam.«

»Sogar die Vorräte von unserem Boot?«

»Nein. Du Sachen! Kerze nehmen du Sachen. Nicht brennen. Du behalten.«

Lila war sehr dankbar. Sie nahm seine Hand. »Danke, Kerze. Das war sehr mutig von dir. Du hättest erwischt werden können, als du versucht hast, uns zu helfen.«

Er verstand zwar nicht alles, was sie sagte, aber er wußte, daß sie sich bedankte, also verbeugte er sich und nickte.

Lila war sprachlos vor Ehrfurcht. Sie schloß ihre Augen und sagte: »Danke, Herr. Du hast mein Gebet erhört.«

»Mee-Bwah«, sagte Kerze und blickte zum Himmel.

Im Dorf, das nun völlig erwacht war, hörte man die Geräusche von frühstückenden Menschen aus dem Speisesaal.

Aber da waren auch andere Geräusche, dumpf schlagend und grollend wie ein drohender Donner aus den Tiefen der Insel. Das Beben und Schütteln konnte man an den hohen Bäumen sehen. In der Luft lag eine unheimliche Spannung, und eine unausweichliche Angst durchdrang jedes Herz.

Auf Befehl von Lord Kelno standen ein Rechtsanwalt und ein Maurer als einsame, verängstigte Wachposten am Eingang des Dorfes. Sie hörten das Grollen, spürten das Beben und fragten sich, was das wohl zu bedeuten hatte. Lord Kelno hatte behauptet, daß das Beben enden würde, sobald der letzte der Eindringlinge zerstört war, dem Schlangengott geopfert, aber bisher hatte das Rumpeln und Beben noch nicht aufgehört. Es war eher sogar noch schlimmer geworden, und obwohl es keiner laut zu sagen wagte, waren sie alle sicher, daß sogar Lord Kelno selbst Angst hatte. Und wenn er sich auch nicht vor dem Erdbeben ängstigte, dann doch auf jeden Fall vor diesen seltsamen amerikanischen Besuchern mit ihrer alten, aus der Mode gekommenen christlichen Religion. Immerhin, dachten sie, wenn Lord Kelno so sicher ist, daß sie tot und für immer verschwunden sind, warum hat er dann befohlen, daß wir hier am hellichten Tag Wache stehen sollen?

Während die zwei mit ihren Gewehren über der Schulter auf Posten standen, unterhielten sie sich mit verhaltener Stimme über ihre Ängste und Zweifel. Die Erde hatte sich bereits geöffnet und ein Haus verschlungen. Was würde als nächstes geschehen? Wo? Wer würde das Opfer sein?

Plötzlich Schritte! Sie kamen den Weg zum Dorf entlang. Eine Figur kam aus dem Dschungel. Die beiden Wachposten erstarrten. Was war das? Ein Geist? Eine Einbildung?

Dort, auf dem Pfad stehend, als wäre er sein Eigentum, war ein Bild, ein Gespenst, der Geist dieses jungen Eindringlings, des jungen Coopers!

Sollten sie es ansprechen? Was würden ihre Gewehre schon nutzen?

»H-halt da, wer immer du bist!« sagte der Rechtsanwalt.

Der Geist sagte kein Wort, sondern lächelte nur und kam auf sie zu.

Sie hoben ihre Gewehre und zielten, aber dann wichen sie gleichzeitig zurück, offensichtlich zutiefst erschrocken.

Der Geist kam immer näher.

Es brauchte nur diesen kurzen Moment der Angst und Unentschlossenheit, damit sich zwei weitere Erscheinungen aus den Bäumen, die am Wegesrand standen, auf die Wachen stürzen konnten. Bevor die Männer wußten, wie ihnen geschah, hatten die »Geister« von Adam MacKenzie und Jakob Cooper sie zu Boden geworfen und ihnen die Gewehre abgenommen.

»Gute Arbeit, Jay«, sagte Dr. Cooper, während er die Patronen aus dem Gewehr des einen Mannes entfernte.

»Was nun?« fragte Adam, der das andere Gewehr entlud.

»Wir machen uns an den wichtigsten Mann, den König, ran«, sagte Dr. Cooper. »Lord Kelno.«

»Was wollt ihr tun?« fragten die zwei Wachposten ziemlich verschüchtert.

Dr. Cooper antwortete immer noch nicht auf diese Frage. Er schaute die Männer nur an und fragte befehlend: »Wo kann ich ihn finden?«

Die beiden Männer schauten einander an, dann sagte der eine: »In seinem Haus. Aber er ist von seinen Leibwachen umgeben. Sie bekommen ihn nie.«

»Wir werden sehen.« Dr. Coopers Augen waren kalt und entschlossen. »Los, steht auf. Wir werden euch als kleine Versicherung brauchen.«

Mit den beiden widerwilligen Wachposten voraus, stahlen sich die drei Männer die Hauptstraße entlang, mit wachsamen Blicken und leisen, heimlichen Schritten. Sie kamen in die Nähe des Speisesaals. Alle Dorfbewohner waren drinnen und versuchten zu essen, während sie auf das Grollen lauschten und sich mit weißknöchrigen Händen verkrampft an den Tischen festhielten.

»Adam, vielleicht wären sie jetzt bereit, auf Sie zu hören«, beobachtete Dr. Cooper.

Sie kamen an den Rand des Dorfplatzes, und sie konnten das Licht in Stuart Kelno's Haus brennen sehen. Zwei Wachposten saßen auf der Veranda und frühstückten von Papiertellern. Sie waren nicht ganz bei der Sache.

»Wartet hier«, sagte Dr. Cooper.

Adam wollte gerade eine Frage stellen – aber Dr. Cooper war plötzlich verschwunden!

Wie eine Gewehrkugel, wie ein Puma, der sich auf seine Beute stürzt, schoß Dr. Cooper über den Dorfplatz und sprang die Stufen zum Haus hinauf, bevor einer der Wachposten überhaupt begriff, was geschah. Einer der Gorillas schaffte es, sein Gewehr zu ergreifen, aber eine kräftige Hand rammte in ihn hinein und schleuderte seinen Körper gegen die Wand. Geschlagen! Er war aus dem Spiel. Der andere Wachposten hatte gerade Zeit, einen Schritt nach vorne zu tun, bevor ein Stiefel ihn mitten auf der Brust traf und ihn über das Geländer beförderte.

Zwei geschlagen.

Die Haustür brach auf, die Türangeln rissen los. Der Leibwächter im Wohnzimmer sah nur einen Schleier, der wie ein Torpedo in seinen Magen sauste und ihn rückwärts über das Sofa und durch das Hinterfenster schleuderte. Er war draußen.

Drei geschlagen.

Kelno's zwei persönliche Leibwachen rasten polternd aus seinen Privatgemächern. Sie waren bereit. Einer hatte den Revolver gezogen.

Bummm! Dr. Cooper feuerte zuerst mit einem blendend hellen Blitz, und die Pistole flog im hohen Bogen aus der Hand des Postens. Ein Stiefel traf ihn an der Brust wie ein Rammbock, und der andere Wachposten erhielt einen Faustschlag, der seine Rippen krachen ließ.

Fünf geschlagen.

In seinem Zimmer sprang Stuart Kelno vom Frühstück auf. »Was ist – wer sind Sie?«

Der wütende Eindringling bekam den Frühstückstisch zu fassen und stürzte ihn um, Kelno's Mahlzeit spritzte und kleckerte über ihn und nagelte ihn unter dem Klirren von zerbrechendem Geschirr und splitterndem Holz an die Wand. Eine eiserne Hand klammerte sich um Kelno's Kragen, so daß er sich nicht rühren konnte, und dann hörte man ein unheilvolles Klicken.

Stuart Kelno blickte auf den Lauf der schußbereiten 357er Magnum, und hinter dem Lauf sah er die kalten blauen Augen eines tödlich gefährlichen, wahnsinnig wütenden und unbesiegbaren Feindes.

12

Kelno war sprachlos und sichtlich schockiert. Er konnte nur starren und zittern, er kämpfte mit jedem Atemzug, sein Blick klebte an diesen kalten Augen.

Das Tier, das ihn festhielt, sagte kein Wort. Lange Zeit, die Kelno wie eine Ewigkeit schien, lockerte es seine Umklammerung nicht.

»Sind Sie . . .«, brachte Kelno mühsam hervor, »sind Sie von den Toten zurückgekehrt, Jakob Cooper?«

Die große Faust festigte ihren Griff. Eine grollende Stimme sagte: »Wo ist meine Tochter?«

Kelno wußte, daß er darauf keine akzeptable Antwort hatte.

»Sie – Sie sind ein Christ! Sie können mich nicht kaltblütig umbringen!«

»Meine Tochter!«

»Sie können mich nicht umbringen!«

Dr. Cooper hob Kelno mit seinem starken Arm einfach von seinen Füßen hoch. »Ich kann, Stuart Kelno. In diesem Moment mehr als in jedem anderen, ich kann ganz sicher.«

Kelno glaubte, daß sein letztes Stündlein geschlagen hatte.

Aber dann, als ob Dr. Cooper von seinen eigenen Worten schockiert sei, schmolzen die kalten, wilden Augen, und der Griff lockerte sich etwas. Der Zorn auf Dr. Coopers Gesicht verwandelte sich in einen Ausdruck tiefer Trauer. Ein schweigsamer Moment verging, und dann drehte Dr. Cooper mit einem trauervollen Aufstöhnen den Lauf des Revolvers weg und legte den Abzug zurück. Er ließ die 357er wieder in seine Halterung gleiten.

»Sie werden mich nicht töten?« fragte Kelno und begann, etwas Erleichterung zu spüren.

Dr. Cooper konnte nicht auf Anhieb antworten. Er war zu beunruhigt von seinem eigenen Handeln.

»Ich war kurz davor . . .«, antwortete er schließlich. »Ihretwegen ist Lila tot. Ich hätte Sie ganz bestimmt getötet.«

»Und warum haben Sie es nicht getan?«

»Ich habe . . . ich habe meine beiden Kinder am Tag ihrer Geburt an Gott abgegeben. Noch nicht einmal mein eigenes Leben gehört mir. Die Coopers gehören Jesus. Er hat uns mit seinem Blut gekauft, und unsere Leben liegen in seiner Hand – er kann sie bewahren . . . oder wegnehmen.«

Stuart Kelno war sich der eisernen Faust um seine Kehle immer noch sehr bewußt. »Was werden Sie mit mir tun?«

»Die Rache gehört Gott, nicht mir. Sie können sich vor ihm für das verantworten, was Sie getan haben. In der Zwischenzeit gebe ich Gottes Gnade weiter. Jesus hat mich gerettet; ich werde versuchen, Sie zu retten.« Dr. Cooper schleuderte den Tisch zur Seite und trug Kelno halbwegs zur Tür. »Bitte beeilen Sie sich. Diese Insel wird innerhalb der nächsten Stunden untergehen.«

Sie schritten durch die zertrümmerte Haustür auf die Veranda. Die gestürzten Wachen kamen gerade wieder auf die Beine, immer noch nicht sicher, was sie getroffen hatte. Die Dorfbewohner hatten den Schuß und die Rauferei gehört und waren herbeigelaufen.

»Halt, ihr alle!« schrie Dr. Cooper, während er Kelno noch fester packte.

Alle, die sich auf dem Dorfplatz sammelten, blieben in einiger Entfernung mit angsterfüllten Augen stehen. Was war das? Ein Geist? Ein Unsterblicher? Dieses unverwundbare Wesen hatte nun schon zweimal den Tod überlistet, und diesmal hatte er ihren Führer. Lord Kelno war auf seine Gnade angewiesen!

»Hier ist ein Freund, der euch gerne einige Worte sagen will«, sagte Dr. Cooper und blickte über den Platz hinüber, wo Adam aus seinem Versteck kam und auf einen großen Felsbrocken kletterte. Jay stand mit den beiden ängstlichen Wachposten unter ihm.

Die ganze Menge japste nach Luft, als sie Adam und Jay, dann Dr. Cooper und wieder Adam ansahen. Auf allen Gesichtern war das gleiche zu lesen: Was geschieht hier? Diese Männer sind von den Toten zurückgekehrt!

Adam sprach laut und deutlich: »Freunde! Viele von euch kennen mich. Sam, Bernie, Joyce, Trudy, Jim, wir haben zusammen gearbeitet, zusammen gebetet. Ihr wißt, wie ich auf diese Insel kam, um die gute Botschaft von Jesus Christus zu verbreiten, wie er kam, um uns alle zu retten und uns Leben zu geben. Ich arbeite immer noch dafür, und die Einladung, Jesus als Herrn und Retter kennenzulernen, besteht immer noch. Aber hört mir zu: Ich möchte außerdem euer Leben retten. Ihr habt das Grollen gehört, ihr habt gespürt, wie der Erdboden gebebt hat. Ihr habt die Zeichen gesehen und die Warnungen gehört. Freunde, ich sagte euch die Wahrheit. Diese Insel ist dem Untergang geweiht. Sie ist im Moment dabei, unter uns zu versinken.«

»Hört nicht auf ihn«, rief Kelno. »Er kann euch nicht retten. Jesus kann euch nicht retten. Ihr braucht keinen anderen Retter als euch selbst.«

»Ich habe ein Boot gebaut!« rief Adam. »Wenn Stuart Kelno euch nicht auf seinem eigenen Boot fliehen läßt, dann lade ich euch ein, auf meinem zu fliehen. Ich spreche diese Einladung an jeden aus, der sie annehmen will, aber wir müssen jetzt gehen.«

»Er lügt!« rief Kelno. »Ich habe die Wahrheit. Diese Insel wird nie versinken. Ich werde es nicht zulassen.«

Adam erwiderte: »Die Grundfesten der Insel werden in diesem Moment vom Meer weggefressen, während wir hier reden. Das Herz der Insel ist dabei zu zerbrechen. Sie kann jeden Moment zusammenbrechen.«

Als wollte er Adams Worte unterstreichen, erbebte der Grund mit einem heftigen Grollen, einige Menschen stürzten zu Boden. Panik erfaßte die Menge. Die Leute wurden unruhig und sprachen aufgeregt untereinander.

»Ruhe!« rief Kelno. »Ruhe! Ich bin hier der Herr! Ihr werdet tun, was ich sage!«

»Dann stoppe das Erdbeben«, rief ein älterer Mann.

»Wer hat das gesagt?« forderte Kelno wütend und schaute durch die Menge.

Aber es erhoben sich noch mehr Rufe.

»Ja, du hast gesagt, das Erdbeben würde aufhören. Aber das hat es nicht getan«, sagte eine Hausfrau.

»He, ich bin Geologe, und ich glaube, MacKenzie hat recht«, sagte ein gut gekleideter Mann.

»Ich will nicht sterben!« rief ein junges Mädchen.

Die Menschen teilten sich, einige waren für Kelno, die anderen für Adam. Die Menge wurde immer panischer und bösartiger.

Das Rumpeln wurde schlimmer. Der Boden wurde erschüttert, die Fenster in den Gebäuden klirrten, die Bäume schwankten und zitterten.

»Wir müssen sofort gehen«, sagte Adam. »Bitte, kommt mit mir.«

»Bleibt!« befahl Kelno.

Aber viele rannten zu dem Felsbrocken, auf dem Adam stand. Die, die noch zu Kelno hielten, versuchten, sie zurückzuzerren, aber sie blieben entschlossen stehen, wo sie waren.

Dr. Cooper sagte zu Kelno: »Was ist jetzt? Mit Ihrem Boot und Adams Boot bekommen wir alle Leute sicher von der Insel herunter. Wir können sie alle retten.«

»Das ist unsere Heimat. Unsere neue Welt. Uns gehört die Zukunft.«

»Sie haben hier keine Zukunft. Seien Sie kein Narr! Sie können gerettet werden, Sie und Ihre ganzen Nachfolger.«

Kelno sah, daß er die Menschen bald nicht mehr unter Kontrolle haben würde. Er erhob seine Hände und rief: »He, hört mir alle zu!« Die Menge wurde ruhiger. »Diese

Männer sind Lügner, und ihr dürft keine Angst vor ihnen haben. Diese Botschaft, dieses Gerede über Jesus, ist nur Betrug, etwas, das euren Glauben an eure eigene Macht zerstören soll. Es gibt keinen Retter außer euch selbst. Warum wollt ihr euch an sie oder an ihren Gott wenden, um Rettung zu bekommen? Ihr alle seid der Gott, den ihr braucht!«

»Ja«, riefen einige. »Lord Kelno hat recht. Wir können uns selbst retten.«

»Aber was ist mit den Erdbeben?« wollte jemand wissen.

»Welche Erdbeben?« spottete Kelno. »Ich sage euch, sie sind nur eine Einbildung, etwas, das ihr euch nur einbildet in eurem verängstigten Verstand.«

Das hätte er in keinem besseren Moment sagen können. Plötzlich machte die Erde einen heftigen Ruck, der Speisesaal am Ende des Dorfplatzes krachte und ächzte. Mit einem lauten Krach von zerbrechenden Brettern, zerbröckelnden Mauersteinen und zerberstendem Glas riß sie in der Mitte entzwei wie ein Telefonbuch in den Händen eines starken Mannes! Alle schrien, aber die Aufregung war damit nicht zu Ende. Mit einem tiefen Grollen und einem langen, lauten Rrrrrip zog sich ein schwarzer Riß im Zickzack durch den Rasen vor dem Speisesaal und streckte sich gähnend bis auf den Platz aus. Die Menschen stoben auseinander, das Dorf wurde mitten durchgeschnitten wie mit einem riesigen, unsichtbaren Messer.

Adam ergriff die Chance: »Kommt mit mir! Laßt uns gehen, sofort!«

Ganze Familien rannten hinter ihm her, einige Professoren rannten mit, einige Arbeiter sprangen über den tiefen, sich immer breiter weitenden Riß, um ihm zu folgen. Alles Schreien und Brüllen und Drohen, das Kelno aufbot, konnte sie nicht zurückhalten.

Die Insel bebte nun ohne Unterlaß, und Dr. Cooper sah keinen weiteren Grund herumzustehen. Er ließ

Kelno los, der durch das Beben sein Gleichgewicht verlor und auf der Veranda zu Boden stürzte.

»Wenn Sie mich entschuldigen wollen«, sagte Dr. Cooper. »Jay, laß uns abhauen.« Dr. Cooper sprang über den sich weitenden Riß, und er und sein Sohn folgten der flüchtenden Menge aus dem Dorf.

Kelno kam mühsam wieder auf die Beine und preßte sich gegen einen Pfosten auf der Veranda. Wutentbrannt rief er seinen übriggebliebenen Nachfolgern zu: »Diese Männer sind Teufel, und sie verspotten mich! Hinterher! Zerstört sie alle!«

Seine treuen Wachen und Helfer scharten sich zusammen und hoben ihre Waffen auf. Sie sprangen über den Riß und rannten torkelnd hinter der flüchtenden Menge her, während die bebende Erde sich wie ein Schiff auf stürmischer See gebärdete.

Lila und Kerze rannten den Hügel hinauf in die Vorratshütte und dann mit Kisten wieder den Hügel hinunter, dann wieder hinauf und wieder runter. In wilder Hast packten sie die Sachen in ein riesiges Kanu, das Kerze am Ufer, wo das Dorf einst gestanden hatte, festgemacht hatte. Sie schlitterten und stolperten, aber sie machten weiter. Der Ozean begann zu kochen, und die Wellen türmten sich hoch und gewaltig auf. Es schien, als fiele die ganze Welt auseinander.

»Los!« schrie Kerze und trieb sie beide zur Eile an. »Wir gehen voll!«

Sie rannten in die Vorratshütte. Lila schnappte sich zwei Treibstoffkanister. Kerze nahm etwas, das aussah wie eine Kiste mit kleinen Kuchen, und er steckte einen davon in seinen Mund.

Lila sah es gerade noch rechtzeitig. »Nein, Kerze, nein!«

Er verzog sein Gesicht und spuckte Kuchen aus. Sie fing ihn auf, bevor er zu Boden fiel.

»Nein«, sagte sie. »Das ist nichts zu essen. Das ist Plastiksprengstoff. Schlechtes Zeug! Sehr schlechtes Zeug!«

»Schlechtes Zeug«, stimmte Kerze zu und tat die Kiste zurück.

»Also deshalb ist das Boot nicht in die Luft gegangen, als sie es in Brand steckten. Kerze, du bist wirklich ein Segen«, lachte sie.

»Gehen! Wir gehen voll!« war seine einzige Antwort, und er nahm eine Kiste mit echtem Essen mit.

Sie schnappten ihre letzte Ladung und trugen sie zum Kanu. Dann sprangen sie hinein, ergriffen die Paddel und drückten sich von dem schnell versinkenden Ufer weg. Mit aller Kraft ruderten sie, aber natürlich schaffte Kerze mit seinen riesigen Armen die meiste Ruderarbeit. Ständig rief er aber Lila etwas zu, so daß sie so gut paddelte, wie sie konnte. Sie fuhren hinaus an den schlimmsten Wellen vorbei, dann drehten sie bei und fuhren den Küstenstreifen entlang.

»Wie weit ist es bis zum Tunneleingang?« rief Lila Kerze zu.

»Adam, du Papa, nicht weit. Wir kommen hin, du sehen«, rief Kerze durch das laute Grollen der bebenden Insel und das gewaltige Klatschen der Wellen.

Das Kanu bahnte sich seinen Weg durch die tosende Brandung. Sie wurden naß, aber sie ruderten weiter.

Adam erreichte die Lichtung und die Grube. Er bedeutete seinen neuen Flüchtlingen, sie sollten am Seil hinunterklettern, aber sie blieben zögernd stehen.

»So sind wir hier heraufgekommen«, erklärte er. »Bitte beeilt euch.«

Dr. Cooper und Jay stellten sich vor, fragten nach den Namen der Leute, halfen ihnen beim Hinunterklettern. »Angenehm, Sie kennenzulernen. Halt dich fest jetzt, Mary. Chuck, tritt auf diese Stelle, genau. Nicht zu schnell, Cindy. Ed, halt dich an der Wurzel da fest.«

»Was ist mit diesem Ungeheuer da unten?« fragte jemand.
»Vertraut auf Gott«, sagte Dr. Cooper.

Das Kanu schnitt weiter durch die Wellen, und Lila ruderte und ruderte und versuchte, Kerze zu unterstützen. An der Seite neben ihnen wurde die Küste vom Meer aufgefressen; hohe Palmen schienen Ast für Ast in die Flut zu wandern, sie bogen sich vornüber in die Wellen. Ein riesiges Stück Vulkangestein brach von einem Hügel ab, donnerte ins Meer und ließ eine riesige Wassersäule nach oben spritzen.

Lila spürte, wie Zweifel und Angst in ihr aufstiegen, aber sie ruderte weiter. Vielleicht . . . vielleicht ging es ihrem Vater und Jay gut. Vielleicht gab es dort wirklich einen Tunnel.

Die Laternen wurden angezündet. Adam trug eine am Anfang der Menschenschlange, und Jay hatte eine am Ende. Dr. Cooper führte mit Adam den Zug an. Er versuchte sich zu erinnern, welches der richtige Weg in dem Gewirr von Tunneln, Höhlen und Felsspalten war. Bis jetzt waren sie immer richtig gelaufen.

Oben versammelten sich sechzehn bewaffnete Männer um die Grube und starrten voller Angst in das Loch hinein.

»Da runter?« fragte einer verblüfft. »Du mußt Witze machen!«

»He«, sagte ein anderer, »ich glaube an die Vernunft, aber . . . nun . . .«

»Warum sollen wir ihnen hinterher? Sie sind sowieso schon so gut wie tot.«

Aber dann hörten sie die schrille Stimme von Stuart

Kelno hinter sich. »Worauf wartet ihr? Bewegt euch! Ich lasse mich vor meinen Nachfolgern nicht verspotten!«

»Was ist mit der Schlange?« fragte der Leiter der Gruppe.

Kelno schien selbstsicher, als er sagte: »Macht euch keine Sorgen. Sie ist besänftigt. Sie hat bereits gegessen.«

Sie hatten die Wahl – entweder in die Grube zu steigen oder Stuart Kelno's Zorn entgegenzutreten. Einer nach dem anderen ergriffen die Männer das Seil und kletterten nach unten.

Adam, die Coopers und ihre siebenundzwanzig Schützlinge waren an den schrecklichen Riß gekommen, der den Tunnel in zwei Hälften geteilt hatte. Die beiden Wände bewegten sich immer noch, zitterten, schoben sich hin und her wie zwei kauende Kiefer. Adams Blut pulsierte in seinen Schläfen; mit einem fliegenden Sprung schaffte er es über den Abgrund und landete taumelnd auf der anderen Seite. Er fing das Seil auf, das Dr. Cooper ihm zuwarf, und sicherte es um eine Felsengruppe. Dr. Cooper befestigte sein Ende auf die gleiche Weise, und nun hatten sie ein Sicherungsseil.

»Na los, Joe, du kannst es!« rief Dr. Cooper, und die anderen standen vor Furcht wie angewurzelt, als der ehemalige Geschäftsführer loslief und über den Abgrund sprang.

Jetzt drehte er sich um und machte seiner Frau und seinem Sohn Mut, und los ging es. Die Wände kamen nah genug zueinander. Beide schafften es.

»Los, Randy!« schrien alle, und der junge Zimmermann sprang.

»Immer gleichmäßig, Chuck!« riefen sie, und Chuck kroch Hand für Hand am Seil entlang, bis er von zahlreichen Händen gepackt wurde.

Ihm folgten einige Familien und einige Alleinstehende. Eines der Mädchen war zu klein und zu verängstigt, um zu springen, also hangelte sich ihr Vater Zentimeter für Zentimeter an dem Seil entlang, während sie sich an ihn klammerte. Sie schafften es.

Jay sprang hinüber und landete weniger als eine Zehbreit hinter der Kante. Aber gleich packten ihn zahlreiche Arme und zogen ihn in Sicherheit.

Schließlich war nur noch Dr. Cooper da. Das Seil mußte bei der Gruppe bleiben, also band er es von den Steinen los und sich um die Hüfte.

»Na los, Doc!« feuerten ihn alle von der anderen Seite an.

»Nehmt das andere Seilende!« rief Dr. Cooper. Adam packte es und wies einige Männer an, ihm zu helfen, das Seil straff zu ziehen.

Der Boden erbebte heftig. Fast alle taumelten zu Boden oder gegen die Tunnelwand. Sie fühlten, wie die Insel unter ihnen absank.

Dr. Cooper wußte: Er konnte nicht warten. Er rannte, so schnell seine kräftigen Beine ihn trugen, machte einen riesigen Sprung vom Rand des Abgrundes und . . .

Nein! Der bösartige Abgrund weitete sich gähnend, und der gegenüberliegende Rand bewegte sich von ihm weg! Seine Füße streiften die andere Wand einen knappen Meter unterhalb der Kante, und dann fiel sein Körper nach hinten, kopfüber in die Felsspalte hinein.

Das Seil pfiff und schleuderte über das felsige Kliff in einen Nebel, und bevor Adam wußte, was geschah, warf es ihn um, auf seinen Bauch und dann mit dem Kopf zuerst über die Felskante. Die beiden Männer hinter ihm lagen flach auf dem felsigen Boden des Tunnels, ihre Handflächen brannten, bevor das Seil sich endlich straffte, das Ende war glücklicherweise immer noch um die Felsen gebunden.

Dr. Cooper hing einige Meter tief mit dem Seil um seine Hüfte und versuchte, sich von den Schlägen, die sein Körper gegen die Wand gemacht hatte, zu erholen. Dabei hatte ihn das Seil fast mitten durchgetrennt. Adam war genau über ihm, baumelnd und kämpfend mit einer Entschlossenheit, die nur Gott ihm gegeben haben konnte.

Es war keine Zeit, zu denken oder zu reden. Das Innere der Insel schob und wand sich, und der Abgrund kam nicht zur Ruhe. Die Wände schwankten ächzend hin und her, vor und zurück. Dann, zum Schrecken aller, wanderten sie wieder Stück für Stück aufeinander zu. Der Abgrund wurde enger!

Jay und die treuen Siebenundzwanzig begannen, wild zu schreien und am Seil zu ziehen. Dr. Cooper grub seine Füße in die Wand und versuchte, sich nach oben vorzuarbeiten. Die Felsen bröckelten unter seinen Füßen ab und plumpsten in die Felsspalte. Sie sprangen klackernd von Wand zu Wand zu Wand zu Wand und landeten schließlich mit einem Aufklatschen im Wasser.

»Zieht!« schrien alle.

Zentimeterweise bewegte sich das Seil aufwärts. Adam kam in Reichweite, und sie zerrten ihn in Sicherheit.

Das Grollen wurde lauter. Die Wände verschoben sich weiter und kamen immer enger zusammen. Lose Felsstücke brachen ab und fielen um Dr. Coopers Kopf herum in die Tiefe. Die Felsen schwenkten einen halben Meter zusammen, dann einen halben Meter auseinander, wieder einen halben Meter zusammen.

Dr. Cooper versuchte, nach oben zu reichen und die Kante zu fassen. Er konnte nicht.

Jetzt bewegten sich die Wände schneller aufeinander zu.

»Zieht!«

Das Seil ging Zentimeter um Zentimeter hoch. Dr. Cooper grub wieder seine Füße in die Wand und stieß sich selbst nach oben. Die Felsspalte war zweieinhalb Meter breit, dann zwei Meter.

Dr. Cooper streckte eine Hand nach oben, und mehrere Hände packten sie.

Einen Meter.

Sie zogen ihn heraus, und er rollte auf den Rand des Abgrundes.

Skrrrrrummmsch! Mit einem donnernden Mahlen, einem Hagel von Steinen und Wolken von stickigem Staub stießen die Wände zusammen.

Dr. Cooper sah keinerlei Anlaß zu zögern. »Die Show ist vorbei! Los weiter!« rief er, sprang auf und trieb alle den Tunnel entlang.

* * *

»Kerze!« rief Lila und drehte ihren Kopf zur Seite, um einem heftigen Schwall von Meerwasser auszuweichen. »Wie weit noch?«

Kerze sah nicht gut aus. Sein Blick schoß hierhin und dorthin, sein Gesicht war von Sorgen verzerrt. Er sah aus, als hätte er sich verirrt.

»Kerze?« fragte Lila erneut.

Er stammelte und jammerte sogar, und murmelte verschiedene wilde Sätze in seiner eigenen Sprache.

Das Kanu schaukelte wild und füllte sich mit Wasser, während die wütende, kochende See über sie spritzte. Der Ozean verschlang die Insel immer weiter, sie sank tiefer und tiefer wie ein von einem Torpedo getroffenes Schiff. Riesige Stücke brachen ab und krachten in die Wellen, die Brandung färbte sich lehmig braun. Der sie umgebende Ozean begann, sich nach innen zu bewegen, als würde er durch ein Loch nach unten gesogen. Kerze und Lila gerieten in diesen Sog, sie versuchten dagegen anzupaddeln.

Die Gruppe der Flüchtlinge kam endlich bis zu der riesigen Höhle unterhalb der Insel, aber sie war nicht mehr die gleiche, die Adam und die Coopers verlassen hatten. Der Fluß war zu einem stürmisch tosenden, lehmig braunen See angeschwollen, die Wellen klatschten und krachten gegen die Höhlenwände, die Felsen zerbrachen und fielen spritzend und schäumend in das wütende Wasser und wirbelten den Lehm auf. Adams kleines Lager war verschwunden, weggewaschen, als ob es nie existiert hätte.

»Das Boot!« schrie Adam.

Da war es, es stand nicht länger auf seinen Blöcken, sondern schwamm schaukelnd auf dem lehmigen, brodelnden Wasser. Sie kletterten hinunter in die Höhle bis an den Rand des Wassers. Adam sprang in die schmutzige braune Suppe und schwamm zu seinem Boot. Als er es erreichte, zog er sich an der Seite nach oben. Er fand ein ziemlich langes Seil und warf das Ende zu Dr. Cooper hin, der es auffing. Mit der Hilfe von mehreren Männern zogen sie die wild bockende Arche ans Ufer.

»Vorsichtig, paßt auf, daß es nicht an die Felsen rammt.«

Einige der Männer wateten ins Wasser, um das Boot etwas zu stabilisieren. Im Gänsemarsch wateten Männer, Frauen, und Kinder durch das Wasser und kletterten in Adams Arche hinein.

Adam hatte einen großen Außenbordmotor am Ende festgemacht. Er kurbelte ihn an, und das klotzige Schiff suchte sich seinen Weg durch das aufgewühlte Wasser.

Das Grollen, Bröckeln und Mahlen von Erde, Fels und Wasser erfüllte die Höhle. Von der Decke fielen Kiesel, Staub, Felsblöcke und Felsstücke auf sie herab, sie stürzten ins Wasser um sie herum und ließen Säulen von Wasser aufspritzen wie explodierende Artillerie-Geschosse. Sie konnten nichts anderes tun als beten.

Adam steuerte die Arche in die Richtung, wo der Tunnel sein mußte, aber während das Licht ihrer Laterne weiter durch die Dunkelheit schwenkte, überkam ihn eine schreckliche Angst.

»Das Wasser . . .«, sagte er. »Das Wasser steht zu hoch!«

Ping! Ein Holzsplitter schien von der Bootsreling abzuplatzen und fiel einer Frau in den Schoß.

Ping! Bäm! Peng!

»Runter!« brüllte Dr. Cooper.

Ja, das waren Gewehrschüsse. Kelno's Männer hatten die Höhle erreicht! Die Passagiere der Arche schauten zurück und sahen etwa ein Dutzend Lichter durch die Höhle fegen.

»Siehst du den Tunnel?« fragte Dr. Cooper.

Adam hielt eine Laterne hoch; er leuchtete mit seiner Taschenlampe in diese Richtung, dann in die andere. Dann wurde er blaß, und sein Mund zitterte.

»Wir haben die Öffnung erreicht«, sagte er. »Aber . . . aber die Insel ist zu tief gesunken!«

Kerze warf seinen Kopf in den Nacken und schrie – einen schmerzerfüllten, trauervollen Schrei. Er griff mit den Händen an seinen Kopf, er zitterte, er schüttelte den Kopf und schrie wieder.

Lila blickte sich um. Sie sah das brodelnde, vom Beben aufgewühlte Wasser, den Lehm, die Bruchstücke, die von der verdammten Insel auf dem Meer trieben, und die felsigen Kliffs über ihr, aber sie sah keinen Tunnel.

»Kerze!« schrie sie. »Was ist los?«

Er schrie auf und zeigte nach unten auf das Wasser.

»Was?« fragte Lila. »Was sagst du? Wo ist der Tunnel?«

Wieder schrie Kerze auf, er weinte und zeigte wieder auf das Wasser.

Lila versuchte, an ihrer Hoffnung festzuhalten, aber nun wurde es ihr klar. »Unten – da unten? Unter dem Wasser?«

»Wir sitzen in der Falle!« schrie Adam.

Weitere Schüsse pfiffen durch die Luft. Sie konnten nirgendwo in Deckung gehen, nirgendwohin fliehen. Die suchenden Lichtstrahlen machten sie ausfindig, und die bewaffneten Männer kamen näher, sie bahnten sich ihren Weg entlang des beständig schrumpfenden Ufers des wachsenden, wütenden Hexenkessels.

Dr. Cooper blickte auf. »Das Wasser steigt immer noch! Schau! Wir kommen immer näher an die Höhlendecke.«

Adam leuchtete mit seiner Taschenlampe genau nach oben, und die rauhe, schwarze Felsendecke kam ständig näher wie eine sich senkende Wolke.

»Wir werden zerquetscht!« sagte er.

»Mami«, sagte ein kleines Mädchen, »meine Ohren tun weh.«

Dr. Cooper stimmte zu. »Der Luftdruck steigt. Der Lavaschacht muß jetzt verschlossen sein. Das Wasser kommt herein, aber die Luft kann nicht mehr raus.«

»Und wir auch nicht«, sagte Adam.

Noch mehr Schüsse. Die Kugeln schlugen ins Boot. Holzsplitter flogen durch die Luft.

Das Wasser stieg weiter. Die schwarze, steinige, zerbröckelnde Decke senkte sich ununterbrochen weiter herab.

13

Kerze und Lila rissen mit aller Macht an ihren Rudern. Das Kanu kämpfte sich durch die Wellen weg von der zerbröckelnden, lehmigen Inselmasse. Sie mußten weiter auf See hinauskommen, bevor die schäumende See sie nach unten sog und verschlang. Kerze war in Panik geraten, er stammelte vor sich hin. Er wußte nicht, was er tun sollte.

»Bete, Kerze!« rief Lila. »Bete! Gott wird uns zeigen, was wir tun sollen!«

Er betete; die Worte sprudelten nur so aus ihm heraus.

Lila betete auch. »Lieber Gott . . . ich brauche eine Idee, irgendeine. Ich nehme alles, was du hast.«

Plötzlich krachte es, Lila und Kerze sprangen erschreckt auf. Aus dem Nichts fiel ein großes Stück Vulkangestein in ihr Kanu, zertrümmerte eine Kiste mit Konserven und zerbrach in zwei Hälften, die auf dem Boden des Bootes liegenblieben.

Kerze schrie verängstigt auf und zog mit kraftvollen Schlägen seine Ruder durch. Er wollte nicht von irgendwelchen herumfliegenden Steinen erschlagen werden.

Lila fühlte sich ähnlich, beide ruderten verzweifelt.

»Herr«, betete sie, »darum habe ich dich nicht gebeten!«

Oder doch? Sie hörte auf zu paddeln, drehte sich um und warf noch einmal einen Blick auf den zerbrochenen Felsbrocken zu ihren Füßen. Mit zitternden Fingern reichte sie nach unten und befühlte seine Oberfläche, dann hob sie ihn auf. Er war leicht und porös, und sie bekam eine Idee. Mit genügend Kraftaufwand konnte man diese Art Stein vielleicht zerbrechen, zertrümmern.

»Kerze«, fragte sie, »erinnerst du dich noch, was du mir von der Höhle erzählt hast?«

Er verstand sie ein bißchen, allerdings war seine Hauptsorge im Moment, daß sie aufgehört hatte zu paddeln. Er gestikulierte wild wie üblich, um sie dazu zu bewegen, die Ruder wieder in die Hand zu nehmen.

»Kerze, hör mir zu!«

Er hörte zu.

»Die Höhle . . .«, sagte sie und machte zur Verdeutlichung ihrer Worte einige Gesten. Er verstand. »Ist die ganze Höhle aus diesem Zeug gemacht?« Sie zeigte auf den Steinbrocken.

Kerze nickte und zeigte, indem er seine Arme umherschwang, daß die gesamte Höhle – Boden, Decke und Wände – aus demselben schwarzen Vulkangestein bestanden.

Das mußte Gott sein; Lila fühlte neue Kraft und neuen Mut in sich. Sie griff nach dem Paddel.

»Los, wir rudern!« rief sie. »Wir müssen zurück zur Vorratshütte, bevor sie versinkt!«

Tief unter der verdammten Insel stieg das tobende Wasser in der schnell schrumpfenden Höhle immer höher und drückte die hilflose Arche näher und näher in Richtung Decke.

»Wir werden zerschmettert!« schrie Adam.

Peng! Ping! Kelno's treue Gefolgsmänner feuerten immer noch auf sie. Die hilflosen Passagiere konnten nichts weiter tun, als sich auf dem Boden des Schiffes zusammenzukauern und zu beten, daß die Kugeln sie nicht trafen.

»Hört auf zu schießen!« brüllte Dr. Cooper. »Wir können hier nicht raus. Ihr habt uns.«

Diese Nachricht gefiel den schießwütigen Verfolgern. Sie hörten auf zu feuern – Gott sei Dank – und rannten am steinigen Ufer des wütend schäumenden Sees entlang auf das Boot zu, ihre Lichter tanzten durch die Höhle.

»Holt das Boot rein!« brüllte einer von ihnen.

»Okay«, rief Dr. Cooper zurück. »Aber hört auf zu schießen.«

»Was können wir tun?« flüsterte Adam.

»Was können sie tun?« entgegnete Dr. Cooper.

Tatsächlich: Diese eingebildeten, hochnäsigen Gefolgsleute begannen gerade, sich dieselbe Frage zu stellen. Ja, sie hatten das Boot mit den Flüchtlingen geschnappt, aber was jetzt? Überall um sie herum stürzte die Höhle ein. Außerdem war der Lavaschacht, durch den sie gekommen waren, nun vollständig blockiert. Es gab keine Fluchtmöglichkeit! Die sechzehn Männer standen still auf einem schmalen Felsvorsprung, der aus dem Wasser ragte, und suchten in der ganzen Höhle nach einem Ausweg aus ihrer Falle; Lichtstrahlen fegten hin und her, verzweifelt bemüht, irgend etwas ausfindig zu machen, das ihnen einen Schimmer Hoffnung geben konnte.

Dann brach der Felsvorsprung ab. Acht Männer, dann noch zwei, schließlich zwölf von sechzehn Männern fielen kopfüber in die braunen Wellen. Sie schrien und fuchtelten verzweifelt mit Armen und Beinen. Die übrigen vier klebten an dem Felsen wie kleine Fliegen. Sie hatten nur noch einen möglichen Weg – diesen bedrohlichen See vor ihnen.

Dr. Cooper sprang als erster über die Bootskante und schwamm auf die zappelnden Männer zu. Adam schloß sich ihm an, dann der Geschäftsführer Joe und der Schreiner Randy. Kelno's Männer hatten ihren Kampf mittlerweile verloren, sie waren bereit, sich an Bord hieven zu lassen. Ihre Schußwaffen waren da, wo sie hingehörten – auf dem Grund des steigenden Wassers.

»Los, an Bord«, sagte Adam und half ihnen nacheinander hinein.

»Was passiert jetzt?« wollten sie wissen. »Werden wir sterben?«

»Das weiß nur der einzig wahre Gott«, sagte Dr. Cooper, während er beobachtete, wie das Boot zentimeterweise in Richtung Decke stieg. Um sie herum fielen Steine und Felsbrocken platschend ins Wasser. Jeder hatte Ohrenschmerzen von dem immer weiter steigenden Luftdruck.

Kerze und Lila manövrierten das Boot zwischen den halbversunkenen Palmen hindurch, vorbei an den Dächern der schnell verschwindenden Hütten und geradewegs bis an die Vorratshütte, die jetzt von der schäumenden Brandung bedroht wurde. Die Wellen klatschten heftig gegen die Tür der Hütte. Die Palmen um sie herum peitschten und pfiffen in weiten Bögen durch die Luft, der Grund bebte, krachte und zerfloß förmlich, als würde er verflüssigt.

Lila beschloß, nicht darüber nachzudenken. Jetzt waren andere Dinge viel wichtiger. Sie sprang aus dem Kanu in das brodelnde, lehmige Wasser und zog das Boot an das sich auflösende Ufer. Dann raste sie mit grimmiger Entschlossenheit in die wackelnde Vorratshütte und begann, verschiedene Kisten aufzureißen. Kerze, fast verrückt vor Angst, folgte ihr. Er schüttelte seinen Kopf und murmelte unheilvolle Worte vor sich hin.

Lila füllte einen Rucksack mit den faulig schmeckenden »Kuchen«, die Kerze fast gegessen hätte. Er stand hinter ihr und sah ihr fasziniert und verwundert zu.

»Schlechtes Zeug?« fragte er.

»Sehr schlechtes Zeug«, antwortete sie und packte noch mehr von den runden Dingern ein. »Kommst du an die Kiste da oben?«

Er holte sie herunter. Sie fing an, so viele der kleinen Zeitzünder abzuzählen, wie sie wahrscheinlich brauchen würde.

»Kerze«, sagte sie, »zeichne mir ein Bild.« Sie zeigte auf den sandigen Boden. »Zeige mir, wie die Höhle aussieht. Der Strudel.« Sie machte das Geräusch des Strudels nach, und er nickte.

Während Lila weiter die Sprengzünder und Sprengsätze zählte, kratzte Kerze eine Skizze in den Boden. Sie studierte sie sorgfältig.

»Diese Wand da . . .«, sagte sie und wies mit ihrem Finger darauf. »Die Wand, dort zwischen dem Strudel und der Höhle . . . wie dick ist sie? Wieviel Stein?«

Sie brauchte einige Gesten und einige Zeit, um Kerze ihre Worte verständlich zu machen, und er mußte einige Schritte durch die Hütte hin- und herspurten, um ihr zu zeigen, wie dick die Wand war.

»Viel Wand«, sagte er und schüttelte den Kopf. »Viel Stein!«

»Mehr Kuchen«, sagte Lila, und holte noch mehr Sprengstoff aus der Kiste und packte ihn in ihren Rucksack. Schließlich hatte sie alles eingepackt.

Das letzte, was sie mitnahm, war eine Sauerstoffflasche für Notfälle mit einem Atemschlauch und einem Mundstück. Sie band sie um ihre Taille fest.

»Was . . . was du machen?« wollte Kerze wissen.

»Kerze«, sagte sie und wies auf die steigende Flut, »du holst besser das Kanu etwas weiter nach oben.«

Er schaute hin. Sie hatte recht, also rannte er los, um sich um das Boot zu kümmern.

Lila rannte den Pfad nach oben. Sie konnte ihn nicht wissen lassen, was sie vorhatte. Sie konnte nicht zulassen, daß er sie aufhielt.

* * *

Auf der anderen Seite der Insel schrien Männer, Frauen und Kinder vor Verzweiflung, als sie plötzlich auf dem Weg in Richtung Wasser anhielten. Sie hatten eigentlich ein Hafendock erwartet, aber das gab es nicht mehr. Sie hatten gehofft, mit Stuart Kelno's Boot von der Insel flüchten zu können, aber das Schiff war zerstört, es lag zerrissen und verbogen unter einem riesigen Erdrutsch. Es war zu spät. Jetzt gab es keinen Ausweg mehr.

»Wir werden sterben!« schrie einer von Kelno's Wachen, der auf dem Deck des ruckend umherschaukelnden, mit Lehm bespritzten Bootes lag. »Wir werden . . .«

Dr. Coopers Hand klemmte sich vor seinen Mund. »Sei ruhig. Du machst nur allen Angst.«

Adam konnte sehen, wie die Decke stetig näher heruntersank, während das Wasser stieg.

Binnen kurzem würde nur noch wenig von der Höhle übrig sein.

»Können wir denn gar nichts tun?« fragte er immer wieder.

»Ich glaube, wir sollten lieber zusehen, daß all diese Menschen bereit sind, . . ., Gott zu begegnen«, sagte Dr. Cooper.

Adam nickte und stand im Boot auf, um sie im Gebet zu leiten. Alle beteten mit ihm. Keiner weigerte sich.

Lila stand auf einem aufgetürmten Felskliff – genau da, wo vorher die Hängebrücke gewesen war – und schaute in den wütenden Schlund des Strudels. Er war immer noch wild, schrecklich, monströs und drehte sich reißend um die eigene Achse wie ein riesiger hochkanter Tunnel. Sie wußte: In nur wenigen Sekunden würde sie zu viel Angst haben, um weiterzumachen – sie würde die Nerven verlieren und zu einem nutzlosen, wimmernden und hilflosen Wrack zusammenbrechen. Wenn Jay und ihr Vater dort unten immer noch am Leben waren, könnte sie ihnen keine Hilfe sein. Sie wollte einen schnellen Spurt hinlegen, von der Felsenklippe hinunterspringen und in das Maul des hungrigen Monsters segeln. Sie rannte rückwärts bis zu einem guten Startpunkt.

Lila, sagte eine Stimme in ihr, das ist absolut verrückt. Du wirst getötet!

»Herr Jesus, hilf mir!« schrie sie.

Sie spürte, wie die Panik begann: Ihr Magen verkrampfte sich, ihre Hände begannen zu zittern, ihr Atem ging kurz und keuchend, ihre Finger waren taub vor Schrecken. Sie konnte kaum das Mundstück ihrer Sauerstoffflasche festhalten, um es in ihren Mund zu stecken.

Sie rief wieder nach Gottes Hilfe, ihre Worte wurden vom Mundstück erstickt. Dann öffnete sie das Ventil. Die Luft strömte in ihre Lungen. Sie zog den Rucksack fest gegen ihre Brust. Sie betete ein weiteres Mal. Dann rannte sie los.

Ein Schritt, noch einer, noch einer, ihre Füße stampften über den Boden. Die Klippe kam näher. Sie rannte schneller. Nur noch zwei Schritte. Nur einer!

Der letzte war ein riesiger Sprung. Sie segelte nach vorne, der felsige Grund unter ihren Füßen war plötzlich verschwunden. Sie meinte zu schweben. Sie schrie. Der Wind raste an ihr vorbei und pfiff in ihren Ohren. Sie konnte den sich drehenden Tunnel sehen. Gleich würde er sie verschlingen. Sie meinte, sie selbst würde sich drehen. Das gegenüberliegende Kliff war ein vorbeisausender Schleier in schwarz und grau.

Uuuuuuuff!

Das Wasser war hart wie ein Marmorfußboden. Sie tauchte unter, und das Mundstück wurde zwischen ihren Zähnen herausgezerrt. Eine Wolke von Luftblasen stieg auf. Kaltes, schmutziges Seewasser strömte in ihren Mund wie aus einem Feuerwehrschlauch. Sie dachte, sie würde zerquetscht wie ein Insekt. Dann sah, fühlte, dachte sie gar nichts mehr.

Zeit verstrich. Vielleicht waren es Sekunden, vielleicht Minuten. Sie kam wieder zur Besinnung. Sie taumelte und schleuderte in alle möglichen Richtungen, war gefangen in einem Zyklon aus tosendem Wasser und allen möglichen Teilchen. Ihre Arme und Beine wurden wild durcheinandergeschleudert und von ihrem Körper weggezerrt. Sie war dabei zu ertrinken. Wie wahnsinnig fingerte sie um ihren Körper auf der Suche nach dem Mundstück. Herr, hilf mir! Da! Sie hatte es und rammte es mit großer Anstrengung in ihren Mund. Der erste Atemzug des Sauerstoffs füllte ihre Lungen, und ihr eingeknickter Brustkasten weitete sich wieder in Wellen von Schmerz, die sie fast zerrissen.

Ich muß am Leben sein, dachte sie. Gleich werden die Schmerzen mich umbringen!

Sie öffnete ihre Augen und sah ein schwaches, bräunliches Licht. Das Wasser war trübe, aber sie konnte eine felsige Oberfläche unter Wasser in nicht zu weiter Entfernung an sich vorbeirauschen sehen. Sie spürte, daß sie sich aufwärts bewegte. Sie mußte sich unter der Wand her bewegen, wurde von einer Strömung getragen. Die felsige Oberfläche kam näher.

Sie reckte ihre Hand aus und klammerte sich fest. Jetzt versuchte die Strömung, sie loszureißen.

Sie hatte nicht viel Zeit. Ihr Sauerstoff reichte nur noch wenige Minuten. Sie langte in den Rucksack vor ihrer Brust und zog eine Kugel mit Sprengstoff heraus. Vielleicht war hier ein guter Platz, vielleicht nicht, aber warum sollte er es nicht sein? Sie rammte die Kugel in eine Felsspalte, befestigte einen Zeitzünder daran und stellte ihn auf fünf Minuten. Dann stellte sie die Stoppuhr an ihrem Handgelenk ebenfalls auf fünf Minuten. Sie ließ sich von der Strömung ein paar Meter weiter treiben, hielt sich wieder fest und setzte einen neuen Sprengsatz.

Okay, dachte sie. Mal sehen, wie viele von diesen Dingern ich setzen kann, bevor mir die Zeit oder der Vorrat oder die Luft ausgeht!

Stuart Kelno's Reich ging auf ein schreckliches Ende zu. Der Speisesaal war nur noch ein Haufen Schutt, der von der Mitte her durch den immer größer werdenden Riß in der Erde verschlungen wurde. Im ganzen Dorf zerbarsten Fenster, Dächer gingen zu Bruch, die Häuser wurden auseinandergezerrt und verunstaltet, die Türen schwangen wild auf und zu wie Fahnen im Wind. Der Erdboden hob und senkte sich wie ein Ozean im Sturm.

Die Menschen, die zurückgeblieben waren, diese treuen Nachfolger des falschen Messias, schrien nun voller Schrecken und rannten orientierungslos umher. Sie flohen vor den tödlichen Felsspalten, die immer wieder mitten im Dorf aufrissen und die Straßen zerteilten, Häuser zerschnitten und sogar Bäume auseinanderrissen. Der bebende Grund war wie langsam fließender Schlamm, der hin- und herschwappend versickerte. Die Bäume peitschten in alle Richtungen, bogen sich bis auf den Boden, brachen schließlich wie Zahnstocher auseinander und stürzten auf Häuser und Vorratsscheunen nieder.

Stuart Kelno blieb in der Nähe seines Hauses, er hatte seine Leute nicht mehr unter Kontrolle. Er rechnete sich aus, daß es nichts weiter zu tun gab, als darauf zu warten, daß dieses schreckliche Beben aufhörte – oh, und es würde aufhören, da war er sicher – und danach konnte man mit dem Wiederaufbau beginnen.

Aber dann hörte er ein lautes Krachen und das Geräusch von Palmenzweigen, die durch die Luft fegten. Er sah gerade noch, wie eine riesige Palme auf sein Haus niedersauste und es dabei sauber in zwei Hälften zerschnitt. Holz, Glas, Götzenbilder und Bücher flogen überall herum. Wie konnte das sein? Ein Baum fiel auf das Haus eines Gottes? Plötzlich fühlte sich Kelno klein und hilflos; wenn er ein Gott war oder göttliche Macht über die Kräfte der Insel hatte ... dann war das immer schwieriger zu glauben.

Er schaute in alle Richtungen. Seine Nachfolger verstreuten sich überallhin. Keiner schenkte ihm Beachtung. Er hatte einen Einfall. Vielleicht hatte der

Missionar doch recht. Vielleicht gab es auf seinem Boot noch einen Platz.

Kelno versuchte, cool und beherrscht zu wirken, als er sich hastig auf den Weg durch das Dorf machte. Er wich den sich öffnenden Rissen in der Erde und den in Panik geratenen Menschen aus und lief auf den Dschungelpfad zu.

Sollen sie doch alle sterben, dachte er. Ich will leben!

Die Schmerzen in den Ohren der Menschen in dem Boot waren unerträglich, es wurde immer schwieriger, etwas zu hören. Die schwarze, steinige Decke kam immer näher wie der Kiefer eines riesigen Nußknackers.

Dr. Cooper legte seinen Arm um Jay und zog ihn fest an sich. Keiner sprach. Was gab es auch zu sagen? Es war ganz klar, daß sie sterben würden, und sie versuchten nicht, sich dieser Tatsache zu verweigern.

Adam betete weiter mit jedem einzelnen. »Kennst du Jesus?« fragte er. »Bist du bereit, ihm zu begegnen?«

Lila paddelte weiter gegen die Strömung und rammte immer mehr Sprengsätze in strategisch wichtige Felsspalten, wo immer sie konnte. Das würde ein ganz schönes Spektakel geben, wenn sie hochgingen.

Sie kämpfte sich von einer zur anderen Seite der Passage durch, fand hier eine Felsspalte, dort eine Einbuchtung, noch weiter einen möglichen Schwachpunkt. Sie konnte nur hoffen, daß sie alles richtig machte. Sie schaute immer wieder auf ihre kleine Stoppuhr am Arm. In einer Minute würden die Sprengsätze explodieren.

Nein! Was war das? Die felsige Oberfläche über ihr begann plötzlich abzusinken und machte dabei einen fürchterlichen Lärm, der sich durch das trübe Wasser wie ein Donner anhörte. Ein riesiges Stück Wand war losgebrochen und stürzte genau auf sie herab! Sie ruderte wie verrückt, um dieser zerbrechenden, absinkenden Felsmasse zu entkommen.

Es erwischte sie! Es drückte sie nach unten. Lila kraulte unter der Fläche entlang bis zur Kante und versuchte, um sie herumzukommen. Das Wasser rauschte um sie herum, und der Druck wurde größer. Sie dachte schon, sie hätte sich freigeschwommen, als der riesige Brocken donnernd auf den Boden des Durchgangs auftraf. Schmerz schoß durch ihr linkes Bein. Sie trat um sich, um freizukommen. Oh nein! Ihr Bein war unter dem Rand des Felsbrockens wie festgenagelt. Sie zog, sie kämpfte, aber ihr Bein war unter diesem Stein eingeklemmt wie zwischen riesigen, schwarzen Zähnen.

Lila sah auf ihre Stoppuhr. Sie hatte noch dreißig Sekunden.

14

Stuart Kelno kämpfte sich endlich stolpernd durch den bebenden, schwankenden Dschungel bis zur heiligen Lichtung. Die Altarsteine waren umgestürzt, auf der Lichtung lagen kreuz und quer umgestürzte Bäume, aber die Grube war immer noch da, die gähnende Öffnung im Erdboden lud ihn regelrecht ein. Er schnappte sich das Seil, das die anderen benutzt hatten, und versuchte, seine Nerven zu sammeln, um weiterzugehen.

Kerze hatte überall nach Lila gesucht. Er hatte den Vorsprung über dem Strudel erreicht, aber sie war nicht da; er war zu Kelno's Dorf gerannt und wieder zurück, aber er konnte sie nicht finden; er war diesen Pfad hinunter und jenen Pfad hinaufgerannt, aber Lila war verschwunden.

Nun stand er mitten im grollenden, bebenden und zitternden Dschungel, hielt sich an einem schwankenden Baum fest, weinte und schrie: »Mee-Bwah!«, und dann sagte er immer wieder Lilas Namen vor sich hin.

Lilas Lungen waren leer. Sie sog an dem Mundstück, aber es war nichts mehr übrig. Der Sauerstoff war ausgegangen!

Zwanzig Sekunden. Lila zog eine kleine Ecke von einem der Plastik-Sprengsätze, rammte einen Zünder hinein, fand eine vielversprechend aussehende Nische in dem Felsbrocken und stellte den Zeitzünder auf fünf Sekunden.

Dann streckte sie ihren Körper so weit von dem Sprengsatz weg, wie sie konnte, schlang die Arme um ihren Kopf und über ihre Ohren und wartete.

Es war, als würde sie von einem Güterzug unter Wasser angefahren. Der Lärm war ohrenbetäubend, die Erschütterung überwältigend; die Explosion ließ ihre Zähne klappern. Sie schoß durch das trübe Wasser wie ein Torpedo, umgeben von schäumenden, grollenden Luftblasen und zerbröckeltem Felsgestein. Sie taumelte, ihr Körper war lahm, halb bewußtlos, verknotet.

Sie konnte ihr Bein nicht fühlen. Hatte sie es abgesprengt?

Nur noch zehn Sekunden. Sie spürte, wie der Druck im Wasser nachließ. Sie näherte sich der Oberfläche, aber wo?

Fünf Sekunden.

Ihr Kopf erreichte wunderschöne, wohlschmeckende, gottgegebene Luft! Sie atmete tief durch und begann zu schwimmen. Jetzt konnte sie ihr linkes Bein spüren. Preis sei Gott – es war immer noch da, aber es funktionierte nicht. Dumpfe, quälende Schmerzen schossen hindurch. Sie hatte sich etwas, oder auch vieles, gebrochen.

Sie griff nach einem Felsvorsprung, zog sich hoch und rollte sich hinauf. Da war eine kleine Nische in den Felsen, ein kleines Becken. Sie rollte sich hinein in Deckung.

Die Menschen auf dem Boot konnten mit Leichtigkeit die Decke berühren. Bald würden sie dagegenstoßen.

Dann geschah es! Der See nahe bei der Höhlenwand spritzte und hob sich, schoß in alle Richtungen wie eine riesengroße aufblühende Blume aus lehmigem Wasser. Eine mächtige Welle rollte nach draußen, raste weiter und schlug auf die Wände der Höhle wie der monströse, buschige Schwanz eines Tieres. Steine in allen Größen segelten durch den Raum wie Kometen und schlugen, Kanonenkugeln gleich, donnernd in die gegenüberliegenden Wände ein.

Die Menschen auf Adams Arche wußten nicht, was geschah. Sie duckten sich nur, als die Flutwelle über sie hinwegwusch und die Steine auf das Boot und den See niederprasselten.

Die Welle riß Lila fast mit sich, aber sie hielt sich in der kleinen Nische festgeklammert, bis sie vorüber war. Sie schaute die Wand empor. Sie war immer noch da.

Noch eine Explosion! Der See hob sich wieder in einer riesigen Druckwelle von Schaum, Steinen und Gischt. Weitere Felsbrocken segelten durch den Raum. Aber die Wand stand fest.

Eine dritte Explosion! Die vierte! Die fünfte! Die Druckwellen erschütterten die Höhle wie das Innere einer Glocke und schleuderten Lila mehrere Zentimeter vom Boden weg. Sie winselte vor Schmerzen.

Dann meinte sie ein lautes, krachendes Geräusch zu hören. Sie versuchte zu sehen, wo es herkam.

Da! Jetzt konnte sie einige Risse in der Wand sehen. Sie zogen sich zentimeterweise in Richtung Decke. An einigen Stellen fiel Licht durch die Risse. Die Grundfesten der Mauer waren weggesprengt. Sie bröckelte ab.

Eine letzte Explosion. Die Risse weiteten sich, und dann, wie ein riesiger Erdrutsch, wie ein herabstürzender Vorhang aus riesigen schwarzen Schlackestücken, fielen die Wand und ein großer Teil der Decke auseinander und donnerten in den See. Eine schmutzige, turmhohe Welle aus Wasser, Geröll und Schlamm raste über Lila hinweg.

Die Menschen in der Arche fühlten sich, als befänden sie sich in einem abstürzenden Fahrstuhl. Der See sank plötzlich unter ihnen ab, die Höhlendecke verschwand im Nebel und in der Gischt über ihren Köpfen. Das Boot stürzte so schnell, daß sie fast von Deck gehoben wurden. Dann sahen sie Licht. Das Boot raste mit einer Riesengeschwindigkeit dahin. Der See strömte aus der Höhle heraus wie Tee aus einer umgekippten Tasse. Mit unwahrscheinlicher Kraft rasten sie auf das Licht zu.

Die gesamte Seite der Höhle war eingefallen! Da oben konnten sie den Himmel sehen, und sie wogten genau darauf zu!

Lila trieb hilflos im See, der sich nun in einen Fluß verwandelt hatte, sie wurde in Richtung Tageslicht mitgerissen, auf dieses riesige Loch zu, das vorher einmal eine Wand gewesen war. Jetzt konnte sie die Arche sehen, nicht weit hinter ihr, sie kam genau auf sie zu. Sie schrie. Sie winkte. Konnten sie sie sehen?

»Packt sie!« war alles, was Dr. Cooper sagen konnte. Er wußte, wer es war, aber es war keine Zeit, darüber nachzudenken. »Zieht sie an Bord!«

Das Boot schoß durch die Stromschnellen auf die Öffnung zu, während der See wie eine Flutwelle wasserfallartig durch sie hindurch nach draußen raste. Lila paddelte mit schwachen Zügen gegen den Strom und versuchte, zum Boot zu gelangen. Sie war fast völlig erschöpft und betäubt vor Schmerzen.

Sie sah eine rauhe Holzfläche und spürte dann, daß ein starker Arm sie packte und aus dem Wasser hob. Sie plumpste in das Boot wie ein kalter, toter Fisch.

»Paßt auf!« schrie Adam, und alle duckten sich. Die Arche schoß durch die Öffnung, sie quetschte sich gerade so unter der niedrigen Decke hindurch. Ein scharfkantiger Fels riß ein Stück des Achterschiffs ab, als sie ihn passierten.

Aber sie hatten es geschafft! Die Höhle hatte sie ausgespuckt wie den Korken einer Sektflasche. Die Arche schleuderte und tanzte auf der kochenden, rasend ansteigenden Wassersäule, die die tiefe Schlucht füllte, in der früher der Strudel gewesen war. Es war, als säßen sie oben auf einem Geysir. Nun fuhren sie wie in einem Fahrstuhl nach oben und sahen zu, wie die Wände der Schlucht immer niedriger wurden.

Die Insel schien auf diesen Riß durch ihr Herz zu reagieren. Mit einem langen, gequälten Zittern begann sie, ins Meer zu stürzen. Die Wellen rasten landeinwärts, brüllten und donnerten um die Hügel herum, rissen die Pflanzen weg, fegten Baumstämme, Gestrüpp, Überbleibsel von Gebäuden, ja, sogar große Felsen beiseite. Der Ozean verschlang den Rest von Kerzes altem Dorf; die Brandung stampfte über Pfade und Dschungel. Die Bäume verschwanden unter dem Schaum, wurden Teil der Brandung und taumelten in einer zerstörerischen Wand von Wasser und Geröll vorwärts. Nichts konnte dieser schrecklichen Flut entgehen.

Stuart Kelno's Dorf war da – und dann nicht mehr. Die See kam aus drei verschiedenen Richtungen, eineinhalb Meter tief, dann zwei, dann drei, dann sechs. Die Häuser konnten den Wellen nicht standhalten. Das Werkstattgebäude verwandelte sich für einen Moment in ein Floß, dann löste es sich in Tausende von Brettern und Splittern auf. Von drei Seiten kamen die Wände aus Wasser aufeinander zu und krachten mit einem Donnerschlag genau dort zusammen, wo sich der Dorfplatz befunden hatte. Es war eine Explosion aus Wasser, Gischt und was immer sonst noch vom Königreich Aquarius übriggeblieben war.

Im Dschungel blickte Kerze in eine Richtung und sah eine Mauer aus Bäumen, Schlamm und Meerwasser schäumend auf sich zurasen; er schaute in die andere Richtung und sah das gleiche. Die Brandung schäumte in tausend Brechern über die Insel hinweg und verursachte einen gewaltigen Sturm.

Kerze rannte in die einzig verbleibende Richtung, auf den höchsten Hügel der Insel zu. Das Meer trieb ihn in die Enge, es blieb ihm donnernd auf den Fersen.

Stuart Kelno hatte gerade den Boden der Grube erreicht, als er meinte, die Insel bekäme Schlagseite wie ein sinkendes Schiff. Er fühlte das Erbeben, den letzten Todeskampf der Insel. Ein Schwall fauliger Luft schoß aus dem unterirdischen Gang vor seinen Füßen. Er hörte von unten das Meerwasser rauschen.

Dann durchschoß ein Schrecken sein Herz wie ein spitzer Pfeil. Plötzlich blickte er geradewegs in die riesigen, bösartigen, wuterfüllten Augen der Schlange, des immer hungrigen Gottes dieser heidnischen Insel. Sie züngelte ihm entgegen; der lange Hals bog sich hoch über ihm. Kelno versuchte zurückzuweichen, aber da war schon die harte, gnadenlose Felswand der Grube.

»Große Schlange...«, schrie er zitternd und bettelnd, »ich bin es, Stuart Kelno, Herr der Insel Aquarius!«

Die Schlange nahm keine Rücksicht auf die Worte dieses Mannes

Kelno versuchte, Zentimeter für Zentimeter zum Seil zurückzugehen. »Ich... ich habe dich geehrt! Ich habe dein Volk in Anbetung und Opfern für dich geleitet!«

Die lange Zunge kam immer schneller auf ihn zu. Das Maul öffnete sich.

»Bitte!« bettelte Kelno. »Du – du kannst mich doch nicht fressen!«

Er packte das Seil und begann sich hochzuziehen. Die Schlange machte eine blitzschnelle Bewegung und packte ihn am Fuß. Kelno's Hände wurden vom Seil gezerrt. Die Schlange warf ihren Kopf zurück, und der große Schlund öffnete sich.

Stuart Kelno war mit einem würgenden Biß verschwunden.

Sekunden später kam von unten donnernd die wütende See und verschlang die Schlange. Die beiden falschen Götter waren für immer verschwunden.

Das Meer stieg bis an den oberen Rand der Schlucht und ergoß sich dann über den Rest der Insel. Es trug die hilflose kleine Arche mit sich. Adam hatte den Außenbordmotor angestellt, aber der konnte nichts gegen diese rasende, starke Strömung ausrichten. Die See wusch über die letzten verbleibenden Erhebungen der Insel hinweg. Die Arche trieb an Berggipfeln vorbei und zwischen Baumkronen hindurch, über den untergehenden Dschungel, als wäre sie einfach eines der vielen Treibgutstücke, die von der sterbenden Insel umhertrieben.

Die Passagiere der Arche entdeckten einige Überlebende, die im Schlamm herumtaumelten und um ihr Leben kämpften, sie klammerten sich an Baumstämme und Holzstücke, winkten und schrien nach Hilfe. Adam steuerte das Boot in ihre Richtung und sammelte sie auf. Viele Opfer trieben an ihnen vorbei wie Treibholz, aber sie konnten nichts mehr für sie tun.

»He!« rief Jay. »Was ist das da drüben?«

»Wo?« fragte Adam.

»Da oben auf dem Baum!« antwortete Jay und zeigte hin.

Adam schaute, dann brach es aus ihm heraus: »Preis sei Gott! Das ist Kerze!«

Der große Polynesier saß oben auf einer hohen Palme – die mittlerweile allerdings nur noch ein paar Zentimeter über den Wasserspiegel ragte. Kerze klammerte sich an die Äste, er war schon bis zur Taille unter Wasser.

Adam steuerte den alten Kahn genau neben den großen Baum, bevor Kerze ihn überhaupt bemerkte.

»Kerze!« rief er und streckte seine Hände aus.

Kerze blickte auf und sah seinen alten Freund. Nach einem kurzen, ungläubigen Moment begannen seine großen Zähne zu blitzen, und er fing an, vor Freude zu weinen.

»Adam!« schrie er, taumelte in das Boot und umarmte den Missionar. »Preis Mee-Bwah! Preis Mee-Bwah!«

Es gab keine Zeit zu verlieren. Adam brachte den Außenbordmotor auf volle Leistung, und das alte Schiff tuckerte los. Die Flutwellen ebbten etwas ab. Mit Gottes Hilfe kamen sie von der Insel weg, bevor weitere gewaltige Wogen aufkamen.

Dr. Cooper versuchte, Lilas zerschlagenes und blutendes Bein zu untersuchen, aber seine Augen waren ständig von Tränen verschleiert.

»Bist du okay, Dad?« fragte Lila.

»Es . . . könnte mir nicht besser gehen«, sagte er, umarmte sie und küßte ihre Stirn. »Ich habe dich wieder, Liebes. Mehr könnte ich gar nicht wollen.«

Jay war auch mit Lilas Bein beschäftigt, aber jetzt weinte er auch, überwältigt von der Güte Gottes. Sie waren wieder zusammen! Sie lebten!

»Es ist gebrochen, Schwesterchen«, berichtete er Lila und legte ein Stück Holz an ihr Bein.

»Wie oft?« fragte sie.

»Tja«, sagte er zögernd, »mehr als einmal. Lassen wir es dabei.«

Mit angsterfüllten Augen sah Lila ihren Vater und ihren Bruder an. »Werde ich wieder gehen können?«

Dr. Cooper, der stolzeste Vater, den es je gegeben hatte, blickte seine Tochter an und sagte: »Liebling, ich bin absolut überzeugt, daß du mit Gottes Hilfe alles tun kannst, wozu du dich entschließt!«

»Okay«, sagte sie schlicht.

Sie schauten zurück auf den brodelnden Ozean, der sich über der Insel schloß. Es gab sie nicht mehr.

»Es wird so sein, als wäre sie nie dagewesen«, sagte Lila.

»Und so plötzlich!« sagte Jay.

»Genauso, wie es mit der ganzen Welt sein wird«, sagte Dr. Cooper.

»Ob die Welt bereit ist oder nicht, die Bibel sagt, daß es irgendwann mit ihr zu Ende geht.« Er schüttelte seinen Kopf und beobachtete, wie das Meer über der versunkenen Insel schäumte und tobte. »Aber überlegt mal! Denkt an all die Menschen auf der Insel, die einfach nicht bereit waren, die einfach nicht hören wollten.« Der nächste Gedanke machte ihn sehr traurig, als er ihn aussprach. »Sie sind alle verloren. Sie sind verschwunden.«

»Zusammen mit ihrem falschen Gott«, sagte Lila sehr ernst.

Dr. Cooper nickte. »Genau wie es am Ende sein wird. Die ganze Welt wird unter der Herrschaft eines Menschen leben, eines falschen Gottes, eines verlogenen Messias, eines Weltherrschers . . .«

»Der Antichrist«, sagte Jay. »Erstaunlich.«

»Und genau wie diese Menschen werden sie denken, sie hätten die vollkommene Welt gefunden, die vollkommene Zukunft, die vollkommene Religion. Und sie werden noch nicht einmal in Erwägung ziehen, daß das Ende der Welt und Gottes Gericht direkt vor der Tür steht.«

»Junge«, sagte Lila, »ich bin froh, daß ich den echten Gott kenne.«

»Es zahlt sich aus, ihn zu kennen«, stimmte Jay zu.

»Das bedeutet, daß wir alle eine Lektion von Adam lernen könnten«, schloß Dr. Cooper.

Sie blickten sich um, und da war Adam, natürlich bei der Arbeit, die Gott ihm gegeben hatte. Er begrüßte die neuen Passagiere, dann öffnete er seine Bibel und erzählte ihnen von Jesus. Wenn er etwas dazu tun konnte, dann sollten sie alle wiedergeborene Christen sein, bis sie dieses Schiff verließen.

Weit hinter ihnen wurde ein trüber, mit Trümmern überzogener Ozean endlich etwas ruhiger. Es blieb keine Anzeichen dafür zurück, daß hier einmal eine Insel existiert hatte.

Einige Meilen vor dem Grab der Insel segnete sie Gott, indem er sie Kerzes Kanu finden ließ, das immer noch vollgeladen mit Lebensmitteln und Treibstoff dahintrieb. Damit konnten sie es zur nächsten bewohnten Insel schaffen. Sie wußten, sie würden überleben. Sie waren alle gerettet, in mehr als einer Hinsicht.

Frank E. Peretti

Die Falle auf dem Meeresgrund

Über dem Yokota-Luftstützpunkt nahe bei Tokio brach ein klarer, warmer Morgen an. Der C-141 Starlifter, ein großer Transportjet, der für viele Flüge des militärischen Luftfahrtkommandos eingesetzt wurde, stand startbereit wie ein riesiger, geflügelter Wal auf der Piste. Die Ladung war bereits an Bord, der Flugkapitän und die Mannschaft bereit zum Abflug, aber die Türen zum Laderaum der Maschine standen immer noch offen, und die starken Motoren der Maschine schwiegen.

Sergeant Al Reed, der für die Ladung des Fluges verantwortlich war, stand in der Tür zum Laderaum und starrte fortwährend zur Abfertigungshalle hinüber. Er schaute nervös auf seine Uhr, warf dann einen Blick in den riesigen Laderaum des Flugzeugs, schaute noch einmal auf die Uhr, dann wieder auf das Abfertigungsgebäude. Sein Gesichtsausdruck war verbissen, und seine Finger trommelten nervös gegen die Wand.

Während dessen verstaute im Flugzeug Sergeant Max Baker, ein weiterer Lademeister, hastig ein Bündel hinter einigen Kisten, bevor es jemand bemerken konnte. Er holte tief Luft, entspannte sich wieder und kehrte dann an die Kabinentür zu Al zurück.

Al war inzwischen bereits so unruhig, daß es leicht hätte Verdacht erwecken können.

Max stellte sich an seine Seite und sagte mit gedämpfter Stimme: »He, Al, Kumpel, du sollst normal wirken, bleib ruhig.«

»Uns wird die Zeit knapp, Max. Warum braucht Griffith so lange?«

»Er wird schon kommen, mach dir keine Sorgen.«

»Es wird riskanter, je länger wir warten. Wenn wir

nicht sofort starten, wird es nicht mehr hell genug sein, wenn wir –«

Max brachte Al abrupt zum Schweigen, indem er ihn hart am Arm packte. Sein Blick vermittelte die deutliche und sehr eindringliche Warnung: »Paß auf, was du sagst!«

Al schaute zu Boden, atmete tief durch und versuchte, seine Nervosität unter Kontrolle zu bekommen.

Max hielt seinen Arm immer noch fest im Griff, als er sagte: »Ich habe mein ›Werkzeug‹ an Bord, es ist alles bereit. Was ist mit dir?«

Al nickte. »Alles klar. Was meinst du? Die Leute vom Sicherheitsdienst haben anscheinend nichts gemerkt.«

»Alles läuft bis jetzt absolut glatt. Keiner ahnt etwas.«

»Und weshalb gerät dann unser ganzer Zeitplan durcheinander?«

»Vielleicht die Bürokratie, der Papierkram bei der Luftwaffe – du weißt, wie das geht.«

»Was ist, wenn doch jemand was gemerkt hat?«

Max warf Al einen stechenden, befehlenden Blick zu. »Wenn du nicht die Nerven behältst, werden sie mit Sicherheit was merken.«

Genau in diesem Moment sah Al, worauf er die ganze Zeit gewartet hatte. »Mann, da ist er ja endlich!«

Beide Männer blickten über die Piste zu dem Frachtterminal hinüber, wo sie Colonel William Griffith sahen, einen großen, hageren Offizier von Mitte Vierzig. Er stand direkt vor der Sicherheitsschranke neben drei anderen Personen, bei denen es sich offenbar um Zivilisten handelte, einem großen, kräftig gebauten Mann im Anzug und zwei Teenagern, einem Mädchen und einem Jungen. Griffith nahm dem hübschen, blonden Mädchen dessen Gepäck ab.

»Na, prima . . .«, sagte Al.

»Nein, nein, das ist ein Fehler. Es muß ein Fehler sein!« sagte Max.

»Na, komm schon, du hast doch Augen im Kopf, Max! Griffith bringt einen Zivilpassagier mit an Bord!«

»Aber das muß eine Verwechslung sein! Dies sollte ein geheimer Sicherheitsflug sein!«

Sie beobachteten, wie Colonel Griffith dem Mann und dem Jungen die Hand schüttelte und dann das Mädchen durch die Sicherheitsschranke über die Landebahn zum Starlifter begleitete.

»Und was machen wir jetzt?« flüsterte Al.

»Alles wie besprochen«, sagte Max mit kaltem Blick. »Wir machen nach Plan weiter. Los, an die Arbeit!«

Die beiden wandten sich wieder ihren Aufgaben im Inneren des großen Transporters zu, und es gelang ihnen, einen beschäftigten und normalen Eindruck zu machen, als Griffith in Begleitung des Mädchens das Flugzeug betrat.

»Meine Herren«, sagte Griffith. »Dies ist Miss Lila Cooper. Sie wird mit Ihnen in die Staaten zurückfliegen.« Griffith stellte die Männer vor, und Lila schüttelte jedem die Hand. »Sorgen Sie dafür, daß sie sich wohl fühlt.«

In diesem Moment öffnete sich etwa eineinhalb Meter über ihnen die Tür zum Cockpit, und ein sympathisch aussehender, dunkelhäutiger Offizier erschien in der Türöffnung und grüßte. »Oh, ist das der Passagier?«

Griffith stellte sie vor. »Lila, das ist Leutnant Isaac Jamison, der Kopilot.«

Leutnant Jamison stieg rasch die kurze Leiter hinunter und streckte ihr seine Hand entgegen. »Willkommen an Bord, Lila. Wir beenden nur eben die Flugvorbereitungen. Sobald wir damit fertig sind, werde ich dich auf das Flugdeck begleiten und dem Rest der Crew vorstellen.«

Der dreizehnjährigen Lila gefielen die freundlichen Augen des Leutnants. Seine warme Ausstrahlung schien das einzig wirklich Einladende an diesem großen Flugzeug zu sein. Von ihrem Platz an der Tür aus wirkte das Innere des Starlifters wie ein langes, tunnelförmiges Lagerhaus. Es war mit Kisten, schwerer Ausrüstung und zahllosen Warenpaletten gefüllt, die für den Rückflug mit Frachtnetzen am Deck befestigt waren. An der Decke befanden sich Kabel, brummende Ventilationsöffnungen und grell leuchtende Lampen. Nach den spärlichen und nicht gerade bequem wirkenden Sitzen zu urteilen, die in einer Reihe an der Wand befestigt waren, sah es nicht so aus, als hätten sie Gäste erwartet.

»Max«, sagte der Leutnant, »wie wäre es, wenn Sie sich um das Gepäck von Miss Cooper kümmern würden?«

Max schien mit seinen Gedanken ganz woanders zu sein und schreckte plötzlich auf. Er nahm Lilas Taschen und sagte: »Ja, Sir. Tut mir leid, Sir.«

»Komm mit«, sagte Jamison, »ich werde dich vor dem Start der Crew vorstellen.«

Er ging mit Lila zu der kurzen Leiter, die zum Cockpit hinaufführte. Sie kletterte hoch und trat durch die kleine Tür.

Vor sich sah sie nun den vordersten Teil des Flugzeuges, wo der Pilot und sein Kopilot ihren Platz hatten. Es war ein überraschend großzügiger Raum, in dem sich sogar Sitze für mindestens acht oder neun Leute befanden.

Leutnant Jamison stellte das Mädchen der Flugzeugbesatzung vor. »Lila Cooper, dies ist unser Flugzeugkommandeur, Captain Aaron Weisfield . . .« Der Pilot, ein freundlicher, noch sehr junger Mann, schüttelte ihr die Hand. »Flugingenieur Bob Mitchell . . .« Der Mann mit dem kurzen Bürstenschnitt wandte sich von einer Instrumententafel ab, an der unzählige Lämpchen und Schalter zu sehen waren, und gab ihr die Hand. »Und unser Funker, Jack Yoshita.« Der muskulös aussehende Orientale begrüßte sie mit einem kräftigen Handschütteln und einem warmen Lächeln.

Leutnant Jamison begann, einige Einzelheiten der Steuerungstafel zu erklären. »Hier ist das Funkgerät ... nun, eigentlich sind es mehrere Funkgeräte ... und dies sind der Höhenmesser, der Neigungswinkelanzeiger, Beschleunigungshebel ...«

Aber Lila konnte den technischen Erläuterungen nicht recht zuhören. Sie schaute aus dem Fenster zu den zwei Menschen hinüber, die immer noch an der Sicherheitsschranke standen und auf ihren Abflug warteten – ihrem Vater und ihrem Bruder. Sie konnte sie deutlich erkennen, aber sie hoffte, daß sie sie nicht sehen würden. Sie wollte ihnen einfach nicht in die Augen schauen, sie direkt anblicken, selbst über diese Entfernung nicht.

»Während des Starts mußt du im Laderaum Platz nehmen«, fuhr der Leutnant fort. »Es wird dort ziemlich laut sein, aber sobald wir unterwegs sind, werden wir dir einen bequemeren Sitz hier oben im Cockpit geben.«

Lila wandte ihre Aufmerksamkeit gerade rechtzeitig wieder Jamison zu, um ihm durch die hintere Tür und die Leiter hinunter in den Laderaum zu folgen. Er führte sie zu einer Bank an der Wand, wo sie Platz nahm und sich anschnallte. Neben ihr befand sich ein kleines Fenster, aber sie hatte nicht mehr den Wunsch, noch einmal hinauszuschauen.

»Wir sehen uns nach dem Start«, sagte Jamison freundlich und kehrte dann in das Cockpit zurück.

Da saß sie nun, und sie hatte das Gefühl, sich noch nie so einsam gefühlt zu haben wie in diesem Moment.

Leutnant Jamison nahm seinen Platz auf dem Kopilotensitz ein, rückte ihn nach vorne, schnallte sich an, setzte die Kopfhörer auf und wandte sich seinen Aufgaben zu. Die vier Besatzungsmitglieder begannen, im Fachjargon der Flieger miteinander zu reden, während sie die letzten Startvorbereitungen trafen.

Als die mächtigen Motoren des Starlifters nacheinander aufzuheulen begannen, kehrte Colonel Griffith durch die Sicherheitssperre zu Dr. Jake Cooper und seinem vierzehnjährigen Sohn Jay zurück.

»Sie ist bestens aufgehoben«, sagte er mit einem freundlichen, beredsamen Tonfall.

»Vielen Dank, Bill«, sagte Dr. Cooper, dessen Augen auf das gewaltige grüne Flugzeug geheftet waren, das sich jetzt langsam in Bewegung setzte, von ihnen entfernte und in Richtung Startbahn davonrollte.

William Griffith kannte Jake Cooper gut genug, um zu spüren, wenn diesen Mann etwas beunruhigte. Normalerweise konnte Dr. Cooper seine Gefühle immer sehr gut verbergen, aber es lag etwas in seinen Augen und dem Tonfall seiner Stimme, das denen, die ihn schon lange kannten, eine tiefe, innere Unruhe verriet.

Griffith fühlte sich unwohl und wußte nicht, was er sagen sollte. »Nun . . .«, begann er, »äh, sie müßte sicher gegen Mitternacht auf der McChord-Luftwaffenbasis ankommen . . ., und zwar gestern!« Er wußte, daß das Flugzeug einen Tag verlieren würde, wenn es die internationale Zeitgrenze überfliegen würde, und lachte über seinen kleinen Scherz.

Aber Dr. Cooper lachte nicht mit. Er konnte seine Augen und Gedanken einfach nicht von dem großen

Transporter abwenden, der nun die Startbahn entlangrollte.

Griffith versuchte noch einmal, das Gespräch aufzunehmen. »Äh . . . deine Schwester lebt dort in der Nähe, nicht wahr?«

Als würde er Griffiths Stimme jetzt erst wahrnehmen, wandte Dr. Cooper schließlich die Augen von dem Flugzeug ab und antwortete seinem Freund. »Oh, ja, Joyce lebt in Seattle. Der Flugplatz liegt ungefähr eine Autostunde entfernt. Das ist ganz praktisch.« Er holte tief Luft, zwang sich zu einem Lächeln und streckte die Hand aus. »Bill, ich bin dir für deine Bemühungen wirklich dankbar. Ich hatte nicht vor, dir das alles so kurzfristig mitzuteilen . . .«

»Ach, schon in Ordnung. Wir hatten diesen Flug ohnehin geplant, und ein zusätzlicher Passagier an Bord wird bei all der Fracht keinen Unterschied machen.«

Dr. Cooper schüttelte fest Griffiths Hand. »Nochmal herzlichen Dank.«

Colonel Griffith brauchte nur einen Moment, um Dr. Coopers Augen zu studieren. »Jake, wenn es irgend etwas gibt, was ich tun kann . . .« Es war ein ehrlich gemeintes Angebot.

Dr. Cooper lächelte nur dankbar. »Nun, du kannst für uns beten.«

Griffith lächelte freundlich und nickte. »Das werde ich tun. Und ruf mich irgendwann einmal an.«

»Gut.«

Griffith drehte sich um und ging. Hinter sich ließ er Dr. Cooper und Jay vor dem hohen Maschendrahtzaun zurück. Beide sahen schweigend zu, wie das Flugzeug sich drehte.

Auch Lila war sehr schweigsam. Sie saß auf der Bank und wartete gespannt auf das, was auf sie zukommen würde.

Genau in diesem Moment kam der Flugingenieur Bob Mitchell die Leiter hinunter, um nach ihr zu sehen.

»Hallo, schon angeschnallt, wie ich sehe.«

»Hmmm«, antwortete sie, während sie noch einmal den Sicherheitsgurt überprüfte.

»War das deine Familie dort draußen, die dich verabschiedet hat?«

»Hmmm.«

»Dein Vater und dein Bruder?« Mitchell wußte, daß das eine dumme Frage war, aber er hatte das Gefühl, irgendwie ein Gespräch in Gang bringen zu müssen.

»Hmmm«, war alles, was Lila zu dem Gespräch beitrug.

»Dann . . . ist deine Mutter also noch in den Vereinigten Staaten?«

Lila schaute aus dem Fenster und sagte kurz angebunden: »Meine Mutter ist tot.«

Der Schmerz und die Trauer in ihren Augen zeigten Mitchell, daß er die falsche Frage gestellt hatte, und er hätte sich dafür am liebsten geohrfeigt.

»Das tut mir leid.«

»Ist schon in Ordnung.«

Er suchte krampfhaft nach einem anderen Gesprächsthema. »Nun, was hat euch nach Japan geführt?«

»Ach, die Regierung hat uns als Teil eines kulturellen Austauschprogrammes hierher geschickt. Die Universität, an der mein Vater lehrt, tauscht für einige Monate Professoren mit der Universität von Tokio aus.«

»Das ist ja interessant. Was ist sein Fachgebiet?«

»Mmh . . . biblische Archäologie, alte Kulturen, solche Sachen.«

»Oh, toll, das ist wirklich beeindruckend. Du mußt sehr stolz auf ihn sein.«

»Ich weiß nicht.«

Mitchell machte sich Vorwürfe. Schon wieder eine falsche Frage! »Nun, ich glaube, ich gehe besser auf meinen Posten zurück. Bis gleich.«

Der Starlifter blieb am Ende der Startbahn stehen. Die Motoren heulten auf, seine rotierenden Positionslampen leuchteten in kurzen Abständen auf. Dann raste er mit einem donnernden Aufbrüllen die Startbahn hinunter.

Dr. Cooper und Jay beobachteten jeden Meter des Startmanövers. Sie bedeckten ihre Augen mit den Händen zum Schutz gegen die Sonne, als der Starlifter von der Rollbahn abhob, in den weiten Himmel aufstieg und in östlicher Richtung hinaus über den Pazifik flog. Das Flugzeug schrumpfte schnell zu einem kleinen schwarzen Punkt zusammen, der eine Spur von braunem Rauch hinter sich herzog, das Dröhnen wurde allmählich schwächer, und bald darauf war nichts mehr zu sehen, nichts, dem man seine Aufmerksamkeit hätte zuwenden können.

Jetzt waren die beiden allein, und zuerst wußte keiner von ihnen etwas zu sagen.

»Nun ist sie fort«, sagte Jay. Das war eine allzu offensichtliche Feststellung, aber Jay spürte diese Tatsache so deutlich, daß er es einfach sagen mußte.

»Laß uns zum Hotel zurückfahren«, sagte Dr. Cooper, der bereits wieder auf das Terminalgebäude zuging.

Jay ging neben seinem Vater her und hatte das Gefühl, daß er einfach über das sprechen mußte, was gerade geschah. »Das . . . das wird nicht leicht sein.«

»Was meinst du mit ›das‹, mein Sohn?«

Jay sah seinen Vater ungeduldig an. »Nun, ohne Lila weiterzumachen. Ich meine, wir sind noch nie getrennt gewesen. Wir waren immer zu dritt; wir haben immer zusammengehalten. Ich verstehe nicht . . .«

Dr. Cooper schien nicht darüber sprechen zu wollen. »Lila gehen momentan einige Dinge durch den Kopf – Dinge, die sie für sich alleine klären muß, das ist alles.«

Jay hatte eigentlich nicht die Absicht, bei diesem Thema verbissen nachzuhaken, aber seine Gefühle brachten ihn einfach dazu, weiter darüber zu reden. »Mir tut es wirklich leid, daß sie gegangen ist. Jetzt sind nur noch wir beide da; es war schon schwer genug, sich daran zu gewöhnen, daß wir nur noch zu dritt waren –«

»Wir können später darüber sprechen, mein Sohn.«

Jay sagte daraufhin nichts mehr. Er wußte, daß der Satz seines Vaters keine Feststellung, sondern ein Befehl war, und er ärgerte sich darüber. Wir können später darüber sprechen. Er hatte diese Worte schon unzählige Male zuvor gehört, und jedesmal hatte sein Vater dabei den gleichen, harten Ausdruck in seinen Augen gehabt, den Jay nicht verstand. Es war so, als seien die liebevollen, lebendigen Augen, die Jay und Lila sonst kannten, in diesen Momenten hinter einer steinernen Maske versteckt. Jay blickte seinen Vater an, und tatsächlich starrten dessen Augen wieder einmal beinahe unbeweglich geradeaus.

Lila schaute aus dem Fenster und beobachtete, wie der letzte Küstenstreifen Japans hinter ihnen in der Ferne verschwand. Jetzt befand sich unter ihnen nur noch die Fläche des endlosen, tiefblauen Ozeans.

»Du kannst den Gurt jetzt öffnen.«

Es war Leutnant Jamison, der von der Tür des

Cockpits aus hinunterblickte. Er lächelte wieder auf seine freundliche Art, als er mit der Hand auf ihren Sicherheitsgurt deutete.

»Oh.« Sie öffnete den Gurt und streckte sich ein wenig.

»Komm mit zu uns nach oben.«

Sie ging zur Leiter hinüber und kletterte nach oben, wo Jamison ihr die Hand reichte, um ihr hinaufzuhelfen.

»Es ist gleich Zeit fürs Mittagessen. Hättest du Lust darauf?«

»Klar.« Sofort berichtigte sie ihren Ausruf. »Ich meine, ja bitte.«

»Max müßte uns eigentlich gleich etwas bringen.«

Er bot ihr einen Platz auf einer bequemen Bank an der Rückwand des Cockpits an und wandte sich dann wieder seinen Instrumenten zu.

»Entschuldigen Sie . . .«, sagte Lila. Er schaute sie erstaunt an. »Danke für alles. Ich weiß, daß ich unhöflich gewesen bin . . . es tut mir leid.«

Er lächelte freundlich. Es schien ihm nichts auszumachen. »He, wir haben alle mal einen schlechten Tag. Mach es dir einfach bequem und entspann dich.«

»Danke. Oh, und, äh . . . Mister Mitchell?«

Der Flugingenieur schaute zu ihr herüber. »Ich möchte mich auch bei Ihnen bedanken und mich entschuldigen.«

Er lächelte. »Schon in Ordnung.«

Jetzt fühlte Lila sich besser und nahm sich die Zeit, von ihrem Platz aus das Innere der Kabine zu betrachten. Captain Weisfield hatte den Autopiloten eingeschaltet und behielt lediglich die Kontrollampen im Auge, während der Starlifter jetzt von selbst konstant seine Route flog. Der Rest der Mannschaft widmete sich anderen Dingen – Schreibarbeit, einem

Fachgespräch über technische Dinge, dem Lesen eines Westernromans. Die Atmosphäre wurde entspannt und ruhig.

Al und Max verließen plötzlich das Cockpit, als hätten sie offenbar irgend etwas Wichtiges zu erledigen. Lila mußte zugeben, daß sie die beiden nicht sonderlich sympathisch fand; sie hatten etwas an sich, etwas in ihrem nervösen Verhalten, ihrem harten, kalten Blick, daß es ihr kalt den Rücken hinunterlief.

Max kehrte schließlich mit einigen Lunchpaketen auf das Flugdeck zurück. Die anderen bereiteten ihm einen freudigen Empfang und stießen Jubelrufe über die Ankunft des Mittagessens aus. Aber Max brachte nur ein gequältes Lächeln zustande, und Lila bedachte er sogar mit einem eiskalten Blick.

Bob Mitchell holte das Essen aus seinem Paket und begann, es auf dem Tisch auszubreiten. »Komm, setz dich zu mir«, sagte er.

Lila rutschte zu ihm hinüber und nahm sein Angebot an. Das Essen war nicht schlecht: Truthahnsandwich, etwas Krautsalat, eine Tüte Milch und Kekse.

Aber dann bemerkte sie, wie Bob seinen Kopf senkte und über seinem Essen ein schnelles Gebet sprach.

Lila konnte sich die Frage nicht verkneifen: »Sind Sie ... sind Sie Christ?«

Er strahlte sie erfreut an. »Klar bin ich das.«

»Junge ...« Zum ersten Mal konnte Lila ein Lächeln nicht unterdrücken.

»Ja«, sagte Leutnant Jamison, »und das gilt auch für mich: Ich gehöre zu Gottes Familie in der Baptistengemeinde von Puyallup, Washington!«

Er sagte das in einem so übertrieben salbungsvollen Tonfall, daß sie ein Kichern nicht unterdrücken konnte.

»Ja«, sagte Bob, »wir bearbeiten immer noch unseren Captain dort drüben. Eines Tages werden wir dafür sorgen, daß auch er errettet wird.«

Captain Weisfield schaute sie an und warf ihnen ein schiefes Lächeln zu.

»Halleluja«, sagte Yoshita herausfordernd.

»Warte nur ab, Jack. Du bist der nächste.«

Alle mußten lachen.

Bob war jetzt viel entspannter. »Vielleicht haben wir jetzt ein Thema, über das wir uns unterhalten können!«

»Ich kann nur sagen, Amen, so sei es«, sagte Lila, »denn ich brauche dringend jemanden, mit dem ich reden kann.«

Aber schon fand ihr Gespräch ein jähes Ende. Gleich in der nächsten Sekunde hörte sie hinter sich ein schabendes metallisches Geräusch. Bobs Augen starrten wie gebannt über Lilas Schultern hinweg auf etwas, und sein Gesicht erstarrte vor Schreck.

»Was ist los?« fragte sie.

»Dreh dich nicht um«, sagte er mit sehr ruhiger, kontrollierter Stimme. »Beweg dich nicht.«

»Das ist eine sehr gute Idee«, hörte sie eine Stimme hinter sich sagen.

Leutnant Jamison drehte sich in seinem Sitz um und verharrte plötzlich. »Was hat das zu bedeuten, Max?« fragte er.

Max's Stimme ertönte hinter Lila, und sie klang kalt, grausam, furchterregend. »Das hier ist eine Uzi-Maschinenpistole, Leutnant, geladen und voll funktionsbereit. Jeder bleibt auf seinem Platz.«

Max trat in die Mitte des Flugdecks und verschaffte sich umgehend die Aufmerksamkeit aller Anwesenden, indem er die Waffe in Gürtelhöhe hielt, sie hin und her schwenkte und damit jedem Gelegenheit gab, einen Blick in die tödliche Mündung zu werfen.

»Alle Mann die Hände hinter den Kopf und keine weitere Bewegung!«

Die ganze Mannschaft gehorchte. Ein Blick von Leutnant Jamison holte Lila aus ihrer Erstarrung, und sie folgte ebenfalls dem Befehl.

Max war nicht alleine. Jetzt erschien Al im Türrahmen, ebenfalls mit einer Maschinenpistole bewaffnet. Er wirkte so nervös, daß er tatsächlich eine echte Bedrohung darstellte.

»Okay«, sagte Max. »Zeit für einen Personalwechsel. Jamison, stehen Sie auf.« Plötzlich schrie er: »Und lassen Sie die Finger vom Funkgerät!«

Al hielt seine Waffe noch aufmerksamer auf die Mannschaft gerichtet, für den Fall, daß irgend jemand etwas unternehmen wollte.

Leutnant Jamison schob langsam seinen Sitz zurück und stand auf.

»In Ordnung, Sie und das Mädchen, raus hier! In den Laderaum!«

Leutnant Jamison nickte Lila zu, und sie erhob sich langsam. Immer noch steckte ihr ein Bissen von dem Sandwich wie ein Klumpen im Mund. Sie stieg als erste die Leiter hinab, während von hinten die Mündung von Als Maschinenpistole direkt auf sie gerichtet war.

»Ganz ruhig jetzt. Und keine dummen Tricks«, sagte Al. »In Ordnung, Jamison, Sie sind der nächste. Steigen Sie langsam runter.«

Sobald Lila und Jamison auf dem Weg nach unten waren, setzte sich Max auf den Sitz des Kopiloten, während er immer noch bedrohlich mit seiner Waffe herumfuchtelte.

»Jetzt«, sprach er Captain Weisfield an, »werden wir erst einmal einige Kursänderungen vornehmen.«

Al erreichte das Deck des Laderaums hinter Lila und Leutnant Jamison und deutete auf die Bank an der Wand. »Hinsetzen!«

Lila und Jamison setzten sich. Noch immer hatten sie ihre Hände hinter dem Kopf verschränkt.

Plötzlich neigte sich das Flugzeug scharf nach rechts, und Lila bekam ein sehr mulmiges Gefühl im Magen.

»Wir wechseln den Kurs«, teilte Jamison ihr mit.

Al lehnte sich gegen die Wand, um während der scharfen Drehung nicht das Gleichgewicht zu verlieren. »Anscheinend tut Captain Weisfield genau das, was Max ihm sagt. Beruhigt euch jetzt – bleibt nur still sitzen.«

Leutnant Jamison fragte: »Al . . . was wird hier eigentlich gespielt?«

Al zwang sich zu einem Lächeln und versuchte, überlegen zu wirken, obwohl er ganz offensichtlich sehr nervös war. »Das hier, Leutnant, nennt man eine Flugzeugentführung. Wir übernehmen das Flugzeug.«

Der Starlifter beendete sein Wendemanöver und kehrte in die Waagerechte zurück.

»Wohin fliegen wir?«

»Oh, nach Süden, wohin genau hat Sie nicht zu interessieren. Kümmern Sie sich nur um sich selbst und das Mädchen. Sie zwei sind unsere Versicherung für diesen Flug, wissen Sie. Eine falsche Bewegung von irgend jemandem dort oben im Cockpit, und . . .« Al hielt ihnen den Lauf der Maschinenpistole unmißverständlich unter die Nasen.

Er trat ein Stück zurück und stellte sich unter die Tür zum Cockpit. »Wie läuft's da oben?«

Max antwortete: »Alles im Griff. Wir werden gleich unsere Position durchgeben.«

Al holte tief Luft und beruhigte sich ein wenig. »Puhh! So weit, so gut, nicht wahr?«

Lila hörte diesen Kommentar nicht. Sie war zu sehr damit beschäftigt zu beten.

2

In der Luftüberwachungszentrale von Tokio saßen zwanzig Fluglotsen konzentriert vor ihren Funkgeräten und Radarschirmen. Die Meldung vom Starlifter erreichte einen der Fluglotsen wie ein Routineruf.

»Tokio Kontrolle«, ertönte die Stimme in seinem Kopfhörer, »MAC 50231, Position Rocky, 10:35, Flughöhe 330, Standort 40 Nord, 160 Ost. Nächste Position 11:50, 43 Nord, 170 Ost.«

»MAC 50231«, antwortete der Lotse, »Tokio Kontrolle, Roger.«

Captain Weisfield blieb ruhig und gefaßt, als Max das Funkgerät wieder abschaltete. Die Meldung, die Max gerade nach Tokio geschickt hatte, teilte dem Kontrollzentrum mit, daß der Starlifter »MAC 50231« auf einer Höhe von 33 000 Fuß in Richtung Osten auf dem geplanten Kurs in die Vereinigten Staaten flog. Max wußte, daß der Starlifter jetzt außerhalb der Reichweite der Radaranlagen in Tokio war; sie würden nie erfahren, daß Max gelogen hatte und der Starlifter mit unbekanntem Ziel in südlicher Richtung flog.

»Der Plan verläuft soweit nicht schlecht, was?« sagte Max, während er wild auf einem Kaugummi herumkaute. »Zu dem Zeitpunkt, an dem wir aufhören, unsere Standortmeldungen durchzugeben, werden sie alle denken, wir sind irgendwo bei der Inselgruppe der Aleuten verschollen!«

»Und wo fliegen wir nun wirklich hin?« fragte Weisfield.

»Nun, Captain, ich werde einige Koordinaten in das Navigationssystem eingeben, die uns direkt Richtung Süden in die Gegend zwischen Wake und Guam bringen. Die Karolinischen Inseln sind sehr reizvoll zu dieser Jahreszeit, finden Sie nicht auch?«

»Was ist, wenn wir nicht mehr genügend Treibstoff haben, um an Ihr Ziel zu gelangen?«

»Oh, machen Sie sich darüber keine Sorgen. Wir haben reichlich davon; ich habe das bereits überprüft.«

»Es sieht so aus, als hätten Sie an alles gedacht«, sagte Weisfield.

»So weit schon, Captain, so weit schon«, sagte Max und lachte.

Der Starlifter flog weiter in südlicher Richtung.

Im Laderaum wagten es Lila und Leutnant Jamison kaum, sich zu rühren. Als Maschinenpistole war immer noch auf sie gerichtet. Er hatte ihnen endlich erlaubt, die Hände herunterzunehmen, allerdings erst, nachdem ihnen bereits die Arme eingeschlafen waren.

Leutnant Jamison versuchte, ruhig und unbesorgt zu wirken, als er Lila fragte: »Wie geht es dir?«

Lila schaute, tief in Gedanken versunken, hinunter auf den Boden. Sie brauchte einen Moment, bis sie eine Antwort geben konnte.

»Ich . . . ich habe Angst.«

Er schenkte ihr ein ermutigendes Lächeln und sagte: »He, das ist normal.«

»Nein, das meine ich nicht.«

Er beugte sich ein wenig vor, um ihr besser zuhören zu können.

Lila blickte um sich, als suche sie nach den richtigen Worten, dann sagte sie leise: »Ich habe Angst . . . nun . . . was ist, wenn ich meinen Vater und meinen Bruder nie wiedersehe?«

Er berührte ihre Hand und sagte: »Aber das wirst du. Du darfst dir darüber keine Gedanken machen.«

Sie zögerte einen Augenblick lang und zwang sich dann, es auszusprechen. »Mein Vater und ich ... wir haben einige sehr unfreundliche Worte gewechselt, bevor ich abgeflogen bin. Ich fühle mich furchtbar wegen einiger Dinge, die ich gesagt habe, und ... was mir Sorge macht, ist, daß dies vielleicht die letzten Worte waren, die wir miteinander gesprochen haben.«

Jamison antwortete ihr nicht sofort. Er nahm sich etwas Zeit, um darüber nachzudenken.

Schließlich sagte er mit sehr sanftem Tonfall: »Es ist gut, daß du darüber nachdenkst.« Dann lächelte er. »Es ist schon komisch, nicht wahr, daß uns erst Probleme dazu bringen, über solche Dinge nachzudenken?«

»Wie meinen Sie das?«

Er lächelte. »Ach, du weißt schon. Die Art, wie wir Menschen sind – wir machen, ohne nachzudenken, mit dem weiter, was wir immer tun, selbst wenn es falsch ist, und wir hören dabei vielleicht gar nicht auf Gottes Stimme, bis ... nun, bis wir in echte Schwierigkeiten geraten. Dann erst halten wir inne, werden still und hören zu.«

Lila hatte keine Lust, sich solche kleinen Predigten anzuhören. »Nun ...«

»Es ist fast so wie bei Jona. Er versuchte, vor Gott davonzulaufen, also brachte Gott Schwierigkeiten in sein Leben, um ihn zur Vernunft zu bringen, damit er und Gott miteinander sprechen konnten.«

»Als er von dem großen Wal verschlungen wurde, meinen Sie?«

»Genau. Das weckte Jonas Aufmerksamkeit!«

»Hören Sie, ich habe aber nichts falsch gemacht. Mein Dad ist das Problem!«

Er lächelte wieder und sagte: »Nun, das kannst natürlich nur du genau beurteilen, aber soweit ich es erlebt habe, sind meist zwei Personen für einen Streit nötig.«

Lila war einfach nicht bereit, sich so etwas anzuhören. »Können wir über etwas anderes sprechen?«

Jamison nickte. »Ja, das können wir.«

Er schwieg einen Moment lang. Al stand in der Nähe der Leiter zum Flugdeck, ein ganzes Stück von ihnen entfernt, und der Raum war von dem Dröhnen der Außenmotoren und dem Summen des Belüftungssystems im Inneren erfüllt. Jamison war sich sicher, daß sie sprechen konnten, ohne von Al gehört zu werden.

»Dreh dich jetzt nicht um und schau nicht hin, aber erinnerst du dich an den großen Container im hinteren Teil des Flugzeugs?«

»Ein Stahlbehälter, der wie eine riesige Flasche aussieht?«

Er nickte. »Genau.« Er senkte seine Stimme, aber lächelte immer noch und machte ein gleichmütiges Gesicht, als würde er über etwas Belangloses reden. »Lila, das ist ein spezieller Waffenbehälter, um empfindliche Fracht zu transportieren. Er ist luftdicht, wasserdicht, und, wie man mir gesagt hat, auch kugelsicher. Er gleicht einem großen Panzerschrank, verstehst du?« Er deutete aus dem Fenster hinaus, als würde er ihr etwas zeigen, und sie blickte in die Richtung, obgleich er von nichts sprach, was sich dort draußen befand. »Der Behälter hat eine Einstiegluke am hinteren Ende, und ich glaube, daß sie im Moment nicht verschlossen ist. Jetzt hör mir zu: Wenn irgend etwas passiert oder es wirklich gefährlich wird – du weißt schon, eine Schießerei, ein Kampf oder etwas Ähnliches – wirst du in diese Kapsel steigen und die Luke schließen. Du wirst darin geschützt sein, bis der Krawall vorüber ist.«

Eine Stunde später sandte Max eine weitere falsche Positionsmeldung. Diesmal teilte er der Flugüberwachung auf Honolulu mit, daß sie auf Kurs in östlicher Richtung und von den Aleuten nur noch eine Stunde in westlicher Richtung entfernt waren.

In Wirklichkeit steuerte der Starlifter über den Pazifik auf den Äquator zu.

»Das sollte genügen«, sagte Max. Er griff zur Konsole hinunter und schaltete die gesamte Funkanlage ab. »Von jetzt an werden wir uns schön ruhig verhalten. Wir reden nicht mit ihnen, und sie reden nicht mit uns.«

Innerhalb einer Stunde stellte die Flugüberwachung auf Honolulu fest, daß die Positionsmeldung vom MAC 50231 überfällig war. Der Fluglotse, der die Meldung entgegennehmen sollte, wartete nur einige Minuten länger, bevor er selber einen Funkruf hinausschickte.

»MAC 50231, Honolulu.«

Keine Antwort.

»MAC 50231, Honolulu.«

Keine Antwort.

Der Funker schickte noch einige Male den Funkspruch hinaus, dann nahm er Kontakt mit der Flugüberwachungszentrale in San Francisco auf.

»San Francisco, hier ist Honolulu. Wir sind nicht in der Lage, MAC 50231 aufzufinden, letzte Position 11:50, Flughöhe 330, 43 Nord, 170 Ost. Haben Sie Kontakt?»

»Negativ, Honolulu.«

Der Lotse wandte sich an seinen Vorgesetzten. »Ed, wir bekommen keine Antwort von MAC 50231.«

Der Chef der Flugüberwachung trat an seine Konsole. »Von diesem Militärflug? Befindet sich ein anderes Flugzeug in der Nähe?«

Der Mann überprüfte es. »Äh ... ein Linienflug, United 497, von Seattle nach Tokio.«

»Versuchen Sie, sie zu erreichen.«

Honolulu nahm Kontakt mit dem United Airlines-Flug auf, und das Linienflugzeug schickte mehrere Funksprüche an das Militärflugzeug heraus, das sich in diesem Gebiet befinden sollte.

Der Fluglotse sprach in sein Mikrofon. »United 497, Honolulu. Haben Sie eine Antwort erhalten?«

»Honolulu, United 497, negativ«, kam die Antwort.

»Setzen Sie sich lieber mit Yokota in Verbindung«, sagte der Chef der Flugüberwachung.

Die Funker auf dem Luftstützpunkt Yokota waren von der Neuigkeit, daß der Starlifter sich nicht mehr meldete, alles andere als begeistert. Das bedeutete Ärger.

Der Kommandeur begann, Befehle herumzubrüllen. »Phelps, teilen Sie dem 22. Luftwaffen-Hauptquartier mit, daß wir wahrscheinlich ein Such- und Rettungskommando benötigen. Corey!«

»Sir!«

»Besorgen Sie den Flugplan und die Unterlagen für Flug 50231. Ich will wissen, wer und was sich in dem Flugzeug befindet!« Er kehrte an das Telefon zurück. »Honolulu, versuchen Sie weiter, sie über Funk zu erreichen, und teilen Sie San Francisco mit, sie sollen in Reichweite des Telefons bleiben.«

Der Starlifter flog weiter seinen unbekannten Kurs, die Entführer waren sehr schweigsam. Al blieb auf seinem Posten und behielt Lila und Leutnant Jamison im Auge. Ab und zu konnte Lila hören, wie Max mit der Mannschaft im Cockpit sprach und sicherstellte, daß das Flugzeug in die gewünschte Richtung flog, wo immer auch das Ziel lag.

Dann sah Lila etwas durch das Fenster. »Leutnant ...«

Er schaute ebenfalls aus dem Fenster.

Sie flogen an einer kleinen Insel vorbei, einem winzig kleinen Fleck inmitten des riesigen Ozeans, umringt von blaßblauen Sandbänken und Kränzen aus weißen Schaumkronen der Brandung.

Yoshita berichtete: »Wir nähern uns den nördlichen Marianas.«

»Jetzt passen Sie gut auf«, sagte Max und verlieh seinen Worten mit dem Lauf seiner Waffe die nötige Überzeugungskraft. »Tun Sie nur, was das Navigationssystem Ihnen sagt, und keine Tricks, verstanden?! Ich will nicht, daß irgend jemand auf uns aufmerksam wird.«

Captain Weisfield hielt das Flugzeug ruhig auf Kurs.

»Wo fliegen wir denn nun hin?« fragte Leutnant Jamison noch einmal.

»Das werdet ihr schon noch feststellen«, antwortete Al.

»Ich gehe davon aus, Sie haben irgendwo ihre ganz private Landebahn, die groß genug ist, um diesen Vogel zu landen.«

Al funkelte ihn nur böse an und sagte: »Nun, sagen wir einfach, wir borgen uns für den Zweck eine Landebahn aus. Es ist eine alte Piste, die die Japaner während des Krieges gebaut haben. Ein ziemlich abgelegener Ort; so einsam, daß ich nicht glaube, daß noch jemand von ihm weiß.«

Der Mann namens Corey stürmte mit den Unterlagen über den Flug in den Kontrollraum der Yokota-Basis. Er gab sie dem Kommandeur, der sie eilig durchsah.

»Na, großartig ...«, murmelte er. Dann wiederholte er es etwas lauter. »Na, großartig! Das ist einfach großartig!« Er gab die Dokumente dem Leutnant. »Die Frachtpapiere unterliegen der Geheimhaltung. Was immer das Flugzeug transportiert, keiner soll etwas darüber wissen. Kommen Sie zum 22. Hauptquartier durch, Phelps? Wir haben hier wahrscheinlich ein echtes Problem am Hals.«

Aber dann entdeckte der Leutnant noch etwas anderes in den Papieren. »He, wir haben noch ein Problem. Es war ein Zivilist an Bord.«

»Was?« Der Kommandeur schaute bei den Worten des Leutnants auf, der ihm den Vermerk in den Unterlagen zeigte.

»Lila Cooper, dreizehn Jahre alt, Zivilpassagier nach McChord.«

»Auf einem geheimen Flug? Wie konnte das passieren?«

Der Leutnant las weiter. »Mmh ... ein kulturelles Austauschprogramm der Regierung ... ihre Familie ist immer noch in Japan ... Offensichtlich mußte sie plötzlich abreisen und ... ja, es war genehmigt.«

Der Kommandeur ging ein Stück auf und ab, rieb sein Kinn, fuhr sich mit den Fingern durch die Haare, drehte sich erst in die eine, dann in die andere Richtung.

»Ich fürchte, Sir«, fuhr der Leutnant fort, »daß wir uns auf einen riesigen Skandal gefaßt machen können, wenn wir dieses Flugzeug verlieren.«

Phelps hatte das 22. Luftwaffen-Hauptquartier auf der Leitung. »Ich habe sie, Sir!«

Der Kommandeur ergriff das Telefon. »Hier spricht

Myers. Wir haben den Kontakt zu MAC 50231 verloren, auf der Strecke von Yokota nach McChord. Wir werden Ihnen die letzte gemeldete Position übermitteln. Sehen Sie zu, ob Sie sie erreichen oder sichten können. Und noch etwas: Die Fracht unterlag strengster Geheimhaltung. Genau. Einen Moment ... ich habe noch etwas für Sie: Es befand sich ein Zivilist an Bord, ein junges Mädchen aus den Staaten. Es wird Sie einige Mühe kosten, keinen Rummel auszulösen, aber versuchen Sie es, verstehen Sie? Wir melden uns wieder.«

Er legte den Hörer auf und versuchte nachzudenken.

Der Leutnant hatte eine beunruhigende Frage auf dem Herzen. »Was ist mit der Familie des Mädchens?«

»Was soll mit ihr sein?«

»Sollen wir sie benachrichtigen?«

Der Kommandeur schaute den Leutnant erst an, als hätte der eine dumme Frage gestellt, aber dann dachte er weiter darüber nach. »Oh, du meine Güte. Wenn wir nicht vorsichtig sind, haben wir bald ein riesiges Loch in unserem Sicherheitssystem.« Er dachte noch einen Augenblick länger nach. »Nein, sagen Sie ihnen nichts ... noch nicht. Wir haben noch Zeit. Lassen Sie uns keinem mehr sagen, als wir müssen ... niemandem.«

Max beobachtete jede Bewegung der Mannschaft.

Weisfield versuchte, sich kooperativ zu zeigen.

Plötzlich leuchtete ein grünes Licht auf der zentralen Instrumententafel auf.

»Was ist das?« fragte Max.

»Äh ... das ist ...«, antwortete Weisfield zögernd.

»Wir sind entdeckt worden!« schrie Max. »Jemand hat uns auf seinem Radar!«

Bob Mitchell, der Flugingenieur, erklärte es ihm. »Das ist bloß ein Kommunikationslicht ...«

»Haltet mich nicht zum Narren!« schrie Max. »Ich kenne dieses Flugzeug gut genug, um zu wissen, daß wir ein Radarsignal auffangen!«

Weisfield versuchte, eine Erklärung anzubieten. »Das kann die Basis in Guam sein, die uns auf dem Schirm hat, aber ich bin mir nicht sicher.«

»Nun, dann sorgen Sie dafür, daß wir dem Signal ausweichen!«

»Wie denn? Max, wir befinden uns mitten über einem flachen, offenen Ozean!«

»Tun Sie es einfach!«

Al konnte hören, wie Max schrie, und stand auf. »Max! Was ist los?«

Für einen Moment behielt er Leutnant Isaac Jamison nicht im Auge. Jamison blieben nur Bruchteile von Sekunden für eine spontane Reaktion, eine winzige Chance, aber er nutzte sie. Er sprang von seinem Sitz auf und warf Al zu Boden. Er rang mit ihm und versuchte, die Waffe in seine Gewalt zu bekommen.

Al trat, schrie und brüllte, während die Maschinenpistole wie ein Haufen Knallfrösche losratterte, in einem weiten Bogen Löcher in die Decke schlug und die Luft mit beißendem Qualm füllte. Von irgendwoher war das Zischen entweichender Luft zu hören.

Lila ließ sich blitzschnell auf den Boden fallen und rollte hinter einem Stapel Kisten in Deckung. Ihre Ohren waren taub von den Schüssen, und ihr Herz raste vor Angst.

Max stürmte aus dem Cockpit, als er Als Schreie hörte. Er sah, wie Jamison und Al miteinander kämpften, und brüllte: »Schluß jetzt, Jamison, oder Sie sind ein toter Mann!«

Jamison lockerte für eine Sekunde seinen Griff, und

mehr brauchte Al nicht, um ihn von sich zu stoßen. Max versuchte, Jamison mit einer Feuersalve niederzustrecken, aber plötzlich wurde er von hinten von Bob Mitchell gepackt. Max schrie und wehrte sich, seine Finger drückten den Abzug und lösten eine Salve von Kugeln aus, die klirrend auf den Metallboden prallten, wild durch den Laderaum sausten und Funken und blitzende Spuren durch die mit Rauch gefüllte Luft zogen. Zwei Kugeln trafen Jamison, und er stürzte zu Boden. Er schaute mit schmerzverzogenem Gesicht zu Lila hinüber und machte eine Kopfbewegung in Richtung des Waffenbehälters.

Max hatte die Beherrschung verloren. Ohne Unterbrechung feuerte er ziellos in den Raum. Weitere Kugeln durchschlugen die Außenhülle des Starlifters. Eine Sirene heulte los, und sämtliche Lampen im Inneren leuchteten auf einen Schlag auf. Der Druck in der Kabine fiel ab! Al versuchte, auf Mitchell zu schießen, und feuerte eine Salve zum Cockpit hoch, die die Steuerungs- und Kontrollkonsole durchlöcherte. Mitchell wurde getroffen und stürzte in den Laderaum hinunter.

Eine Explosion! Rauchende Metalltrümmer platzten durch die linke Seite des Flugzeugs und rissen es auf. Al verschwand durch das Loch wie ein Staubteilchen in einem Staubsauger. Der Starlifter kippte zu einer Seite, dann zur anderen und trudelte unkontrolliert durch die Luft.

Die Mannschaft auf dem Flugdeck hatte ihre Sauerstoffmasken geschnappt und aufgesetzt, Captain Weisfield versuchte, das Flugzeug mit Hilfe der Steuerung wieder zu stabilisieren. »Motor Nummer zwei brennt!« Sofort riß er den Gashebel des Triebwerks Nummer zwei zurück. »Nummer zwei stillgelegt.« Er streckte seine Hand zu einem Griff über ihm aus. »Löschhebel Nummer zwei gezogen. Löschmittel freigesetzt.«

Jack Yoshita beugte sich über die Kontrolltafel des Flugingenieurs und versuchte, die Schadensmeldungen zusammenzutragen. »Rapider Druckverlust in der Kabine! Die Innenraumhülle ist undicht. Einige Kugeln müssen das Triebwerk getroffen haben!«

Captain Weisfield bemerkte, daß seine Schulter von einem Querschläger getroffen worden war und sich nun rot färbte. Er schaltete das Funkgerät ein. »Mayday! Mayday! MAC 50231 . . .« Das Flugzeug begann zu zittern und von einer Seite auf die andere zu taumeln. Er schob den Steuerungshebel ganz nach vorne. Der Starlifter schoß jetzt beinahe senkrecht im Sturzflug auf die Erde zu. Captain Weisfield versuchte, das Flugzeug auf eine Höhe zu bringen, in der der Druckabfall und die dünne Luft nicht so extrem waren.

Lila konnte nicht mehr atmen. Ihre Gedanken lösten sich auf wie schmelzendes Wachs. Ihr wurde bereits schwarz vor Augen, als es ihr endlich gelang, eine Sauerstoffflasche von der Wand zu reißen und die Maske über ihr Gesicht zu ziehen. Das Leben begann wieder durch ihre Adern zu pulsieren, und ihr Bewußtsein kehrte zurück.

Aber nun rollte und schlitterte sie das Deck hinunter zum vorderen Teil des Flugzeuges. Mit ihrer freien Hand klammerte sie sich an eine Kiste. Das Flugzeug bockte wie ein wilder Hengst. Durch das klaffende Loch in der Flugzeugwand sah sie direkt vor sich das große Düsentriebwerk. Es spuckte Flammen und Rauch. Die Explosion hatte eine Seite des Triebwerks zerfetzt und einige der Trümmer bis in den Laderaum geschleudert.

Max war zum vorderen Ende des Raumes getaumelt und lag nun ausgestreckt am Boden. Sein Gesicht und seine Hände waren bereits tödlich blau angelaufen. Er hatte seine Maschinenpistole nicht mehr bei sich. Er bewegte sich nicht mehr.

Leutnant Jamison blutete aus Wunden in seinem Bauch und der Hüfte. Auch er hatte eine der Sauerstoffnotreserven ergriffen und atmete mit ihr. Immer noch schaute er zu Lila hinüber, um sie dazu zu bewegen, in die Waffenkapsel zu steigen. Lila begann, auf den Behälter zuzuklettern, während sie mit der Sauerstoffmaske vor dem Gesicht Luft holte und nach jedem Halt griff, den sie finden konnte. Es war, als stiege sie einen steilen, schwankenden Berg hinauf. Ganz langsam näherte sie sich ihrem Ziel.

Weisfield war am Ende seiner Kräfte. Er hielt den Starlifter weiter auf Sturzflug, beobachtete den Höhenmesser, aber er wußte bereits, daß das große Flugzeug nicht mehr zu retten war.

»Wir haben das Hydrauliksystem Nummer zwei verloren!« meldete Yoshita.

»Das Feuer!« sagte Weisfield. »Es frißt sich durch die Steuerung! Wir müssen es löschen!«

Der Starlifter schwankte und raste in wildem Zickzack durch die Luft auf den Ozean zu. Sie waren jetzt unter dreitausend Meter gelangt. Weisfield riß den Steuerhebel nach hinten, und das große Flugzeug versuchte mühsam, aus dem Sturzflug herauszukommen, wobei es sich schüttelte und schwankte wie ein zerbrochener Drachen.

»Paßt auf«, sagte Weisfield, »gleich gehen wir baden.«

Lila konnte spüren, wie sich Leutnant Jamisons Arme um sie legten. Er hielt sie aufrecht und versuchte, ihr voranzuhelfen. Das Flugzeug war jetzt nicht mehr so extrem geneigt, aber es befand sich immer noch im Sturzflug, es bebte und schwankte. Beide beteten. Sie konnten das Dröhnen der Luft am Rumpf des Flugzeugs und das laute Krachen der linken Tragfläche hören, die von weißglühenden Flammen aufgefressen wurde. Der atmosphärische Druck stieg immer weiter an, sie hatten das Gefühl, daß ihnen das Trommelfell platzte. Lila sah durch das Fenster direkt neben sich. Die Wolkenschichten rasten wie Stockwerke an einem abstürzenden Aufzug an ihnen vorbei. Mit unglaublicher Geschwindigkeit kam der Ozean näher und näher.

»Steig da rein, Mädchen, los, rein!« sagte Leutnant Jamison und gab ihr einen Schubs.

Lila streckte den Arm aus, zog sich zu der großen Luke der Waffenkapsel hoch und ließ sich in das dunkle Innere fallen. Sie schaute zurück, aber Jamison war aus ihrem Sichtfeld verschwunden.

»Leutnant Jamison!« schrie sie und eilte auf die Luke zu.

Er tauchte wieder auf. Halb ohnmächtig und geschwächt versuchte er krampfhaft, das Gleichgewicht zu halten. Er schlug die Luke der Kapsel zu, und Lila befand sich plötzlich in völliger Dunkelheit. Sie konnte hören, wie er sich draußen am Schloß zu schaffen machte. Leutnant Isaac Jamison war dabei zu verbluten. Aber er hielt sich mit seinem freien Arm aufrecht, bediente den Verschlußmechanismus, schob den Riegel in seine Position und zog den Spezialschlüssel ab.

Lila lag im Dunkeln und spürte immer noch, wie der Starlifter herumwirbelte, schwankte und fiel . . .

Der Aufprall! Die Kapsel schlingerte und dröhnte scheppernd wie eine Glocke, als Metallstücke und Trümmer gegen sie schlugen. Lila hörte das reißende, brechende Geräusch, als die Außenhülle des Starlifters zerfetzt wurde, und dann das Donnern der hereinbrechenden Wassermassen.

Dann geriet die Kapsel ins Trudeln und schien sich endlos zu überschlagen, wie ein Stein, der auf dem Wasser tanzt. Sie wurde im Inneren der Kapsel umhergeworfen wie Wäsche in einer Schleuder, während sie versuchte, sich an irgend etwas festzuhalten.

Dann gab es einen letzten Stoß, einen letzen Aufschlag der Kapsel, Lila verlor ihr Bewußtsein und versank in einen Traum.

3

»Ja«, antwortete Dr. Cooper auf eine Frage, die ihm gestellt worden war, und seine Stimme hallte dabei durch den großen Vorlesungssaal der Universität von Tokio. »Ich würde sagen, daß die Belagerungsmaschinen, die an der Fundstelle ausgegraben wurden, babylonischen Ursprungs sind.«

Ein grauhaariger, ehrwürdiger japanischer Professor übersetzte, er wiederholte Dr. Coopers Worte auf Japanisch. Dann fuhr Dr. Cooper fort.

»Das Buch Nahum, Kapitel 2, Vers 5, beschreibt sie als ›Kampfwagen‹ und bestätigt, daß sie bei der Belagerung von Ninive eingesetzt wurden.«

Es folgte eine weitere Übersetzung.

»Lassen Sie mich noch hinzufügen, daß wir selbst bei der Ausgrabung am Tell Kuyunjik, die vor kurzem stattfand, Wandmalereien entdeckt haben, deren Darstellungen diesen Maschinen sehr ähnlich sahen – selbst, was den Aufbau der Rammböcke betrifft.«

Wieder übersetzte der Professor.

»Daher kann ich nur unterstreichen, daß solche Funde eindeutig zeigen, was für eine genaue und verläßliche Quelle die Bibel ist.«

Der Professor beendete die Übersetzung von Dr. Coopers Antwort, und die zweihundert Studenten und Angestellten der Fakultät in dem Saal reagierten mit zustimmendem Gemurmel.

Dr. Cooper warf einen Blick auf die Uhr. »Ich denke, das reicht für heute. Ich werde Ihnen morgen die Dias zeigen, und ich bin sicher, daß Sie noch weitere Fragen haben werden. Ich danke Ihnen.«

Der Dolmetscher teilte den Leuten Dr. Coopers letzte Worte für diesen Tag mit, und die Versammlung löste sich auf.

Dr. Cooper und sein Übersetzer, Professor Nishiyori, verließen die Rednerbühne.

»Eine faszinierende Vorlesung, Doktor«, sagte Nishiyori. »Das Gebiet der biblischen Archäologie ist eine völlig neue Welt für uns.«

»Eine Welt, die es wert ist, entdeckt zu werden, das kann ich Ihnen versichern.«

»Es war mir ein Vergnügen!«

»Vielen Dank.« Dr. Cooper schaute auf seine Uhr. Ihm fiel etwas ein. »Ach . . . wo finde ich hier ein Telefon?«

»Sie können das Telefon in meinem Büro benutzen. Folgen Sie mir bitte.«

In Professor Nishiyoris Büro meldete Dr. Cooper ein Gespräch in die Vereinigten Staaten an, zu seiner Schwester in Seattle.

»Oh . . . Jake«, hörte er die Stimme seiner Schwester. »Ich hatte schon gehofft, daß du anrufen würdest.«

Nichts an ihrem Tonfall deutete darauf hin, daß etwas nicht in Ordnung war. »Nun, ich wollte nach Lila fragen und sichergehen, daß sie gut angekommen ist. Und es gibt etwas, worüber ich dringend mit ihr sprechen muß.«

»Nun, sie ist nicht hier. Es gab irgendein Durcheinander im regulären Flugplan oder so etwas. Ich bin nach McChord gefahren, um sie abzuholen, aber das Flugzeug ist dort überhaupt nicht gelandet. Ich versuchte, etwas bei den Leuten am Terminal zu erfahren, aber keiner schien Bescheid zu wissen.«

Dr. Cooper fehlten einen Moment lang die Worte, er saß nur schweigend da. Das ergab alles keinen Sinn. »Ich . . . ich glaube, ich verstehe nicht ganz, was da vor sich geht . . . hattest du auch die richtige Flugnummer?«

Dr. Cooper konnte hören, wie Joyce einige Papiere auf ihrem Tisch durchblätterte.

»Hier habe ich sie«, sagte sie. »Der Flug hatte die Nummer MAC 50231, von dem Luftstützpunkt Yokota aus. Ist das der richtige?«

»Nun . . . ja. Meine Aufzeichnungen sagen genau dasselbe.«

»Jake, da stimmt doch irgend etwas nicht.«

Dr. Cooper seufzte und ließ seinen Kopf hängen. »Das ist das Militär, nehme ich an.«

»Gibt es etwas, was ich ihr von dir sagen soll – für den Fall, daß wir sie finden?«

»Oh . . . nein, im Moment nicht. Sie und ich . . . nun, zwischen uns stand es nicht so gut, als sie abflog, und ich wollte diesen Streit mit ihr beilegen.«

»Nun, niemand am McChord-Flughafen konnte mir helfen. Anscheinend tappen sie alle im dunkeln, und ich mit ihnen. Ich habe keine Ahnung, wo Lila geblieben ist.«

»Weißt du was, ich werde sehen, was ich von hier aus erfahren kann, und du wirst dich dort noch einmal umhören.«

»In Ordnung.«

»Hast du meine Nummer von diesem Hotel?«

»Ja, ich habe sie hier vor mir liegen. Ich werde dich anrufen, wenn ich irgendwelche Neuigkeiten habe.«

»Dasselbe gilt für mich. Danke.«

Als Dr. Cooper in sein Hotelzimmer zurückkehrte, rief er den Luftstützpunkt Yokota an. Er wurde drei- oder viermal weitervermittelt, bevor er endlich jemanden am Apparat hatte, der wußte, von welchem Flug er sprach.

»Richtig«, sagte die Person am anderen Ende, »Ihre Tochter befand sich in der MAC 50231. Der Flug kam heute auf McChord an.«

»Könnten Sie das bitte noch einmal überprüfen?« fragte Dr. Cooper. »Die Nachricht, die ich aus Seattle habe, besagt, daß das Flugzeug dort nicht gelandet ist.«

»Äh, nein . . . da muß ein Irrtum vorliegen.«

»Oh, ich bin auch sicher, daß ein Irrtum vorliegt, aber lassen Sie uns herausfinden, ob bei mir oder bei Ihnen.«

Sie sprachen noch etwas länger miteinander, aber Dr. Cooper merkte, daß er nicht weiterkam.

»Was ist mit Colonel Griffith? Können Sie mich mit ihm verbinden?«

»Einen Moment.«

Kurz darauf war Colonel Griffith am Apparat. »Ja, Jake?«

»Hallo, Bill. Hör zu, wir haben ein Problem.«

»Richtig, du vermißt deine Tochter. Ich glaube, es hat einen Flugroutenwechsel gegeben, von dem ich nichts wußte.«

»Aha, das ist es also.«

»Lila befindet sich in dem falschen Flugzeug, und ich werde mich erkundigen, wo es hingeflogen ist. Das dürfte nicht lange dauern.«

»Wie lange, bevor ich es auch selber herausfinde?«

»Ich werde dich anrufen.«

»In Ordnung.«

»Auf Wiedersehen.«

Klick. Griffith hatte aufgelegt – ziemlich überhastet, fand Dr. Cooper. Außerdem hatte sich Griffith während des ganzen Gespräches nicht wie er selbst angehört. Er hatte sich nicht einmal für diesen Irrtum entschuldigt, dabei würde so etwas Bill Griffith normalerweise den Schlaf rauben. Dr. Cooper bekam den Eindruck, daß sein Freund überhaupt nicht mit ihm telefonieren, sondern das Gespräch nur so schnell wie möglich beenden wollte.

Dr. Cooper beschloß, an diesem Abend in seinem Hotelzimmer zu bleiben – er wollte sich auf die Vorlesung am nächsten Tag vorbereiten und abwarten, ob er einen Anruf bekommen würde. Allerdings war er fest entschlossen, nicht lange darauf zu warten.

Kälte. Überall um sie herum nichts als Kälte und Dunkelheit und abperlendes Wasser an klirrendem Metall. Die Erde schien sich zu bewegen; sie drehte sich und schwankte wie ein kleines Boot auf dem Meer.

Lila öffnete ihre Augen, aber sie sah kein Licht. Sie schloß sie wieder, dieses Mal vor Schmerz. Ihr Kopf tat weh, und ihr war übel. Totenstille umgab sie, bis sie sich zu bewegen begann, und selbst dann hörte sie nicht mehr als das Rascheln ihrer Kleidung, die Geräusche ihrer Schuhe, ihrer Finger, die über das kalte Metall wanderten, das sie umgab. Ihre Hand berührte ihren Kopf und ertastete eine Beule. Möglicherweise blutete sie, aber es gab in der Dunkelheit und Nässe keine Möglichkeit, das festzustellen.

Nach kurzer Zeit konnte sie etwas klarer denken. Sie hob den Kopf und öffnete ihre Augen. Sie sah nichts als völlige Dunkelheit. Dann begann sie, sich zu erinnern: Die Waffenkapsel, der große Behälter, in den sie geklettert war. Sie befand sich immer noch darin, aber ... irgend etwas stimmte nicht. Sie hatte große Zweifel, daß sich außerhalb der Luke noch ein solides, flugtüchtiges Flugzeug befand.

Sie erinnerte sich an die Geräusche, die sie gehört hatte – die Explosion, das reißende Metall, das plötzliche Aufspritzen von Wasser.

An einem Gedanken blieb sie länger als an allen anderen hängen: Ich lebe. Herr, wie hast du das geschafft? Ich bin noch am Leben!

Vorsichtig richtete sie sich auf und tastete dabei den Raum über ihrem Kopf ab, um sicherzugehen, daß sie sich nicht noch einmal stieß. Als sie versuchte, sich aufzurichten, wurde ihr schwindelig, und sie glaubte, sich übergeben zu müssen.

Langsam, laß es langsam angehen. Atme eine Weile tief durch.

Der Gedanke ans Atmen ließ sie an die Sauerstoffflasche denken, die sie benutzt hatte. Sie beugte sich tief zum Boden hinunter und tastete ihn ab. Ihre Hand fand die Flasche, und sie drückte die Maske auf ihr Gesicht. Ah, das war schon viel besser. Ihre Atemgeräusche hallten in der Kapsel wieder, als befände sie sich in einer riesigen Blechbüchse. Sie blieb still sitzen und atmete durch die Maske, bis sich ihr Magen beruhigt hatte und ihr Kopf wieder klar wurde.

Dann begann sie, mit den Händen ihre unmittelbare Umgebung zu erkunden, und versuchte dabei, sich an das wenige zu erinnern, was sie gesehen hatte, bevor sich die Luke geschlossen hatte. Ihre Hand ertastete eine kalte Stahlverstrebung. Sie fühlte ihre gebogene Form und erinnerte sich, daß die Kapsel zylindrisch war, wie eine große Flasche. Offensichtlich befand sich die Kapsel im Moment nicht in ihrer normalen Lage, sondern stand schräg aufgerichtet. Sie kletterte den geneigten Boden hinunter, fand einige Pakete und Werkzeuge verstreut auf dem Boden und erreichte schließlich die Luke am unteren Ende.

Sie rief laut »Hallo«, aber sie bekam keine Antwort. Sie rief noch einige Male, aber das laute Echo im Innern der Metallkapsel, das in ihren Ohren dröhnte, war die einzige Antwort.

Ihre Hand fand einen großen Sack aus Leinenstoff, an dem sie nach kurzem Suchen einen Reißverschluß ertastete, so daß sie ihn öffnen konnte. Im Innern fand sie einige Stahlwerkzeuge. Ja, das hier mußte ein

Hammer sein . . . und dies ein Stemmeisen . . . hier waren einige Schraubenzieher, Zangen . . . Oh! Eine Taschenlampe!

Sie fand den Knopf und schaltete sie ein. Das Licht schmerzte ihr zuerst in den Augen, aber sie war froh, endlich einen Blick auf ihre Welt in dieser großen Flasche werfen zu können.

Ja, sie konnte jetzt erkennen, daß die Kapsel ziemlich herumgeschleudert worden war. Abgesehen von einer sehr großen Frachtkiste, die fest am Boden verankert war, waren Taschen, Kisten und kleinere Gegenstände überall verstreut worden. Die Wände waren kalt und feucht vom Kondenswasser. Sie schätzte, daß die Waffenkapsel etwa achteinhalb Meter lang und ungefähr zwei Meter breit war. Sie hatte einen flachen Boden, aber die Wände und die Decke bestanden aus einer durchgehenden, wie ein Tunnel gebogenen Fläche.

Sie bemerkte Blut an ihrer Hand. Sie berührte noch einmal die Beule an ihrer Stirn und hatte danach noch mehr Blut an den Fingern.

Es mußte hier irgend etwas geben, womit sie ihre Wunde verbinden konnte, etwas Stoff oder ein Pflaster oder etwas ähnliches. Sie begann, den schrägstehenden Boden hinaufzuklettern, um an das obere Ende zu gelangen, während sie hierhin und dorthin nach jeder Kiste schaute, die ein Erste-Hilfe-Kasten hätte sein können.

Sie hatte gerade etwas mehr als die Hälfte der Kapsel durchquert, als sie stehenblieb. Die Kapsel schwankte. Ihr Körpergewicht genügte, um sie in Bewegung zu versetzen.

Sie mußte auf dem Ozean treiben . . . oder unter der Wasseroberfläche, oder vielleicht auch halb im Wasser und halb draußen, oder . . .

Sie wußte wirklich nicht, wo sie war.

Dr. Cooper und Jay schliefen die Nacht durch, ohne durch das Klingeln des Telefons aus dem Schlaf gerissen zu werden. Bis zum Vormittag hatte es immer noch keinen Anruf gegeben, und Dr. Cooper rief an der Hotelrezeption an, um festzustellen, ob es irgendwelche Mitteilungen für ihn gab – nichts. Er rief den Luftstützpunkt Yokota an, aber niemand wußte etwas, und Colonel Griffith war nicht zu sprechen. Sie gingen nach unten ins Hotelrestaurant, um zu frühstücken, und dort überreichte ihnen ein Angestellter eine Notiz: »Hoshi Park, um zwölf Uhr – Griffith.«

Der nahe gelegene Hoshi-Park war ein großer japanischer Garten, ein sehr friedvoller, bezaubernder Ort mit kurzgeschnittenen Rasenflächen, verschlungenen Wegen und majestätischen Bäumen, die rauschende Baldachine bildeten. Jede der gestutzten Hecken, der schimmernden Teiche und der Gartenpagoden befand sich an der passenden Stelle und schuf einen ungewöhnlich schönen Platz voller Ruhe und Gelassenheit. Es war ein idealer Ort für die Menschen, um sich zu entspannen und spazierenzugehen.

Auch Dr. Cooper und Jay nahmen die Schönheit um sich herum wahr, aber während sie dem schmalen Weg an einem tiefen, kristallklaren Teich vorbei folgten, waren sie in Gedanken nur bei Lila, und ihre Augen hielten nach Colonel William Griffith Ausschau.

Unvermittelt, fast heimlich, trat Griffith aus dem Schatten einiger Bäume vor sie auf den Weg. Seine Uniform hatte er gegen Zivilkleidung ausgetauscht.

»Hallo«, sagte er leise. »Kommt mit mir.«

Sie folgten ihm einen schmalen Seitenweg entlang, der sie zu einer kleinen Grotte mit einem Wasserfall führte, wo einige Bänke standen. Griffith setzte sich, und sie nahmen neben ihm Platz.

»Es tut mir leid, daß dies alles so geheim ablaufen

muß«, sagte er mit gesenkter Stimme. »Eigentlich darf ich nicht einmal mit euch sprechen.«

»Ich hoffe, du tust es trotzdem«, sagte Dr. Cooper.

»Nun, dies ist vielleicht die einzige Gelegenheit, die ich dazu habe. Ich werde in einer Stunde in der Basis zurückerwartet. Die Dinge spitzen sich dort allmählich zu. Es hat einen großen Wirbel gegeben.« Er schaute sie beide an, während er nach den richtigen Worten suchte. »Also gut . . . erstens, was ich euch über Lila und den angeblich falschen Flug erzählt habe, war eine Lüge. Es befanden sich einige andere Leute bei mir, die hören konnten, was ich euch erzählte, und unsere Befehle waren eindeutig: Ihr solltet überhaupt nichts über das Schicksal dieses Flugzeuges erfahren.«

»Das Schicksal des Flugzeuges?« fragte Jay besorgt.

»Sag es uns«, sagte Dr. Cooper ruhig, aber mit besorgter Stimme.

»Das Flugzeug ist verschwunden.« Griffith beeilte sich, hinzuzufügen: »Aber das muß nicht heißen, daß es abgestürzt ist. Wir führen im Augenblick eine routinemäßige Such- und Rettungsaktion durch, aber wir können nicht mit Sicherheit sagen, was geschehen ist.«

Dr. Cooper legte seine Hand auf Griffiths Schulter und stellte ihm eindringlich langsam und deutlich die Frage: »Bill, was weißt du? Schweige meinetwegen, wenn du es tun mußt, aber belüge uns nicht.«

William Griffith las in Dr. Coopers Augen, daß er es ernst meinte. »Jake, nur wegen unserer Freundschaft und meiner Zuneigung zu dir und deiner Familie breche ich die Sicherheitsvorschriften und spreche überhaupt mit euch. Es gibt einige Dinge, die ich euch nicht sagen darf, aber das, was ich euch verrate, müßt ihr streng vertraulich behandeln, das müßt ihr versprechen.«

Dr. Cooper und Jay nickten. Tief besorgt hörten sie ihm zu.

»Die MAC 50231 flog in Richtung der Vereinigten Staaten und befand sich einige Stunden auf dem vorgeschriebenen Kurs, aber dann wurde eine Positionsmeldung überfällig. Honolulu konnte sie nicht erreichen, ebensowenig wie San Francisco und ein Linienflugzeug. Die letzte gemeldete Position der Maschine war über dem Nordpazifik, etwa auf halber Strecke zwischen Japan und den Aleuten. Such- und Rettungsflugzeuge durchkämmen jetzt dieses Gebiet, aber wir haben noch nichts von ihnen gehört.«

»Im Nordpazifik . . .«, sagte Dr. Cooper leise, und sein Gesicht wurde bleich.

Griffith holte Luft und fuhr mit noch verhaltenerer Stimme fort. »Aber es steckt noch mehr dahinter, als euch irgend jemand erzählen würde. Ich hatte Gelegenheit, einige Geheimdienst-Berichte einzusehen. Sie besagen, daß sie die letzte Positionsmeldung, die von dem Kontrollzentrum in Tokio aufgefangen wurde, noch einmal überprüfen. Es scheint so, als würden sie der Sache nicht trauen.«

Jay führte den Gedanken fort: »Also . . . waren die Positionsmeldungen vielleicht falsch?«

»Das sagt keiner, aber ich halte das für sehr wahrscheinlich, vor allem, nachdem ich noch andere Einzelheiten erfahren habe. Erstens hat der Anderson-Luftstützpunkt in Guam gegen drei Uhr nachts Greenwich-Zeit ein nicht identifiziertes Signal auf seinem Radar aufgefangen. Das entspräche etwa ein Uhr nachmittags in Guam. Wenn ihr euch ausrechnet, wieviel Zeit der Starlifter benötigt, um von seiner nördlichen Flugroute abzuschwenken, nach Süden zu fliegen und in den Bereich der Radarüberwachung in Guam zu gelangen, käme man etwa auf diese Uhrzeit.

Zweitens wurde kurz darauf ein Notsignal von diesem Ort ausgesendet. Dazu kommt, daß die Bruchstücke des gestörten Identifikationssignals, das Guam auffing, der Identifikationscode für die 50231 sein kann.«

»Also . . . ist das Flugzeug nach Süden geflogen statt nach Osten?« fragte Dr. Cooper.

Griffith nickte.

»Aber . . . wie kannst du dir so sicher sein?«

»Das bin ich nicht. Aber andere Leute sind sich sicher genug, um einige Untersuchungsteams hinunter zu den Karolinischen Inseln zu schicken, und es ist die Rede davon, daß SR-71-Suchflugzeuge eingesetzt werden sollen. Sie müssen sich schon sehr sicher sein, wenn sie all diese Leute und die Ausrüstung dorthin schicken.«

»Und wieso haben sie uns davon nicht in Kenntnis gesetzt?« fragte Dr. Cooper mit Zorn in seiner Stimme.

»Jake, sie werden dir rein gar nichts erzählen, selbst wenn sich deine Tochter in dem Flugzeug befindet. Der Flug transportierte eine geheime Ladung von großer Bedeutung; es ist also sehr wahrscheinlich, daß das Flugzeug entführt worden ist. Das bedeutet internationale Verwicklungen, und das bedeutet auch, daß sie sich selber mit der Sache befassen, auf ihre Weise, und sie wollen nicht, daß du dich einmischst.«

»Und du erwartest von uns, daß wir einfach stillsitzen und sie tun lassen, was immer sie wollen, während Lila vielleicht in Lebensgefahr schwebt?«

Griffith lächelte ein schwaches, wissendes Lächeln. »Nein. Ganz und gar nicht, Jake. Ich weiß nur zu gut, daß du dich einmischen wirst, auf die eine oder andere Art; ganz gleich, was die Leute dir sagen. Deshalb laß mich dir helfen.«

»Wie?«

»Alles, was ich tun kann, ist, dich in die richtige Richtung zu steuern, dir einen Kontakt verschaffen, und dann ... bist du auf dich alleine gestellt. Hör zu, es gibt zur Zeit politische Unruhen dort auf den Inseln – durch die Kommunisten, vielleicht auch durch philippinische Partisanen. Es ist zwar weit hergeholt und bestenfalls eine unsichere Theorie, aber diese Flugzeuggeschichte könnte mit einigen unerwünschten Leuten dort unten in Zusammenhang stehen, die, was immer auch an Bord war, in ihre Hände bekommen wollen.«

»Wo fangen wir also mit der Suche an?«

»Ich habe bereits ein Telegramm an jemanden auf Pulosape geschickt, den ich kenne.«

»Wo?« fragte Jay.

Griffith zog nur seine Augenbrauen hoch und zuckte mit den Achseln. »Eine Insel der Karolinen-Gruppe. Ihr werdet eine sehr große Karte brauchen, um sie zu finden.«

»Erzähl weiter«, sagte Dr. Cooper.

»Sie ist Autorin und Journalistin. Sie hat einige Hinweise über kommunistische Aktivitäten auf der Inselgruppe erhalten und sich dort bereits eine Zeitlang umgesehen. Sie ist ein guter Schnüffler, und wenn dort etwas brodelt oder etwas Ungewöhnliches geschehen ist, ist die Wahrscheinlichkeit sehr groß, daß sie etwas darüber weiß. Ich müßte jeden Moment von ihr eine Antwort erhalten.«

»Nun, wer ist sie? Kann man sich auf sie verlassen?«

»Das kann man. Seit ich sie kenne, hat sie immer das, was sie herausfinden wollte, auch herausgefunden, und für ihre Freunde setzt sie sich genauso ein.«

»Wie können wir sie erreichen?«

»Du kannst nicht abwarten, was?« Griffith griff in seine Hemdtasche, zog ein Stück Papier hervor und gab es Dr. Cooper. »Du wirst sie telefonisch nicht erreichen können, aber hier steht ihr Name und das Geschäft auf

Pulosape, wo du eine Funknachricht hinterlassen kannst.«

Dr. Cooper las den Namen, der auf dem Papier stand. »Meaghan Flaherty.«

»Bist du ihr schon einmal begegnet?«

Dr. Cooper durchforschte sein Gedächtnis. »Ich habe vielleicht schon einmal ihren Namen irgendwo gelesen, aber . . . ich kann mich nicht daran erinnern, ihr begegnet zu sein.«

»Nun, du kannst mir glauben, wenn du sie jemals getroffen hättest, würdest du dich auf jeden Fall an sie erinnern.«

4

Pulosape war nicht mehr als eine kleine Erhebung von schwarzem Vulkangestein und dichter Vegetation auf der riesigen blauen Fläche des Südpazifiks. Eine kleine, dreißig Meilen lange Insel, die lediglich als Anlauf- und Zwischenstation für vorbeifahrende Fischerboote, Handelsschoner und Yachten diente.

Auf der Leeseite der Insel befand sich »Bad Dave's Trade Store«, ein Geschäft, das als Mittelpunkt aller Aktivitäten und des gesellschaftlichen Lebens der Insel galt. Der Laden war eine armselige, düstere Kiste aus Betonwänden, die durch die unzähligen Erdbeben brüchig geworden waren, und einem Blechdach, das durch alte Autoreifen daran gehindert wurde, beim nächsten Wirbelsturm davongeweht zu werden. Auf der von tiefen Furchen durchzogenen Straße vor dem Laden stand Bad Dave's Landrover, der im Laufe der Zeit von herabfallenden Kokosnüssen schon arg in Mitleidenschaft gezogen worden war, und nur einige hundert Meter weiter den flachen Strand herunter schäumten und zischten die Wellen des Pazifiks auf den Sand.

Im Inneren des Ladens waren mit Grasröcken bekleidete Eingeborene damit beschäftigt, sich zwischen den mit Stoffen, Werkzeugen, Benzinkanistern, Gemüse und geschlachteten Schweinen vollgestopften Regalen umzusehen. Matrosen, Fischer und Reisende suchten nach kleinen Ersatzteilen, Seilen und Angelhaken.

Hinter dem Tresen hatte Bad Dave alle Hände voll zu tun; er handelte, stritt, verkaufte, brüllte und verbreitete die neuesten Nachrichten, ganz gleich, wie ausgeschmückt diese Märchen auch waren.

Bad Dave war ein großer, sonnengebräunter Mann, der wie ein Panzer gebaut war und immer ein Stück Kaugummi im Mund und eine Rolle völlig zerknitterter Dollars in seiner Hemdtasche hatte. Seit sechsundzwanzig Jahren lebte er auf der Insel und führte den Handel praktisch alleine. Er kannte beinahe jeden, der dort auf einer Segeltour Station machte, wußte, wen er mochte und wen nicht, wer ihm vom letzten Besuch noch Geld schuldete und wie hoch dieser Betrag war.

Er hatte heute einen guten Tag und war ganz und gar nicht auf eine Unterbrechung vorbereitet, als Bojo, sein einheimischer Angestellter, aus dem Hinterzimmer geeilt kam, hinter den Tresen trat und ihm etwas ins Ohr flüsterte.

»Bist du sicher?« flüsterte Dave zurück.

Bojo nickte. »Bösartig! Groß, schwarz! Hungrig!«

»Wer ist noch dort?«

»Nur zwei«, sagte Bojo. »Rothaar und Kelly.«

Dave seufzte. »Kelly. Bojo, wir behalten das für uns, in Ordnung?«

Bojo nickte und folgte Dave zum Hinterzimmer. Dave ergriff den Türknauf und öffnete die Tür sehr langsam.

In dem Raum, der an allen Wänden mit Regalen bestückt war, die von Dosen, gedörrten Lebensmitteln und Maschinenteilen überquollen, saßen sich zwei Personen an einem kleinen Tisch gegenüber. Zwischen ihnen stand ein abgenutztes Schachbrett.

Einer von ihnen war Kelly, ein dickköpfiger, kleiner Seemann, dem es gelang, fast die ganze Zeit seines Lebens zu faulenzen, und der die sehr riskante Leidenschaft hatte zu wetten – auf alles.

Die andere Person war wie eine Blume, ein rotgekröntes Juwel, ein vom Himmel gesandter Engel, der auf einer Wolke des Segens herabgeschwebt war. So jedenfalls beschrieb Dave die Frau, die an dem

Schachtisch saß und momentan mit Kelly starr auf den Tisch blickte. Das mußte bereits seit einiger Zeit so gehen.

Ihr Name war Meaghan Flaherty, und sie war Schriftstellerin. Sie war leger gekleidet, mit dünnen Hosen und einem Arbeitshemd, ihr rotes Haar fiel in Wellen über ihre Schultern herab, wie Wasser, das sich im Sonnenuntergang rot färbt.

Aber in diesem Augenblick glich sie mehr einer Marmorstatue als einer Frau. Sie war erstarrt, bewegte sich kein Stück, zitterte und blinzelte nicht einmal.

Dave schaute zu Kelly hinüber. Der kleine Seemann saß ebenfalls unbeweglich da, obwohl eines seiner Augen leicht zuckte.

Dave beugte sich zu Bojo hinüber und flüsterte ihm zu: »Wie lange geht das jetzt schon so?«

»Eine Stunde vielleicht. Sie spielten um die Wette Schach, aber dann erweiterte Rothaar die Wette. Sie sagte: ›Kelly, wie lange kannst du dort sitzen und völlig regungslos bleiben?‹ Und er sagte: ›Für immer, Ma'am.‹ Und sie sagte: ›Würdest du darauf wetten?‹ Und er sagte: ›Die Wette gilt‹, und so ...«

»Dann sitzen sie also schon die ganze Zeit so?«

Bojo nickte.

Dave schüttelte den Kopf. »Die Sonne geht unter. Es wird hier drinnen bis zum Morgen nicht mehr warm werden.«

»Sie werden es nicht schaffen.«

»Ich weiß, daß Kelly es nicht schafft. Mrs. Flaherty dagegen ... hm, sie hat mich schon immer überrascht.«

»Was können wir nun tun?«

»Warten, das ist alles. Wir werden den Laden früh schließen und die Türen verschlossen halten. Keiner darf hier herein, verstanden? Versuche, es geheim zu halten. Ich werde jetzt auf sie aufpassen. Du übernimmst heute abend um zehn Uhr die Wache.«

Bojo verließ den Raum und suchte sich auf einigen Grasmatten ein Plätzchen zum Schlafen. Dave blieb im Hinterzimmer, anscheinend als Schiedsrichter über diese große Wette. In Wirklichkeit aber verbrachte er die meiste Zeit damit, das Hosenbein der Frau zu beobachten und seine Hand nahe am Griff seines rasiermesserscharfen Buschmessers zu halten.

Die Stunden verstrichen. Es wurde Mitternacht. Einmal mußte Kelly fast niesen, aber es gelang ihm, es zu unterdrücken. Keiner der beiden Gegner rührte sich. Jetzt übernahm Bojo den Wachposten. Schon beim bloßen Gedanken an die Schmerzen, die die beiden inzwischen verspüren mußten, taten ihm seine eigenen Glieder weh.

Gegen zwei Uhr morgens kam Dave lautlos ins Zimmer. Er hatte einen kleinen Ölofen bei sich. Bojo sah ihn und nickte zustimmend, als wollte er sagen: »Eine gute Idee.«

Behutsam stellte Dave die Heizung neben dem Schachtisch ab und sprach zu den beiden lebenden Statuen.

»Dachte, ihr könntet vielleicht ein wenig Wärme vertragen. Hier wird's langsam kalt.«

Er zündete den Ofen an und trat leise zurück.

Der Raum begann sich zu erwärmen, und innerhalb einer Stunde wurde es in dem Zimmer regelrecht heiß. Die Gesichter der Wettstreiter glänzten vor Schweiß, der beiden herabrann. Kellys Blick wurde glasig.

Jetzt beobachteten Dave und Bojo das Hosenbein der Frau. Der Ofen stand ganz dicht vor ihrem Bein, so daß die Hitze, die er ausstrahlte, äußerst unangenehm für sie sein mußte.

Plötzlich weiteten sich Bojos Augen, und er gab einen kurzen Laut von sich, den er aber sofort mit seiner Hand erstickte.

Dave bedeutete ihm, sich ruhig zu verhalten, und flüsterte: »Psst, nicht jetzt, Bojo. Bloß keinen Mucks.«

Sie konnten beide sehen, wie sich das Hosenbein bewegte. Als sei es lebendig, hob und senkte es sich, warf Falten und glättete sich wieder.

Dave legte seine Hand langsam auf sein Messer. Die zwei, die am Tisch saßen, konnten nicht sehen, was er tat. Sie starrten einander immer noch regungslos und konzentriert an.

Das Hosenbein bewegte sich weiter. Jetzt konnten sie sehen, wie sich eine Ausbeulung das Bein hinab auf die Hosenöffnung zubewegte.

Ein glänzender schwarzer Kopf erschien, bewegte sich vor und zurück, eine rote Zunge züngelte durch die Luft.

Bojo preßte krampfhaft seine Hände zusammen, damit sie nicht zitterten. Dave packte sein Buschmesser. Der Kopf senkte sich langsam zum Holzfußboden, gefolgt von einem langen, schwarzen, schlanken Körper. Die Schlange fuhr fort, sich Zentimeter um Zentimeter aus dem Hosenbein zu winden, unter den Tisch zu kriechen und mit langsamen Bewegungen ihres schwarzen Körpers und ihrer zuckenden roten Zunge den Raum zu erkunden.

Sie näherte sich Dave, aber er blieb regungslos, bis der geeignete Moment gekommen war.

WHAM! Das Buschmesser sauste herab und trennte auf der Stelle den Kopf der Schlange ab. Der Körper krümmte sich, rollte sich zusammen und lag schließlich regungslos da. Der Kopf blieb mit weitaufgerissenem weißen Rachen und den weit vorstehenden, glänzenden Fangzähnen liegen.

Jetzt konnte Bojo seinen Schrei nicht mehr unterdrücken.

Kelly verlor seine Wette, als er einen Seitenblick riskierte, die Schlange sah und mit einem lauten Keuchen und mit ein paar gepfefferten Worten von seinem Stuhl aufsprang.

Die Frau stieß einen lange angehaltenen Atem aus und entspannte sich, während sie den Kopf nach vorne sinken ließ.

»Gott sei Dank«, sagte sie leise. Dann hob sie mit zitternder Hand ihre Königin vom Brett und stieß Kellys König vom Spielbrett. »Schachmatt.«

Kelly stand nur wie angewurzelt da, erstarrt vor Schreck über die Schlange, und beobachtete ungläubig den letzten Schachzug der Frau. »Was ... wie können Sie ...?«

»Ich hatte die ganze Nacht Zeit, mir diesen Zug zu überlegen«, sagte sie und wischte den Schweiß von ihrer Stirn. Dann fragte sie Dave: »Könnten Sie einer Lady bitte den Weg zu den Örtlichkeiten zeigen?«

»Einfach dort geradeaus«, sagte Dave und zeigte ihr die Richtung.

Sie eilte aus dem Raum, während Kelly erst die tote Schlange, dann das Schachbrett und schließlich Dave und Bojo ansah.

»Tut mir leid«, sagte Dave. »Wir nehmen an, daß einige dieser Teufel mit einer Ladung Bananen auf die Insel gekommen sind.« Er hob die tote Schlange vom Boden auf und stieß, erstaunt über ihre Größe, einen Pfiff aus. »Sie lieben es, sich abends an warmen, dunklen Plätzen zu verkriechen, um warm zu bleiben.«

Er bemerkte ein Loch direkt unter dem Schachtisch. »Dort ist sie reingekommen. Bojo, das muß repariert werden.«

Bojo nickte.

Kellys Gesicht war ein einziges Fragezeichen, aber er war immer noch zu verängstigt, um ein Wort herauszubringen.

Dave sagte zu ihm: »Du kannst von Glück sagen, daß du Mrs. Flahertys Wette angenommen hast. Die Schlange hatte sich um ihr Bein gewickelt. Man sagt, daß der Biß innerhalb weniger Sekunden tödlich ist. Sie hat euch beiden die Haut gerettet.«

Mrs. Flaherty kam zurück, ruhiger und gefaßter. »Ich danke Ihnen, David.«

Dave stellte den Ölofen ab. »Gern geschehen, Mrs. Flaherty. Ich denke, ihr wurde schließlich warm genug, um Ihr Hosenbein zu verlassen.«

Kelly starrte die Frau lange an. Sie erwiderte seinen Blick mit einem sehr erleichterten Lächeln.

Kelly stammelte: »So . . . so eine Frau wie Sie habe ich noch nicht erlebt, Mrs. Flaherty.«

Sie antwortete: »Und Sie sind ein würdiger Gegner gewesen, Mr. Kelly. Aber sagen Sie, werden Sie nun unsere Abmachung einhalten?«

»Wie bitte?«

»Ich habe sowohl unser Schachspiel als auch unsere Wette ehrlich gewonnen. Werden Sie mir jetzt sagen, was ich wissen will?«

Kelly konnte immer noch keinen klaren Gedanken fassen und antwortete ihr nicht.

Dave beschloß, ihm auf die Sprünge zu helfen. »Komm schon, Kelly, du erinnerst dich doch. Du und die Kommies, ihr steckt unter einer Decke, das weiß jeder.«

Kellys Gesicht hellte sich auf, als hätte sich sein Gedächtnis gerade erst eingeschaltet, und sagte: »Ach, diese Sache.« Er schaute Mrs. Flaherty an. »Was wollten Sie mich fragen?«

Mrs. Flaherty schob Kelly zu einem Stuhl und nahm selbst auf einem anderen Platz. »Als ich das erste Mal einen Fuß auf Pulosape setzte, quoll diese Insel fast über vor philippinischen Partisanen. Man meinte, sie hätten hier eine Vollversammlung.«

Dave schnappte sich ein leeres Holzfaß und setzte sich darauf. »Sie waren die ganze Zeit über in meinem Laden, sie hatten viel Geld bei sich und benahmen sich sehr großspurig. Irgend jemand hat sie mit Geld und Waffen ausbezahlt, und sie haben irgendwo eine große Sache laufen.«

Kelly lachte gezwungen. »He, was sollte ich denn schon darüber wissen?«

Mrs. Flaherty ließ nicht locker. »Sie sind jetzt plötzlich verschwunden, und ich weiß, daß Sie es waren, der sie auf Ihrem Boot fortgebracht hat. Wo haben Sie sie hingebracht, und weshalb?«

Dave beugte sich zu ihnen hinüber. »Eine Wette ist eine Wette, und du hast verloren, denk daran.«

Kelly dachte darüber einen Moment lang nach und nickte dann bedauernd. »Sie dürfen ihnen nicht erzählen, daß Sie irgend etwas von mir erfahren haben.«

»Einverstanden«, sagte Mrs. Flaherty.

Kelly suchte in seinem Kopf nach einem Anfangspunkt. »Es sind etwa hundert, alle von den Philippinen, weit fort von zu Hause. Sie werden gut dafür bezahlt, daß sie einen speziellen Auftrag für ihre . . . ihre Geldgeber ausführen.«

»Für die Sowjets?« fragte Dave.

»Ja, sicher, für wen sonst? Sie können den Auftrag als Geldbeschaffungsmaßnahme bezeichnen. Wenn die

Rebellen jemals die Philippinen unterwerfen wollen, müssen sie dafür Geld haben, und die Sowjets haben mit ihnen ein Geschäft gemacht. Sie zahlen ihnen eine Menge dafür, daß sie einen bestimmten Auftrag für sie ausführen.«

»Was für einen Auftrag?« fragte Mrs. Flaherty.

»Das weiß ich nicht, wirklich. Sie wollten es mir nicht sagen. Sie bezahlten mich nur dafür, sie nach Kurnoe zu bringen und keine Fragen zu stellen, und das habe ich auch getan.«

»Kurnoe?«

»Das ist eine kleine Insel nördlich von hier. Es gibt niemanden dort, soweit ich weiß . . . äh, außer den Partisanen. Aber dort soll schon sehr bald etwas geschehen, und sie alle sind schon darauf vorbereitet.«

»Können Sie mir zeigen, wie man dort hinkommt?«

Kelly riß seine Augen weit auf. »He, Mrs. Flaherty, Sie sollten besser wissen, wann es zu gefährlich wird. Sie sind nur eine kleine Frau, und diese Kerle sind zu Hunderten und sehr brutal!«

Dave schüttelte nur den Kopf und sagte: »Gib der Dame lieber, was sie wünscht, Kelly, wenn du nicht auch noch den Rest der Nacht mit ihr so verbringen willst.«

Kelly zuckte mit den Schultern. »Du hast Seekarten, Dave. Bring sie her, und ich werde Ihnen zeigen, wo es ist. Aber, Ma'am, Sie müssen alleine dorthin fahren. Ich will nicht, daß die Halsabschneider sehen, wie ich Sie dorthin bringe, um sich in ihre Pläne einzumischen.«

»In Ordnung«, sagte Mrs. Flaherty. »Dave, ich muß einen Anruf bei einem Kollegen von der Luftwaffe in Japan machen.«

»Ich werde das Funkgerät einschalten«, antwortete Dave.

Lila hatte ein großes Tuch aus einer der großen Kisten in der Kapsel geholt und es einige Mal um sich gewickelt, um sich zu wärmen. Jetzt saß sie dort in der Finsternis. Die Taschenlampe hatte sie ausgeschaltet, um die Batterien zu schonen. Sie nahm nur ab und zu einen Atemzug aus der Sauerstoffflasche und versuchte damit, auch diesen Vorrat, so gut es ging, zu erhalten. Sie versuchte nachzudenken, versuchte zu beten.

»Herr«, betete sie, »ich weiß nicht, wo ich bin oder ob ich jemals hier heraus kommen werde. Bitte hilf mir. Bitte schicke jemanden, der mich rettet. Bitte . . .«

Sie stoppte. Sie konnte fühlen, wie Gott zu ihr sprach, aber was er zu ihrem Herzen sagte, war nicht das, was sie hören wollte.

»Herr, ich brauche Hilfe! Ich kann über diese Sache jetzt nicht nachdenken!«

Aber seine leise Stimme verstummte nicht. Er brachte ihr eine Stelle aus der Bibel in Erinnerung: »Wenn du deine Gabe auf dem Altar opferst und dich dort daran erinnerst, daß dein Bruder mit dir im Streit ist, gehe zuerst zu ihm und versöhne dich mit ihm, und komme dann zurück, um dein Opfer zu bringen.«

Jetzt saß sie dort in der Dunkelheit, ohne etwas zu sagen, ohne etwas zu beten. Es ist Dad's Fehler, dachte sie. Es ist immer sein Fehler gewesen.

»Herr«, sagte sie leise, und sie hatte etwas Angst, es auszusprechen, »Du bist nicht fair zu mir. Mir ging es schon vorher nicht besonders, und jetzt hast du auch noch zugelassen, daß ich in dieses Chaos geraten bin.«

Sie erinnerte sich an einige Worte ihres Vaters, kurz bevor sie Japan verlassen hatte: »Lila, du mußt auch an andere denken. Das Universum dreht sich nicht allein um dich.«

»Das sagt der Richtige«, antwortete sie auf ihre eigenen Gedanken. »Wann hat er sich jemals dafür interessiert, wie ich mich fühle?«

Aber Gott sprach wieder zu ihrem Herzen, und sie stritt mit ihm. »Herr . . . natürlich denke ich an mich selbst! Ich bin es, die im Moment in Schwierigkeiten steckt! Ich bin diejenige, die verletzt ist. Ich bin es, die vielleicht hier sterben wird!«

Ich, ich, ich. Es schien so, als wollte Gott ihr zeigen, wie oft sie dieses Wort gebraucht hatte.

»In Ordnung«, sagte sie schließlich widerwillig. »Ich werde . . . ich werde über Dad sprechen, und über Jay. Ich frage mich, was sie in diesem Moment gerade machen, in dem ich nicht bei ihnen bin. Ich frage mich, ob sie mich vermissen?« Ein etwas ernüchternder Gedanke kam ihr. »Ich frage mich, ob sie überhaupt wissen, daß ich in Schwierigkeiten stecke?«

Der Herr sprach wieder. Lila, jetzt denkst du nicht nur ausschließlich an dich selbst – du denkst auch noch darüber nach, ob andere an dich denken.

Sie seufzte frustriert und lehnte ihren Kopf gegen die kalte Metallwand. »Gut, gut. Ich denke also nur an mich selbst.«

Was war in der Zeit auf dem Luftstützpunkt?

»Da habe ich auch nur an mich gedacht. Ich hätte nie sagen sollen, was ich gesagt habe.«

Sie konnte sehen, wie sich die Szene wie ein Film noch einmal vor ihrem geistigen Auge abspielte. Sie konnte sehen, wie ihr Vater ihr Gepäck zum Flugschalter trug. Sie konnte den Schmerz in seinem Blick erkennen.

Sie erinnerte sich daran, wie er sagte: »Wir werden darüber reden.«

Und sie konnte sich selbst hören, wie sie ihm schnippisch antwortete: »Das glaube ich erst, wenn ich es erlebt habe. Du interessierst dich einfach nicht dafür. Du hast dir nie Gedanken gemacht!«

Und sie wußte, daß sie ihn verletzt hatte; sie hatte ihn mit dieser Bemerkung schwer getroffen.

Lila vertrieb diese Szene mit einem Kopfschütteln aus ihrem Gedächtnis. »Ich habe mich in der Situation nicht für meine Worte geschämt . . . aber ich dachte, wir wären in der Lage, weiter darüber zu reden. Ich dachte, ich würde ihn wiedersehen.« Sie konnte spüren, wie sich die Sorge und Verzweiflung in ihr Herz schlichen wie schlechte Neuigkeiten. »Herr, was ist, wenn ich hier sterbe?«

Gott schien zu schweigen. Sie spürte sein Reden nicht. Aber sie wußte, was er tat.

Er gab ihr Zeit nachzudenken.

Als Bad Dave's zehn Meter langer Kutter durch die Riffe fuhr, konnten Dave, Dr. Cooper und Jay sehen, daß die abgelegene Insel Kurnoe wenig besaß, was Besucher angelockt hätte. Die Insel war klein und flach, und abgesehen von einem gleichmäßigen Teppich aus Kokospalmen war nichts Besonderes zu entdecken. Dave wußte, wie er das Dorf an der Leeseite der Insel finden konnte. Jetzt lag es vor ihnen in Sichtweite, ein kleiner, wenig beeindruckender Haufen von Strohhütten und ein häßliches Gebäude, zusammengeflickt aus rostenden Metallstücken und Teilen von Flugzeugen aus dem zweiten Weltkrieg. Die eine Wand des Gebäudes bestand größtenteils aus dem Flügel einer japanischen Zero-Maschine, das Wappen der aufgehenden Sonne war noch schwach zu erkennen.

Dave erklärte: »Die einzigen Menschen, die sich jemals für diese Insel interessierten, waren die Japaner während des Krieges. Ich habe gehört, daß sie auf diesem kleinen Flecken eine geheime Start- und Landebahn hatten.«

Dr. Cooper beobachtete das Dorf durch ein Fernglas. »Eine Landebahn, sagen Sie? Groß genug für den Starlifter?«

»Wenn sie tatsächlich existiert hat, und wenn sie die Mittel hatten, um sie zu reparieren und zu verlängern.«

»Oh . . . ich würde sagen, sie haben die Männer, die dafür nötig wären.«

Dave nickte grimmig. »Kelly hat die Wahrheit gesagt. Die Kommunisten sind hier, und sie sind wahrscheinlich nicht sehr erfreut, uns zu sehen.«

Dr. Cooper gab das Fernglas an Jay weiter, der einen Blick hindurchwarf. Er konnte sehen, daß viele schwerbewaffnete, hart aussehende Männer sich bereits auf dem primitiv wirkenden Anlegeplatz vor dem Dorf versammelten und das fremde Boot, das sich ihnen näherte, argwöhnisch beobachteten.

»Wie sollen wir bloß an diesem wilden Haufen vorbeikommen?« fragte Jay.

»Ich frage mich, wie Mrs. Flaherty dort vorbeigekommen ist«, rätselte Dr. Cooper.

Dave schüttelte nur den Kopf. »Nun, ich habe ihr geraten, nicht alleine hier herauszufahren, aber sie befürchtete, die Spur zu verlieren, wenn sie auf Sie beide gewartet hätte. Immerhin, sie hat ihre Tricks. Das werden Sie noch feststellen.«

»Was ist unser Trick?« fragte Jay.

»Oh, kein Problem. Ihr seid Christen, ihr kennt die Bibel und wißt, wie man sich religiös benimmt. Erzählt ihnen einfach, daß ihr Freunde von Pastor Garrison seid, dem Missionar hier. Mit etwas Glück wird Garrison sich bereits selbst dort vorgestellt haben, wenn sie euch fragen, und ihr werdet mit der Geschichte durchkommen.«

Dave schaltete das Gas zurück und ließ den Kutter sanft auf die Anlegestelle zugleiten. Ein Dutzend kommunistischer Rebellen, gekleidet in schmutzigen Tarnanzügen, standen mit vorgehaltenen Maschinenpistolen am Steg. Nur einer von ihnen fing das Seil auf und half, das Boot längsseits zu holen. Die anderen elf starrten die Neuankömmlinge nur an und hielten ihre Waffen schußbereit. Dave winkte und lächelte den Partisanen zu, Dr. Cooper und Jay taten dasselbe.

Dave sagte mit gesenkter Stimme: »Ich kenne den Kommandeur. Überlaßt das Reden mir.«

Er kletterte auf den Steg, um einige Worte mit dem Anführer zu wechseln. Der Anführer war ein dunkler, sehr muskulöser Mann in einem khakifarbenen Anzug und einem großen Gewehr über der Schulter. Dave rasselte schnell eine übertrieben freundliche Erklärung in einem Filipino-Dialekt herunter, während der Rebellenführer Dr. Cooper und Jay lange und eindringlich auf furchterregende Art musterte.

Schließlich antwortete er offensichtlich mit Protest und zornigen Fragen, und Dave versuchte, darauf zu antworten. Der Mann brach in ein schauriges Gelächter aus, als hätte Dave versucht, sich über ihn lustig zu machen, und versetzte Dave einen spöttischen Stoß. Dave versuchte, noch einige Erklärungen mehr abzugeben, aber der Rebell hielt das Gespräch für beendet.

Was auch immer Dave ihm erzählt hatte, der Rebell kaufte es ihm nicht ab. Er raunte seinen Männern einige Befehle zu, und alle Gewehre richteten sich plötzlich auf die drei Eindringlinge.

Dave hob die Hände und übersetzte, was der Mann ihnen wütend zurief: »Hm ... nehmt besser die Hände hoch. Er verlangt, daß wir aus dem Boot steigen, sofort!«

Dr. Cooper schaute Jay an, während sie beide die Hände hoben. »Soviel also zu den Tricks.«

Sie begannen, langsam aus dem Boot zu klettern. Diese Rebellen waren ein rauher Haufen. Man sah es ihnen förmlich an.

In diesem Moment ertönte eine Stimme von Land: »Randy! Jack! Gott sei gepriesen, was für eine Überraschung!«

Alle blickten in Richtung des Strandes, von wo ein fröhlicher, braungebrannter rundlicher Mann in ausgebleichten Strandhosen auf die Anlegestelle zugeschlendert kam. Er hatte seine Arme ausgestreckt, und sein Lächeln funkelte in der Sonne. Direkt hinter ihm gingen zwei Eingeborene mit gewobenen Grasröcken, die ebenfalls bis über beide Wangen strahlten und in ihrer eigenen Sprache daherplapperten. Der finstere Ausdruck wich etwas aus den Gesichtern der Partisanen. Einige senkten bereits wieder ihre Gewehre. Ein paar andere Männer schienen regelrecht enttäuscht zu sein.

Dave schrie glücklich auf und streckte seine Arme aus. »Hi, Jerry, lange nicht gesehen!«

Dave und der pausbackige Mann umarmten sich, klopften sich auf den Rücken und lachten laut.

»Jerry!« rief jetzt auch Dr. Cooper lächelnd und streckte seine Hand aus.

»Ja, Jerry!« schrie auch Jay, der überlegte, daß es das Beste war, was er tun konnte.

Jerry reichte ihnen die Hand und half ihnen mit festem Griff aus dem Boot auf die Anlegestelle.

»So, und wie stehen die Dinge?« fragte Jerry.

»Oh, gut, alles in bester Ordnung«, sagte Dr. Cooper.

»Und Mary?«

»Ihr geht es auch gut.«

»Nun, jetzt sag einmal, ich hätte fast schon gedacht, ihr würdet nie hierherfinden. Hört zu, ich habe euch in der Kirche einen Raum vorbereitet. Kommt mit, ich zeige euch, wo ihr bleiben könnt. Habt ihr Gepäck dabei?«

»Nun . . .«

»Moki, Sulu!« Jerry rief seine beiden eingeborenen Begleiter und gab ihnen einige Befehle. Sie verschwanden auf dem Boot und nahmen das Gepäck der Coopers an sich. »Kommt, laßt uns zu Mittag essen!«

Mit diesen Worten übernahm der rundliche Mann die Führung und begann, einen Weg durch die Gewehre der Partisanen zu bahnen. Die drei Besucher folgten ihm von der Anlegestelle herunter, begleitet von den bepackten Eingeborenen.

»Lacht weiter«, raunte Jerry ihnen zu.

Also lachten sie, sprachen miteinander, zeigten auf Dinge, erfanden Namen und taten alles, was ihnen einfiel, um wie alte Freunde zu wirken. Sie setzten dieses Spiel fort, bis sie im Wald außer Sichtweite waren.

»Hier entlang«, sagte Jerry und führte sie einen Pfad durch die Palmen.

Nach einer kurzen Strecke kamen sie zu einem kleinen Gebäude ohne Außenwände, es war nicht mehr als ein Strohdach auf Pfählen. Unter dem Dach standen einige grob bearbeitete Bänke aus Baumstämmen, die wie Kirchenbänke in Reihen aufgebaut waren, und davor stand eine schlichte Kanzel.

»Willkommen in der Kurnoe-Gemeinde, dem Außenposten des Evangeliums in der Südsee!« sagte Jerry. Dann streckte er noch einmal ernsthaft seine Hand aus und stellte sich vor: »Jerry Garrison. Wie sind Ihre richtigen Namen, Randy und Jack?«

»Dr. Jake Cooper.«

»Und ich bin Jay.«

»Und ich hoffe, Sie kennen eine Mary ...«

Dr. Cooper lächelte. »Nun, ich habe eine Cousine namens Mary, und soviel ich weiß, geht es ihr tatsächlich gut.«

»Gut. Ich fühle mich zwar nicht besonders wohl dabei, auf eine Täuschung zurückgreifen zu müssen, aber ... Wie dem auch sei, Sie werden bemerkt haben, daß Sie zu einem ungünstigen Zeitpunkt hierhergekommen sind. Ich weiß nicht, ob Sie auf Schwierigkeiten aus sind, aber wir haben gerade jetzt eine ganze Menge davon.«

»Sie suchen nach einem verschollenen Flugzeug«, sagte Dave. »Dr. Coopers Tochter befand sich an Bord.«

Jerrys Augen weiteten sich. »Oho! So ist das also?« Er nickte sich selbst zu, dachte über einiges nach, und dann sagte er mit gesenkter Stimme: »Diese kommunistischen Rebellen sind seit etwa einem Monat hier. Sie arbeiten an der verlassenen japanischen Landebahn auf der anderen Seite der Insel.«

Dr. Cooper und Jay tauschten aufgeregte Blicke aus.

»Gott sei gepriesen«, sagte Dr. Cooper. »Es sieht so aus, als wären wir auf der richtigen Spur.«

Aber Jerry lächelte immer noch nicht. »Oh, Sie sollten lieber vorsichtig sein, bevor Sie irgend etwas unternehmen, Sir. Diese Partisanen meinen es ernst, und sie sind Leuten, denen sie nicht trauen, nicht gerade wohlgesonnen. Sie haben selbst die Mordlust in ihren Augen gesehen.«

Jerry trat noch ein Stück näher zu ihnen, bevor er fortfuhr: »Und ich denke, die Lage ist jetzt noch schlimmer. Mir haben sie nichts verraten, aber nach der Art, wie sie sich verhalten und sprechen, zu schließen, muß ganz sicher etwas schiefgegangen sein. Ihr Plan funktioniert nicht.«

»Was meinen Sie damit?«

»Vor drei Tagen haben sie sich alle auf die andere Seite der Insel zur Landebahn begeben und gewartet, aber nichts geschah, es kam kein Flugzeug. Seitdem sind sie sehr aufgeregt und mißtrauisch. Boote und Leute kommen und gehen, und sie zeigen keine Gnade mit Fremden, die nicht einen guten Grund nachweisen können, hier zu sein ... Ich bin sehr froh, daß ich gesehen habe, wie Ihr Boot angekommen ist, und ich noch rechtzeitig zur Stelle war. Man hätte Sie wahrscheinlich sonst auf der Stelle erschossen, müssen Sie wissen.«

»Und wieso wurden wir das nicht?« fragte Dave.

Jerry lächelte. »Mmmm, ich bin gut zu den Partisanen gewesen. Ich habe ihnen Essen gegeben und sie gastfreundlich behandelt. Normalerweise lassen sie Freunde von mir am Leben. Genauso wie diese andere Besucherin, diese Frau ...«

Dave ahnte, wer das war. »Meaghan Flaherty!«

Aber Jerry schaute Dave nur unverständig an. »Wer?«

»Eine sehr hübsche Frau, langes, leuchtend rotes Haar, etwa so groß ...«

Jerry schüttelte nur den Kopf. »Nein, um Himmels willen, nein. Glauben Sie, eine schöne Frau würde länger als eine Stunde unter diesen furchtbaren Kerlen durchstehen? Nein, es war eine Händlerin, die Stoffe verkaufte, eine alte Frau von einer Insel im Süden. Ich überzeugte die Rebellen davon, daß sie etwas Material gebrauchen könnten, um ihre Kleidung zu flicken und so weiter, und so ließen sie die Frau an Land kommen, um ihrem Geschäft nachzugehen.«

Jetzt blickte Dave Jerry verdutzt an. »Ähh ... und wo finde ich diese Frau?«

»Oh, ich kann mir vorstellen, daß sie sich in dem Geschäft aufhält. Sie wissen schon, die alte Hütte, die aus Flugzeugwrackteilen von den Japanern besteht.«

Das Geschäft war, ebenso wie Bad Dave's Laden auf Pulosape, das Handelszentrum der Insel, eine kleine, aus Metalltrümmern gebaute Hütte, wo Güter und Ausrüstungen angekauft und verkauft, Geschichten verbreitet und Getränke serviert wurden. Es war ein enger, muffiger kleiner Ort, der bereits einige Male von Flutwellen fortgerissen, aber immer wieder aus dem, was an Strandgut angeschwemmt worden war, zusammengebaut worden war – in diesem Fall aus herumliegenden Flugzeugteilen.

Im Moment war das Haus voll mit hochmütigen Rebellen, deren Blicke auf die Mitte des Raumes gerichtet waren, wo ein Tisch – er bestand aus der Seitenflosse eines Flugzeuges – aufgestellt war. An dem Tisch saßen sich zwei Personen gegenüber: ein stattlicher Eingeborener mit muskulösem Körper und dunkler Haut und eine alte Eingeborenenfrau, die Tuchhändlerin. Sie war beleibt, grauhaarig und trug alle möglichen Arten von grellgefärbten Tüchern, als wolle sie damit Werbung für ihre Ware machen.

Auf dem Tisch zwischen ihnen lag ein kleiner Haufen von Münzen und ein Goldmedaillon an einer Kette. Vor den beiden Personen stand jeweils ein Blechnapf.

In jedem Blechnapf befand sich eine wogende, triefende, kriechende Masse großer Schnecken, die übereinander krochen, während ihre Fühler umhertasteten. Mehrere leere Schneckenhäuser auf jedem Teller deuteten darauf hin, daß viele von ihnen bereits verspeist worden waren. Ganz offensichtlich wurde hier gerade ein Wettkampf ausgetragen.

Der Mann griff nach einer Schnecke, nahm sie vom Blechteller, hielt das Schneckenhaus in seiner Hand und zog dann die Schnecke mit einer kleinen Gabel aus ihm heraus. Mit einem sehr hochmütigen Gesichtsausdruck warf er seinen Kopf zurück, ließ die Schnecke in seinen Mund fallen und verschluckte sie bei lebendigem Leib. Er spülte sie mit einem Glas Schnaps hinunter.

Jetzt richteten sich alle Augen auf die alte Frau. Im ganzen Raum wurde aufgeregt gemurmelt.

Sie zeigte lächelnd ihre brüchigen Zähne und tat dasselbe, ließ eine Schnecke in ihren Mund fallen und schluckte sie. Dann spülte sie sie mit einem Glas Wasser hinunter.

Wieder wanderten alle Augen zu dem Mann hinüber, und die Anwesenden fragten sich, was er tun würde. Man sah ihm an, daß ihm langsam schlecht wurde, aber er zwang sich zu einem Lächeln, und dieses Mal holte er zwei Schnecken aus ihrer Schale und schluckte sie auf einmal, gefolgt von einem weiteren Schluck Schnaps.

Die Blicke richteten sich wieder auf die Tuchhändlerin. Sie dachte einen Moment lang nach, dann grinste sie ihr breites Grinsen, kicherte leise und nahm gleich vier Schnecken, schluckte sie hinunter und kippte ein weiteres Glas Wasser hinterher.

Ein aufgeregtes Gemurmel kam auf, als sich alle Augen wieder dem Mann zuwandten. Konnte er hier mithalten? Würde er versuchen, sie zu überbieten?

Er holte tief Luft, streckte sich, um den Druck von seinem schwellenden Bauch zu nehmen, und dann ... griff er nach sechs Schnecken, während die Menge in wilde Rufe und Gelächter ausbrach. Die Schnecken verschwanden in seinem Mund – eins, zwei, drei, vier, fünf, sechs. Seine Wangen waren vollgestopft, als er auf der schleimigen Masse herumkaute. Er schluckte mehrmals und griff dann eilig nach einem weiteren Glas Schnaps.

Die alte Frau überlegte sich ihren nächsten Schritt, aber sie behielt auch ihren Gegner im Auge. Er schien sich bereits etwas zu winden. Seine Lippen waren fest aufeinandergepreßt, als erwarte er eine Art Explosion aus seinem Inneren. Sie lächelte breit, schrie ausgelassen auf, und begann sechs ... dann sieben ... und schließlich acht Schnecken aus ihren Schalen zu holen, wobei sie jede in die Höhe hielt, damit der Mann sie sehen konnte. Er beobachtete, wie sie jede einzelne Schnecke vorbereitete, eine nach der anderen, sein Blick wurde glasig und sein Gesicht bleich.

Als sie alle acht Schnecken bereit hatte, legte sie ihren Kopf in den Nacken, hielt die Schnecken hoch über ihren Mund, und ...

Der Mann schlug sich plötzlich die Hand vor den Mund und rannte aus dem Raum. Die Rebellen brüllten und stießen Hochrufe aus. Die alte Dame ließ die acht Schnecken wieder auf den Blechteller fallen, lächelte offensichtlich erleichtert und schob den Teller zur Seite. Jemand brachte die Schnecken fort. Der Wettkampf war beendet.

Sie griff nach den Münzen und dem Medaillon, ließ sie in einen kleinen Beutel fallen und erhob sich zum Gehen, während die Menge weiter tobte und die Männer ihre Wetteinsätze ausbezahlten, die sie untereinander abgeschlossen hatten. Viele hatten auf die Frau gesetzt, und sie befanden sich in einem wahren Siegestaumel. Manche hatten auf den Mann gewettet, und die meisten von ihnen waren faire Verlierer.

Ein Mann jedoch, der seine Wette verloren hatte, war nicht bereit, seine Niederlage zu akzeptieren. Als sich die alte Frau ihren Weg zur Tür bahnte, stellte er sich ihr in seiner ganzen furchterregenden Breite in den Weg. Zwei andere Männer gesellten sich zu ihm, einer auf jeder Seite, und gemeinsam bildeten sie eine unüberwindbare Mauer.

Die Frau blieb stehen und schaute mit fragendem Gesicht zu ihnen hoch.

Der Mann streckte seine Hand aus und forderte den kleinen Beutel. Seine beiden Freunde rieben sich mit einer drohenden Gebärde die Fäuste.

»He, was bildet ihr euch ein?« hörten sie auf einmal eine Stimme hinter sich sagen.

Die drei Kerle drehten sich überrascht um, um festzustellen, wer sich da mit ihnen anlegen wollte. Zwei Männer und ein Junge standen dort in der Tür.

Die alte Frau zögerte nicht, sondern warf dem Mann in der Mitte ihren Beutel zu.

Dieser Mann war Dr. Cooper.

»Paß auf, Freundchen!« knurrte Bad Dave, als die drei Rebellen auf sie zukamen.

Bad Dave's Faust landete im Gesicht des Mannes, der ganz links stand. Dr. Cooper gelang es, den Mann in der Mitte zur Seite zu schleudern. Jay tauchte zwischen den Beinen des dritten Angreifers hindurch und kam auf der anderen Seite gerade rechtzeitig wieder hoch, um den Beutel aufzufangen, den ihm sein Vater zuwarf.

Zwei weitere Rebellen kamen auf Jay zu. Er duckte sich unter den Tisch und kroch eilig über den Boden außer Reichweite. Ein Rebell schnappte ihn noch fast an der Ferse, aber die alte Frau stellte ihm rechtzeitig ein Bein. Er stolperte, und mit einem lauten Krachen schlug sein Kopf auf der Tischkante auf, Sekunden später lag er bewegungslos wie ein Sack am Boden.

Mittlerweile saß Jay in der Klemme. Eine ganze Wand von Rebellen kam auf ihn zu, aber er sah, daß die alte Frau frei stand, und warf den Beutel zu ihr hinüber. Der erste Mann, der ihr folgte, erhielt einen Stoß in die Augen, so daß er nur noch blind herumstolperte und den anderen in den Weg lief. Das gab der alten Frau genügend Zeit, den Beutel wieder Dr. Cooper zuzuwerfen.

Geschnappt! Mit einem Siegesschrei fing ein hagerer, verwahrloster Rebell den Beutel aus der Luft auf und hielt ihn in die Höhe, damit ihn die anderen sehen konnten.

Und schon war er wieder aus seiner Hand verschwunden, weggeschnappt von Jay, der sich sofort herumdrehte und davonrennen wollte. Der Rebell ergriff Jay an den Hüften und hob ihn in die Höhe, aber das gab Jay nur die Gelegenheit, einen anderen Mann mit einem Tritt ins Gesicht niederzustrecken. Da der Rebell Jay mit beiden Händen festhielt, hatte er keine Hand frei, um zu verhindern, daß die alte Frau eine

Flasche auf seinem Kopf zerschmetterte. Er ließ Jay los, während er zu Boden stürzte, und Jay warf den Beutel wieder Dr. Cooper zu. Dr. Cooper bückte sich sofort und ließ damit einen Rebellen über sich stürzen. Dann richtete er sich auf und warf seinen Gegner über die Bartheke. Ein Tritt von Dr. Coopers Stiefel erledigte rechtzeitig einen zweiten Angreifer und gab der alten Frau Gelegenheit, zur Tür zu rennen. Dr. Cooper übergab ihr den Beutel, und sie rannte nach draußen, verfolgt von einem weiteren Partisanen direkt hinter ihr.

Plötzlich flog die Tür zu und das Gesicht des Rebellen wurde durch sie unsanft gestoppt. Er taumelte rückwärts zu Boden.

»Ohhh«, sagte die alte Frau in gespieltem Mitleid, als sie um die Ecke schaute.

Jetzt zogen einige Rebellen ihre Waffen. Das Spiel wurde allmählich lebensgefährlich.

Aber Bad Dave verhinderte auf einfache Weise das Schlimmste.

»He, Leute!« schrie er, und es war erstaunlich, wie schnell er die Aufmerksamkeit der Anwesenden erlangte.

Einen nicht unwesentlichen Anteil daran hatte wahrscheinlich die Stange Dynamit, die er in der Hand hielt und deren Lunte entzündet war und gerade herunterbrannte.

Für einen Moment erstarrten alle Personen in dem Laden ... Dann wurde innerhalb des Bruchteils einer Sekunde jede Öffnung in dem kleinen Gebäude, und wenn es ein Fenster war, zur Tür. Die Partisanen und Eingeborenen schossen aus der kleinen Hütte wie Salven aus einer Kanone und rannten in alle Richtungen davon.

»Laßt uns gehen«, sagte Dave, der das Dynamit in die Höhe hielt, damit jeder es sehen konnte.

Er stürmte aus der Tür hinaus, gefolgt von den Coopers und der alten Frau, und die Rebellen ließen sie ungehindert passieren. Sie rannten auf den Wald zu, in Richtung der Kirche.

Dr. Cooper bemerkte erschreckt, daß die Lunte schon fast heruntergebrannt war. »Dave, werfen Sie das Ding weg! Sie werden uns noch alle umbringen!«

»Nicht bevor wir in Sicherheit sind!«

»In Sicherheit?« schrie Jay. »Ich fühle mich jetzt nicht gerade sicher!«

»Ach, du machst dir zuviel Sorgen!«

Sie rannten weiter, bis sie an die Kirche kamen. Die Lunte wurde kürzer und kürzer. Sie war jetzt kaum noch länger als zwei Zentimeter. Die Coopers warfen sich in das Gebüsch und bedeckten ihre Köpfe mit den Händen.

Dave und die alte Dame standen bloß da und schauten gelassen zu, wie die Lunte herunterbrannte.

Schließlich war auch das geschehen.

»Hmm, nicht schlecht«, sagte Dave und betrachtete den Dynamitstab, der nicht explodiert war.

Die alte Dame sprach zum ersten Mal, und es war überraschend, die alte Polynesierin mit einem so deutlichen irischen Akzent sprechen zu hören. »Dave, eines Tages werden Sie diesen Trick zweimal bei denselben Typen versuchen, und was geschieht dann?«

Dr. Coopers Kopf hob sich aus dem Gras, dann Jays, und sie schauten hinüber zu dem Weg, wo Dave und die Frau standen. Während sie aus sicherer Entfernung zuschauten, riß Dave die Umhüllung von der Dynamitstange und enthüllte ihr wahres Innenleben – eine Banane. Er biß hinein, dann bot er der Frau ein Stück an. Sie griff sich zuerst in den Mund und entfernte ihre brüchigen falschen Zähne, um mit ihren eigenen hineinbeißen zu können.

Dave begann zu lachen, während er noch den Mund voll Banane hatte. »He, kommt rüber, Jungs! Teilt euch eine Banane mit dem Juwel des Südpazifik und jedes anderen Ortes: Mrs. Meaghan Flaherty!«

Dr. Cooper und Jay sahen sich gegenseitig an, und Dr. Cooper konnte nur seufzen.

»Mein Sohn«, sagte er, »man hat uns an der Nase herumgeführt.«

Als sie aus ihrem Versteck kamen, nahm die alte Frau ihre graue Perücke ab und schüttelte unter ihr eine Mähne von roten Locken hervor.

Sie streckte die Hand aus. »Dr. Jacob Cooper. Ich habe viel über Sie und Ihre Kinder von unserem gemeinsamen Freund Colonel William Griffith gehört.«

Er schüttelte, immer noch verblüfft, ihre Hand. »Sehr erfreut, Sie kennenzulernen. Das ist mein Sohn, Jay.«

Sie gab auch ihm die Hand. »Freut mich, Jay.«

Dave reichte ihr ein feuchtes Stück Stoff, und sie wischte die dunkle Hautfarbe der Einheimischen und die Altersfalten ab, unter denen eine makellose Haut zum Vorschein kam.

Dave lächelte und war sehr stolz auf sie. »Ich hatte mich schon gefragt, was Sie sich ausgedacht hatten, um unter diesem Haufen Rowdys zu überleben.«

»Das hätte ich fast gar nicht. Es ging eine Zeitlang gut, aber gerade, als Sie aufgetaucht sind, nahmen die Dinge eine unangenehme Wendung. Ich bin Ihnen sehr dankbar.«

»Aber worum ging es dabei überhaupt?« fragte Dr. Cooper. »Wir haben uns auf einen lebensgefährlichen Kampf eingelassen und hätten getötet werden können, und wozu? Für einen kleinen Beutel mit Geld?«

Sie zog den Beutel hervor. »Nein, nicht wegen des Geldes. Für einen solchen Betrag würde ich keine rohen Schnecken schlucken. Aber der Mann besaß ein Medaillon, und ich habe den Namen auf ihm erkannt. Ich glaubte, es würde Sie interessieren.«

Sie griff in den Beutel und zog das Medaillon hervor. Es war ein Herz an einer Kette, das aus feinem Gold gearbeitet war. Sie drehte es um und legte es Dr. Cooper in die Hand.

Dr. Cooper erkannte es sofort. Auch Jay erkannte es. Sie beide waren mit der Inschrift auf der Rückseite vertraut:
»Meiner Tochter Lila zu ihrem dreizehnten Geburtstag.«

Dr. Cooper und Jay konnten ihre Aufregung und Neugierde kaum zügeln.

»Dieser Mann, mit dem sie dort ihre Wette austrugen...«, sagte Dr. Cooper. »Wo hatte er das Medaillon her?«

Mrs. Flaherty schüttelte den Kopf. »Er wollte es nicht sagen. Er wollte mir kein Wort darüber sagen, bis ich es von ihm auf ehrliche Weise gewonnen hatte.« Sie blickte zurück zu dem Geschäft. »Und jetzt, in Anbetracht der kleinen Party, die wir da drinnen hatten, glaube ich nicht, daß ich noch einmal dorthin möchte, um mit ihm darüber zu diskutieren.«

»Ich kann Gottes Vorsehung kaum glauben! Wir sind auf der richtigen Spur, soviel steht fest, aber...«

Jay fragte: »Hat er Ihnen irgendwelche Hinweise gegeben?«

»Er gab mir einen Tip«, sagte Mrs. Flaherty. »Er sagte, er hätte das Medaillon von einem alten Perlentaucher erworben.«

Dave murmelte vor sich hin: »Oh, die Inseln sind voll von Perlentauchern. Da können Sie lange suchen.«

»Kommen Sie«, sagte Dr. Cooper. »Wir werden sehen, was Jerry, der Missionar, weiß.«

Jerry war erleichtert, sie alle gesund wiederzusehen, und sehr verblüfft, als er sah, wer hinter der Verkleidung der alten Tuchhändlerin wirklich steckte. Sie erzählten ihm von der Wette und der darauffolgenden Schlägerei.

»Sie... Sie haben sich auf eine Prügelei mit den Rebellen eingelassen?« fragte er voller Schreck.

»Wegen dieses Medaillons«, erklärte Dr. Cooper und zeigte es Jerry. »Es gehört meiner Tochter. Wir müssen herausfinden, wo dieser Kerl es herhatte.«

Jerrys Augen waren vor Furcht geweitet. »Wichtiger als das ist, daß Sie von der Insel verschwinden. Ich kenne den Rebellenkommandeur. Er wird Sie nach dem, was Sie dort getan haben, nicht mehr freiwillig gehen lassen. Sie müssen sofort fliehen!«

Dr. Cooper ließ sich nicht vom Thema abbringen: »Der Mann sagte, er habe es von einem alten Perlentaucher bekommen. Haben Sie eine Ahnung, wer das sein könnte?«

Jerry mußte nicht lange überlegen. »Kolo. Es könnte der alte Kolo von Tukani sein. Er ist mehr ein Lumpensammler als ein Perlentaucher. Er taucht in alte Wracks, versunkene Kriegsflugzeuge, alles, was er so aufspürt, und sammelt Fundstücke, von denen er glaubt, daß er sie an Souvenirjäger und ähnliche Leute verkaufen kann. Er ist nicht sehr angesehen und eigentlich auch sehr faul, aber ich nehme an, daß er es ist.«

»Tukani?«

»Es ist nicht weit von hier. Sie könnten die Insel bis zum Morgen erreicht haben.«

»Das ist unsere nächste Haltestelle. Dave, werden Sie uns dorthin bringen?«

»Klar, Doc«, sagte Dave.

»Warten Sie!« sagte Jerry. »Wenn Sie auf Tukani landen, sollten Sie besser vor den Einwohnern gewarnt sein, den Sutolos!«

»Sind sie sehr feindselig?« fragte Dr. Cooper.

»Nun, sie lieben Besucher«, sagte Jerry. »Und zwar als Mittagessen. Es sind Kannibalen.«

»Na, großartig!« bemerkte Dave.

»Nun, Dave«, sagte Jerry, »ich glaube nicht, daß Sie oder Dr. Cooper sich große Sorgen darüber machen müssen – Sie sind zu alt und zäh. Aber der junge Jay, und Mrs. Flaherty ... nun ...«

»Wir müssen an Lila denken«, sagte Dr. Cooper. »Also laßt uns aufbrechen. Jerry, wir hätten Sie gern dabei, wenn Sie können.«

»Oh, gehen Sie nur, und zwar schnell! Ich werde hierbleiben und versuchen, die Rebellen aufzuhalten. Machen Sie sich um mich keine Sorgen. Ich werde schon zurechtkommen. Dave, ich erkläre Ihnen den Weg nach Tukani.«

Jerry und Dave unterhielten sich kurz über die Route und die Ausrichtung des Kompasses, dann schnappten alle außer Jerry ihre Sachen und schlichen im Schutz der hereinbrechenden Dunkelheit zu der Anlegestelle, wo Dave's Boot verankert lag.

Einige Stunden später, als die Dunkelheit die Insel einhüllte und die Nachtruhe eingekehrt war, schlichen sich mehrere dunkle Gestalten durch den Wald, der die kleine Inselkirche umgab. Sie bewegten sich schnell, nutzten die Deckung der Bäume und pirschten sich so immer näher an die kleine Kapelle heran. Das Blitzen ihrer Augen und den blauschimmernden Glanz eines Gewehrlaufs im Mondlicht konnte man nur erahnen.

Dann teilten sich die Grasbüsche, und etliche Paare glühender Augen starrten in die Kirche. Sie konnten mehrere Bettstellen erkennen und die Besucher, die dort schliefen – die beiden seltsamen Amerikaner, den Insulaner namens Bad Dave und die eigenartige Stoffhändlerin, die mehr Schnecken schlucken konnte als sonst jemand.

Der erste Mann, der aus seinem Versteck in die Kirche trat, war der Kommandeur der Rebellen, der grobe Kerl, der die Fremden zum ersten Mal auf der Anlegestelle getroffen hatte. Sein Gesichtsausdruck war bedrohlich, als er den anderen ein Zeichen gab, ebenfalls näher zu kommen. Leise betraten sie die Kirche und umzingelten die nichtsahnenden schlafenden Besucher.

Dann ging der Kommandeur mit geladener Maschinenpistole auf Dr. Coopers Nachtlager zu und legte seine Hand um den Hals des Archäologen.

Dr. Coopers Kopf rollte vom Feldbett und fiel auf den Boden. Es war nur ein Kissen, das einen Hut trug. Der junge Bursche war ein Holzstamm in einem Schlafsack. Die alte Dame bestand aus einem Haufen ihrer Kleider, in denen niemand mehr steckte. Bad Dave war lediglich ein Haufen Gras.

Der Anführer schäumte vor Wut. Mit einem kurzen Befehl und einem Handzeichen rannte er mit all seinen Leuten, die Waffen im Anschlag, auf die Hütte des Missionars zu. Sie kamen zu dem kleinen Gebäude, traten die zerbrechliche Tür ein und fanden den Missionar schlafend in seinem Bett vor. Die Dunkelheit wurde von dem Feuer und Blei, das aus den Gewehrläufen explodierte, zerrissen. Das Bett des Missionars wurde mit soviel Kugeln durchsiebt, daß es gereicht hätte, um mehrere Menschen zu töten.

Der Kommandeur warf die Decke zurück.

Auch Jerry Garrison war nur eine Attrappe aus Stroh.

Der Rebellenführer brüllte einige weitere Befehle, und die Mörderbande stürmte zur Anlegestelle hinunter. Bad Dave's Boot war verschwunden. Das kleine Boot der Händlerin lag immer noch dort und versank auf der Stelle unter dem Hagel der Schüsse, die die Rebellen wütend abfeuerten. Dann versammelten sich der Rebellenführer und seine Männer, um einen Plan zu schmieden.

Es gab keine Nacht, keinen Tag, keine Möglichkeit festzustellen, wieviel Zeit in dieser kalten, stillen Gruft vergangen war. Lila hatte gebetet, bis ihr nichts mehr eingefallen war, wofür sie hätte beten können, bis ihr Herz leer und ihr Geist erschöpft war. Sie hatte eine Zeitlang geschlafen, wobei sie die Sauerstoffmaske auf ihrem Gesicht behielt, um nicht im Schlaf zu ersticken.

Als sie aufwachte, war alles beim alten. Der Alptraum war nicht vorüber. Der kalte Metallbehälter umgab sie immer noch; immer noch war nichts zu hören. Aber ihr Geist arbeitete wieder, und sie war nun bereit, etwas zu unternehmen, sobald sie wüßte, was es genau war.

Sie saß eine Weile herum, knipste die Taschenlampe an und betrachtete die Luke. Soweit sie es beurteilen konnte, war sie der einzige Ausweg aus dieser Kapsel. Sie hatte keine Ahnung, was sie auf der anderen Seite vorfinden würde, aber es gab nur einen Weg, es herauszufinden. Wenn sie die Luke doch nur aufbrechen könnte, wenigstens ein Stück. Es mußte einen Weg geben, sie zu öffnen.

Sie untersuchte sorgfältig den Mechanismus. Der Riegel befand sich auf der Außenseite, es schien keine Möglichkeit zu geben, die Luke von innen zu öffnen. Sie begann, die Fugen um die Luke herum zu untersuchen. Sie waren dicht geschlossen.

Sie zog die Tasche mit den Werkzeugen heran, holte einen großen Schraubenzieher hervor und versuchte, in dem Spalt zu bohren. Sie war nicht überrascht, als sich überhaupt nichts bewegte. Die Kapsel war sehr widerstandsfähig gebaut und beugte sich nicht einem Schraubenzieher in der Hand einer Dreizehnjährigen.

Nun, dachte Lila, ich weiß immer noch nicht, was für Möglichkeiten ich überhaupt habe. Ich weiß immer noch nicht alles, was es über diese Kapsel zu erfahren gibt.

Sie beschloß, es herauszufinden. Über den Inhalt der Werkzeugtasche wußte sie bereits Bescheid, also legte sie sie zur Seite. Was befand sich noch in dieser Gruft? Das auffälligste Teil war die riesige, rechteckige Kiste, die einen Großteil des Raumes in der Kapsel beanspruchte. Diese Kiste wollte sie zuerst untersuchen. Sie arbeitete sich vorsichtig Zentimeter für Zentimeter nach oben auf die Kiste zu, während sie fühlte, wie die Kapsel etwas unter ihren Bewegungen schwankte. Schließlich gelangte sie an den Rand der Frachtkiste.

Es befanden sich keine offensichtlichen Markierungen an der Außenseite. Es war eine einfache Holzkiste, deren Deckel vernagelt war. Sie kroch zentimeterweise um die Kiste herum, machte sich vorsichtig mit jedem Stück vertraut und schaute nach irgendwelchen Schildern, die ihr etwas über den Inhalt verraten würden. Sie suchte nach schwachen Stellen, an denen man die Kiste leicht öffnen konnte. Sie fand nichts.

Langsam rutschte sie wieder die Kapsel hinunter und holte ihre Werkzeugtasche, dann kehrte sie zurück. Das Stemmeisen mußte eigentlich funktionieren.

Sie rammte die Spitze des Stemmeisens in den Spalt unter dem Deckel und begann, es hin und her zu biegen. Ah, der Deckel der Kiste zeigte sich gefügiger als die Luke. Er löste sich ohne große Schwierigkeiten. Sie lockerte einen Nagel, dann einen weiteren, arbeitete sich an einer Seite der Kiste entlang, um das tieferliegende Ende herum und dann das obere Stück hinauf. Der Deckel ließ sich jetzt abheben. Mit einem kräftigen, aber vorsichtigen Ruck hob sie ihn an und schob ihn zurück, bis er, gegen die Wand der Kapsel gelehnt, stehenblieb.

Der Gegenstand im Inneren der Kiste war mit Styropormaterial verpackt. Sie zog die Verpackung zur Seite.

Was in aller Welt war das? Es sah aus wie ein Gerät aus einem Science-Fiction-Film, etwa wie ein Roboter oder ein Satellit. Es hatte einen langen, zylindrischen Körper aus glänzendem Metall und Glas. An einem Ende schaute, wie der Kopf eines Roboters auf einem schmalen, rotierenden Hals, ein Sehrohr aus einem U-Boot oder eine Kamera, oder irgendeine Art von seltsamer Apparatur mit einer sehr großen, tiefroten Linse hervor, die das Gerät wie eine einäugige Kreatur von einem anderen Planeten aussehen ließ.

Sie schob mehr von der Styroporverpackung zur Seite. Weiter unten kamen dünne, spinnenähnliche Arme zum Vorschein, die alle sehr dicht zusammengelegt waren, um in die Kiste zu passen, und . . . was war das? Eine Art metallene Abdeckung, die nur von einfachen Schrauben festgehalten wurde.

Sie ergriff ihren Schraubenzieher und begann, die Schrauben zu lösen. Es war einfach. Sie hob die Platte ab.

Aha. Eine Art Steuerungstafel. Schalter, Knöpfe, Digitalanzeigen, Anzeigeleuchten. Sie betrachtete sie lange Zeit und versuchte, sich vorzustellen, wozu diese Anlage dienen konnte. Leider lag dem Apparat keine Gebrauchsanweisung bei. Hatte er einen An- und Aus-Schalter? Vielleicht dieser Schalter neben ihr?
Sie bediente den Schalter.

Drei rote Lampen leuchteten auf und ließen sie vor Schreck zusammenzucken, aber mehr geschah nicht. Sie schaltete den Schalter wieder auf »Aus«, und die Lichter erloschen. Sie schaltete ihn wieder ein, und die Lichter gingen wieder an. Es gab kein Geräusch, und es geschah auch nichts weiter. Nun, zumindest etwas hatte sich getan. Sie schaltete ihre Taschenlampe aus und stellte fest, daß die roten Lampen genügend Licht spendeten, um sehen zu können, was ganz praktisch war.

Oh, dort war noch ein anderer Knopf mit der Aufschrift »Aktivierung«. Sie überlegte sich sehr genau, ob sie ihn drücken sollte. Wie konnte sie sicher sein, daß nichts Unerwünschtes geschehen würde?

Nachdem sie sich vorsichtshalber zusammengekrümmt und etwas zurückgelehnt hatte, drückte sie den Knopf.

Nichts.

Sie entspannte sich und drückte ihn noch einmal, wobei sie davon ausging, daß sie damit das wieder abstellen würde, was sie vielleicht angeschaltet hatte.

Aber . . . was hatte dieser Hebel zu bedeuten? Es war ein kleines Ding, nur etwa fünf Zentimeter lang, es erinnerte sie an den Joystick eines Computerspiels, mit dem sie recht gut umzugehen verstand. Vielleicht konnte sie mit diesem Hebel etwas in Gang setzen. Sie versuchte es. Nichts geschah.

Hmmm. Sie drückte noch einmal den Aktivierungsknopf. Dann schob sie den Hebel nach vorne.

Es ertönte ein surrendes Geräusch, das sie aufspringen ließ. Dabei ließ sie den Hebel los, und das Geräusch verstummte sofort. Es war vom Roboterkopf gekommen. Aha! Er hatte sich bewegt. Das große rote Auge schaute nun ein Stück zur Seite. Sie bewegte den Hebel noch einmal. Der Kopf drehte sich noch ein Stück weiter. Jetzt schaute das Auge ganz zur Seite. Sie bewegte den Hebel in die andere Richtung, und der Kopf rotierte zurück in die Position, die er ursprünglich gehabt hatte, das Auge schaute wieder gerade nach oben.

Nun, Lila, du machst Fortschritte, zumindest, was diese Maschine betrifft.

Aber nach einer weiteren halben Stunde des Tüftelns und Experimentierens hörte Lila auf. Sie wußte jetzt, wie man die roten Lichter anschalten und den Kopf rotieren lassen konnte, aber das war alles, und es half ihr sicherlich nicht, hier herauszukommen.

Sie lehnte sich zurück, um nachzudenken. Diese Styropor-Verpackung könnte ihr nützen. Sie fand eine Tasche mit Kleinkram und leerte sie aus. Dann stopfte sie sie mit Styropor voll, um einen Rettungsring daraus zu machen. Sie lächelte. Das war eine gute Idee. Jetzt würde sie etwas haben, auf dem sie sich treiben lassen könnte, wenn sie hier herauskam.

Aber erst mußte sie sich immer noch befreien!

Erneut musterte Lila die Luke. In ihrer Mitte saß eine große Platte, gehalten von einem Dutzend Schrauben. Vielleicht befand sich der Verschlußmechanismus dahinter. Einer der Schraubenschlüssel in der Werkzeugtasche konnte vielleicht die Schrauben lösen, und dann . . . nun, es war einen Versuch wert.

Sie rutschte mit ihrer Werkzeugtasche im Schlepptau die Kapsel hinunter zu der Luke und fand schon bald einen Schraubenschlüssel, der auf die Bolzen paßte. Sie steckte ihn auf den ersten Bolzen und lehnte sich mit ihrem ganzen Körpergewicht gegen den Schraubenschlüssel. Der Bolzen begann sich zu bewegen. Nach ein paar anstrengenden Drehungen ging es zunehmend leichter, und bald darauf hatte sie die Schraube gelöst. Sie entfernte die Schrauben der Reihe nach und verwahrte sie für alle Fälle in ihrer Werkzeugtasche.

Der letzte Bolzen löste sich, und dann riß sie die Platte herunter. Ja, dort war eine Art Mechanismus im Inneren, der wie der eines Türschlosses ausschaute. Sie sah eine Welle, die mit dem Hebel verbunden sein mußte. Jetzt mußte es ihr nur noch gelingen, sie zum Drehen zu bringen. Sie fand für diese Aufgabe einen weiteren Schraubenschlüssel und legte die Zange um den Schaft der Welle. Doch plötzlich überkam sie Angst.

Was geschieht, wenn dieses Ding aufbricht? Sie preßte ihren Körper gegen die Luke und drehte mit sehr vorsichtigen und schwachen Bewegungen den Schaft nur ein winziges Stück weit herum.

Das Schloß funktionierte, das stand jetzt fest.

»Herr ... bitte beschütze mich ...«, betete sie.

Ihr kam ein Gedanke, und sie griff nach der Sauerstoffflasche, befestigte sie an ihrem Gürtel und zog die Maske über ihr Gesicht. Sie umfaßte wieder die Zange und drehte den Schaft einen weiteren Bruchteil einer Drehung. Sie bemerkte kein Anzeichen von Wasser, einem Leck oder ähnlichem.

Sie drehte den Schaft noch ein kleines Stück weiter. Sie glaubte zu hören, wie irgendwo Luftblasen zu entweichen begannen. Aber das Geräusch verstummte sofort wieder.

Noch ein kleines Stück. Da. Jetzt konnte sie einen winzig schmalen Spalt am Boden der Luke erkennen, nicht sehr groß.

Nur noch ein kleines Stück ...

Plötzlich sprang die Luke mit voller Wucht nach innen auf! Sie schleuderte Lila zur Seite und warf sie gegen die Wand der Kapsel. Lila schlug ihren Kopf am Metall an, und für einen Moment wurde ihr schwarz vor Augen. Eine Flutwelle von Wasser strömte durch die Luke herein!

Sie stemmte sich gegen die Luke und versuchte, sie zuzuschlagen, aber die unglaublichen Wassermassen ließen sich nicht zurückhalten.

Die Kapsel begann sich zu drehen! Das Ende, wo Lila sich befand, begann zu schwanken! Das Gewicht des Wassers zog die Kapsel schnell in die Tiefe!

Lila schwamm an der Wasseroberfläche und versuchte verzweifelt, sich an irgend etwas festzuhalten, um nicht im Wasserstrudel aus der Kapsel gesogen zu werden.

Jetzt begann die Kapsel zu sinken. Sie konnte das kratzende Geräusch von Felsen und Sand an der Außenseite der Kapsel hören. Sie sank immer schneller, sprang, hüpfte und rumpelte.

Lila kletterte an den Verstrebungen in der Kapsel nach oben, in der Hoffnung, dem steigenden Wasser zu entkommen und sich irgendwie in Sicherheit bringen zu können.

Plötzlich wurde die Kapsel in Felsen und Sand gerammt und kam mit einem lauten Krachen zum Stillstand! Lila wurde in das wirbelnde Wasser hinuntergeschleudert, wo sie sich einen Moment lang völlig verloren fühlte, als sie kurz ganz untertauchte. In panischer Angst suchte sie nach einem Halt und wußte nicht mehr, wo oben und unten war.

Als sie mit ihrem Kopf wieder über die Wasseroberfläche kam, konnte sie die roten Lichter der seltsamen Maschine sehen. Sie griff wieder nach den Verstrebungen der Kapsel und bewegte sich auf die Lichter zu, während sie aus dem Wasser kletterte.

Die Kapsel stand nun steil aufgerichtet im Wasser. Die große Holzkiste war fest verankert und hatte sich nicht von ihrem Platz bewegt. Aber einige der Gegenstände in der Kapsel hatten sich gelöst und trieben nun im Wasser herum, das die untere Hälfte der Kapsel füllte. Was die Werkzeugtasche anging, so lag sie höchstwahrscheinlich am Boden der Kapsel unterhalb des Wasserspiegels. Lila fand eine Stelle, von der aus sie auf ein Ende der großen Holzkiste klettern konnte, und sie nahm sich dort einen Moment Zeit, um auszuruhen und nachzudenken.

Sie bemerkte, daß ihre Ohren schmerzten. Der Druck in der Kapsel hatte mit dem Einströmen des Wassers zugenommen. Ohne Zweifel war es eine eingeschlossene Luftblase, die verhindert hatte, daß das Wasser noch höher stieg, als es jetzt war. Aber der erhöhte Druck machte ihr eines ganz deutlich: Sie befand sich unter dem Meeresspiegel, vielleicht in ziemlicher Tiefe, wenn auch nicht genau festzustellen war, wie tief.

Sie nahm ihren Mut zusammen und ließ sich wieder in das Wasser hinab. Sie tauchte, tastete mit ihren Händen umher und versuchte, die offene Luke zu finden. Da war sie. Sie fühlte die Öffnung. Felsen. Sand. Einige spitze Korallen. Sie tastete die gesamte Öffnung Zentimeter für Zentimeter ab, aber sie fand nichts, was ihr hätte Hoffnung machen können. Es existierte einfach keine Öffnung, durch die sie hätte entkommen können.

Die Kapsel hatte sich in den Grund des Meeres gerammt und dabei die Lukenöffnung verschlossen.

Lila tauchte wieder auf und schrie zu Gott. Sie weinte aus Zorn, aus Verzweiflung und aus Angst, die sich langsam zur Panik steigerte.

Außen umgab das tiefblaue Wasser des Pazifiks die Kapsel mit Totenstille. Kein Geräusch war zu hören.

Lila ließ sich eine Weile auf dem Wasser in der Kapsel treiben, während sie weinte und den Kopf gegen die kalte Metallwand stützte. Wie lange würde der Sauerstoffvorrat in der Flasche noch reichen? Wußte überhaupt jemand, daß sie sich hier befand?

Sie hatte vorher soviel Hoffnung verspürt, aber jetzt fühlte sie nur noch Verzweiflung. Das Wissen um ihre Situation senkte sich auf sie wie ein Leichentuch.

Ihr einziger Fluchtweg war versperrt.

Bad Dave beobachtete die Position der Sterne und behielt die Hand am Steuer, während der Kutter das klare, blaue Wasser auf dem Weg zu der kleinen, unbekannten Insel Tukani durchschnitt. Dr. Cooper, Jay und Mrs. Flaherty schliefen während dessen  einige Stunden und verbrachten die restliche Zeit damit, miteinander zu reden – es mußte viel nachgeholt werden.

»Diese Rebellen sind in ein übles Geschäft verwickelt«, erklärte ihnen Mrs. Flaherty, »und Sie können sicher sein, daß die Russen dahinterstecken. Ich bedaure nur, daß Ihre Tochter – und jetzt Sie – in solche furchtbaren Schwierigkeiten geraten sind, mit denen Sie eigentlich nichts zu tun haben.«

Dr. Cooper lächelte. »Das passiert uns häufiger, glauben Sie mir. Aber was interessiert Sie an dieser Sache?«

Sie lächelte ebenfalls. »Oh, die Konflikte natürlich! Ich suche nach ihnen. Ich recherchiere für die großen Nachrichtenagenturen, und der einzige Weg, um über etwas berichten zu können, besteht darin, sich in die Dinge verwickeln zu lassen.«

»Nun, jetzt sind wir alle darin verwickelt.«

»Und eine dreifache Schnur reißt nicht leicht entzwei.«

Dr. Cooper erkannte das Zitat wieder. »Prediger. Sie lesen die Bibel?«

»Es ist Gottes heiliges Wort. Ich bin mit ihm aufgewachsen. Sind sie auch Christ?«

Dr. Cooper nickte. »Ich glaube nicht, daß wir ohne den Herrn, dem wir vertrauen können, solche Situationen wie diese überleben würden.«

»Dann können wir zumindest alle übereinstimmend sagen, daß Lila in Gottes Hand ist.«

»Und wir können beten.«

Mrs. Flaherty fand diese Idee wundervoll. »Das können wir tun!«

Sie nahmen sich bei der Hand und baten Gott, Lila zu beschützen und ihnen zu helfen, sie zu finden. Jeder von ihnen hatte schon unzählige Male zuvor gebetet, aber es war etwas Besonderes, als sie gemeinsam das Gebet sprachen; der Bund des Glaubens bewirkte einen tiefen Frieden bei ihnen und gab ihnen Hoffnung.

Schließlich blickte Dr. Cooper auf seine Uhr, starrte dann angestrengt auf das Meer hinaus und hielt nach den ersten Anzeichen der Insel Ausschau. »Jetzt habe ich noch größere Zuversicht. Es ist ganz deutlich, daß Gott uns wirklich führt, Schritt für Schritt.«

»Es ist sein Weg, nicht wahr? Ganz gleich, wohin wir gehen, wir können sicher sein, daß er immer bei uns ist.«

Jay fragte: »Was macht Ihr Ehemann, während Sie reisen?«

Mrs. Flaherty lächelte. »Oh, wenn ich in den Himmel komme, werde ich ihn wahrscheinlich fragen. John ist vor drei Jahren gestorben.«

Jay schämte sich sofort für seine Frage. »Oh . . . das tut mir leid.«

Sie aber versicherte ihm schnell: »Denk dir nichts dabei. Es war eine normale Frage, und mir macht es nichts aus, sie zu beantworten.«

Jay fühlte sich erleichtert. »Meine Mutter starb auch vor drei Jahren.«

Mrs. Flaherty war berührt. »Oh, dann haben wir dieselbe Art von Verlust erlitten.« Sie schaute Dr. Cooper an. »Wie war ihr Name?«

Aber Dr. Cooper schaute starr geradeaus, und einen Augenblick lang fragte Mrs. Flaherty sich, ob er die Frage überhaupt gehört hatte. Schließlich antwortete er ihr doch, aber es war, als müsse er den Namen aus sich herauspressen. »Katherine.«

Jay erzählte ihr: »Wir arbeiteten an Ausgrabungen in Ägypten, und es gab einen Höhleneinsturz. Es war-«

»Wir reden nicht viel darüber«, unterbrach ihn Dr. Cooper.

Jay wollte darüber sprechen, aber er konnte den harten Blick in den Augen seines Vaters sehen, den er im Laufe der Zeit nur zu gut kennengelernt hatte. Er wußte, daß dieses Gespräch nicht fortgesetzt werden konnte. »Nein«, stimmte er leise zu. »Ich glaube, das tun wir nicht.«

Mrs. Flaherty beobachtete Dr. Coopers Gesichtsausdruck, sie las ihn förmlich. »Ich verstehe«, sagte sie schließlich.

Dr. Cooper schien sie nicht zu hören, sondern drehte sich um und rief über seine Schulter: »Wie kommen wir voran, Dave?«

Dave antwortete: »Halten Sie weiter Ausschau. Wenn meine Berechnungen stimmen, müßten wir fast da sein.«

»Dad, ich glaube, ich sehe sie«, sagte Jay.

»An der Backbordseite, Dave«, sagte Dr. Cooper.

»Richtig. Das muß Tukani sein.«

Die aufgehende Sonne tauchte gerade den östlichen Himmel in rotes Licht, als sie sich Tukani näherten. Sie konnten sehen, daß diese Insel größer als Kurnoe war und sogar einige vulkanische Berge hatte. Dave hielt aufmerksam nach gefährlichen Riffen Ausschau, aber das Wasser hier war frei von Hindernissen. Die Anfahrt zur Insel war einfach. Schnell flachte das Gewässer ab.

»Weiter kommt das Boot nicht«, sagte Dave. »Jay, du kannst mir helfen.«

Jay half Dave, die Segel einzuholen, und der Kutter kam langsam zum Stillstand. Dave warf den Anker ins Wasser.

Dr. Cooper betrachtete den Strand eingehend. Tukani wäre ein wundervolles Ferienparadies gewesen. Der Strand mit dem feinen, weißen Sand erstreckte sich, so weit das Auge schauen konnte, am Wasser entlang, die Palmen wiegten sich langsam im Wind. Der Mond spiegelte sich wie tanzende silberne Juwelen auf dem kristallklaren Wasser. Es wäre ein so wunderschöner, erfreulicher Anblick gewesen ... aber das dumpfe, hämmernde Geräusch, das jetzt an ihre Ohren drang, machte diese Idylle zunichte. Der entfernte Klang von Trommeln drang über das Wasser herüber und erzeugte alle möglichen schrecklichen Vorstellungen in den Köpfen der Reisenden.

»Die Kannibalen?« fragte Jay.

»Genau«, sagte Dave. »Die Trommeln der Sutolos. Aber sie hören sich weit entfernt an. Vielleicht sind sie auf der anderen Seite der Insel. Wenn wir Glück haben, werden sie uns hier nicht bemerken.«

»Aber angenommen, dieser Perlentaucher ist einer von ihnen«, sagte Mrs. Flaherty. »Wir müssen vielleicht direkt in ihr Lager gehen und uns ihnen vorstellen...«

»Als willkommene Mahlzeit?« fragte Jay.

»Wartet«, sagte Dave, »ich glaube, da kommt sogar noch mehr Ärger auf uns zu.«

Er schaute auf die See hinaus, und nun konnten sie alle das dumpfe Dröhnen eines Motorbootes hören.

»Dort«, sagte Dr. Cooper und deutete in die Richtung.

Dave schnappte sein Fernglas und schaute sich das Boot genauer an. »Zu dunkel, um sagen zu können, ob es Freunde oder Feinde sind. Ich sehe die Kerle auf jeden Fall nicht lächeln.«

»Wie groß ist das Boot?«

»Ähh ... nicht allzu groß, nicht größer als unseres, glaube ich. Aber es ist schnell, sie haben volle Fahrt. Sie scheinen es wirklich eilig zu haben, hierherzukommen.«

Dr. Cooper sah sich um und versuchte, über ihre Fluchtmöglichkeiten nachzudenken. »Die Sutolos auf der einen Seite, dieser unbekannte Haufen auf der anderen und eine geheimnisvolle Insel dazwischen...«

»Ich habe einige Waffen unter Deck«, sagte Dave. »Ich bin der Meinung, wir sollten sie hochholen.«

Lila hatte Zeit, um sich auf der hölzernen Kiste auszuruhen, außerhalb des Wassers, unter dem warmen roten Licht, das von der Kontrollfläche der rätselhaften Maschine ausging. Sie traf schließlich eine Vereinbarung mit sich selbst: keine Verzweiflung, kein Brüllen, kein Weinen mehr. Wer würde schon etwas davon mitbekommen? Nein, es gab nur einen vernünftigen Weg, ihre Zeit und Energie hier unten einzusetzen, und das war die Suche nach einem Fluchtweg. Schließlich paßte es ganz und gar nicht zu einer Cooper, schnell aufzugeben.

Nachdem sie sich auf diese Weise beruhigt und beschlossen hatte, wie sie die Zeit, vielleicht den Rest ihres Lebens, nutzen wollte, begann sie noch einmal, die Kapsel zu untersuchen.

Lila konnte sie immer noch etwas zum Schwanken bringen, indem sie ihr Gewicht vor- und zurückverlagerte. Sie nahm eine Zange und klopfte die Hülle ab, lauschte dem unterschiedlichen Klang, der ihr vielleicht irgend etwas über ihre Lage verraten würde. Soweit sie es beurteilen konnte, befand sich das obere Ende frei im Wasser, während der untere Teil im Grund des Meeres feststeckte. Wenn sie also irgendwie das obere Ende öffnen könnte, würde sie zur Oberfläche schwimmen können. Wenn sie durch die Luke hinaussteigen wollte, nun, dann müßte sie sich durch Felsen, Korallen und Sand arbeiten.

Sie kam zu dem Ergebnis, daß die zweite Möglichkeit ihre einzige Chance war. Sie besaß einen Meißel. Damit würde es vielleicht funktionieren.

Nachdem sie die Sauerstoffmaske fest auf ihrem Gesicht befestigt hatte, ließ sie sich ins Wasser gleiten, tauchte unter die Wasseroberfläche und begann, nach der Werkzeugtasche zu tasten. Sie fand sie, öffnete sie und nahm den Meißel heraus.

Dann begann sie, die Lukenöffnung zu untersuchen. Sie klopfte mit dem Meißel gegen die Felsen und den Sand. Ohne Frage hatte sie dort mehr unnachgiebige Felsen und Korallen als Sand vor sich. Sie rammte den Meißel mit aller Kraft in den Fels, und ein kleiner Splitter brach ab. Auf diese Weise würde es zehn Jahre dauern, um sich durchzuarbeiten. Sie rammte den Meißel in eine andere Stelle und tat sich dabei nur die Hand weh.

Sie streckte den Kopf aus dem Wasser und ruhte sich einen Moment lang aus. Jetzt nur nicht verzweifeln, Lila. Bleib ruhig.

Wie wäre es mit ärgern? dachte sie. Herr, ich muß etwas fühlen! Du hast mich hierhingebracht! Was für ein Gott bist du überhaupt, daß du Menschen so leiden läßt?

Dann dachte sie: Vielleicht ist es mein Fehler. Vielleicht habe ich gesündigt, und Gott straft mich dafür.

Etwas anderes kam ihr in den Sinn. Wieder dachte sie an ihren Vater, und dieselben alten Szenen schossen ihr durch den Kopf – ihre Mutter, lebendig, voller Freude und Liebe, immer für sie da, eine Frau, die Lilas Probleme und Fragen wirklich verstand, die aufrichtig ihren Mann und ihre Kinder liebte. Und dann kamen die späteren Szenen – ihr Vater, allein, schweigsam, gefühllos, nicht einmal bereit, den Namen der Mutter zu erwähnen.

»Ich könnte ihn einfach dafür verprügeln!« schrie sie zu Gott. »Es tut mir leid, Herr, aber ich fühle mich nun einmal so! Ich vermisse Mama! Ich vermisse sie, und ich wünschte, daß ich sie wiederhaben könnte!«

Nun, das war es. Sie hatte es ausgesprochen. Endlich war sie die Last von ihrem Geist und Herzen los. Alles, worauf sie hoffen konnte, war, daß Gott nicht verärgert über ihre Respektlosigkeit war.

»Und weißt du, was mir auch weh tut, Herr?« sagte sie. »Er spricht nie über sie. Man könnte fast meinen, sie wäre nie unsere Mama gewesen, oder sie wären gar nicht miteinander verheiratet gewesen, ja, daß sie sich nicht einmal geliebt hätten! Weißt du, was ich denke? Ich bekomme das Gefühl, daß es ihn nicht einmal interessiert! Ich glaube, er will sie bloß vergessen, und das ist . . . nun, ich denke, das ist gemein! Es ist kalt und hartherzig! Jay und ich haben sie geliebt! Wir wollen an sie denken und uns an sie erinnern! Und du weißt, was ich sonst noch denke!«

Aber sie brach plötzlich ab und sprach es nicht aus. Sie war von sich selbst enttäuscht, es auch nur gedacht zu haben.

Aber der Gedanke blieb, und mit ihm überkam sie Bitterkeit: Es ist in Wirklichkeit sein Fehler. Es ist sein Fehler, daß sie tot ist. Es ist seine Schuld.

Das fremde Boot kam näher, sein Motor lief auf vollen Touren, das weiß aufschäumende Wasser zerbarst vor seinem Bug.

Dave, Dr. Cooper und Mrs. Flaherty waren jetzt mit Gewehren bewaffnet und kauerten unterhalb der Reling auf Dave's Boot, während sie beobachteten, wie sich das andere Fahrzeug näherte.

»Ohhh . . .«, sagte Dave, als er durch das Fernglas schaute. »Das könnten Amerikaner sein. Es sind Weiße, soviel steht fest.«

»Das sind Russen auch!« sagte Mrs. Flaherty.

Sie brauchten nicht lange, um es herauszufinden.

Innerhalb weniger Minuten hatte sich das schnelle, zehn Meter lange Gefährt ihnen genähert, der Motor war abgestellt worden, und das Boot legte längsseits an ihrem an.

Es waren neun Männer auf dem Boot, die alle Gewehre trugen. Einige waren wie für einen Spezialauftrag im Dschungel gekleidet, einige trugen Taucheranzüge für Unterwasserarbeiten. Sie alle sahen sehr hartgesotten und bedrohlich aus. Sobald sie die Waffen in den Händen der drei auf dem großen Segler sahen, legten sie ihre Gewehre an.

Ein Mann, offensichtlich der Führer dieses Kommandos, erhob sich aus dem Boot und begrüßte sie. »Guten Morgen.«

Er klang wie ein Amerikaner.

Dave erwiderte die Begrüßung und fragte dann: »Und wer sind Sie?«

»Leutnant Adams, und dies ist ein Sonderkommando von der U.S.S. Findley. Ich würde gerne wissen, wer Sie sind.«

Dave schüttelte ihm die Hand und stellte alle Personen vor.

Leutnant Adams kam sofort zur Sache. »Was haben Sie in diesem Gebiet zu suchen?«

»Dasselbe wie immer«, sagte Dave. »Und bis heute ist niemand auf die Idee gekommen, daß es wichtig wäre, uns danach zu fragen. Weshalb interessiert es Sie so sehr?«

Adams wurde schroff und befehlend. »Sie haben meine Frage nicht beantwortet.«

»Nun, Sie haben meine auch nicht beantwortet.«

Dr. Cooper sah keinen Sinn in diesem Geplänkel. »Äh, meine Herren, wenn wir noch einmal von vorne beginnen könnten ...«

»Jake«, sagte Dave. »Dieser Mann hat nichts mit uns zu tun, er ist ein unerwünschter Schnüffler, und ich will nicht, daß er seine Nase in unsere Angelegenheiten steckt!«

Dr. Cooper sprach den Leutnant an. »Leutnant, können Sie sich ausweisen?«

Adams schaute seine Leute mit einem verblüfften Gesichtsausdruck an. Offensichtlich war er noch nie zuvor dazu aufgefordert worden. Er mußte erst einen Beutel unter Deck hervorholen und in ihm wühlen, um sein schwarzes Lederetui zu finden. Er schlug es auf und zeigte ihnen seinen Ausweis. Er war einwandfrei, sogar mit einem neueren Farbfoto; er war eindeutig der, der er zu sein vorgab.

Dr. Cooper war damit zufrieden. »Danke. Nun, verdächtigen Sie uns einer kriminellen Übertretung?«

»Nein«, sagte Adams.

»Haben Sie eine Bevollmächtigung, uns zu verhaften?«

»Wenn ich einen triftigen Grund dafür finde.«

»Haben Sie einen gefunden?«

»Bis jetzt noch nicht.«

»Dann lassen Sie uns ein wenig miteinander sprechen, und zwar als gleichberechtigte Partner. Entweder können wir uns gegenseitig helfen, oder –«

»Oder wir können uns gegenseitig erschießen«, sagte Dave.

»Dave . . .«, beschwichtigte Dr. Cooper den Bootsmann, »warum laden Sie den Leutnant statt dessen nicht lieber an Bord ein?«

Dave's Mund stand offen, und er wollte gerade entrüstet loszetern. Aber Dr. Cooper nickte ihm nur beschwichtigend zu, und Dave beruhigte sich.

»Okay«, sagte er. »Aber nur der Leutnant . . . und seine Schuhe sollen gefälligst sauber sein!«

Der Leutnant kam an Bord, und Dr. Cooper bot ihm einen Platz an.

»Nun«, sagte Dr. Cooper. »Es macht mir nichts aus, Ihnen zu verraten, weshalb wir hier sind. Wir suchen nach meiner Tochter. Sie war an Bord eines Militärflugzeuges, das auf dem Weg in die Vereinigten Staaten war, und es ist wahrscheinlich in diesem Gebiet abgestürzt.«

Dr. Cooper versuchte, auf Adams Gesicht irgendeine Reaktion abzulesen. Er sah, wie sich seine Wangenmuskeln etwas anspannten, aber ansonsten blieb das Gesicht des Leutnants unverändert.

Adams fragte: »Und woher wissen Sie, wo Sie suchen müssen?«

»Wir wissen nichts Genaues. Wir folgen eigentlich hauptsächlich ein paar ungenauen Hinweisen und einigen etwas deutlicheren Spuren. Wissen Sie vielleicht etwas über diese Angelegenheit?«

Adams nickte nur seinen Männern zu, die sofort ihre Waffen auf Dr. Cooper und die anderen richteten. »Ich werde Ihnen nur eines sagen: Ich habe jetzt einen guten Grund gefunden, Sie für Ihre Fragerei festzunehmen, Doktor. Sie stehen alle unter Arrest.«

Drei Männer sprangen mit Waffen im Anschlag an Bord des Segelbootes, um sie festzunehmen.

»Geben Sie mir Ihre Waffen«, befahl Adams.

Dr. Cooper und die anderen gehorchten, wobei Dave als letzter widerwillig sein Gewehr sinken ließ. Die drei Männer rissen ihnen ungeduldig die Waffen aus den Händen.

»Okay, steigen Sie auf unser Boot. Wir müssen Sie mit zur Findley nehmen –«

»Leutnant!« rief plötzlich einer der Männer.

Der Leutnant wie auch alle anderen schauten sich um und sahen, wie sich ein Boot mit großer Geschwindigkeit näherte.

»Die Rebellen!« sagte Adams. »Gehen Sie an Bord! Schnell!«

Dr. Cooper, Jay, Dave und Mrs. Flaherty, von den Soldaten gedrängt, geschoben und gezerrt, kletterten so schnell sie konnten auf das Marine-Boot.

»Was wird aus meinem Kutter?« fragte Dave.

»Es ist zu langsam. Es geht um unser Leben!«

Das Marine-Boot erwachte dröhnend zum Leben und schoß mit einem Satz vorwärts, der einige von ihnen auf dem Deck zu Boden warf. Das Kielwasser schäumte weiß auf, der Bug durchpflügte das Wasser, und so schoß das Schiff voran, während sich die Passagiere festklammerten, wo es nur ging.

Schüsse! Kugeln durchschlugen die Bootswände. Adams und seine Männer warfen sich zu Boden und machten sich mit ihren Gewehren zur Verteidigung bereit.

Eine Explosion! Dave schaute sich um und konnte gerade noch sehen, wie sein schönes Segelschiff in einem Feuerball aufging und sich in zerfetzte, herumschwirrende Einzelteile auflöste. Er konnte nicht mehr tun, als vor Wut und Verzweiflung aufzubrüllen.

»Sie setzen Raketen ein«, stellte Adams fest. »Sie meinen es ernst!«

Sie sahen, wie das andere Boot näher kam. Es waren eindeutig kommunistische Rebellen, vielleicht die von Kurnoe, die jetzt mit feuerspuckenden und rauchenden Gewehren auf sie schossen.

Eine weitere Rakete segelte in einem hohen Bogen durch die Luft und zog dabei eine Rauchwolke hinter sich her.

»Weicht dem Ding aus!« schrie Adams. Der Steuermann lenkte das Boot in Zickzacklinien und versuchte so, der Flugbahn der Rakete auszuweichen.

Die Rakete tauchte schließlich mit einer gewaltigen Explosion und einer hoch aufspritzenden Wasserfontäne in den Ozean ein.

»Das geht nicht gut«, sagte Adams. »Sie holen auf. Sie werden uns erwischen.« Er schrie seinen Männern einen Befehl zu: »Eröffnet das Feuer!«

Das ganze Boot wurde zu einem ohrenbetäubenden Chor von Gewehrsalven, deren Explosionen die Luft zerrissen, daß man es bis in den Magen spüren konnte. Kugeln flogen überall durch die Luft. Irgendwie gelang es Dave, sich eine Maschinenpistole zu schnappen, und er begann, zusammen mit den anderen auf die Angreifer hinter ihnen zu feuern.

Eine weitere Rakete explodierte nur fünf Meter von ihnen entfernt, und das aufspritzende Wasser durchnäßte sie bis auf die Haut.

Die beiden Boote rasten über den blauen Ozean hintereinander her, umkreisten die Insel wie zwei donnernde Wasserflugzeuge, die holpernd das Wasser aufpeitschten. Gewehrsalven donnerten zwischen ihnen hin und her, und explodierende Raketen erschütterten Wasser und Boote.

Ein Riff! Ohne Vorwarnung raste das amerikanische Boot mit einer unglaublichen Wucht gegen die Felsen und segelte mit aufgerichtetem Bug und gesenktem Heck durch die Luft, bis es sich schließlich langsam überschlug. Dreizehn Körper wurden aus dem Boot geschleudert und schlugen wie Stoffpuppen in einem weiten Umkreis platschend auf dem Wasser auf. Dann stürzte das Boot um, landete kieloben auf der Wasseroberfläche und brach in einer aufspritzenden Fontäne aus Wasser und Schaum auseinander.

Dr. Cooper tauchte wieder auf, schnappte nach Luft und hielt Ausschau nach seinem Sohn.

»Dad!« hörte er ihn rufen.

»Jay!« antwortete er.

Sie begannen aufeinander zuzuschwimmen. Sie sahen, wie noch weitere Leute auftauchten.

»Doc«, ertönte Daves Stimme. »Sind Sie in Ordnung?«

»Hier sind wir«, rief Dr. Cooper.

Das Boot der Rebellen verringerte seine Geschwindigkeit noch rechtzeitig, um das Riff zu umfahren, und kreuzte dann zwischen den schwimmenden und strampelnden Körpern. Der Rumpf des Bootes hatte durch die Gewehrsalven der Marine-Besatzung ziemlich gelitten, aber das Boot war immer noch seetüchtig, und die rauhbeinigen Männer an Bord waren bereit, noch mehr Unheil anzurichten. Dr. Cooper erkannte etliche von ihnen wieder – er hatte sie bereits auf Kurnoe gesehen. Mit einigen von ihnen hatte er sogar bei dem Handgemenge in dem Laden gekämpft.

Aber diesmal waren sie die Sieger. Sie grinsten bösartig, während sie ihre Waffen auf die hilflosen, im Wasser strampelnden Überlebenden des zerstörten Marine-Bootes richteten. Sie begannen, die Leute gefangen zu nehmen. Die Jagd war vorüber.

8 Jeder Widerstand war zwecklos. Die Rebellen hatten die Oberhand und feuerten sogar einige Schüsse dicht neben den Leuten ins Wasser, um es unmißverständlich klarzumachen. Einer nach dem anderen wurden die amerikanischen Matrosen aus dem Wasser gefischt, ins Boot gezerrt und entwaffnet. Jetzt standen sie als Gefangene mit den Händen über dem Kopf den vielen Gewehrläufen gegenüber. Ein hochgewachsener Mann mit nacktem Oberkörper zog Jay wie eine frisch gefangene Forelle aus dem Wasser und ließ ihn grob in das Boot plumpsen. Mrs. Flaherty wurde als Frau keineswegs sanfter behandelt. Schlimmer war noch, daß einige der Rebellen inzwischen bemerkt hatten, daß sie die alte Tuchhändlerin gewesen war, die sie getäuscht hatte. Mrs. Flaherty fühlte deutlich, daß sie sich an ihr rächen wollten. Als Dr. Cooper an Bord gezogen wurde, hielt sie sich zum Schutz in seiner Nähe auf, und es schien zu funktionieren. Die Kerle ließen sie, zumindest für den Augenblick, in Ruhe.

Den Rebellen gelang es nicht, Bad Dave an Bord zu ziehen. Sobald er im Wasser gelandet war, hatte er begonnen, auf die Insel zuzuschwimmen. Zu dem Zeitpunkt, als alle anderen gefangen waren, hatte Dave bereits die halbe Strecke zum Strand hinter sich.

Doch Daves Flucht war für die Rebellen kein Problem. Das Boot, beladen mit Soldaten und Gefangenen, fuhr dicht an den Strand heran, und einige Rebellen sprangen in das seichte Wasser, um Dave in Empfang zu nehmen, als er das Ufer erreichte.

Schließlich saßen alle Gefangenen streng bewacht im Boot, und der Rebellenführer schaltete sein Funkgerät ein, um eine Nachricht abzusenden.

Bad Dave sagte zu Dr. Cooper: »Er hat sich gerade bei seinem Boß gemeldet und ihm von uns berichtet. Ich glaube, der Boß kommt selbst hierher, um uns zu sehen.«

Das war alles, was Dave sagen konnte, bevor eine Wache ihn an den Haaren hochriß und anbrüllte. Dr. Cooper konnte die Sprache nicht ganz verstehen, aber er hatte keine Schwierigkeiten, die Gesten der Wache zu deuten: Dave sollte den Mund halten.

Sie warteten schweigend und schwitzend in der heißen Sonne, während sie zusammengekauert und unbequem auf dem übervölkerten Rebellenboot saßen, das jetzt direkt vor Tukani ankerte. Eine Stunde verstrich, dann eine weitere. Ihre Kleidung klebte vom Salz, ihr Haar war vom Seewasser verfilzt. Sie versuchten, sich so ruhig wie möglich zu verhalten; es schien, als würden ihre Bewacher mit jeder abgelaufenen Minute nervöser.

In diesem Moment entdeckte einer der Rebellen etwas am Horizont und rief den anderen einige Worte zu. Sie alle schauten in die Richtung und begannen zu lachen und begeistert miteinander zu reden.

Die Gefangenen drehten langsam ihre Köpfe, um ebenfalls zu sehen, was dort vor sich ging. Eine beeindruckend große, schneeweiße und windschnittige Jacht von mindestens dreiundzwanzig Metern Länge steuerte auf sie zu und durchschnitt dabei das Wasser wie ein scharfes Messer.

In der Hoffnung, daß die Rebellen jetzt zu beschäftigt waren, um sie zu hören, flüsterte Mrs. Flaherty ihren Freunden zu: »Hier kommt also der sowjetische Puppenspieler, der Mann, der alle Fäden zieht.«

»Und alle Taschen füllt«, fügte Dave hinzu.

Die Jacht wurde beim Näherkommen größer und größer, die starken Motoren dröhnten, und ihre doppelten Auspuffrohre stießen schwarzen Dieselqualm aus. Die Rebellen steuerten ihr Boot auf tieferes Gewässer hinaus, um das große Schiff zu treffen. Die beiden Schiffe legten längsseits aneinander an, wobei die gewaltige Jacht das Rebellenboot wie ein Spielzeug erscheinen ließ. Die Mannschaft an Bord der Jacht bestand zum größten Teil aus Polynesiern und Filipinos, aber es gab keinen Zweifel an der Nationalität des Befehlshabers, des imposanten, aufrecht stehenden Mannes, der auf der Brücke erschien.

»Ein Russe«, sagte Dave.

»Der große Boß persönlich«, bemerkte Dr. Cooper.

Der Russe schaute hinab auf den armseligen Inhalt des Rebellenbootes und lächelte brutal. Er rief dem Rebellenkommandanten eine Frage in der Sprache der Filipinos zu.

»Er will wissen, wer unsere Anführer sind«, übersetzte Dave.

Der Rebellenkommandant deutete auf Leutnant Adams und dann auf Dr. Cooper.

Der Russe gab einen Befehl, und sofort rissen zwei Wachen Dr. Cooper und Adams auf die Beine hoch, zusammen mit Mrs. Flaherty, Dave und Jay. Ein Mannschaftsmitglied der Jacht ließ eine Leiter hinunter, und sie wurden gezwungen, nacheinander hochzuklettern. Als sie über die Reling kletterten, wurden sie von bewaffneten Männern in Empfang genommen, die sie weiterführten. Dort, unter einem großen Sonnensegel, wurde ihnen erlaubt, sich in bequeme Deckstühle zu setzen.

Der russische Skipper schaute sie eingehend mit kalten blauen Augen an und begann dann zu reden.

»Ich bin Mr. Ivanovich, aus der Union der sowjetischen sozialistischen Republiken – vom KGB, um genau zu sein. Mit wem habe ich das Vergnügen?«

»Leutnant Joe Adams, U.S. Marine, Kennummer –«

»In Ordnung, Leutnant, in Ordnung«, sagte Ivanovich. »Ich kann mir den Rest denken.« Er schaute Dr. Cooper an. »Und Sie?«

Dr. Cooper stellte sich und die anderen vor.

»Und was haben Sie in Begleitung dieses Mannes vom Militär zu suchen?«

Dr. Cooper antwortete bloß: »Er hat uns festgenommen.«

»Oh, aber Sie sind die Amerikaner, die kürzlich auf Kurnoe waren, richtig?«

Dr. Cooper schwieg.

Ivanovich ließ sich dadurch nicht entmutigen und fragte weiter. »Ich habe gehört, daß es einen ziemlichen Aufruhr in dem Geschäft gab wegen eines . . . Schneckeneß-Wettbewerbs?« Er lachte und schaute dann Mrs. Flaherty an. »Und dies muß dann wohl die alte Tuchhändlerin sein, hm?« Er lächelte Jay an. »Und das ist der kleine Kämpfer, von dem ich soviel gehört habe.« Er stand aufrecht, schaute sie alle an und erklärte: »Ein ganz schöner Fang. Bis jetzt ist dieser Tag ein voller Erfolg.«

Dann setzte er sich, musterte die Gefangenen und weidete sich offensichtlich an seinem Glück.

»Nun, Leutnant Adams«, sagte er, »ich nehme an, Sie haben Ihren Freunden erzählt, worum es bei diesem spannenden Spiel geht?«

»Ich bin Leutnant Joe Adams, U. S. Marine, Kennummer –«

»Egal. Ich werde es Ihnen selbst erzählen. Dr. Cooper, gehe ich richtig in der Annahme, daß Sie nach einem bestimmten amerikanischen Flugzeug suchen? Einer U.S. Air Force C-141?«

Dr. Cooper antwortete nicht.

Ivanovich redete weiter. »Nun, das tun wir auch; das

sollte inzwischen offensichtlich sein. Aber lassen Sie mich Ihnen verraten, weshalb, und dann kann Leutnant Adams bestätigen, ob ich die Wahrheit sage oder nicht.

Doktor, Sie erinnern sich vielleicht daran, daß vor einiger Zeit eine ungeheure Explosion, ein riesiger Feuerball, am Himmel über Japan, China und dem ganzen Orient erschien. Es stand in allen Zeitungen. Können Sie sich daran erinnern?«

Dr. Cooper bestätigte es. »Ich habe davon gelesen.«

»Gut, gut. Dann lassen Sie mich erklären, was wirklich passierte. Sehen Sie, es war kein Meteor, der in der Atmosphäre verglühte, wie es die Medien berichtet haben. Nein, diese Explosion war das Werk von Menschen. Es war ein geheimer Test eines unglaublich mächtigen, bodenstationierten Anti-Satelliten-Lasers, einer Waffe, die dafür geschaffen ist, feindliche Satelliten und bewaffnete Flugkörper zu zerstören. Der Test war, wie Sie sich denken können, ein erstaunlicher Erfolg. Der Laser war in der Lage, das große, im Weltraum befindliche Ziel in etwa vierhundert Meilen Höhe vollständig zu vernichten. Mit einer Waffe von solcher Präzision und Macht würden die Vereinigten Staaten der Sowjetunion auf dem Gebiet der strategischen Verteidigungswaffen eindeutig um Jahrzehnte voraus sein.

Wie dem auch sei, ein Test, der so heftige Explosionen im Weltraum hervorruft, kann nicht lange geheim bleiben, und das tat er auch nicht. Meine Regierung hat von der Waffe erfahren, sie will sie haben, und ich bin beauftragt, sie für sie zu besorgen, so unauffällig wie möglich und ohne daß die sowjetischen Streitkräfte direkt daran beteiligt sind. Das würde in den Augen der Weltöffentlichkeit nicht sehr gut wirken. Sie verstehen?

Mein Plan war also, jemand anderen zu engagieren, um die Waffe zu bekommen. Diese heroischen Rächer der Unterdrückten, die Kämpfer für die Befreiung der Philippinen, waren nur zu gern bereit, mit uns zu arbeiten, um den Laser sicherzustellen, und wir bezahlen sie natürlich großzügig in Geld und Waffen, die sie für ihre eigene Sache einsetzen. Auf diese Weise erhalten sie, was sie wollen, und wir, was wir wollen, während die Welt weiterhin denkt, daß die Sowjetunion nur am Frieden und nicht an Eroberung interessiert ist.«

Ivanovich wandte sich Adams zu und fragte: »Sage ich soweit die Wahrheit?«

Adams war kein Wort zu entlocken.

Ivanovich war beeindruckt. »Sie sind ein sehr loyaler Amerikaner, Leutnant Adams. Was für ein Glück für uns, daß die beiden Männer an Bord des Flugzeugs, Max Baker und Al Reed, nicht wie Sie waren und wir uns ihre Loyalität erkaufen konnten. Wie Sie vielleicht schon vermutet haben, befand sich der Laser an Bord dieses Flugzeuges, auf dem Weg in die Staaten für weitere Tests und Verbesserungen. Das Flugzeug zu entführen war einfach, und es funktionierte alles reibungslos . . . bis zu einem gewissen Punkt.«

Ivanovich lehnte sich zurück und seufzte. »Und das ist der Grund, weshalb wir alle hier sind, nicht wahr? Dieses Flugzeug, mit seiner wertvollen Fracht, sollte planmäßig auf der wiedererrichteten Landebahn auf Kurnoe landen, der Laser sollte in ein sowjetisches Flugzeug umgeladen und weggeschafft werden, der C-141 sollte auf See zerstört werden . . . ach, es wäre alles so reibungslos gelaufen, so perfekt.«

Ivanovich machte eine Pause, um über den fehlgeschlagenen Plan nachzudenken, und schloß dann: »Statt dessen ist das Flugzeug verschwunden, und wir alle befinden uns in einem Rennen, um den Laser zu finden – eine echte Schatzsuche, der Sieger bekommt alles.«

Der Russe beugte sich vor und blickte Dr. Cooper durchdringend an. »Aber das bringt uns zu Ihnen, Dr. Cooper, und Ihren Kameraden, dem Jungen und der Stofflady. Sie verfügen über Informationen, nicht wahr?«

Dr. Cooper lächelte nur und schüttelte den Kopf. »Mr. Ivanovich, ich wünschte, ich hätte welche.«

Ivanovich ließ nicht locker. »Sie haben welche, Dr. Cooper, da bin ich mir sicher. Der Eingeborene in dem Geschäft auf Kurnoe, der arme Mann, dem die Schnecken zuviel wurden ... er gab Ihnen ein Medaillon, nicht wahr?«

»So wie Sie es schildern, weiß ich mit Sicherheit, daß Sie nicht dabei waren.«

»Und er sagte Ihnen, wo er es gefunden hat, nicht wahr? Er sagte Ihnen, wo Sie nach dem verlorenen Flugzeug suchen müssen.«

»Das wäre zu schön gewesen.«

»Und das ist der Grund, weshalb Sie in der Nacht so eilig geflohen sind, um hierherzukommen und das Flugzeug zu finden. Wo hatten Sie vor zu suchen?«

»Warum fragen Sie nicht diesen Eingeborenen?«

Ivanovich lehnte sich zurück. »Das haben wir getan. Unglücklicherweise starb er einen grauenvollen Tod unter den Händen unseres Verhörleiters, noch bevor er bereit war, uns alles zu sagen.« Dann sprang er auf und brüllte die Worte direkt in Dr. Coopers Gesicht. »Und Sie werden auch sterben, Doktor, wenn Sie uns nicht alles sagen, was wir wissen wollen!«

Lila steckte bis zum Kopf in schlammigem Meerwasser. Sie war erschöpft und langsam bereit zu akzeptieren, daß es ihr niemals gelingen würde, sich selbst aus dieser Lage zu befreien. Sie hatte stundenlang am Meeresboden, der die Luke versperrte, gehackt und gegraben, aber sie hatte damit nicht mehr erreicht, als ihren Sauerstoffvorrat weiter zu reduzieren und das Wasser, das den unteren Teil der Kapsel füllte, mit aufgewühltem Schmutz zu trüben.

Unter Schmerzen kletterte sie mühsam aus dem braunen Wasser und stieg langsam zu ihrem Lager auf der großen Holzkiste hoch. Oben angekommen, ließ sie sich auf den Rücken fallen und lag erschöpft da, während sie sich allmählich an den Gedanken gewöhnte, ohne Erfolg geblieben zu sein.

»Oh, Herr«, dachte sie laut, »ich frage mich, ob jemand weiß, daß ich hier unten bin. Sicher, du weißt es, aber ... wer sonst? Ich meine, ich befinde mich hier ganz allein in großer Not, und ich weiß noch nicht einmal, ob irgend jemand da draußen davon weiß oder sich überhaupt darum sorgt. Und ich bin auch nicht sicher, ob du dich darum sorgst!«

Gott schien ihr im Moment nicht zu antworten. Vielleicht hörte er momentan nicht zu. Vielleicht war er ihr Gejammer leid.

»Herr ... ich will nur aus dieser Falle herauskommen. Kannst du das verstehen?«

Aber diese Frage löste bei Lila eine Erinnerung aus. Sie schwieg und ließ die Szene vor ihrem geistigen Auge noch einmal ablaufen.

»Er ist gefangen, Lila, gefangen in seinen eigenen Gefühlen.« Ihre Mutter hatte das gesagt, vor Jahren. Lila konnte sich noch an den Ort erinnern, wo das Gespräch stattgefunden hatte: ein stiller, luftiger Park in England, mit grünen Rasenflächen, einem großen

Teich, auf dem Schwäne schwammen, und großen Trauerweiden. Lila war erst neun oder zehn gewesen, und sie hatte geweint. Sie und ihre Mutter saßen auf einer Parkbank, ihre Mutter drückte sie fest an sich und tröstete sie. Ihre Mutter war schön; die Sonne ließ ihr langes blondes Haar wie Gold schimmern.

»Manchmal«, sagte ihre Mutter, »werden Menschen äußerlich hart, weil sie innerlich sehr verletzt sind. Sie wollen nicht mehr verletzt werden, und so verstecken sie sich in einer Schale.«

Lila konnte sich daran noch lebhaft erinnern. Sie lag jetzt dort in dem dämmrigen roten Licht, ihre Augen starrten ins Leere und betrachteten ihre Erinnerung wie einen Film.

Dann hatte ihre Mutter etwas gesagt wie: »Er wollte nicht zornig auf dich sein, ganz und gar nicht. Du mußt deinen Vater einfach verstehen. Wann immer er wirklich verletzt wird, nun, dann vertieft er sich in das, was er gerade zu tun hat, und er braucht eine ganze Weile, sich dort wieder herauszugraben. Verstehst du das?«

Lila versuchte, sich daran zu erinnern, ob sie es damals verstanden hatte. Soweit sie sich entsinnen konnte, war sie wegen ihres Vaters zornig und verletzt gewesen, aus irgendeinem Grund. Was war es nur gewesen?

Oh, ja. Jetzt fiel es ihr wieder ein. Sie wollte, daß er mit ihr in den Park ging, aber er sagte, er könne es nicht, und er schien wegen irgend etwas ärgerlich zu sein. Lila hatte gedacht, er wäre wegen ihr verärgert, und ...

Lila zuckte zusammen. Oh, das stimmt. Das war der Zeitpunkt gewesen, als die Universität seine Mittel kürzte, weil er die Bibel zu ernst nahm. Natürlich, kein Wunder, daß er zornig war.

Dann wurde Lila still und hörte ihren eigenen Gedanken zu, die sich in ihrem Kopf bildeten: Er war sehr verletzt, aber ich habe es nicht gesehen. Ich habe bloß gedacht, daß er sich mir gegenüber unfreundlich verhielt. Ich dachte, er würde sich nicht für mich interessieren.

Dann wußte sie es. »Herr, du bist es, nicht wahr? Du erinnerst mich an diese Dinge! Hilf mir, Herr. Hilf mir zu hören, was du mir sagst.«

Einige ihrer eigenen Worte kamen ihr wieder in den Sinn: »Herr, alles was ich will, ist aus dieser Falle herauszukommen . . . Ich befinde mich hier ganz allein in großer Not, und ich weiß nicht einmal, ob irgend jemand dort draußen es weiß, oder sich sogar darum sorgt . . .«

Sie dachte über diese Worte nach und stellte fest, daß sie nicht nur auf sie zutrafen . . . Sie trafen genauso auf ihren Vater zu. War auch er verletzt? Wußte irgend jemand davon oder kümmerte es jemanden? Kümmerte es sie?

»Herr«, fragte sie, »ist das der Grund, weshalb er nie über Mama spricht?«

Dr. Cooper hielt dem einschüchternden Blick des sowjetischen Agenten tapfer stand.

»Mr. Ivanovich«, sagte er, »Sie sind ein mächtiger Russe, und Sie verfügen über alle Macht, Ausrüstung, Transportmittel und Waffen, die Sie nur wollen. Was könnten Sie von uns wollen?«

Leutnant Adams mischte sich ein. »Cooper, reden Sie nicht mit diesem Mann! Er ist ein Feind!«

»Ruhe!« schrie Ivanovich. »Dr. Cooper tut gut daran zu reden. Er wird damit sein Leben retten, und vielleicht auch Ihr Leben, wenn er mit uns zusammenarbeitet.«

Adams beharrte auf seinem Standpunkt. »Der Laser ist Eigentum der Vereinigten Staaten. Wir können ihn nicht von den Sowjets stehlen lassen!«

»Ich bin nicht wegen des Lasers hierhergekommen«, sagte Dr. Cooper. »Ich bin hier, um meine Tochter zu finden.«

Ivanovich zog erstaunt die Augenbrauen hoch. »Ihre Tochter?«

»Sie war ebenfalls an Bord des Flugzeugs. Meine Freunde und ich sind nur hierhergekommen, um nach ihr zu suchen. Wir wußten nichts von einer Laserwaffe.«

Ivanovich lächelte bösartig. »Dr. Cooper, wir wissen genau, daß keine Zivilpassagiere für diesen Flug vorgesehen waren.«

»Nein, zuerst war sie das auch nicht. Lila wurde erst in letzter Minute zugelassen. Ihre Leute hatten keine Zeit mehr, es herauszufinden.«

Ivanovich lachte nur laut auf. »Ja, Dr. Cooper, natürlich! Da stehen sich die zwei größten Weltmächte gegenüber, die nach der mächtigsten Abwehreinrichtung für eine nukleare Attacke suchen, die jemals im Atomzeitalter erschaffen wurde, einer Waffe, die einer Nation im Bereich der Verteidigungstechnologie einen weiten Vorsprung bringen könnte, und Sie wollen mir weismachen, daß Sie sich nur um ein vermißtes Kind sorgen? Wollen Sie tatsächlich, daß ich Ihnen das abkaufe?«

Jay schrie: »Aber es ist wahr!«

Ivanovich kicherte. »Oh, nun kommen Sie schon! Wir sprechen von purer Macht, einer überlegenen taktischen Bewaffnung. Kein einzelnes Menschenleben kann wichtiger sein als das!«

Jetzt war Jay bereit, eine Predigt loszulassen, und er stand dafür sogar auf. »Meine Schwester ist wichtig!

Gott liebt sie, und wir lieben sie, und sie ist verschwunden und in Schwierigkeiten. Das bedeutet, daß wir sie finden und retten müssen. Aber alles, woran ihr Kerle denken könnt, ist dieser idiotische Laser, ein weiteres Mittel, um sich gegenseitig in die Luft zu jagen!«

Ivanovich lächelte und antwortete: »Junger Mann, das liegt daran, weil die Macht eines Volkes, der Sowjetunion, viel wichtiger ist als das Leben eines einzelnen, deiner Schwester.«

»Aber das ist falsch!«

Ivanovich schaute Dr. Cooper mit funkelnden Augen an. »Sie erlauben Ihrem Sohn, so respektlos zu reden?«

Dr. Coopers Antwort war bestimmt. »Ich habe meinen Sohn dazu erzogen, Ältere zu respektieren . . . aber ich habe ihm auch beigebracht, die Wahrheit zu sagen.«

Ivanovich nickte, aber seine Augen leuchteten bei der gemeinen Idee auf, die ihm gerade kam. Er blickte Jay erneut an und musterte ihn einen Moment lang.

»Er sagt also gerne die Wahrheit, ist es so? Und Sie glauben, daß ein Leben unbezahlbar ist? Sehr gut. Wir werden feststellen, wie stark Sie davon überzeugt sind.«

Jay hatte keine Chance, sich zu wehren, als zwei starke Männer ihn niederwarfen und mit dicken Stricken auf den Felsen festbanden. Die Wellen der hereinströmenden Flut brausten und wirbelten um die Felsen und reichten Jay bereits bis zur Hüfte. Die Männer zogen die Stricke fest und machten sich auf den Weg zurück zum Ufer.

Am Strand sorgten Ivanovich und fünf seiner Handlanger dafür, daß Dr. Cooper, Mrs. Flaherty, Dave und Leutnant Adams jede Einzelheit mitbekamen.

»Es wird nur eine Frage von Stunden sein«, sagte Ivanovich. »Die Wellen werden ihm helfen, darüber nachzudenken, was sein eigenes Leben wert ist. Sie werden steigen, Zentimeter für Zentimeter, bis die Flut ihn überspült, und dann ... nun, dann wird er ertrinken. Aber vielleicht wird, bevor das geschieht, er oder einer von Ihnen sich dazu überreden lassen, mir zu sagen, was ich hören will.«

»Sagen Sie kein Wort«, sagte Adams.

Aber Dr. Cooper konnte nur an Jay denken und beobachtete unter Qualen, wie Welle für Welle seinen wehrlosen Sohn überspülte, jede neue ein Stück höher als die vorangegangene.

Klonk! Ein Stein prallte gegen den Kopf eines Rebellen, und er stürzte in den Sand.

Sssip! Sssip! Zwei weitere Wachen schrien vor Schmerz auf, als sie von kleinen Pfeilen in den Hals getroffen wurden.

Leutnant Adams brach, von einem Stein getroffen, zusammen und fiel bewußtlos mit dem Gesicht vornüber in den Sand.

Dr. Cooper und die anderen ließen sich instinktiv zu Boden fallen. Die vier verbleibenden Wächter der Rebellen taten es nicht, sondern richteten ihre Waffen auf den Dschungel.

Sssip! Zwei weitere Pfeile sausten durch die Luft. Klonk! Ein weiterer Stein traf sein Ziel. Drei der Rebellen fielen in den Sand. Der letzte konnte noch etwa fünf Schüsse abgeben, bevor ein Stein und ein Pfeil auch ihn zu Boden rissen.

Dann war es vorbei, so schnell und leise, daß Dr. Cooper und die anderen kaum wahrnahmen, was geschehen war, bevor die Gräser und Büsche sich teilten und eine große Gruppe von furchteinflößenden Wilden auf den Strand trat. Sie waren fast völlig nackt, sie trugen nur gewobene Grasröcke um ihre Hüften und Muschelketten um den Hals. Sie sahen grimmig aus und trugen Blasrohre, mit denen sie die Pfeile abgeschossen hatten, Schlingen, mit denen sie Steine schleuderten und lange, lebensgefährlich aussehende Speere. Es waren mindestens dreißig Personen, die die Anzahl der hilflosen weißen Fremdlinge am Strand weit übertrafen.

Ohne seine bewaffneten Männer war Ivanovich hilflos und offensichtlich verängstigt, und Dave bemerkte es. »He, Ivanovich, wieviel ist Ihr Leben wert? Das sind die Sutolos. Sie essen Russen!«

Ivanovich war von dieser Vorstellung überhaupt nicht begeistert. Er versuchte, zu dem kleinen Boot, das sie hierhergebracht hatte, zu fliehen, aber zwei der Eingeborenenkrieger waren besser auf den Beinen und schnappten ihn, bevor er entkommen konnte. Mit bloßen Armen hoben sie ihn in die Höhe und trugen ihn zurück. Er wehrte sich, aber es gelang ihm nur, in der Luft herumzustrampeln.

Andere Krieger ergriffen Dr. Cooper, Mrs. Flaherty und Dave, brachten sie zwangsweise auf die Beine und hielten sie mit eisernem Griff fest.

»Dave«, sagte Dr. Cooper, »können Sie Sutolo sprechen?«

»Äh . . . ›Mem bay goonai techam.‹ Was halten Sie davon?«

»Was bedeutete das?«

»›Reiche mir bitte das Salz‹, glaube ich.«

Dave's Sutolo-Satzbrocken beeindruckten die mächtigen Krieger, die sie jetzt umzingelten, in keinster Weise. Die Gefangenen beobachteten, wie zwei Männer, offensichtlich ihre Anführer, zwei der am Boden liegenden Rebellen auf den Rücken drehten, sie untersuchten und, nachdem sie miteinander gemurmelt hatten, übereinstimmend die Köpfe schüttelten.

»Was tun sie da?« fragte Ivanovich, dessen Stimme zitterte.

»Sie entscheiden, wen sie verzehren wollen«, sagte Dave. »Und ich hoffe, sie wählen Sie aus!«

»Sie machen Witze!«

»Das werden wir noch sehen, Russe, das werden wir noch sehen!«

Die zwei Sutolos schienen Leutnant Adams ebensowenig zu mögen und gingen an ihm vorüber.

Aber dann kamen sie zu Mrs. Flaherty, schauten sie lange an, lächelten breit, tauschten rollende, stolpernde Laute untereinander aus, als sie ihr in den Arm kniffen und über das Fleisch auf ihren Knochen diskutierten. Sie nickten einander zu und waren offenbar sehr zufrieden.

»Das hatte ich bereits befürchtet«, sagte Dave.

»Ich fühle mich dadurch ganz und gar nicht geschmeichelt«, bemerkte Mrs. Flaherty.

Die beiden gaben einige Befehle, und die Eingeborenen, die Mrs. Flaherty hielten, nahmen sie zur Seite.

Dave war als Nächster an der Reihe. Sie warfen ihm einen schnellen Blick zu und äußerten ihre Zweifel, aber schließlich nickten sie doch den Männern zu, die ihn festhielten, und er wurde an die Seite von Mrs. Flaherty gestellt.

Dr. Cooper schaute Ivanovich an und sagte: »Nun, jetzt heißt es, entweder Sie oder ich, oder wir beide.«

Die beiden »Fleischbeschauer« traten an sie heran und warfen einen Blick auf Ivanovich. Einer zwickte ihm in die Wange, und Ivanovich fühlte sich gedemütigt. Sie begannen wieder zu murmeln; es hörte sich zustimmend an.

»Wartet«, sagte Ivanovich. »Wartet, ich kann euch ein Geschäft anbieten!« Die zwei Krieger schauten einander an und warfen dann Ivanovich einen dümmlichen Blick zu.

Ivanovich versuchte, sich von den Wachen, die ihn festhielten, loszureißen und den Ärmel seines Hemdes hochzuschieben. »Schaut! Schaut euch das an!« Es gelang ihm schließlich, seinen Arm auszustrecken und auf seine goldene Armbanduhr zu deuten. »Nehmt das! Nehmt das, nicht mich!«

Die zwei Krieger warfen einen Blick auf die Uhr, aber sie schienen nicht sehr beeindruckt zu sein.

In diesem Moment hatte Ivanovich eine andere Idee. Er winkte wie verrückt zu den Wellen hinüber. »Schaut!

Ich habe einen Jungen! Einen jungen, zarten Burschen! Seht ihr?«

Die beiden Wilden schauten zu den Felsen hinüber und sahen Jay, der zwischen den Wellen nach Luft schnappte.

»Nehmt die Uhr und nehmt ihn! Einverstanden?«

Die Krieger berieten sich murmelnd miteinander, schauten Ivanovich und dann Jay an. Sie dachten einen Moment lang nach.

Dann nickten sie, gaben einen Befehl, und die beiden Männer, die Ivanovich festgehalten hatten, ließen ihn los und wateten in die Brandung hinaus, um Jay zu holen. Die beiden Anführer der Wilden nahmen Ivanovichs Uhr und stießen ihn dann wie etwas Ungenießbares zur Seite. Er war mit ihrer Entscheidung ziemlich zufrieden.

Sie wählten Dr. Cooper mit nicht mehr als einem kurzen Seitenblick ebenfalls aus, und Ivanovich war auch mit dieser Entscheidung zufrieden.

Ivanovich eilte zu dem kleinen Beiboot. »Alles Gute, meine amerikanischen Freunde. Sie haben es geschafft, Ihre Geheimnisse für sich zu behalten, aber jetzt scheint es so, als wären Sie bei der Jagd nach dem Laser aus dem Rennen, und das genügt mir schon. Ich hoffe, Sie verzeihen mir, daß ich mich so überstürzt verabschiede. Ich glaube, es ist jetzt Essenszeit für diese Leute, und ich hasse es, bei Mahlzeiten zu stören. Leben Sie wohl.«

Ivanovich stieg ins Boot und stieß sich vom Strand ab. Er startete den Motor und ließ seine gefallenen Männer zurück.

Die Sutolos waren mit ihrer Beute zufrieden und gingen in den Dschungel zurück, wobei sie Dr. Cooper, Jay, Mrs. Flaherty und Bad Dave mit sich zogen. Als sie auf einen Pfad kamen, ließen die Krieger die

Gefangenen los, und sie gingen im Gänsemarsch durch den Dschungel, in Richtung der anderen Seite der Insel. Die Sutolo-Trommeln waren in der Ferne zu hören. Ihr beständiger, klopfender Rhythmus klang wie entfernter Donner.

Jay war durch und durch naß und fror ein wenig, aber er ging dennoch weiter, in der Hoffnung, daß der Marsch ihn warmhalten würde. Sein Vater ging zwischen den beiden Anführern der Krieger vor ihnen her, und Jay beobachtete ihn, für den Fall, daß er versuchte, ihm ein Signal zu geben, einen Hinweis darauf, wie man vielleicht entkommen konnte. Bis jetzt aber schien es keinen Ausweg zu geben.

Oh! Was war das? Jay stellte überrascht fest, daß jemand eine Decke über seine Schultern legte. Ein großer Krieger direkt hinter ihm, ein furchteinflößender Mann, der einen Knochen durch die Nase trug, half ihm dabei, sie um sich zu schlingen.

Die beiden Männer, die Dr. Cooper zwischen sich führten, murmelten miteinander, und der große kahlköpfige Wilde zu seiner Rechten streckte seinen Arm aus, um die Uhr von Ivanovich vorzuzeigen. Sein Freund, ein struppiger junger Mann mit einer Zahnlücke, war beeindruckt und lachte vergnügt. Der kahle Mann schien sich jedoch über irgend etwas Gedanken zu machen und streifte die Uhr von seinem Handgelenk, um sich näher mit ihr zu beschäftigen. Dann drückten sich die beiden Männer die Uhr abwechselnd in die Hand, während sie unverständliche Worte miteinander wechselten. Offensichtlich stritten sie sich über den Sinn dieses seltsamen Objektes. Sie hielten sie erst so, dann so, drehten sie herum, schüttelten sie, und hielten sie an ihr Ohr, um zu lauschen, aber sie konnten sich nicht einigen.

Schließlich tippte der struppige Wilde Dr. Cooper mit seinem dicken Finger an und sagte: »Wissen Sie, wie man das Ding richtig stellt?«

Dr. Cooper hörte diese Worte, aber er konnte es nicht glauben. Er starrte den großen Sutolo mit aufgerissenen Augen an.

»Sie sprechen doch Englisch?« fragte der Sutolo ihn.

»Nun . . . ja«, sagte Dr. Cooper, der schließlich seine Sprache wiederfand.

Der Sutolo reichte ihm die Uhr. »Wir befinden uns hier in einer anderen Zeitzone, es ist bereits eine Stunde später.«

Dr. Cooper nahm die Uhr entgegen und brachte erst einmal nicht mehr als ein »Oh« heraus. Er untersuchte die Uhr und beschloß, es ihnen einfach zu erklären. »Dies ist eine Digitaluhr, die batteriebetrieben ist. Sehen Sie, Sie pressen diese kleinen Knöpfe an der Seite und stellen sie . . .«

Er erzählte einfach weiter und teilte ihnen alles über die Uhr mit. Er war mehr als froh, ihnen helfen zu können. Sie konnten sich miteinander verständigen – das war im Moment das Wichtigste.

Jay hatte das Gespräch mitverfolgt und warf einen verstohlenen Blick nach hinten auf den großen Krieger, der ihm die Decke gegeben hatte.

»Warm genug?« fragte der große Mann.

»Ja. Vielen Dank.«

Der Pfad endete auf der anderen Seite der Insel und führte schließlich aus dem Dschungel in ein weitläufiges Dorf aus Strohhütten und Unterständen, die auf Pfählen errichtet waren. Die Trommeln waren nun laut und deutlich zu hören, und die Gefangenen konnten die Trommler alle in einem Kreis um ein großes Lagerfeuer herum sitzen sehen, das im Zentrum des Dorfes lag. Sie trommelten und sangen begeistert vor sich hin. Mindestens zweihundert Sutolos, von Kriegern über Mütter bis zu Kindern und Fischern, waren hier versammelt, sangen, lachten und unterhielten sich ausgelassen. Als ein junger Bursche am Rande einer großen Gruppe die zurückkehrenden Jäger sah, rief er es laut heraus, zeigte auf sie und sprang auf und ab, und der ganze Stamm der Sutolos schaute zu ihnen hinüber, plapperte und lachte aufgeregt, während die Trommler zu trommeln aufhörten.

Dr. Cooper und die anderen hielten ihren Atem an. Sie hatten keine Ahnung, was sie nun erwarten würde. Freuten sich diese Menschen aus Gastfreundschaft, sie zu sehen, oder weil sie Appetit verspürten?
Die Menge scharte sich um sie, während die Krieger ihre Speere triumphierend in die Luft streckten, sie schüttelten und Siegesrufe ausstießen.

Mehrere Sutolos griffen mit ihren großen braunen Händen nach Mrs. Flaherty. Sie schreckte zurück, aber dann bemerkte sie, daß die Hände nicht nach ihr griffen, sondern ausgestreckt blieben. Sie streckte vorsichtig ihre Hand aus. Die Sutolos schüttelten sie zur Begrüßung.

Dann hörten die Gefangenen eine bekannte Stimme hinter der Menge ertönen: »In Ordnung, in Ordnung, laßt mich mal durch, na los!«

Die Menge teilte sich, und ein fröhlicher, rundlicher Mann trat vor sie, bekleidet mit einem Strohrock und einem weitkrempigen Strohhut.

Bad Dave brüllte den Namen zuerst heraus. »Jerry! Pastor Jerry Garrison! Was machen Sie hier?«

Jerry Garrison, der Missionar von der Insel Kurnoe, kam mit einem breiten Lächeln auf dem Gesicht auf die Gefangenen zu. »Oh, ich bin mit meinem eigenen Boot hierhergekommen. Ich habe Kurnoe etwa eine Stunde nach Ihnen verlassen, sobald ich die Attrappen in Ihre Betten gesteckt hatte, mit denen sich dann die Rebellen beschäftigen konnten.«

Dr. Cooper schüttelte Jerrys Hand, und dann mußte er eine Frage loswerden. »Ich gehe doch davon aus, daß diese Leute uns leben lassen werden?«

Jerry lachte. »Oh, ja, sicher, Sie alle . . . alle vier?« Er musterte die vier Personen und fragte die beiden Sutolo-Führer: »Suktay, Zebu! Ich dachte, ich hätte euch gesagt, ihr solltet fünf Personen mitbringen. Wo ist der andere Mann?«

Suktay und Zebu schauten einander an und versuchten es dann zu erklären. »Das sind die einzigen guten Menschen, die wir gesehen haben. Alle anderen waren Männer mit Gewehren, Menschen, die töten.«

»Nein«, sagte Jerry, »dieser andere Mann war kein schlechter Mann. Er sah nur wie ein schlechter Mann aus. Er hatte eine Uniform an, richtig? Sie hatte die Farbe von Laub?«

Sie nickten und erklärten dann etwas beschämt: »Wir dachten, er sei ein schlechter Mann. Wir haben ihn am Kopf getroffen.«

»Ihr habt was?« rief Jerry. »Ihr solltet ihn nicht kampfunfähig machen! Das war ein Freund, jemand von der U.S.-Marine. Geht und holt ihn auch. Und beeilt euch, bevor die Kommunisten aufwachen.«

Suktay und Zebu sammelten sechs Leute um sich und gingen mit ihnen wieder in Richtung Dschungel.

»Oh, und Zebu!« rief Jerry ihm nach. Der Krieger drehte sich um. »Eine wirklich schöne Uhr hast du da!«

»Eine russische!« rief Zebu. »Sie läuft mit Batterien!«

Die Krieger verschwanden im Dschungel.

»In Ordnung, allesamt«, brüllte Jerry. »Der Gottesdienst ist vorbei. Bereitet jetzt euer Essen vor.« Dann gab er denselben Befehl in der Sprache der Sutolos.

Die Menge löste sich auf, und jede Familie kehrte in ihre Behausung zurück. Die Krieger schüttelten ihren ehemaligen Gefangenen die Hände und begaben sich in ihre Hütten.

»Folgt mir«, sagte Jerry und führte sie durch das Dorf. »Macht euch um euren Freund keine Sorgen. Ich habe die Burschen angewiesen, vorsichtig mit den Schleudern umzugehen. Das Schlimmste, womit ihre Opfer rechnen müssen, ist ein brummender Schädel – außer bei denjenigen, die von den kleinen Pfeilen getroffen wurden. Die Spitzen waren mit einem Schlafgift versehen. Sie werden in etwa ein, zwei Stunden aufwachen, aber sie werden zu benommen sein, als daß sie uns heute noch Schwierigkeiten machen werden.«

»Sagen Sie mir nichts«, sagte Dr. Cooper, »lassen Sie mich raten. Sie haben diese Menschen bereits missioniert?«

»Ja, natürlich, ich kenne die Sutolos seit Jahren.«

Bad Dave platzte beinahe der Kragen. »Und was war dann mit dem ganzen Gerede über Kannibalen, das Sie uns erzählt haben?«

»Oh, das war kein Scherz. Wissen Sie, ich bin nicht in der Lage gewesen, alle von ihnen zu bekehren, und ich war mir nicht sicher, wie sie auf Fremde reagieren würden. Ich wußte nicht, wann ich hier ankommen würde, um den Sutolos zu sagen, daß Sie meine Freunde sind. Also hielt ich es für klüger, Sie zu warnen.«

»Sie sind ein Halunke, Pastor Garrison!« sagte Mrs. Flaherty.

»Ich habe Ihr Leben gerettet, oder nicht? Wir haben alle beobachtet, wie die Kommunisten Sie hierherbrachten. Ich bin davon ausgegangen, daß sie bis jetzt noch nichts über die Eingeborenen wußten, also befahl ich den Kriegern, die Rolle der Kannibalen möglichst überzeugend zu spielen.«

»Uns haben sie damit überzeugt, soviel steht fest«, sagte Jay.

»Und Ivanovich auch«, sagte Dr. Cooper. »Er war froh, uns verlassen und fliehen zu können.«

»Aber was ist mit den anderen Männern von dem Marine-Boot?«

»Ivanovich und die Rebellen haben sie noch immer in ihrer Gewalt.«

»Nun . . . wir können nur beten, daß Gott ihnen irgendwie die Flucht ermöglicht. Bis jetzt fällt mir nichts ein.«

Jerry führte sie zu einem kleinen Pfahlbau im Zentrum des Dorfes. »Dies ist mein Zuhause. Es sieht vielleicht nicht besonders aus, aber es ist mein Schloß, meine Zuflucht.«

Sie kletterten die steilen Stiegen hinauf und betraten die Hütte. Jerry hatte sie mit nur wenig Komfort ausgestattet: einem Feldbett, einem kleinen Kocher und einem kleinen Tisch, der aus Kisten bestand. An der Wand hing ein Christusbild.

»Setzt euch und ruht euch aus«, sagte er, und sie folgten seiner Aufforderung.

Dann holte Jerry etwas unter dem Feldbett hervor und stellte es vor Dr. Cooper und Jay hin. Sie erkannten es sofort.

Es war Lilas Koffer, eingerissen, verbeult, zerkratzt und vom Wasser beschädigt.

Dr. Cooper öffnete ihn. Ein Großteil des Inhalts war verschwunden.

Jerry erklärte es ihm: »Suktay und Zebu brachten ihn sofort zu mir, nachdem ich ihnen von Ihrer Tochter erzählt hatte. Ich fürchte, das meiste von Lilas Kleidung und Besitz ist von den einheimischen Lumpensammlern mitgenommen und verkauft worden, aber

trotzdem ist dies eine ziemlich interessante Entdeckung. Es zeigt, daß wir dicht vor dem Ziel sind!«
»Wer hat ihn entdeckt?«
»Wer schon? Kolo, der alte Perlentaucher. Ich lasse gerade einige Männer nach ihm suchen.«

Lila strich mit ihrer Hand an der Wand der Kapsel entlang und sammelte so einige Tropfen Kondenswasser, die sie in ihren Mund tropfen ließ. Zuerst nahm sie die Feuchtigkeit von einer Seite der Kapsel auf und dann von der anderen, verzweifelt auf jeden Tropfen achtend, den sie auffangen und trinken konnte.

Und mit jedem wertvollen Tropfen, der ihr wie eine Gabe Gottes erschien, fühlte sie, wie sich Dankbarkeit in ihrem Herz ausbreitete, bis sich ihre Augen mit Tränen füllten und sie weinte.

Sie lernte langsam nagenden Hunger und echten Durst kennen.

Ich hätte nie gedacht, daß ein Tropfen Wasser mir soviel bedeuten würde. Herr, wir sehen einfach so viele Dinge als selbstverständlich an und danken dir nie für das, was du uns gibst. Ich danke dir, Herr, für den Trank, den ich von diesen Wänden bekomme. Ich danke dir, daß du mich so lange am Leben erhalten und mich nicht verlassen hast. Ich danke dir, daß du es mit mir aushältst, wenn ich dich anklage und beschimpfe und Dinge immer nur nach meinem Willen haben möchte. Es tut mir leid, Herr, daß ich dich verletzt habe.

Aber jetzt konnte sie sich lebhaft vorstellen, wie sie jemand anderen verletzt haben mußte – ihren Vater. Sie konnte sich wieder selber sehen, wie sie ihm zornige und haßerfüllte Worte entgegenschleuderte und ihn furchtbarer Dinge beschuldigte: »Du hast Mama niemals wirklich geliebt! Die einzige Person, an die du denkst, bist du selber, du und deine ganzen unwichtigen kleinen Projekte!«

Sie zuckte zusammen, als ihr mehr und mehr ihrer eigenen Worte wieder in den Sinn kamen: »Es reicht mir! Ich bin es leid, mich von dir über die ganze Welt zerren zu lassen, um dir bei deiner Buddelei zu helfen! Ich bin nicht dein Sklave, ich bin deine Tochter – ich verdiene etwas Besseres, und ich glaube, Mama hatte auch etwas Besseres verdient, wenn das für dich überhaupt zählt! Ich will nach Hause! Ich bleibe nicht einen Tag länger in Japan, damit du mich weiter ignorieren und als selbstverständlich hinnehmen kannst, so wie du Mama als selbstverständlich angesehen hast!«

Er hatte sich daraufhin nicht mit ihr gestritten, noch hatte er sie ausgeschimpft oder die Stimme erhoben. Er hatte bloß gesagt: »Ich werde Colonel Griffith anrufen. Vielleicht kann er dir bis morgen einen Flug besorgen.«

Lila hatte sich an genug erinnert. Sie legte sich auf der großen Kiste hin, drehte sich zur Wand um und weinte. Ihre Familie war auseinandergerissen worden, und das letzte Gemeinsame, woran sie sich erinnern würden, waren all die schlechten Gefühle und bösen Worte. Sollte es wirklich auf diese Art und Weise enden?

»Herr«, sagte sie schließlich laut, »ich danke dir für Dad und Jay, und ich danke dir, daß sie mich wirklich lieben, ganz gleich, wie schlimm ich zu ihnen gewesen bin. Es tut mir leid, daß ich sie verletzt habe. Es tut mir leid, daß ich nur an mich und meine Gefühle gedacht habe und nie daran, wie andere vielleicht leiden.« Sie mußte eine Pause machen, um Luft zu holen und sich zu beruhigen, bevor sie weitersprechen konnte. »Jesus ... wenn du mich nur hier herausbringst ... Ich möchte Dad sagen, daß es mir leid tut. Es tut mir leid, Jesus. Bitte, gib mir die Chance, ihm das zu sagen!«

Dr. Cooper, Jay, Bad Dave und Mrs. Flaherty waren Jerry Garrisons Ehrengäste in der kleinen Hütte, und die Sutolos erwiesen ihnen jede erdenkliche Freundlichkeit und machten es ihnen so bequem wie möglich.  Sie konnten alle ein Bad nehmen, und die Sutolos brachten ihnen neue Kleidung – eine etwas zu große Hose aus zweiter Hand für Dr. Cooper, ein Paar in einem Laden gekaufte Strandhosen für Jay, einen gewobenen Grasrock für Dave und einen wunderschönen, geblümten Sarong für Mrs. Flaherty. Die alten Kleidungsstücke wurden zu einem der vielen klaren Bäche zum Waschen gebracht. Das Abendessen, das von den Sutolo-Frauen serviert wurde, bestand aus einer üppigen Tafel mit Fischgerichten und frischen Früchten, die sie dringend nötig hatten.

»Denken Sie daran, etwas für Mr. Wie-heißt-er-noch-gleich aufzuheben«, sagte Jerry.

»Leutnant Joe Adams«, sagte Dr. Cooper.

»Was hat er eigentlich mit dieser Sache zu tun?«

»Ein Spielverderber von der Regierung«, sagte Dave. »Dieser Kerl hat versucht, uns zu verhaften!«

Dr. Cooper versuchte, eine Antwort zu geben, die mehr der Wahrheit entsprach. »Ich glaube, er und seine Männer sind ein Trupp von einem Marine-Schiff, der U.S.S. Findley. Sie sind hier, um nach dem Starlifter zu suchen, so wie wir auch.«

»Nun, offensichtlich sind sie nicht sehr weit gekommen, oder?« sagte Jerry.

»Nein. Seine Männer werden immer noch von den Rebellen festgehalten. Ich weiß einfach nicht, was wir dagegen unternehmen können.«

Bad Dave biß in eine Papaya und murmelte mit

vollem Mund: »Nun, wir werden erst anfangen, Adams zu helfen, wenn er auch bereit ist, uns zu helfen.«

Jerry sah etwas durch die Tür der Hütte. »Wo wir gerade von Adams sprechen . . .«

Alle schauten auf und sahen einen bizarren Anblick. Im Lärm der Trommeln liefen die Sutolos zusammen und schauten zu, wie Suktay und Zebu in das Dorf stolziert kamen. Mit erhobenen Köpfen und geschwellter Brust führten sie eine Parade stolzer Krieger an, als kehrten sie von einem glorreichen Sieg heim.

Was da wie erlegtes Wild, an den Handgelenken und an den Knöcheln an einem Stamm gefesselt, von zwei Kriegern getragen wurde, war Leutnant Adams, benommen und entrüstet, der Fang des Tages!

Dr. Cooper und die anderen waren von dem Anblick so verblüfft, daß sie nicht wußten, ob sie empört oder belustigt sein sollten.

»Hmm, einige alte Angewohnheiten lassen sich nur schwer ändern«, gab Jerry zu und zuckte nur mit den Achseln. »Kommen Sie, lassen Sie uns dem armen Kerl da heraushelfen.«

Sie eilten gerade noch rechtzeitig aus der Hütte hinaus und auf den Platz, um die zurückkehrende Jagdgesellschaft abzufangen. Suktay und Zebu gingen, über beide Wangen strahlend, auf Jerry zu, verbeugten sich tief und präsentierten ihm Adams als spezielles Geschenk.

Jerry beeilte sich, die beiden zu loben. »Gut gemacht, Suktay und Zebu, und ihr anderen! Da habt ihr uns eine schöne Trophäe mitgebracht!«

Adams war es leid, als eine Trophäe behandelt zu werden. »He! Bringen Sie diesen Wilden mal ein bißchen Verstand bei, ja?«

Bad Dave hatte Adams auch noch etwas zu sagen.

»Nun mal nicht so hastig! Vielleicht müssen wir erst Ihnen etwas Verstand beibringen!«

Adams starrte Dave an. »Ich bin nicht bereit, meine Notlage von Ihnen ausnutzen zu lassen, und ich werde sicherlich nicht reden, solange ich hier hänge!«

Dave rief den Kriegern zu: »Okay, werft ihn in den Topf! Das gibt eine verspätete Mahlzeit!«

Die Krieger nahmen es ernst und wollten schon Dave's Befehl ausführen.

»Nein, nein, wartet!« brüllte Adams.

Dr. Cooper schritt ein. »Hört auf, Freunde.« Die Krieger ließen Adams wieder herunter. Dr. Cooper kniete sich nieder, um mit ihm zu sprechen. »Ich freue mich, Sie lebendig wiederzusehen, Sir.«

Adams wußte nicht, wie er das aufzufassen hatte. »Nun . . . das tue ich auch.«

»Ich glaube, Dave wollte Ihnen nur klarmachen, daß wir alle zusammenarbeiten müssen, und der Meinung bin ich eigentlich auch. Man könnte sagen, daß wir alle – wenn Sie mir diese Beschreibung gestatten – im selben Topf rühren. Wir sind alle hinter derselben Sache her, wir alle haben dieselben Schwierigkeiten, und wir alle haben dieselben Feinde.«

Adams dachte darüber nach. »Was schlagen Sie also vor?«

»Nun, ich bin sicher, Sie haben Informationen, die uns nützlich sein können, und wir haben jetzt Kontakt zu einigen Eingeborenen, deren Informationen Ihnen nützen könnten. Was unsere bloße Stärke betrifft, so sind wir beide im Moment ohne Truppen und Waffen. Die einzigen Mittel, über die wir jetzt verfügen, sind wir selber. Wenn Sie Ihre offizielle Pflicht vergessen, uns festzunehmen, und statt dessen mit uns zusammenarbeiten, können wir unsere Ziele vielleicht gemeinsam erreichen.«

Adams dachte darüber nach. Er überlegte sich auch genau, wieviel Macht er jetzt noch besaß, jemanden festzunehmen, wie er da so an dem Ast hing. Er vergewisserte sich bei ihnen allen: »Sind wir alle auf derselben Seite, mit den besten Interessen für die Vereinigten Staaten im Sinn?«

Sie alle nickten. Bad Dave begann, die Nationalhymne zu singen: »My country, 'tis of thee, sweet land of liberty ...«

»Schon gut, schon gut«, sagte Adams. »Einverstanden. Wir werden zusammenarbeiten.«

Jerry sprach mit den Kriegern, die Adams trugen, und sie schnitten vorsichtig seine Fesseln durch.

»Kommen Sie herein, Leutnant«, sagte Jerry. »Das Abendessen wartet auf Sie.«

Aber in genau diesem Moment ertönte ein Schrei vom anderen Ende des Dorfes, und sie alle schauten hinüber und sahen eine weitere Parade auf sich zukommen.

Jerry schrie vor Begeisterung auf: »Es ist Kolo! Sie haben ihn gefunden!«

Kolo, ein kleiner, kahlköpfiger Mann mit einem breiten, strahlenden Lächeln und sehnigen Gliedern eilte auf sie zu, gefolgt von mehreren Sutolos, die alle möglichen Gegenstände mit sich trugen, die die Amerikaner sofort erkannten.

Adams konnte seine Aufregung kaum verbergen. »Er hat das Flugzeug gefunden!«

Jerry ermahnte sie. »Stürmen Sie nicht gleich alle auf ihn ein, bitte. Lassen Sie ihn zu uns kommen, und haben Sie Geduld.«

Sie befolgten Jerrys Ratschlag, aber als der kleine Mann auf Jerry zukam und seine Hand schüttelte, während er mit ihm auf Sutolo plauderte, hingen ihre Blicke aufgeregt an den vielen Dingen, die die Sutolos in ordentlichen Reihen auf dem Boden aufbauten: kleine Behälter und Kisten, die mit der Aufschrift »USAF« versehen waren, einige Reisetaschen, auf denen die Namen der Besatzungsmitglieder deutlich zu lesen waren, einige Werkzeuge, eine aufgebrauchte Sauerstoffflasche, ein nicht aufgeblasener Rettungsring.

Adams trat vor und wollte eine der Reisetaschen öffnen. Der kleine Perlentaucher schrie entrüstet auf und griff nach ihm. Adams schleuderte den Mann von sich weg.

Jerry schrie: »Nein, Leutnant, bitte! Gehen Sie wieder zurück!«

Leutnant Adams fühlte auf einmal etwas Spitzes in seinem Genick und blieb regungslos stehen. Es war eine Speerspitze. Jetzt waren von allen Seiten Speere auf ihn gerichtet. Die Sutolos waren jederzeit bereit, ihn zu töten.

Eilig und verzweifelt versuchte Jerry, den Eingeborenen alles in der Sutolosprache zu erklären und sie zu beruhigen. Er nahm Adams sanft am Arm und sagte: »Bitte, treten Sie ein Stück zurück. Sie haben sie sehr beleidigt.«

»Dies ist Eigentum der U.S.-Luftwaffe!« protestierte er.

»Nein – nicht so, wie die Sutolos die Dinge sehen«, sagte Jerry. »Bitte stellen Sie sich zu den anderen.«

Adams gehorchte. Die Entscheidung fiel ihm angesichts der vielen Krieger mit den tödlichen Speeren recht leicht.

Jerry sprach weiter mit den Sutolos und mit dem Perlentaucher und versuchte, das Mißverständnis zu erklären und sich zu entschuldigen. Sie besprachen die Angelegenheit mit ihm und schienen seine Worte zu akzeptieren. Schließlich wandte sich Jerry wieder den

Amerikanern zu, während die Sutolos und Kolo, der Perlentaucher, damit fortfuhren, die Gegenstände auf dem Boden aufzubauen.

Jerry sagte leise: »Sie haben unsere Entschuldigung angenommen.«

»Entschuldigung!« platzte Adams heraus.

Jerry ließ ihn kein weiteres Wort mehr sagen. »Ich habe ihnen gesagt, daß es Ihnen leid tut, daß Sie ihre Art nicht respektiert haben, und sie wissen nun, daß Sie aus einem seltsamen, weit entfernten Land kommen und keine Manieren kennen.«

»Ja«, sagte Dave mit einem Seitenblick auf Adams. »Ich würde sagen, das trifft ziemlich genau zu.«

Jerry schritt ein, bevor die beiden einen Streit beginnen konnten. »Hören Sie jetzt alle mal zu – Kolo sieht sich als ein Händler und denkt, Sie sind hierhergekommen, um ihm seine Schätze abzukaufen. Deshalb baut er alles auf dem Boden auf, damit Sie es sich ansehen können.«

»Aber es ist nicht sein Eigentum!« protestierte Adams leise.

»Oh, das ist es doch. Nach Sutolo-Sitte gehört ihnen alles, was sie aus dem Meer holen. Niemand sonst darf es für sich in Anspruch nehmen.«

»Aus dem Meer?« fragte Dr. Cooper.

Jerry sah, daß Kolo jetzt bereit war. »Ich werde ihn bitten, Ihnen davon zu erzählen.« Er sprach auf Sutolo zu Kolo, und Kolo begann sein Verkaufsgespräch mit den Fremdlingen. Der kleine Mann benutzte in seiner Rede eine sehr blumige Sprache, machte große, fließende Gesten und redete mit dramatischem Tonfall. In den Vereinigten Staaten hätte er einen fantastischen Verkäufer abgegeben.

Jerry übersetzte Kolos Worte. »Dies sind seltene Schätze aus Kolos geheimem Versteck unter dem Meer.

Dies sind Teile von Sternen, von Planeten, von großen Vögeln, die durch den Himmel fauchen. Niemand hat zuvor schon einmal solch ein Wunder gesehen, und niemand wird jemals wieder so etwas sehen. Und heute, ihr amerikanischen Wilden, werde ich euch ein wundervolles Geschäft vorschlagen . . .«

Das Verkaufsgespräch ging weiter und weiter. Sie warteten alle ungeduldig darauf, daß Kolo seine Rede beenden würde, damit sie endlich einen Blick auf die Dinge, die er mitgebracht hatte, werfen konnten, aber bis er zum Ende kam, mußten sie so tun, als hörten sie ihm aufmerksam zu.

Schließlich beendete Kolo seine Rede mit einer Verbeugung, und Jerry beendete seine englische Übersetzung. »So kommt jetzt und seht euch die Schätze Kolos an, die magischen Reichtümer, die vom Himmel fielen.« Jerry fügte noch eine eigene Anweisung hinzu: »Sie können sich Kolos Waren ansehen, aber seien Sie bitte sehr höflich und durchwühlen Sie die Sachen nicht.«

Sie näherten sich langsam und vorsichtig den Gegenständen, die jetzt in ordentlichen Reihen auf dem Boden lagen.

»Sie fielen also vom Himmel«, sagte Dr. Cooper.

»Und kamen aus dem Meer«, ergänzte Adams. »Doktor, es tut mir leid, das sagen zu müssen, aber es sieht nicht gut aus. Captain Weisfield hat vielleicht versucht, das Flugzeug zu wassern, aber all diese verstreuten Gegenstände deuten darauf hin, daß das Flugzeug beim Aufprall auseinandergebrochen ist. Sie werden den unbenutzten Rettungsring bemerkt haben. Er ist normalerweise neben der hinteren Fluchtluke verstaut und wird nach einer Notlandung aufgeblasen. Offensichtlich gab es keine Überlebenden, die ihn hätten aufblasen können.«

Jay fand etwas und brachte es seinem Vater. »Dad ... hier ist Lilas Handtasche.«

Dr. Cooper erkannte sie sofort und bedauerte es fast, sie gesehen zu haben. Mit Kolos Erlaubnis öffneten sie die Tasche. Sie war jetzt leer. Vielleicht hatte Kolo den Inhalt bereits verkauft, genauso wie er Lilas Medaillon an den Eingeborenen von Kurnoe verkauft hatte. Aber die Initialien L. M. C. waren deutlich genug.

»Jerry«, fragte Dr. Cooper, »kann Kolo uns irgend etwas über die Absturzstelle berichten, oder über den Zustand des Flugzeugs?«

Jerry begann ein Gespräch mit Kolo. Kolo schien bereit zu sein, manche Frage zu beantworten, aber bei anderen schüttelte er den Kopf und zeigte sich unwillig zu sprechen.

Jerry berichtete: »Er sagt, die Schätze stammen nicht alle von einem Ort, sondern waren in einem weiten Umkreis auf dem Meeresboden verteilt. Er will mir nicht sagen, wo sie genau lagen. Es ist sein geheimes Lager, und er will nicht, daß es ausgeraubt wird.«

Adams schüttelte seinen Kopf. »Es scheint wirklich so, als sei das Flugzeug auseinandergebrochen.« Er fragte Jerry: »Hatte er irgend etwas von dem Flugzeug selbst gesehen, irgendwelche Teile davon?«

Jerry mußte fragen: »Hmm ... wie sah es aus?«

»Groß, ein viermotoriges Flugzeug mit Pfeilflügeln, etwa 50 Meter lang ...«

»Welche Farbe?«

»Hmm ... tarngrün.«

Jerry sprach wieder mit Kolo, und Kolo antwortete ihm.

Jerry berichtete: »Kolo wird mißtrauisch. Er glaubt, daß Sie sein geheimes Lager ausspionieren wollen.«

»Wir haben den Punkt getroffen«, sagte Dr. Cooper. »Er hat gesehen, wovon wir sprechen.«

»Sagen Sie ihm, wir wollen nicht spionieren. Sagen Sie ihm, daß das Flugzeug uns gehört«, sagte Adams.

»Das werde ich«, sagte Jerry in einem ruhigen Tonfall. »Aber bitte, im Moment keine weiteren Fragen. Wenn wir sein Mißtrauen verstärken, wird er ganz aufhören, mit uns zusammenzuarbeiten.«

»Aber . . .«, war alles, was Jay sagen konnte. Er wechselte einen Blick mit seinem Vater, und sie beide fühlten dasselbe: Sie waren so nahe vor dem Ziel! Sie konnten jetzt nicht einfach abgewiesen werden!

»Lassen Sie uns all diesen Plunder einmal genauer ansehen«, sagte Adams. »Vielleicht können wir daran etwas feststellen, und inzwischen wird sich diese Krämerseele möglicherweise entschließen, uns zu trauen.«

Adams durchsuchte einen von den Eingeborenen gefertigten Korb, der mit kleineren Fundstücken gefüllt war. Er stieß auf einen Gegenstand, und der Anblick veranlaßte ihn, seine Stirn vor Neugierde in Falten zu legen.

Dr. Cooper trat zu ihm, ebenso Jay und Mrs. Flaherty. Adams hatte ein schmales Werkzeug gefunden, das wie ein T geformt war.

»Was ist das?« fragte Jay.

»Das ist der Sicherheitsschlüssel zu der Waffenkapsel.« Er sah ihre verständnislosen Blicke und erklärte: »Der . . .« Er zögerte. »Oh, nun gut, Ivanovich hat die Wahrheit gesagt. Das Flugzeug transportierte eine strenggeheime Laserwaffe. Sie wurde in einer speziellen Waffenkapsel transportiert, einem sehr großen Stahlbehälter, der luftdicht, wasserdicht und kugelsicher ist. Dieser Schlüssel ist Teil des Verschlußsystems für die Luke der Kapsel. Wenn es zu einem Ernstfall kommt oder Gefahr besteht, daß die Kapsel in die Hände von Feinden fällt, kann die Luke mit diesem Schlüssel verschlossen werden. Der Schlüssel löst sich dann ganz aus dem Mechanismus, um ein unerlaubtes Öffnen der Luke zu verhindern. Dieser Schlüssel kann uns Zeit verschaffen, die Kapsel zu finden, bevor jemand anderes – wie dieser Schrottsammler hier – entdeckt, wie man in die Kapsel kommt und den Inhalt stiehlt.«

»Und was sagt Ihnen das?« fragte Dr. Cooper.

»Oh, es bedeutet einige gute Neuigkeiten für die U.S.-Regierung, nehme ich an. Es bedeutet, daß jemand noch Zeit hatte, die Luke zu schließen und zu versiegeln, bevor das Flugzeug abstürzte. Vielleicht hat der Laser den Absturz überstanden, möglicherweise ist er funktionstüchtig, selbst wenn die Kapsel sich nun unter Wasser befindet.« Er fügte frustriert hinzu: »Wenn wir jetzt nur noch wüßten, wo wir suchen müssen.«

Jay holte plötzlich Luft. Dr. Cooper schaute ihn an, aber Jay sagte nichts. Er wandte sich nur mit nachdenklichem Gesicht ab, als sei ihm etwas eingefallen.

»Was ist los, mein Junge?« fragte Dr. Cooper.

»Ich glaube nicht, daß es einen Sinn hat, darüber nachzudenken, ob . . .«

»Was?« Aber dann fiel es Dr. Cooper auch selbst ein. »Oh . . .« Er wandte sich an Adams. »Leutnant, beantworten Sie mir nur eine Frage. Würde es in dieser Kapsel genügend Platz für ein dreizehnjähriges Mädchen geben, für jemanden, der etwas kleiner ist als Jay?«

Adams blickte zu Boden und schüttelte den Kopf. »Denken Sie nicht einmal daran, Doktor. Es ist einfach zu unwahrscheinlich. . .«

»Ist sie groß genug?«

»Doktor, Sie werden nur eine große Enttäuschung erleben –«

»Ist genug Platz?«

Adams gab auf. »Ja, es gibt genügend Platz. Aber Sie machen sich bestenfalls falsche Hoffnungen. Die

Kapsel ist seit . . . fast fünf Tagen unter Wasser gewesen. Es würde einfach nicht genug Luft geben, um jemanden am Leben zu erhalten.«

»Nun . . . jede weitere Diskussion führt zu nichts, bis wir die Kapsel finden. Jerry!«

»Ja, Doktor?«

»Wir müssen Kolo eine Frage stellen.«

Es kostete sie einige Zeit und eine gewisse Überredungskunst, aber schließlich gab Kolo nach und sah ein, daß diese Menschen vielleicht doch nicht Spione und Piraten waren. Adams versuchte zu erklären, wie die Kapsel aussah, aber Kolo verstand ihn nicht. Adams zeichnete ein Bild von ihr in den Sand, aber auch das schien nicht zu funktionieren.

»Sie ist sehr, sehr groß«, sagte Adams.

Jerry übersetzte das für Kolo. Kolo starrte nur mit leerem Blick vor sich hin und murmelte etwas.

»Wie groß?« fragte Jerry. »Sie müssen es ihm zeigen.«

Adams wurde ungeduldig. Er nahm schließlich einen Stock und begann, einen originalgetreuen Umriß in den Sand zu zeichnen. »Sie ist . . . so lang, ja? Metall, sehr hartes Material, grüne Farbe, sie hat eine große Tür an einem Ende. . .« Jerry erklärte es Kolo. »Hat er irgend etwas davon begriffen?«

Dann sahen sie, daß Kolo plötzlich verstand. Seine Augen leuchteten auf, er öffnete seinen Mund und holte kurz Luft.

Jerry fragte ihn, ob er die Kapsel gesehen hatte.

Kolo verschränkte seine Arme, preßte die Lippen zusammen und schüttelte den Kopf.

Adams warf wütend den Stock zu Boden. »Er lügt! Er weiß ganz genau, wovon wir sprechen!«

»Jerry«, sagte Dr. Cooper mit angespannter Stimme, »wir müssen wissen, wo es ist!«

Kolo schüttelte nur erneut den Kopf.

Dr. Cooper ging selbst zu Kolo und fragte ihn: »Bitte sage es uns. Wir müssen sie finden.«

Jerry versuchte, Dr. Coopers Worte zu übersetzen, aber Kolo schüttelte schon den Kopf, bevor Jerry eine Gelegenheit dazu bekam.

»Sie müssen es verstehen – meine Tochter ist vielleicht dort unten!«

Jerry sagte es Kolo, aber der wollte nicht nachgeben.

Dr. Cooper wollte Kolo schon ergreifen, aber in letzter Sekunde beherrschte er sich. Er hielt den Atem an und versuchte, die starken Gefühle, die in ihm aufwallten, unter Kontrolle zu bekommen.

Jerry versuchte, ihn zu beruhigen. »Dr. Cooper . . .«

»Entschuldigen Sie mich.« Dr. Cooper drehte sich auf seinem Absatz um und rannte fort. Er stürmte einen Pfad entlang und verschwand im Dschungel.

Adams stand dicht bei den anderen und sagte leise: »Machen Sie sich keine Gedanken. Wir wissen jetzt genug. Wir werden die Kapsel finden.«

Mrs. Flaherty ging leise den Pfad herauf und schaute hierhin und dorthin. Sie wirkte wie eine leuchtende Blume, die über den dunkelgrünen Blättern schwebte. Sie gelangte schließlich auf eine kleine Lichtung, und dort saß auf einem Baumstamm, in Gedanken versunken, Jacob Cooper. Er mußte bemerkt haben, daß sie dort war, aber er schaute nicht auf und nahm ihre Anwesenheit nicht zur Kenntnis.

Sie setzte sich neben ihm auf den Stamm, sprach ein schnelles, stilles Gebet und sagte dann zu ihm: »Es wird gutgehen, Jacob. Gott ist gnädig.«

Er holte Luft, stieß sie seufzend wieder aus, und versuchte, sich zu beruhigen. »Es tut mir leid. Ich mußte diesem kleinen Mann aus dem Weg gehen, bevor ich irgend etwas Unüberlegtes tat.«

Mrs. Flaherty schaute ihn an und sagte: »Jacob, glauben Sie mir, Sie sind ein Bündel von Gefühlen, die alle unter einer Schale verschlossen sind, und eines Tages werden sie explodieren. Ich habe Angst um Sie.«

Es gelang ihm, ihr einen Blick zuzuwerfen, und er gab zu: »Sie sind eine sehr scharfsinnige Frau, Mrs. Flaherty.«

Sie dachte einen Augenblick nach und fuhr dann fort: »Es freut mich, Sie das sagen zu hören . . . Haben Ihre Probleme etwas mit Katherine zu tun?«

Dr. Coopers Gesicht spannte sich sofort an. »Sie wissen, daß das ein Thema ist, das ich lieber nicht erwähne, und ich sehe nicht, was das mit unserer momentanen Situation zu tun haben soll.«

»Wie Sie wollen. Aber es erinnert mich so stark an John, meinen verstorbenen Mann. Darf ich Ihnen sagen, weshalb?«

Dr. Cooper versuchte, höflich zu bleiben. »Wie Sie wollen.«

»Ich hoffe, Sie verzeihen mir, daß ich so persönlich werde, aber ich habe für diesen Mann soviel empfunden. Es gab niemanden, der besser war als John Flaherty. Er war ein gottesfürchtiger Mann, voll Glauben und Rechtschaffenheit, ein Mann, der mich ehrlich liebte, und ich bin stolz, seinen Namen zu tragen. Als der Herr ihn heimrief, gab es nichts, was für mich jemals schwerer zu glauben oder zu akzeptieren gewesen wäre.«

Mrs. Flaherty machte eine Pause und nahm allen Mut zusammen, um ihren nächsten Gedanken auszusprechen. »Das ist der Grund, weshalb ich niemals Abschied von ihm nahm. Ich wollte nicht weinen oder mich wegen ihm sorgen müssen. Ich wollte nicht einmal mehr seinen Namen aussprechen, niemals mehr. Ich dachte, wenn ich mir meinen Verlust nie vor Augen führen würde, dann würde John vielleicht niemals wirklich von mir gehen.

Deshalb glaube ich zu wissen, wie Sie sich fühlen und was Sie durchmachen. Ich weiß, was es heißt, sich in einer Schale zu verstecken und niemals herauszukommen. Für mich war die Arbeit mein Schutzschild. Ich reiste, ich suchte, ich recherchierte, ich schrieb für meine Verlage – vielleicht tat ich in diesen drei Jahren mehr als in meinem ganzen Leben zuvor, und jetzt weiß ich, weshalb ich es tat. Das Ganze hielt meinen Geist davon ab, leiden zu müssen.

Aber wissen Sie, solange Sie in dieser Schale stecken, können Sie niemals richtig frei sein. Sie sind ebenso gefangen . . . nun, wie es Lila vielleicht im Moment ist. Und was am schlimmsten ist, wenn Sie dieses Gefängnis niemals verlassen, werden Sie nicht da sein, wenn diejenigen, die Sie lieben, Sie wirklich brauchen.«

Dr. Cooper entspannte sich. Er hörte ihr zu. Dann fragte er mit leiser Stimme: »Woher wissen Sie so viel über mich?«

»Erinnern Sie sich an unseren Besuch auf Dave's Boot in der Nacht und wie Sie auf einmal verschlossen wirkten und nicht über Katherine sprechen wollten? Ich wußte sofort, daß Sie einen furchtbaren Schmerz tief in Ihrem Innern mit sich tragen. Ich war selbst einmal so.« Dann fügte sie vorsichtig hinzu: »Aber wissen Sie, ich konnte sehen, wie sehr Jay über seine Mutter sprechen wollte. Jacob, er will fühlen, er will die Erinnerung an seine Mutter in Liebe bewahren, er will, daß Ihre Herzen miteinander in Verbindung stehen. Es verletzt ihn, jedes Mal an dieser Schale abzuprallen, wenn er sich nach Ihnen ausstreckt.«

Dr. Cooper gab leise zu: »Ich habe immer gewußt, daß das die Wahrheit ist, obwohl Jay es nie so gesagt hat . . . Aber Lila hat das zum Ausdruck gebracht, und zwar ziemlich deutlich. Wir hatten eine schwierige Zeit, bevor sie abflog . . .« Seine Stimme zitterte auf einmal durch die Gefühle, die in ihm aufstiegen.

Mrs. Flaherty berührte seinen Arm. »Sie ist in Gottes Hand. Er weiß, was am besten ist. Und Sie wissen, was für Sie das Beste ist, das Sie tun können.«

»Weiß ich das wirklich?«

Sie erhob sich, um zu gehen und sprach sanft zu ihm. »Eine Wunde wird nie verheilen, bis Sie sich ihr zuwenden. Kommen Sie aus Ihrer Schale heraus. Sagen Sie Katherine auf Wiedersehen. Fühlen Sie wieder. Ob Sie zwei Kinder oder eins haben, sie brauchen einen Vater, dessen Herz sie anrühren können. Ich werde jetzt gehen.«

Sie verschwand leise, und Dr. Cooper blieb dort sitzen, nachdenklich, im Gebet versunken und seit langem zum ersten Mal wieder fühlend.

Kurze Zeit später suchte Jay nach seinem Vater. Er glaubte etwas zu hören und sah Dr. Cooper auf der Lichtung.

Dr. Cooper saß von ihm abgewandt auf dem Baumstamm, und er weinte leise, lange und beständig, es gab nichts mehr, was er zurückhielt.

Jay wollte gerade auf die Lichtung gehen, als er eine Hand auf seiner Schulter spürte.

Es war Mrs. Flaherty.

»Es ist in Ordnung«, flüsterte sie. »Er kümmert sich nur gerade um eine alte schmerzende Wunde.« Dann lächelte sie. »Ich bin sicher, er wird dir davon erzählen.«

11

Lila ruhte sich im angenehm warmen Schein der roten Lampen der Maschine aus, während sie immer noch aus ihrer Sauerstoffflasche Luft holte. Sie hatte sich von Zeit zu Zeit gefragt, wie eine einzige Flasche Sauerstoff so lange reichen konnte, aber schließlich kam sie zu dem Schluß, daß sie nichts daran ändern konnte, wenn sie schließlich leer sein würde. Sie wollte nicht, daß dies geschah, aber sie war darauf vorbereitet.

Sie zog ihre nasse, kleine Bibel aus ihrer Tasche und fand, nachdem sie vorsichtig die nassen, aneinander klebenden Seiten auseinandergeblättert hatte, das Buch Jona. Der Anblick des kleinen Buches in der Mitte der Bibel ließ ihr Herz brennen. Für so lange Zeit war es eine interessante Geschichte gewesen, aber auch nicht viel mehr. Jetzt war Jona, der verirrte Prophet, zu einem engen Freund geworden. Nun wußte Lila, wie er sich gefühlt haben mußte, gefangen im Bauch des großen Wals, und sie verstand viel besser, weshalb er in diese Lage geraten war. Er hatte versucht, vor Gott davonzulaufen.

»Genauso wie ich«, gab Lila zu.

Sie dachte zurück an ihr Gespräch mit Leutnant Jamison: »Fast wie Jona«, hatte er gesagt. »Er versuchte, vor Gott zu fliehen, und so brachte Gott Schwierigkeiten in sein Leben, damit er und Jona miteinander sprechen konnten.«

»Als er von dem großen Wal verschluckt wurde, meinen Sie«, hatte Lila geantwortet.

»Ja. Genau das brachte Jona wieder dazu, Gott zuzuhören!«

Lila begann, die Geschichte von Jona noch einmal zu lesen. Ja, Gott hatte jetzt ihre Aufmerksamkeit, und als sie Jonas Gebet im Inneren des Wals las, war sie berührt davon, wie sehr es auch zu ihrem eigenen Gebet geworden war:

»Ich rief zu dem Herrn in meiner Angst, und er antwortete mir. Ich schrie aus dem Rachen des Todes, und du hörtest meine Stimme. Du warfst mich in die Tiefe, mitten ins Meer, daß die Fluten mich umgaben. Alle deine Wogen und Wellen gingen über mich, daß ich dachte, ich wäre von deinen Augen verstoßen, ich würde deinen heiligen Tempel nicht mehr sehen.

Wasser umgaben mich und gingen mir ans Leben, die Tiefe umringte mich, Schilf bedeckte mein Haupt. Ich sank hinunter zu der Berge Gründen, der Erde Riegel schlossen sich hinter mir ewiglich. Aber du hast mein Leben aus dem Verderben geführt, Herr, mein Gott!

Als meine Seele in mir verzagte, gedachte ich an den Herrn, und mein Gebet kam zu dir in deinen heiligen Tempel.

Die sich halten an das Nichtige, verlassen ihre Gnade. Ich aber will mit Dank dir Opfer bringen. Mein Gelübde will ich erfüllen dem Herrn, der mir geholfen hat.«

Tränen traten ihr in die Augen.

»Ja, Herr, das bin ich. Ich versuchte fortzulaufen, statt mich den Problemen zu stellen. Es tut mir leid, daß diese Situation notwendig war, mich das erkennen zu lassen. Nun . . . wenn ich sterbe, sterbe ich, aber wenn ich lebe . . . Herr, ich werde handeln, wie Jona es gesagt hat: Ich werde das tun, was ich versprochen habe. Ich werde tun, was du von mir willst, und ich werde die Sache zwischen Dad und mir klären.«

Sie fühlte Frieden in ihrem Herzen, einen so tiefen Frieden, daß es ihr nichts mehr ausmachte, in einem verschlossenen Metallbehälter auf dem Meeresgrund gefangen zu sein. Sie fühlte sich nicht gefangen; sie fühlte sich auch nicht einsam. Ihr Herz war direkt bei Gott.

Sie legte ihren Kopf auf die hölzerne Kiste und schlief ein.

Am nächsten Morgen wachten Dr. Cooper und Jay plötzlich auf. Die Sutolos schlugen wieder ihre Trommeln und schrien aufgeregt herum.

»Was ist denn jetzt los?« fragte Jay.

Dr. Cooper stand bereits an der Tür. Direkt auf der anderen Seite des Weges ihnen gegenüber war Mrs. Flaherty aus ihrer Hütte getreten. Ihre Nachbarn, Bad Dave und Leutnant Adams, drängelten sich im Türrahmen ihrer Hütte.

Sie beobachteten alle von ihren erhöhten Aussichtspunkten aus, wie eine Gruppe von Sutolo-Kriegern ihre vier Ausleger-Kanus an den Strand zogen, während sich die anderen Sutolos um sie herum versammelten, herumschnatterten und betrachteten, was die Ruderer mitgebracht hatten.

Ein Krieger hielt mit einem Aufschrei der Begeisterung einen Metallzylinder hoch über seinen Kopf.

Leutnant Adams erkannte ihn sofort. »Eine Sauerstoffflasche von einer Tauchausrüstung!«

»Was Sie nicht sagen!« stichelte Dave.

Adams zog seine Hose an und eilte die Leiter hinunter zum Boden. »Sie haben unser zerstörtes Boot entdeckt!«

Jerry Garrison war bereits am Strand und winkte sie aufgeregt herbei. Der Rest zog sich eilig an und rannte los, wobei sie sich den Weg zu den Kanus durch die aufgeregte Menge der Sutolos bahnen mußten.

»Leutnant Adams«, sagte Jerry, »diese Ausrüstung muß von Ihrem Boot stammen!«

Adams betrachtete die Beute in den Kanus. »Ja, darauf können Sie wetten. Unsere Taucherausrüstung ... Flaschen, Masken, Flossen!« Aber er zögerte. »Und was jetzt? Denken diese Leute wieder, sie gehört ihnen, weil sie sie aus dem Meer gefischt haben?«

Jerry lächelte verlegen und nickte. »Aber ich habe bereits mit ihnen darüber gesprochen. Sie sagen, es würde sie freuen, sie Ihnen ausleihen zu können.«

Adams zwang sich zu einem sarkastischen Lächeln. »Nun, das ist sehr reizend von ihnen.« Dann entdeckte er noch etwas anderes. »Oh. Das Funkgerät!« Er zog das kleine Radio aus dem Kanu und überprüfte es. »Es ist kaputt. Mist! Ich muß Kontakt mit der Findley aufnehmen. Ich weiß, daß sie sich fragen, was mit uns passiert ist.« Adams schien besorgt. »Ich wünschte nur, ich könnte ihnen sagen, wo wir sind und was wir wissen, bevor es zu spät ist.«

»Zu spät?« fragte Dr. Cooper besorgt.

Adams schien es zu widerstreben, zuviel zu verraten. »Lassen Sie uns nur hoffen, daß die Rebellen die Kapsel nicht vor uns finden.«

In diesem Moment rief an Bord von Ivanovichs großer weißer Jacht, die in langsamer Fahrt eine Meile vor Tukani kreuzte, ein Beobachter am Bug eine Meldung zur Brücke hoch und teilte mit, daß er etwas im tiefblauen Wasser gesichtet hatte. Der Steuermann schaltete die Maschinen in den Rückwärtsgang und steuerte die Jacht nach hinten.

Zahlreiche Crewmitglieder sowie einige der Rebellen beugten sich über die Reling. Einige sahen es und deuteten darauf, und bald hatten es alle entdeckt.

Dort unten im Wasser war ein dunkelgrüner Teil eines Flügels zu erkennen, dessen Umrisse an der Wasseroberfläche verzerrt hin und her wogten.

Die Rebellen stießen einen Freudenschrei aus. Ivanovich trat an die Reling, um selber nachzusehen. Er lächelte und nickte.

»Ah, endlich!« sagte er auf russisch. »Schnell, überprüft die Strömungen in diesem Gebiet. Laßt ein Boot zu Wasser! Brücke, funkt den Rebellen, sie sollen herkommen und sich uns anschließen. Wir nähern uns der Absturzstelle!«

Drei Männer wurden an der Seite in einem kleinen Schlauchboot heruntergelassen und fuhren vor der Jacht her, wobei sie weit nach links und rechts pendelten und dabei sorgfältig im Wasser nach Anzeichen für das Flugzeug Ausschau hielten.

Schnell entdeckten sie weitere Teile und signalisierten es der Jacht. Sie folgte ihnen mit dröhnenden Motoren.

Bald darauf kamen die Rebellen in ihrem Boot mit voller Fahrt um die Spitze der Insel gefahren. Sie waren inzwischen alle wieder an Bord, einige von ihnen hatten sich von den Steinen und Schlafpfeilen der Sutolos erholt. Sie alle waren aufgeregt und bereit zum Kampf.

Ivanovich kehrte auf die Brücke zurück und rieb sich vor Freude die Hände. »Schade, daß unsere amerikanischen Gefangenen nicht in der Lage sein werden, dem Fest beizuwohnen. Aber es kann nur einer gewinnen! Es ist nur noch eine Frage der Zeit!«

Leutnant Adams überprüfte die Taucherausrüstung.

»Sieht gut aus«, sagte er. »Die Sauerstoffflaschen stehen immer noch unter Druck und funktionieren. Sind Sie jemals getaucht, Doktor?«

»Ja, ein wenig, Jay übrigens auch.«

»Und Sie, Dave?«

»Ich kann Ihnen jederzeit davontauchen, mit und ohne Sauerstoffflasche.«

»Nehmen Sie sich alle eine Flasche.« Adams holte einige sehr lange, gefährlich aussehende Messer hervor. »Und nehmen Sie auch hiervon eins mit, für den Fall, daß es Ärger gibt. Wir werden uns umziehen und einfach mit der Suche beginnen. Jerry, wir sind auf Ihren besten Tip angewiesen, wo wir nach Kolos Lager suchen sollten.«

Jerry überlegte einen Augenblick. »Ich weiß, daß er viel Zeit auf einem kleinen Atoll nördlich von der Insel verbringt, aber es ist eine Weile her, seit –«

Plötzlich ertönte ein greller Schrei vom Strand. Ein Mann rannte auf sie zu, er winkte mit seinen Armen, in seinem Gesicht spiegelte sich Verzweiflung.

Es war Kolo.

»Immer mit der Ruhe, mein Junge«, sagte Adams. »Was ist jetzt wieder los?«

»Ich bin versucht, ihn als Frühstück zu verspeisen!« sagte Dave.

Kolo kämpfte sich außer Atem seinen Weg zu ihnen herauf und begann aufgeregt zu plappern. Offensichtlich war er über etwas sehr erregt.

Jerry hörte ihm zu und übersetzte. »Er sagt, Fremde sind in seine geheimen Schatzgründe eingedrungen. Viele, viele böse Männer . . . ein sehr großes Kanu, das die Farbe von Tauben hat . . .«

»Ivanovich!« sagte Adams.

»Sie haben die Absturzstelle gefunden!« sagte Jay.

Jerry übersetzte. »Er will, daß wir ihm helfen, die bösen Männer fortzujagen.«

Adams wurde bei diesem Vorschlag fröhlicher. »Was ist mit der Kapsel? Wird er uns sagen, wo sie ist?«

Jerry teilte Kolo diese Frage mit. Kolo nickte und erzählte weiter.

Jerry sagte: »Er wird uns die Stelle zeigen. Er sagt, sie liegt nicht am selben Ort, das Wasser hat sie weitergetrieben, aber die bösen Männer nähern sich ihr.«

»Können wir dorthin gelangen, bevor die Kommunisten dort ankommen?«

»Kolo sagt, vielleicht, wenn wir sofort gehen.«

Dr. Cooper, Jay und Dave luden bereits die Taucherausrüstung in Kanus. Mrs. Flaherty sammelte einige Ruderer um sich.

Adams fragte Jerry: »Hat Kolo irgendwelche anderen Schiffe gesehen? Große graue Schiffe der US-Marine?«

Jerry fragte Kolo, dann antwortete er: »Nein, nur das große weiße, und ein kleineres, wahrscheinlich das Boot der Rebellen.«

»Ich muß Kontakt mit der Findley aufnehmen!«

In diesem Moment konnten alle das entfernte Geräusch eines Hubschraubers hören.

Jay entdeckte ihn und deutete auf die See hinaus. »Dort ist er!«

Adams rannte auf den Strand, um das Fluggerät besser erkennen zu können. »Er ist von uns, ein Hubschrauber von der Findley auf Erkundungsflug.«

»Prima!« sagte Jay. »Endlich haben auch die Guten hierhergefunden!«

»Er wird sicher die Rebellen entdecken und vielleicht auch die Kapsel«, sagte Dave.

Aber Adams schien nur an einer Sache interessiert zu sein. »Los, laßt uns diese Kanus ins Wasser schaffen und losfahren!«

Dr. Cooper fragte: »Leutnant Adams, die Marine greift jetzt ein, und sie haben die richtigen Mittel, um es mit den Rebellen aufzunehmen. Sollten wir nicht warten, bis sie das Gebiet unter Kontrolle haben?«

»Doktor«, sagte Adams, »unter den üblichen Umständen würde ich genau das tun. Aber dies ist kein Routinefall. Ich würde zwar keinen Pfennig darauf verwetten, daß Ihre Tochter sich lebend dort unten befindet, aber wenn es so ist . . . Wir müssen zu der Kapsel kommen, bevor es die Rebellen tun und auf jeden Fall, bevor die Findley in die Nähe kommt!«

Dr. Cooper ahnte Schwierigkeiten. »Was haben Sie uns bis jetzt verschwiegen?«

»Nur ein kleines Detail, eine weitere Sicherheitsvorkehrung in der Kapsel: Der Laser ist mit genügend Sprengstoff beladen, um die Kapsel und alles um sie herum zu vernichten. Selbst wenn die Findley nur den Verdacht hat, daß der Laser in die Hände der Feinde fallen könnte, werden sie die Selbstzerstörung einleiten. Alles, was sie tun müssen, ist, Funkkontakt mit der Waffe aufzunehmen, und dann fehlt nur noch ein Knopfdruck.«

»Und es gibt keine Möglichkeit, das zu verhindern?«

»Wie ich schon sagte, mein Funkgerät ist zerstört. Ich kann sie nicht anfunken, um sie davon abzubringen.«

»Dad, wenn sie sehen, daß die Rebellen sie finden . . .«, begann Jay.

»Selbst wenn sie nur sehen, daß die Rebellen sich ihr nähern«, sagte Leutnant Adams, »könnte alles vorbei sein.«

Dr. Cooper hatte genug gehört. »Laßt uns die Kanus ins Wasser schaffen.«

Mit Hilfe aller verfügbaren Kräfte ließen sie zwei große Kanus zu Wasser. Dr. Cooper, Jay und Mrs.

Flaherty fuhren in einem, Dave, Adams und Kolo in dem anderen. Vier starke Sutolomänner ruderten die Kanus nach Kolos Richtungsanweisung durch die Brandung. Sie fuhren aus dem seichten Wasser hinaus, drehten dann nach Norden ab und folgten der Küstenlinie.

Ivanovichs Jacht kreuzte vorsichtig vor dem Atoll, während die Mannschaft aufmerksam auf seichtes Gewässer und verborgene Riffe achtete. Ivanovich überblickte mit seinem Fernglas die Koralleninsel, und plötzlich beschleunigte sich sein Puls. Er war sich sicher, einen Ölfilm auf dem Wasser zu sehen, und auf der gegenüberliegenden Seite der flachen blauen Lagune, in der Nähe eines beinahe unsichtbaren Riffs, ragte eine dunkelgrüne Oberfläche aus dem Wasser. Es sah aus wie der hintere Teil des Flugzeuges, und es waren Nummern zu erkennen: MAC 502 . . . Der Rest lag unter Wasser.

Das Wasser war hier zu flach für das große Schiff, und so fuhren die Rebellen mit ihrem Boot weiter, zusammen mit mehreren Spähern in kleineren Schlauchbooten, deren kleine Motoren wie Bienen summten. Als sie über die Lagune rasten, konnten sie im flachen Wasser sehen, daß der Meeresboden mit Trümmern übersät war. Hier lagen die meisten Überreste des Starlifters und seiner Ladung, zerstört und verstreut in dem riesigen, nassen Grab. Die Schlauchboote begannen, die Lagune im Zickzack nach allem abzusuchen, was wie der Laser aussah.

Ivanovich beobachtete gespannt ihre Suchaktion und bemerkte gar nichts, bis ein lautes Brummen vom Himmel die Motoren der Boote in der Lagune

übertönte. Er senkte sein Fernglas, schaute zum Himmel auf und fluchte dann laut. Ein U.S.-Hubschrauber näherte sich ihnen, die Besatzung hatte sie ganz sicher entdeckt!
Ein Mann der Crew lenkte Ivanovichs Aufmerksamkeit auf den Horizont. Ivanovich sah auf die See hinaus und blickte dann durch sein Fernglas.

Ein Kreuzer der U.S.-Marine steuerte auf sie zu.

Er brüllte einigen bewaffneten Wachen Befehle zu, die sofort davoneilten, um sie auszuführen. Bald darauf kehrten sie zurück und führten die gefangenen Amerikaner mit vorgehaltener Waffe an Deck.

»Bringt sie nach vorne, direkt zum Bug! Ich will, daß sie deutlich zu sehen sind. Laßt diese Neugierigen sehen, wen wir in unserer Gewalt haben. Dann werden sie mit uns verhandeln.«

Die Wachen trieben ihre Gefangenen unsanft vorwärts und stellten sie der Reihe nach an der Reling auf, gerade als sich der Hubschrauber senkte, um das Schiff genauer in Augenschein zu nehmen.

Aber Ivanovich war noch nicht fertig. Er bellte seinen Männern auf dem Vorderdeck noch ein paar weitere Befehle zu. Daraufhin entfernten sie eine Plane von einem monströsen Geschütz, drehten es um und zielten.

»Gebt einen Warnschuß ab!«

Das Geschütz donnerte unter einem Feuerblitz und einer Explosion von Rauch los. Der Hubschrauber drehte sofort ab und flog davon.

»Ha!« lachte Ivanovich. »Nehmt diese Botschaft mit zu eurem Schiff!«

Auf der Brücke der U.S.S. Findley beobachteten der Kapitän und seine Offiziere die Situation, während der

Funkoffizier den Kontakt zu dem Hubschrauber aufrechterhielt.

»Sir«, berichtete er dem Kapitän, »sie haben Leutnant Adams' Männer als Geiseln, aber es gibt keine Spur von Adams. Der Hubschrauber ist beschossen worden und zieht sich zurück.«

»Sind irgendwelche anderen Amerikaner zu sehen?«

»Nein, Sir – nur das sowjetische Schiff und mehrere kleine Suchboote, die den Rebellen gehören.«

Der Kapitän betrat einen kleinen, abgedunkelten Raum. Drei Männer, offensichtlich Zivilisten, saßen dort und behielten genau die komplizierte elektronische Apparatur im Auge, die den Raum vom Boden bis zur Decke füllte.

»Schließen Sie bitte die Tür«, sagte einer von ihnen.

Der Kapitän schloß die Tür, dann sagte er leise: »Es gibt Probleme an der Absturzstelle. Die Sowjets sind bereits mit einer großen Jacht dort, zusammen mit den philippinischen Rebellen. Sie durchforschen gerade das Gebiet. Sie haben unsere Männer und benutzen sie als Geiseln.«

Die drei Männer schauten einander an und ließen sich die Worte des Kapitäns durch den Kopf gehen. Einer fragte: »Gibt es irgendwelche anderen Möglichkeiten, bevor wir den Laser opfern müssen?«

»Auf unseren Hubschrauber wurde gefeuert. Wir laufen Gefahr, uns auf einen echten Kampf einzulassen, wenn wir versuchen, uns zu nähern, und wir dürfen das Leben der Geiseln nicht aufs Spiel setzen«, antwortete der Kapitän ernst.

»Sie verstehen, daß wir in diesem Fall unsere Befehle ausführen müssen«, sagte ein anderer.

»Natürlich. Machen Sie weiter.«

In diesem Moment leuchtete eine rote Lampe auf. Die drei Männer wandten sich sofort ihren Monitoren, Lichtern, Schaltern und Drehknöpfen zu.
»Wir haben Funkkontakt zu dem Laser.«

Während hoch über ihr die Boote hin und her brummten und die Schiffe immer näher kamen, lag Lila schlafend in der Kapsel. Ihr Kopf ruhte auf der Holzkiste, die die geheimnisvolle Maschine enthielt.

Leise, ohne das Mädchen aufzuwecken, gesellten sich zwei orangefarbene Lichter, die plötzlich aufleuchteten, zu den rotglühenden Lampen.

Die Finger der drei Männer rasten über Reihen von Knöpfen, und ihre Augen überflogen die Monitore, während sie sich gegenseitig Meldungen übermittelten.
»Positiver Funkkontakt.«
»Energieladung liegt bei 95 Prozent. Das genügt.«
»Bewaffnung voll funktionstüchtig.«
Ein Mann stellte etwas Seltsames fest. »Hmm. Jemand hat bereits die Schaltkreismonitore eingeschaltet.«
»Das muß an der Erschütterung des Aufpralls liegen«, vermutete ein anderer.
»Das Gerät ist trotzdem in gutem Zustand. Alle Systeme funktionieren.«
»Okay«, sagte einer und schaltete mehrere Schalter um, die mit hellrot leuchtenden Warnlichtern versehen waren. »Vorbereitung zur Sprengung.«
»Die Sowjets werden eine böse Überraschung erleben!«

Mit einem Ruck erwachte Lila aus ihrem Schlaf. Ihr Kopf war durcheinander, und sie fragte sich, ob sie träumte. Ein summender Ton, ein Brummen und ständiges Klicken erfüllten die Kapsel. Grelle Lichter leuchteten orange, rot und grün auf.

Sie sprang von der Kiste, verblüfft und verängstigt. Nein, sie träumte nicht. Die mysteriöse Maschine war zum Leben erwacht! Die Lichter blinkten in einer bestimmten Reihenfolge auf. Dann begann die Maschine, tief in ihrem Inneren zu brummen.

Die Sutolos spürten, daß Eile geboten war. Sie ruderten mit aller Kraft nach den Anweisungen des kleinen Perlentauchers, und die beiden Kanus durchschnitten mit großer Geschwindigkeit das
Wasser. Kolo deutete auf eine Stelle, die etwa eine halbe Meile vor der Insel lag. Der Meeresboden unter ihnen fiel nun steil ab.

Leutnant Adams rief Bad Dave, Dr. Cooper und Jay ein paar Anordnungen zu, und sie alle schlüpften in ihre Taucherausrüstung, legten die Sauerstoffflaschen an, stellten die Tauchmasken ein, zogen die Flossen an und bereiteten sich zum Tauchen vor. Adams hatte den Schlüssel zur Luke der Kapsel an seinem Gürtel befestigt, um ihn für alle Fälle griffbereit zu haben.

Dr. Cooper überprüfte seine Maske und das Mundstück und instruierte dann Mrs. Flaherty: »Die Rebellen können nicht mehr weit entfernt sein. Sie müssen als Wache hier oben bleiben.«

Er übergab ihr eine Spule mit dünner Nylonschnur. »Ich werde das eine Ende dieser Leine mit mir nach unten nehmen. Wenn es gefährlich wird, ziehen Sie einige Male an der Leine, um es mir zu signalisieren, vielleicht auf einer Skala von eins bis fünf. Ein Zug für auftauchenden Ärger, zwei für näherkommenden Ärger, und fünf, wenn wir wirklich in der Klemme sitzen?«

Das war ein ernüchternder Gedanke. »Hmm . . . irgendwie so, ja. Lassen Sie uns beten, daß alles gut geht.«

Die Rebellen hatten die ganze Lagune durchsucht und eine Menge interessanter Kanister, Kisten und Bündel zur Jacht mitgebracht. Aber bis jetzt hatten sie noch kein Anzeichen der Waffenkapsel entdeckt. Ivanovich konnte die U.S.S. Findley in der Ferne sehen, und er war nicht mehr nur ungeduldig – er war völlig in Panik geraten!

»Seht ihr das Schiff?« schrie er. »Unsere Geiseln werden uns nicht ewig weiterhelfen. Wir befinden uns in einem Wettlauf mit der Zeit. Wir müssen die Kapsel finden und fliehen, bevor die Streitkräfte der Amerikaner kommen. Weitet das Suchgebiet aus! Fahrt weiter nach Süden, über die Lagune hinaus! Vielleicht hat die Strömung noch mehr von den Trümmern in diese Richtung getrieben!«

Die Rebellen brausten in ihrem Boot davon, gefolgt von den kleinen, summenden Schlauchbooten. Ivanovich brüllte seiner eigenen Mannschaft Befehle zu, und die Jacht nahm wieder Fahrt auf und folgte ihnen in einiger Entfernung.

Lila wußte nicht, was sie tun sollte, und sie hatte keine Ahnung, was mit der seltsamen Maschine geschah. Diese fuhr fort zu brummen und zu blinken, und der seltsame Roboterkopf drehte sich sogar in die eine und andere Richtung. Konnte er sie sehen? Sie schaute direkt in die Linse, aber die Maschine reagierte auf keine ihrer Bewegungen.

Es schien, als würde jemand von außen dieses Ding steuern. Ja natürlich, eine Art Funksteuerung! Sie warf einen weiteren sorgfältigen Blick auf die Steuerungstafel an der Seite. Ein Haufen Zahlen raste über die Digitalanzeigen, und viele Lichter blinkten, aber das Ganze ergab für sie keinen Sinn. Konnte dieses Gerät Geräusche auffangen?

»Hallo?« schrie sie. »Können Sie mich hören?«

Sie bekam keine Antwort. Das Summen, Klicken und Blinken setzte sich unvermindert fort.

Kolo rief und deutete nach unten. Das war die Stelle. Die Sutolos brachten die Kanus zum Halten.

»Fertig!« schrie Adams, und die vier Männer setzten ihre Masken und Mundstücke auf.

Adams gab ein Signal und ließ sich rücklings ins Wasser fallen. Dave sprang hinein, dann Jay.

Dr. Cooper fühlte eine Hand an seinem Arm.

»Gott sei mit Ihnen, Jacob Cooper«, sagte Mrs. Flaherty.

Dr. Cooper sah sie einen Moment lang an, lächelte und sagte: »Ich danke Ihnen, Meaghan Flaherty.«

Die Art, wie er es sagte, zeigte, daß er ihr für mehr als nur ihre guten Wünsche dankte. Er steckte sein Mundstück in den Mund und ließ sich ins Wasser fallen.

Kolo holte mehrmals tief Luft, dann sprang er hinterher und tauchte mit strampelnden Beinen und kraftvollen Schwimmzügen in die blaue Tiefe.

Die vier Taucher schwammen hinter ihm her, bewegten sich durch das warme, himmelblaue Wasser und zogen Ketten von Luftblasen hinter sich her. Etwa zwanzig Meter unter sich konnten sie den Grund erkennen, eine atemberaubende Landschaft mit schimmernden Korallen und Schwärmen von leuchtenden Fischen.

Kolo erreichte seine Grenze. Er stoppte, drehte sich um und zeigte ihnen den Weg, er deutete auf eine Stelle hinter einem Korallenriff und machte mit Zeichen deutlich, daß die Kapsel direkt auf der anderen Seite lag. Dann verabschiedete er sich mit einem Zeichen und begann, zur Oberfläche zurückzuschwimmen.

Die vier tauschten durch ihre Tauchermasken hindurch Blicke aus. Sie alle hatten denselben Verdacht – daß Kolo sie vielleicht täuschen wollte, aber jetzt konnten sie nichts weiter tun als weitertauchen. Sie schwammen voran, und Dr. Cooper rollte weiter das Nylongarn ab.

Oben in dem Kanu ließ Mrs. Flaherty die Spule ausrollen und hoffte, daß die Leine lang genug sein würde.

Aber dann schrie ein Sutolo auf und zeigte in eine Richtung.

Die Rebellen! Sie konnte das vertraute alte Boot erkennen, das in einiger Entfernung kreiste und auf den Wellen hin und her schaukelte. Sie suchten offensichtlich immer noch die Kapsel. Schnell legte sie sich auf den Boden des Kanus, in der Hoffnung, daß sie sie nicht sehen würden. Die Sutolos waren sich der Situation bewußt; sie begannen, so zu tun, als würden sie fischen, obwohl sie keine Netze bei sich hatten.

Aber die Rebellen wurden mißtrauisch. Sie brauchten nicht lange, um zu erkennen, daß die Kanus sich nicht grundlos dort aufhielten. Das Rebellenboot drehte in ihre Richtung und gab Gas.

Jetzt, da Gefahr drohte, zog Mrs. Flaherty einmal an der Leine.

Die drei Männer an Bord der Findley blieben weiter mit dem Laser in Verbindung und gaben ihre Ergebnisse an den Kapitän weiter.

»Irgendwelche Veränderungen?« fragte einer von ihnen.

»Nein«, sagte der Kapitän. »Wir kommen nicht weiter. Wir wissen nicht, ob sie den Laser schon gefunden haben oder nicht . . .«

Ein plötzlicher Schrei kam von der Brücke. »Kapitän! Sie kreisen in einem Gebiet südlich von der Jacht. Sieht so aus, als hätten sie was gefunden. Da sind auch einige Eingeborenenboote. Anscheinend werden sie auch von den Einheimischen unterstützt.«

Konzentriert beobachteten die drei Männer ihre Instrumente.

»Halten Sie uns auf dem laufenden«, sagte einer. »Wir können das Ding jederzeit in die Luft jagen.«

Lila war verzweifelt. Es mußte eine Möglichkeit geben, eine Nachricht zurück an denjenigen zu schicken, der diese Maschine bediente. Sie untersuchte die Steuerungstafel noch einmal und versuchte, sich daran zu erinnern, was sie das letzte Mal getan hatte. Oh, ja! Sie erinnerte sich an den Aktivierungsknopf und an den Hebel, der den Kopf rotieren ließ. Vielleicht konnte sie irgendeine Art von Bewegung erzeugen, die die Menschen außen wahrnehmen konnten.

Sie drückte auf den Aktivierungsknopf.

Ein ohrenbetäubendes Kreischen! Ein gleißender roter Strahl! Lila zuckte verängstigt zusammen! Das Auge des Roboters war keineswegs eine Linse, sondern ein blendender, brennender, schwirrender Laser! Die Innenseite der Kapsel war mit rotem Licht erfüllt. Funken flogen – überall war Rauch und Dampf.

Die Taucher wurden überrascht und geblendet von dem roten Lichtstrahl, der plötzlich wie ein Gewitterblitz aufgetaucht war und ebenso gleißend hell leuchtete. Als rubinroter Schaft drang der Strahl nach oben bis an die Oberfläche, umhüllt von einem langen, schäumenden Schlauch von Seewasser, das sofort verdampfte.

Wasser strömte in die Kapsel! Der Laser hatte tatsächlich ein Loch in die Kapsel geschnitten!
Lila beugte sich vor und schlug noch einmal auf den Aktivierungsknopf. Der Laser schaltete sich aus.

Aber es war schon zu spät! Das Meerwasser strömte durch ein zwanzig Zentimeter großes Loch im oberen Teil der Kapsel, stürzte auf Lilas Kopf hinab, durchnäßte sie und füllte die Kapsel.

Die Offiziere auf der Brücke der Findley beobachteten es mit aufgerissenen Augen. »Mann! Hast du das gesehen?«

Unten waren die drei Männer von der Anzeige auf ihren Instrumenten verblüfft. »Der Laser wurde abgefeuert!«

Sie versuchten, die Ursache festzustellen.

»Fehlfunktion im Laser-Aktivierungssystem«, sagte einer der Männer.

»Können Sie es korrigieren?« fragte ein anderer.

Einer der Männer ließ seine Finger über eine Reihe von Schaltern huschen. »Ich kann keinen Fehler finden. Es scheint fast so, als erhielte der Laser noch von jemand anderem Befehle.«

»Unmöglich! Bereiten Sie sich lieber auf die Detonation vor.«

»Herr, rette uns!«

Mrs. Flaherty zog dreimal an der Nylonschnur. Die Rebellen waren nur noch ein kleines Stück entfernt. Die große weiße Jacht war um die Insel herumgefahren und näherte sich jetzt mit hoher Geschwindigkeit. Dr. Cooper konnte das Ziehen an der Schnur spüren und zog als Antwort ebenfalls, aber es gab kein Zurück mehr. Sie hatten das Korallenriff überquert, in einer Senke vor ihnen lag die Waffenkapsel wie eine große Flasche. Sie war senkrecht aufgerichtet, und ein Strom Luftblasen stieg aus dem Loch auf, das der Laser gerade durch die Hülle gebrannt hatte. Adams schwamm auf das untere Ende zu und versuchte, einen Blick auf die Luke zu werfen.

Das Boot mit den Rebellen kam schließlich so nah heran, daß sie Mrs. Flaherty entdeckten. Beim Anblick der Amerikanerin rasten die Rebellen auf die Kanus zu, schrien, grölten und fuchtelten mit ihren Gewehren herum. Das Boot umkreiste die beiden hilflosen Sutolo-Kanus und erzeugte eine mächtige Bugwelle, die sie zu überspülen drohte, während die Ruderer versuchten, die Kanus vor dem Kentern zu bewahren. Jetzt kamen die Schlauchboote mit noch mehr blutrünstigen Feinden. Mrs. Flaherty zog verzweifelt fünfmal an der Leine.

Klonk! Irgend etwas landete im Kanu. Eine Granate! Mrs. Flaherty schrie den anderen eine Warnung zu, als sie über den Rand des Kanus ins Wasser hechtete, und die Sutolos sprangen hinterher.

Die Granate explodierte in einer Wolke aufschäumenden Wassers und zerschmetterter Kanubruchstücke, während die Sutolos von der Wucht der Detonation für einen Moment das Bewußtsein verloren.

Mrs. Flaherty fühlte sich, als sei ihr ein K.-o.-Schlag versetzt worden. Sie drohte bewußtlos zu werden, ihr

Kopf drehte sich, ihre Ohren klingelten. Sie versuchte, die Wasseroberfläche zu erreichen, aber sie wußte nicht einmal mehr, wo oben und unten war.

Dann tauchte ihr Kopf wieder aus dem Wasser auf, und sie schnappte nach Luft. Sie hörte Schüsse, und die Kugeln peitschten nur Zentimeter von ihr entfernt auf das Wasser. Sie tauchte sofort wieder unter und konnte sehen, wie die Kugeln um sie herum durch die Wasseroberfläche schlugen und dabei Ketten von Luftblasen hinter sich herzogen.

Ivanovich schrie seiner Crew Befehle zu, und der Steuermann stellte die Maschinen auf volle Fahrt. Die große Jacht durchschnitt das Wasser, ihr spitzer, weißer Bug zielte jetzt in Richtung des nassen Grabes der Waffenkapsel.

Dr. Cooper und die anderen hörten das Geräusch von aufgewühltem Wasser direkt über ihren Köpfen und sahen, wie über ihnen ein Dutzend Taucher ins Wasser sprangen. Einige trugen Taschenlampen. Viele von ihnen hatten Messer und waren bereit zum Kampf.

Starke, grobschlächtige Arme griffen von hinten nach Mrs. Flaherty! Sie trat und wehrte sich, aber es hatte keinen Sinn. Der Taucher der Rebellen zog sie nach unten und schwenkte vor ihrem Gesicht ein Messer. Sie gab auf und hob sogar die Hände, um es ihm deutlich zu machen. Er schob ihr sein Mundstück in den Mund. Sie nahm einige tiefe Atemzüge und gab es zurück. Er nickte ihr zustimmend für ihr umsichtiges Verhalten zu.

Ein weiterer Taucher brachte eine freie Sauerstoffflasche und gab sie ihr. Sie begann, damit zu atmen. Die

Männer hielten sie fest und zogen sie mit sich, während sie in die Tiefe hinabtauchten.

Lila stand bereits bis zu den Hüften im Wasser. Es konnte sich nur noch um wenige Minuten handeln, bis die ganze Kapsel mit Wasser gefüllt sein würde. Da sie jetzt nichts mehr zu verlieren hatte, traf sie ihre letzte Entscheidung.

Sie ergriff ihren »Rettungsring«‹ – die mit dem Styropor gefüllte Tasche –, schob ihre Arme durch die Trageschlaufen und band sie auf dem Rücken fest. Sie befestigte die Sauerstoffmaske fest auf ihrem Gesicht. Dann tauchte sie mit einem Stoßgebet auf den Lippen noch einmal zur Kontrolltafel herunter und kämpfte sich durch das steigende Wasser.

Die große Jacht hielt nun genau über dem Punkt, wo die Kapsel lag. Der Steuermann nahm die Fahrt zurück, während Ivanovich auf das Deck trat. Er sah, wie die Sutolos mit ihrem verbliebenen Kanu flohen, fortgejagt von Gewehrsalven der Rebellen. Sehr gut. Jetzt waren da nur noch diese Amerikaner dort unten im Wasser, und die Taucher der Rebellen würden schnell mit ihnen fertig werden.

Kampfbereit zogen Adams und Dave ihre Messer. Aber Dr. Cooper sah die beiden Rebellen, die Mrs. Flaherty in ihrer Gewalt hatten und ihr ein Messer an die Kehle hielten. Er und die anderen erstarrten. Der Rebell, der das Messer hielt, deutete ihnen an, sich von der Kapsel zu entfernen.

Lilas Hand lag nun auf dem Kontrollschalter. Sie schlug wieder auf den Aktivierungsknopf.

Der grelle, rote Strahl erleuchtete das Innere der Kapsel wie viele rubinfarbene Gewitterblitze!

Alle Taucher schauten verblüfft auf den gleißenden Laserstrahl, der durch die Wand der Kapsel drang und das Wasser wie ein glühendes Messer durchschnitt, eingehüllt in Blasen aus Dampf.

Als Mrs. Flaherty merkte, daß ihre Bewacher durch den Anblick abgelenkt waren, ergriff sie die Gelegenheit – und die Atemmaske von einem der Rebellen. Sie riß sie von seinem Gesicht herunter. Er griff nach der Maske und mußte sie dadurch loslassen. Sie löste den Verschluß seines Bleigürtels, und er begann, zur Wasseroberfläche aufzusteigen, während er sich bemühte, seine Maske wieder aufzusetzen.

Der andere Rebell hielt sie immer noch fest und richtete das Messer auf sie. Ihr gelang es gerade noch, sein Handgelenk und das Messer wegzudrehen und seinen Arm mit einem Judogriff festzuhalten. Jetzt befand sie sich in einem wilden Gerangel um die Gewalt über das Messer!

Lila mußte ihre Augen in dem gleißenden Licht zusammenkneifen. Sie bewegte den Steuerhebel, und der Roboterkopf begann sich zu drehen. Der Laserstrahl wanderte in der Kapsel umher wie der Strahl einer Taschenlampe, der die Dunkelheit durchschnitt. Ein Schwall Wasser strömte durch das immer größer werdende Leck ein.

Das Wasser stieg schnell bis zu Lilas Hals.

Die Taucher der Rebellen wichen zurück. Einige brachten sich hinter Korallen und Felsen in Sicherheit. Adams und Dave schwammen auf den Grund des Meeres und beobachteten von dort aus, wie der Strahl in einem vernichtenden Bogen durch das Wasser schnitt, zuerst seitwärts und dann immer steiler aufgerichtet, bis er bis an die Wasseroberfläche vordrang.

Dann sahen sie Mrs. Flaherty und ihren Angreifer. Sie kämpften, traten und schlugen um sich, wühlten das Wasser auf – sie trugen ihr Handgemenge direkt in der Bahn des immer näher kommenden Strahles aus! Ivanovich hörte seine Männer aufschreien, bevor er selber den Laserstrahl sah. Plötzlich stieg links von ihm ein Lichtband, so hell wie die Sonne, aus dem Wasser auf, stieg weiter und weiter, steiler und steiler, schoß durch die Wasseroberfläche und dann in den Himmel. Hoch über ihnen lösten sich kleine Wolken auf, als sich der Strahl direkt durch sie hindurchbrannte.

Lila versuchte, ihren Kopf über Wasser zu halten, als sie den Hebel bediente und damit den Laser rotieren ließ. Der Strahl setzte seinen Weg durch die Hülle der Kapsel fort, von einer Seite zur anderen, über die Decke und an der anderen Seite wieder herunter.

Die Männer auf der Findley bekamen mit, was dort geschah.

»Der Laser wird abgefeuert! Unterbrechen Sie ihn!«
»Das kann ich nicht, Sir! Er reagiert nicht auf die Funkbefehle!«
»Fehlfunktion bei den manuellen Kontrollen, Sir.«
»Sprengen!«

Ein Mann bediente einen Schalter und drehte einen Schlüssel herum. »Sprengungssequenz beginnt ... jetzt! Detonation in sechzig Sekunden.«

Dr. Cooper kämpfte sich durch das Wasser und erreichte Mrs. Flaherty noch rechtzeitig, um sie und den Rebellen aus der Bahn des roten Strahls zu zerren, der direkt an ihnen vorbeizog und das Wasser genug aufheizte, um sie fast zu verbrühen. Der Rebell ließ von Mrs. Flaherty ab, aber jetzt mußte er sich mit Dr. Cooper messen, und der war nicht bereit zu verlieren.

Ivanovichs Männer begannen zu schreien, und dann bemerkte auch er voller Entsetzen, daß der Laserstrahl eine Kurve beschrieb, die genau durch die Jacht hindurch verlaufen würde! Er schrie dem Steuermann zu, die Motoren auf vollen Schub rückwärts zu stellen. Die Jacht begann, rückwärts zu fahren.

Dr. Cooper brach dem Rebellen einen Arm, und sein Messer sank auf den Boden des Ozeans hinab. Der Rebell ging auf Abstand und hielt seine Hand um Gnade flehend von sich gestreckt. Er hatte genug. Dr. Cooper ließ ihn davonschwimmen und kümmerte sich um Mrs. Flaherty. Sie war in Ordnung und ergriff dankbar seine Hand.

Das Wasser stand Lila jetzt bereits über dem Kopf, und es heizte sich durch den Laserstrahl schnell auf. In wenigen Augenblicken würde sie darin gekocht werden. Der Laser hatte fast einen Kreis in der Wand der Kapsel beschrieben.

Wie ein Rasiermesser drang der Strahl in die Jacht, schnitt durch ihre Außenwand, das Hauptdeck, das untere Deck unter der Wasserlinie und direkt durch den Boden des Schiffes. Feuer brach aus, und Rauch stieg aus den Bullaugen auf. Die zwei Hälften der Jacht brachen wie eine Eierschale auseinander. Die Schiffsmannschaft sprang vor Panik ins Wasser.

Die Wachen, die Leutnant Adams Männer gefangenhielten, gerieten ebenfalls in Panik und vergaßen ihre Aufgabe. Die Amerikaner hatten nur auf eine solche Gelegenheit gewartet und warfen sich mit Hechtsprüngen auf ihre Gegner, schlugen sie nieder, hielten sie am Boden fest und nahmen ihnen ihre Waffen ab. Die Wachen waren an einem Kampf nicht interessiert. Sobald die Marinesoldaten sie losließen, rannten die Russen zur Reling und sprangen über Bord.

Ivanovich erging es nicht besser. Er hielt sich an der Reling am Bug festgeklammert und versuchte, auf dem schlüpfrigen Deck zum Stehen zu kommen, während die Jacht unter ihm versank. Drei US-Marinesoldaten eilten zu seiner »Rettung« – und nahmen ihn gefangen.

Lila fühlte eine enorme Erschütterung und hörte ein metallisches, brechendes Geräusch. Sie schaute nach oben durch einen Vorhang aus Blasen und Trümmern und sah ein blaues Licht.

Sie schnappte nach Luft und sog mit ihren Lungen aus der Sauerstoffmaske, aber es war nichts mehr übrig! Der Sauerstoff war aufgebraucht!

»Detonation in dreißig Sekunden!«

Dave und Adams kämpften mit vier Rebellentauchern. Adams entwaffnete einen von ihnen und sorgte dafür, daß dieser nur noch so schnell wie möglich an die Oberfläche zurück wollte. Während dessen gelang es Bad Dave, die Schädel zweier Rebellen gegeneinanderzustoßen und sie so außer Gefecht zu setzen.

Aber dann hörten alle das metallische Geräusch und sahen, wie die obere Spitze der Kapsel, sauber abgetrennt, mit einer letzten Explosion von Luftblasen abplatzte. Der Laserstrahl erlosch, und dann tauchte, zu jedermanns Erstaunen, eine kleine Gestalt aus dem Loch auf – ein kämpfendes, um sich tretendes Wesen mit langen, blonden Haaren, das eine leere Sauerstoffflasche fallenließ und zur Oberfläche aufstieg.

Jays Freudenschrei blubberte in Blasen durch seinen Schnorchel hinaus, als er mit aller Kraft versuchte, Lila zu erreichen, dicht gefolgt von Dr. Cooper und Mrs. Flaherty.

Das war alles, was Adams sehen mußte. Er signalisierte Dave, von hier zu verschwinden, und sie beide schwammen zurück an die Oberfläche und überließen den Rebellen die Kapsel.

Die Rebellen nahmen diesen Rückzug zufrieden zur Kenntnis und sammelten sich um die Kapsel wie Fliegen um einen Topf Honig.

Lilas Kräfte ließen nach und versagten schließlich völlig; ihre Schwimmzüge wurden zu unbeholfenen Bewegungen. Jay schwamm zu ihr hin, ergriff sie und schob ihr das Mundstück seiner Tauchermaske in den Mund. Sie begann zu atmen, aber sie war halb bewußtlos und bemerkte ihn nicht.

Dr. Cooper kam ebenfalls zu Hilfe und teilte sich mit Jay seinen Luftvorrat, während sie eilig zur Oberfläche auftauchten.

Die Marinesoldaten an Bord der zerstörten Jacht begaben sich eilends zu einem Rettungsboot. Mit großem Geschick und rasender Geschwindigkeit ließen sie es zu Wasser, stiegen dann hinein und ruderten um die vordere Hälfte der Jacht, die im Meer versank.

Dr. Cooper, Jay und Mrs. Flaherty brachten Lila behutsam an die Oberfläche. Ihre Köpfe durchbrachen den Wasserspiegel, und sofort wurden sie von Armen gepackt. Schon wollten sie sich wehren –
 Oh, es war Jerry Garrison!
»Kommt schon, steigt in das Kanu, bevor das Ding in die Luft fliegt!«
 Überall befanden sich jetzt Sutolo-Kanus mit Kriegern. Leutnant Adams und Dave saßen bereits sicher in einem Boot. Die Sutolos zogen Dr. Cooper in ein Boot und Mrs. Flaherty in ein anderes. Jay und Lila wurden aus dem Wasser geholt und vorsichtig in ein drittes gesetzt.

Der Ozean wurde mit einem Mal zu einem zornig aufwallenden Berg! Plötzlich stieg ein Gebirge aufwallenden Wassers mit donnerndem Gebrüll aus der Tiefe auf und explodierte in einer riesigen Fontäne von weiß aufschäumender Gischt. Wellen brachen über die Kanus und durchnäßten die Insassen bis auf die Haut. Die Sutolos konnten ihre Boote gerade noch vor dem Kentern bewahren. Der Ozean brodelte, kochte und schäumte, als Felsen, Korallen, Fische und Schmutz vom Boden aufgewirbelt wurden und um die Kanus herumwirbelten. An der Küste peitschten hohe Wellen wieder und wieder an den Strand.
 »Das war's dann also für die Laserdiebe dort unten«, bemerkte Adams.

»Kapitän! Der Hubschrauber berichtet, daß unsere Männer in Sicherheit sind. Sie haben auch Adams entdeckt. Er befindet sich zusammen mit amerikanischen Zivilisten in den Booten der Eingeborenen!«

»In Ordnung. Fahren wir los und nehmen sie auf.«

Schließlich beruhigte sich der Ozean wieder, aber gleichzeitig wurde ein Dröhnen am Himmel laut: Der Hubschrauber der Findley kehrte zurück. Die besiegten Rebellen – oder was von ihnen noch übrig war – flohen in ihrem Motorboot, ebenso wie die Männer in den Schlauchbooten. Die Sutolos halfen Leutnant Adams und seinen Männern, die Rebellen von der gesunkenen Jacht, die im Wasser zappelten, einzukreisen.

Adams brachte sein Kanu längsseits, um Lila zu untersuchen. Sie befand sich in einem Dämmerzustand, zusammengekrümmt vor Schmerz. »Doktor, sie hat die Caissonkrankheit durch den schnellen Druckverlust. Wir müssen sie an Bord der Findley bringen.«

Adams erhob sich in dem Kanu und schwenkte seine Arme. Der Hubschrauber ließ eine Schlinge herab, in der sie Lila vorsichtig befestigten. Dr. Cooper küßte sie auf die Stirn, bevor der Hubschrauber sie nach oben zog.

»Es ist ein Wunder, daß wir sie lebendig gefunden haben!« sagte er und konnte es jetzt erst wirklich glauben.

»Sie wissen gar nicht, was für ein Wunder!« sagte Adams. »Ich habe die Sauerstoffflasche gesehen, die sie hatte. Die Flasche hat sie fünf Tage am Leben erhalten, und die Luft in diesen Dingern reicht normalerweise nur für zehn Minuten!«

Sie beobachteten, wie die Männer im Helikopter vorsichtig Lilas schlaffen Körper an Bord des Helikopters zogen, während er zurück zur Findley flog.

Adams schüttelte fassungslos den Kopf. »Sie haben wirklich einen erstaunlichen Gott, Doktor. Ich glaube, ihrem kleinen Mädchen wird es wieder gutgehen.«

13

Während ein riesiges Düsenflugzeug über ihnen aufstieg und Menschen in alle Richtungen an ihnen vorbeieilten, kam eine Ansage über die Lautsprecher des internationalen Flughafens in Tokio: »United Airlines, Flug 203, Direktflug nach Seattle-Tacoma, ist abflugbereit. Alle Passagiere mit Tickets für diesen Flug werden gebeten, sich umgehend an Bord zu begeben. Dies ist der letzte Aufruf.«

Die Ansage wurde auf Japanisch wiederholt, allerdings reichte bereits die englische Version aus, um die drei Personen noch schneller den langen Weg zum Abfertigungsschalter hinuntereilen zu lassen.

Dr. Cooper rannte mit einer Aktentasche in der einen und einer Zeitung in der anderen Hand voran, seine beiden Kinder folgten ihm zu seiner Rechten und Linken: Jay war fit genug, um das Rennen zur Maschine gut zu verkraften, aber auch Lila hatte sich erholt und hielt mit den beiden mit.

»Was ist mit unserem anderen Flug?« fragte Jay, während sie durch das Flughafengebäude hasteten.

»Er wurde in letzter Minute gestrichen«, erklärte Dr. Cooper. »Ich konnte gerade noch Plätze für diesen bekommen, und wenn wir es nicht schaffen, müssen wir bis zwei Uhr morgens warten.«

»Schnell, schnell!« rief Lila.

In der Haupthalle des Flughafens schaute sich eine attraktive und gutgekleidete Frau nach allen Seiten um, ohne irgendwo die bekannten Gesichter zu entdecken, nach denen sie suchte. Sie ging die Halle hinunter zu den Flugschaltern und betrachtete auf einem Monitor den Flugplan der United Airlines.

»Oh, Gott hilf mir!« rief sie mit irischem Akzent aus, begann zu rennen, eilte durch die Menschenmengen und versuchte, zu dem Flugsteig zu gelangen, von dem ein bestimmter Flug in Kürze starten sollte.

Als sie dort ankam, war der Warteraum leer. Eine Angestellte schloß gerade die Tür zur Einstiegsrampe.

»Entschuldigen Sie . . . sind bereits alle eingestiegen?«

»Haben Sie ein Ticket, Ma'am?«

»Oh, nein . . . nein . . .«

»Wie kann ich Ihnen helfen?«

»Es ist . . . nun . . . danke sehr, es ist schon in Ordnung.« Sie trat zurück. »Ich wollte . . . ich wollte nur jemandem auf Wiedersehen sagen.«

»Oh, das tut mir leid. Ich glaube, dazu ist es jetzt zu spät.«

Die Angestellte wandte sich wieder ihrer Aufgabe zu.

Mrs. Flaherty ging zu den großen Panoramafenstern hinüber und beobachtete, wie die 747 vom Terminal wegrollte. Sie konnte ihre Augen nicht von dem großen Jet lösen und bemühte sich, ein bekanntes Gesicht hinter einem der vielen kleinen Fenster des Flugzeuges zu entdecken. Aber sie war nicht sicher, daß sie wirklich die richtige Person anblickte.

»Oh, Jacob, Jacob«, sagte sie leise. »Jetzt bist du fort, und wir haben soviel unausgesprochen gelassen . . .«

An Bord der anrollenden 747 schauten die Coopers der Stewardeß zu, die demonstrierte, wie die Sicherheitsgurte funktionierten, wo die Notausgänge waren und wie man die Sauerstoffreserven benutzte.

Seit sie an Bord der Findley wieder völlig gesund geworden war, hatte Lila es bereits viele Male gesagt, aber auch jetzt mußte sie einfach die Hand ihres Vaters ergreifen und es wiederholen: »Ich liebe dich, Dad.«

Er drückte ihre Hand. »Ich liebe dich auch. Sehr sogar.«

»Es tut mir leid.«

Er lachte leise. »Nun, mir auch. Ich glaube, wir sind uns an diesem Punkt beide einig.«

»Ich fühle mich jetzt viel besser.«

Er lächelte. Angenehme Gedanken gingen ihm durch den Kopf. »Das tue ich auch. Ich glaube, wir können sagen, daß wir beide einige Veränderungen durchgemacht haben.«

Jay war ein wenig betrübt. »Es ist nur schade, daß wir keine Gelegenheit hatten, mit Mrs. Flaherty zu Abend zu essen. Ich hoffe, sie war nicht zu sehr verärgert.«

»Nun, Jay, ich hoffe, ich war in der Lage, das zu ihrer Zufriedenheit aufzuklären.«

Jay und Lila bemerkten ein seltsames, schelmisches Lächeln auf Dr. Coopers Gesicht.

»Mrs. Flaherty?« hörte sie eine Stimme hinter sich.

Sie drehte sich um. Es war Colonel Griffith. »Oh, guten Tag, William.«

»Der ursprüngliche Flug wurde gestrichen«, sagte er bedauernd.

»Das habe ich auch festgestellt.«

»Hatten Sie noch Gelegenheit, sie zu sehen?«

Sie versuchte, zu lächeln und es leicht zu nehmen, aber die Enttäuschung spiegelte sich doch auf ihrem Gesicht wider. »Nein, dafür war es schon zu spät. Genauso wie für unser gemeinsames Abendessen.«

»Das tut mir sehr leid. Ich kann mir vorstellen, daß Sie gemeinsam eine Menge durchlebt haben. Es wäre schön gewesen, auf angemessene Weise Abschied zu nehmen.«

»Ach . . . ich glaube, die Welt ist einfach zu groß und zu geschäftig, und Jacob zieht es immer irgendwohin.«

»Aber hören Sie zu . . .« Colonel Griffith übergab ihr ein kleines Päckchen. »Jake hatte festgestellt, daß er Sie vor dem Abflug nicht noch einmal treffen würde, und so gab er mir dieses Päckchen mit für Sie.«

Sie nahm es, und ihr fehlten plötzlich die Worte.

»Na los. Öffnen Sie es.«

Behutsam zog sie das Band um die farbenfrohe Verpackung auf.

Jay hatte niemals zuvor diese Art von Lächeln auf dem Gesicht seines Vaters gesehen, und er konnte seine Neugierde nicht mehr zügeln. »He, Dad, woran denkst du?«

»Oh . . . ich denke bloß.«

Jay wollte mehr wissen. »Ich mochte Mrs. Flaherty sehr gern. Was denkst du über sie?«

»Eine erstaunliche Frau . . . eine sehr seltene Art von Frau . . . ich glaube, eure Mama hätte sie sehr gemocht. In vielen Dingen ist sie ihr ähnlich, eine Frau mit starkem Charakter und einer festen Überzeugung. Das habe ich an Katherine immer bewundert.«

Lila war von diesen Worten wie vor den Kopf geschlagen und mußte sich zusammenreißen, ihren Vater nicht anzustarren.

Mrs. Flaherty faltete die Verpackung ordentlich zusammen und öffnete den Deckel der kleinen Schachtel.

Colonel Griffith sah, was in der Kiste war. »Was in aller Welt . . .?«

Mrs. Flaherty mußte lächeln, als sie ein kleines Plastik-Ei aus der Schachtel zog und es in ihren Händen drehte, während sie es betrachtete.

»Ein Spielzeug-Ei?« fragte Griffith.

»Oh, man könnte sagen, daß eine Geschichte dahintersteckt.«

Sie schraubte die beiden Hälften des kleinen Eis auf und begann fröhlich zu lachen, als sie den Inhalt hervorholte: ein kleines Papierherz.

Colonel Griffith lächelte und lachte mit ihr, aber dann mußte er zugeben: »Ich verstehe es nicht.«

Aber Mrs. Flaherty war zu sehr damit beschäftigt, die Notiz zu lesen, die dem kleinen Ei beilag:

»An Mrs. Meaghan Flaherty:

Die unaufhaltsame Zeit hat uns wieder einmal ihren Willen aufgedrängt. Hoffentlich sagt dieses kleine Objekt alles. Für den Moment sage ich Lebewohl. Es ist meine große Hoffnung, daß sich irgendwo auf dieser großen Welt, durch Gottes gnädige und allmächtige Hand, unsere Wege bald wieder kreuzen werden. Ich freue mich auf diesen Moment.

Bis dahin verbleibe ich Ihr
Jacob R. Cooper«

Die donnernden Triebwerke des Jets erschütterten das Gebäude mit einem dumpfen Dröhnen, und Mrs. Flaherty schaute zum Himmel hinauf. Die 747 war auf ihrem Flug nach Hause.

Sie lächelte und winkte. »Ich danke Ihnen, Jacob Cooper. Jetzt ist nichts ungesagt geblieben. Sie haben es gut eingerichtet.«

Sie war bereit, dem irritierten Colonel Griffith eine Erklärung zu geben. »Jacob ist ein kluger Mann,

William. Er weiß, wie er Dinge sagen muß, so daß nur die richtige Person versteht, was er ausdrücken will. Sehen Sie? Sein Herz war in einer Schale. Aber dann öffnete ich sie. Jetzt ist sein Herz von der Schale befreit, und . . .«

Griffith lächelte und fuhr fort: »Und er hat es Ihnen geschenkt?«

Sie schaute ein wenig schockiert und drückte unbewußt das Paket an ihr Herz. »William . . . darf ich es wagen, das zu glauben?«

Das Flugzeug hatte seine Reiseflughöhe erreicht. Die Zeichen für die Sicherheitsgurte erloschen, und jedermann entspannte sich.

Lila war so still, daß Dr. Cooper fragen mußte: »Geht es dir gut?«

Sie schaute ihn an und war fast zu ängstlich, es zu sagen. »Du hast noch nie zuvor von Mama gesprochen.«

Er berührte ihre Wange und schaute sie einen langen Augenblick an. Dann sagte er mit einem neuen Leuchten in seinen Augen: »Dann laß uns über sie reden.«

Und das taten alle drei, für Stunden, hoch über dem Pazifik, auf dem Weg nach Hause.